U0606360

40

改革开放40年文学丛书

女性小说

下卷

陈晓明　主编

作家出版社

改革开放40年文学丛书　编委会（按姓氏笔画排列）：

丁　帆　王　干　王　尧　王兆胜　王彬彬　白　烨　吉狄马加

李一鸣　李少君　李建军　李敬泽　杨　杨　杨晓升　吴义勤

吴　俊　邱华栋　何向阳　张志忠　张　柠　陈汉萍　陈思和

陈剑晖　陈晓明　陈福民　孟繁华　郜元宝　施战军　贺绍俊

阎晶明　梁鸿鹰　彭　程　程光炜

统　筹：兴　安　崔庆蕾

目 录

桑烟为谁升起

蒋子丹

两句诗引出的爱情故事

假如需要死一千次

我愿一千次弥留在夏季

一天。不知哪一年，不知什么季节里的一天。不知是上午还是下午。天上或者出着太阳或者下着雨。海上或是起风了或是风停了。云也许正在聚起也许正散开。这么一天里这么一个时辰，我信手在稿纸上写了以上的文字。

我觉得这是诗。

我看着白纸上的两行黑字，忽然看出那些字后边隐藏着一个故事。故事定然关于女人，同时定然关于爱情。

假如真的有谁愿意为什么事死一千次，那个人准是女人无疑，而那事件也准是爱情无疑。男人们永远不会这么做，永远不肯犯这种错误。

夏季从来是爱情的季节，但贪恋夏季沉湎爱情的女人命运定然悲惨。光悲惨尚不完全，还应该美丽。献身爱情的女人命运悲惨而美丽。

我从文字后边看见一个故事。关于夏季关于女人关于爱情的故事。

夏季炎热并且多雨。发生在炎热多雨夏季里的故事，美丽而悲惨。

两句诗可以决定一个命运，关于一个不幸女人的命运。这个念头叫我害怕。我看着自己的右手，这只手叫我觉得陌生。我不知道它将怎样屠戮一个女人，怎样充满善意甚至爱心地将她放逐到令人痛心的境地。可是这只手已经握住了钢笔，笔尖已经在纸上移动。命运之路已经开始显现。这是件很不幸的事情。有时候有些事是不可逆转的，尽管明知结局会不幸。如同我们明知一天天走向死亡，仍要一天天走过去一样。

我把我的发现我的感慨包括我内心的恐惧，通通向我对面的女人说了。那女人正在专心喝一杯茶。

我想，在说话的时候，我也许露出了沾沾自喜的神色。我认为这个构思可以打动人尤其是女人，因为它一开始就已经打动了我自己，并叫我感到恐惧。

我以为作为这个故事的主人公，那女人理所当然要被打动。

可是不然。她坐在我的对面，端一杯不加糖的红茶，只顾慢条斯理地品尝，完全不为所动。

我盯住她足足有几分钟，看她把整杯茶一小口一小口喝下去。为她的冷漠所恼怒，我决定在小说里描写她的时候，尽可能不使用那些让她婀娜多姿乃至千娇百媚的字眼，以示惩罚。这种考虑在此时不过是由于我的狭隘所导致的某种恶作剧，可是到了后来，反而让我的女主人公避免了许多漂亮女人与生俱来的做作，显得更加真实和自然。所以，从一开始我们之间的合作就带有与一般合作伙伴不尽相同的特殊意味，这是我们的缘分。

非常不幸，她的确已几近中年，这是事实。大凡几近中年的女人一定比超过了中年分界线的女人更忌讳谈论年龄。但我不想姑息我的主人公，不想让她加入那个掩耳盗铃自欺欺人的行列，于是我直言以告，她几近中年。

她的面颊上已经有色素沉淀，美容师用一句行话说这是黄褐斑。她的眼角及两腮的皮肤开始松弛，上边交织着许许多多细小的皱纹。尤其当她笑起来，那些皱纹就变得更加引人注目。眼眶周围的黛青色眼晕，说明她睡眠不足并且心境不佳，要是按医生的说法大约是内分泌失调。她的眼睛还算明亮，但略嫌小些，特别可惜的是，这双眼睛过于清澈和率真，长在女人脸上便缺少了某种由于朦胧才产生的风韵，一种无论正派或不正派的男人都很看重的情致。

我正带着能够满足轻微报复欲的苛刻斟词酌句，忽然听见那女人叹了口气。

这是一种我从来没有听见过的真正的叹息之声，轻微而且遥远。像万籁俱寂的夜里，天空中不为人知的星座从茫茫天穹向大地坠落时，匆匆燃烧自己所发出的那种自焚的呼啸；又像是北国雪日的黎明时分，许许多多柔软的雪花铺天盖地而来，相互追随着，结伴去它们长眠的冻土赴死时，那种只有村头老树上瑟瑟欲飘的败叶才可能感知的喧哗。这是一种死亡之声。随着这万劫不复的叹息声悠扬地响起，黄昏的气息随之悄然而至，而我从来都认为黄昏与死亡有关。

我的思维就此中断，意识像一条从昏睡中被惊醒的猎犬一样竖起了耳朵。这完全出自我本人对死亡特殊的敬畏。我一直觉得死亡是世间最能化腐朽为神奇的宝物，当它出现的时候，仇恨与恶毒会像一场寒霜降临后的原野之草，风靡委地，然后静候岁月的封尘将它们狰狞的面目装饰得美丽善良。有时候，它又会挑选爱的高潮出场，赋予世俗的情爱以超凡的圣洁之光，使之变得无比强烈而又充满激情。

当我十三岁，还是一个小小的顽皮的女孩时，我的伙伴是一群十七岁的大女生，其中有个木子李尤其跟我要好。可是后来在我无辜代人受过的一次事件中，木子李毫不吝惜地把我推到遭受侮辱欲辩不能的境地。她的手指在我稚嫩的脸上留下清晰凸显的血印，她用所知晓的最毒辣的言辞咒骂我，把我带到我的班主任跟前，冲着她的脸说，你看看，这就是你的好学生。我孤立无援弱不堪击，能做的事只是用利刃一样的目光迎向她，一心想着要把她看出几个窟窿。我发誓要从此恨她一辈子，同时再也不与任何人做朋友，永远不。事隔不久大女生下乡插队去了，去一处遥远得我们前所未知而且荒蛮无比的山区。当我再一次听到她的消息，她已经死去。她在简陋的厕所里，被盘踞在茅坑边的毒蛇咬伤了私处，又因害羞不敢求医，蛇毒暴发而死。

她的死讯像天空中凄苍的鸽哨那样由远及近呼啸而来，穿过五年时间黑暗的隧道，撞在我青春的耳膜上，激起灌顶而下响彻骨髓的轰鸣。泪水夺眶而出，又一次在我的面颊上留下血色的凸痕。我知道，我将永远失去仇恨她的机会了，她的死剥夺我仇恨她的权利，不管我如何努力，我都不可能与她的死抗衡。在死面前我依然孤立无援弱不堪击。我想我一定是从那一天开始变得彻底善良起来，并对死亡产生了一种常情所不能包容的亲近感。我一次再次在小说里运用死亡的细节，但绝不将它用于仇恨，而是用于人物爱得天荒地老言不能及的段落。

现在我的女主人公肯定遭遇了死亡，她的叹息声向我昭示了这一点。

我的目光寻着昭示死亡的叹息望去，发现我的主人公左臂上缠着新丧的挽纱。她的目光散淡而迷茫。也许她在回忆？

于是我决定，这个夏天的故事，不仅关于女人关于爱情，还要关于死亡。我世俗的报复之心，就在这个突兀的瞬间无地自容地雾化，我的女主人公在升腾的雾气里，微微撩起了她低垂的眼帘。

我看见这个我曾经决意要让她缺乏风韵的女人，正用一种很特殊的目光看着我。那目光叫我一时找不到合适的词汇来形容，但分明意识到了它的力量。它的作用大抵与我刚刚说到的那种被称为风韵的眼波不相上下，确切说比一般的秋波或媚眼更要多几分高贵和雍容。这个发现叫我大喜过望。按我的本意，她是个外表开朗但内心孤高的女性，我实在没指望她有更多的柔情。既然她恰如其分地向我展示了这个侧面，那我就不妨让她多出一个层次，把她写得更丰富些。这缕目光增加了我对她的好感，于是不忍心再指出她在容貌上的其他缺陷，匆忙将她眉毛略短、鼻梁稍宽以及嘴唇的棱线不分明之类的短处一笔带过了事。同时我安慰她，女人静止的美丽不是本质的美丽，真正的美丽应该是一种运动的美丽，是一种动态的神采。说实话，我对我是否真能写出女人超凡脱俗的神采一点儿把握也没有，不过是为了让她与我合作预先许下一个愿。

她对我的好意不置可否，这让我觉得她绝不是一个可以随意糊弄的女人。我耐心等了她好一会儿，她才不轻不重地说了一句："进入中年的女人，全靠自信的气质支撑，不靠容颜。"

她终于开口说话了，这标志着我们合作的开始。

我还不算傻，马上听出了此话的弦外之音。她无非在提醒我，她可以容忍面部的弱点，绝不愿意放弃气质的选择。于是我马上表示在这方面我与她英雄所见略同。

但是后来我们仍在她的身材问题上发生了争执。我说你应该是一个丰腴的妇人，身高一米六，体重五十五公斤。她不服从我的安排，说她宁可再瘦一些，身高再增加五厘米以上，按现时人们对女人身材的评定标准，身高不足是不可忽略的缺陷。我考虑了一下，没有同意她的请求。我说你又不是穿超短裙的大学一年级女学生，也不是打算在竞美比赛中崭露头角的女演员，你是一个有教养的知识妇女，况且已经人到中年。平心而论我希望她在一切方面哪怕是细枝末节上都显出她的与众不同，要是她对自己的外表过于注重，那就仍然逃不出一般女人浅薄的窠臼。我也知道一个真实的女人不可能十全十美，但我宁愿让她欠缺别的什么，比如温柔不足、神经过敏等等，也不愿意让她有浅薄之嫌。我的固执显然使她不快，她坐着不动，连同杯中残余的茶水，全都凝固了一般。因此我对她说，为了表示歉意，我将替她设计一个最好的职业。

"我只能听从你的发落。"她说。

关于女主人公职业的思考

本来主人公的职业不该成为问题，在我过去的一些小说里，主人公往往身份不明，这样可以节省许多笔墨，突出人物超脱繁文缛节之上的其他东西。这回不一样，我为这项设计颇费了一番思忖。

我说过我从一开始预感到她的命运不济，心下就已经想到要让她日常的生活略微轻松些。想要让她过得丰富点儿，当女记者似乎算得一个不错的职业。可惜眼下有些一钱不值的电视连续剧，动不动就要弄出个女记者来撑台，还动不动就是什么政界要员的千金。富于正义感又蛮横不讲理，成天戴个红色头盔骑辆大马力摩托车来来去去，卷入某件诉讼可以秉公直言到大义灭亲的地步，要是涉足某起三角恋爱，那也是雷霆万钧的攻势百折不回的劲头。哪个男人一经被她看中，不管你年长年少，纵有武二郎坐怀不乱的本领，也休想逃出她的恢恢情网。本人不幸多看了几部蹩脚电视剧，从此女记者的职业便从笔下告退。这想必不是我的过错。

也许可以让她当个女画家？女画家在社会上一向令人敬重。可这个念头只是一闪而过，我马上把"女画家"的概念具象为我的一位芳邻。

那真是一位无可挑剔的女画家，出身名门毕业科班，气质高贵且身手不凡。她似乎从不像其他的画家那么注重参加各门各类的展览，发不发表作品或在什么地方发表全看她兴趣如何。不过有一点可以肯定，只要她作品出手总会引起小小的轰动，美术评论界那帮自命不凡的小伙子，定要发出鸦噪般的叫好声。按他们的说法，她活脱就是当今画坛的李清照，千古一绝的人物。问题是我永远不能苟同他们的说法。我认为李清照绝不是单凭着她的才华就流芳千古了，这位写下无数动人绝唱的女词人最本质的特征是多情，她的作品如果不是永不歇息地跳跃着多情的精灵，又怎么能打动世世代代崇拜者的心？可我这位芳邻，纵才华横溢却冷若冰霜。她有永远昂起的高贵下巴，永不斜视的傲慢目光，让每个接近她的女人都自惭形秽，而让每个接近她的男人都显出觊觎的端倪。无情未必真豪杰，况乎女人？当然我不会傻到认为天下女画家都跟她如出一辙地冷漠，但有时候形象的感受会盖过一切理性思维。写小说不折不扣是一种形象感觉活动，感觉发生了障碍，你肯定怎么写就怎么不顺手。我确信我手下再也不会出现一个可亲近的女画家。

我又想到要让我的女主人公当医生。通常女医生会让人觉得精致灵巧温柔可人。可一转念我便放弃了这个设想。因为我突然想起我父亲去世的那天早上，一个女医生哗地推开病房的玻璃窗，让严冬凛冽的北风毫无阻碍地吹进来，然后吩咐她的助手们撤掉病人的氧气瓶和输液管，将漠然的目光扫过我们苦苦乞求的脸，不带一丝同情和惋惜说道："料理后事吧。"假如女人面对人间生离死别尚能无动于衷，岂非丧失了她们的天性？而能够合理地磨灭这种天性的职业，大约应当首推医生。让主人公当上女医生，显然有悖我的初衷。

思前想后，我安排她当了大学讲师，教授美国现代文学部分，业余时间热衷于研究美国现代女诗人艾米莉·狄金森和西尔维亚·普拉斯。这是两个以情感充沛著称于世的女人，她们的精神遗产无疑有助于滋养我的主人公。

做这番思考的时候，屋子里是长久的静默。我不时看看对面喝茶的女人，怕她等得不耐烦。一经决定，我立即将她的职业以及我对每种职业的考虑通告了她。

"你满意吗？"

她并不急于回答我的话。她不是一个轻易就表态的谈话对手。

"你没想过你为什么对我的职业这么斤斤计较吗?"她反问我。

"我习惯于慎重的思考。"

说这句话的时候,我脸上肯定显出了愧色。

"大概不光是习惯吧。这牵涉到你对女性的理想设计。"她说,露出一丝高深莫测的浅笑。

这是一个我自己尚未意识到的问题,叫我暗自吃了一惊——确切地说是暗自有些惊喜。

"怎么讲?"

"要是我没理解错,你的选择已经透露了你对理想女性的所有要求。简而言之是有教养、有智慧、不招摇,多情并且博爱。"

我被她的敏锐震得发呆。在生活中我们常常会遇到一些出奇的女人,她们直觉的洞穿力有时候简直如激光光束一般,既色彩斑斓又犀利无比。而且她们往往对自己杰出的能力缺乏足够的认识,反而傻乎乎地去崇拜某个实际上并不见得值得她们五体投地的男人,并在不知不觉中用自己智慧的头脑将他们理想化,满心以为遭遇了千载修得的姻缘。男人在与这类女人交往时,往往怀着虚弱的心理,一边惊讶于女人的睿智,一边装得对她们满不在乎。他们捏造漏洞百出的传奇经历,装得粗犷剽悍同时无所不能。他们个个善于利用女人的情爱理想制造幻觉的光环,躲在强光后边心安理得享受女人的奉献。而为他们迷失了本性的女人,则会心甘情愿地处在被奴役的地位,让洞若观火的旁观者,在一旁无济于事地痛心疾首,眼看她们一步步走向预定的归宿。我的女主人公无疑正是一个聪明绝顶的女人,那么她将遇到一个或一些怎样的男人呢?

还没有把握。我还得试探她。

"这样不是很好吗?"

"当然好。只不过大凡这等女性,结局注定不幸。上天赐予她美好,也就同时剥夺了她的幸运。自古以来这似乎就是女人们不能两全的缺憾。"

我觉察出她的话里有一种潜在的忧患。难道她担心我要将她塑造得出类拔萃,然后让她经历过多的苦难?她的话加深了我最初的恐惧,使我又一次为她尚未知情却已依稀展现了不幸的结局焦虑。但就我的初衷而言，是要创造一个真正杰出脱俗的女人，我从内心深处感到爱莫能助。

"要是让你自己做一次选择，或者很平庸很幸运，或者很卓越很不幸，你会怎样呢？"我说。

她没有回答。

天色不失时机地黑下来，幸好有一束不知从何而来的亮光照射在女人颔下那枚椭圆形领花上，把她的脸映照得十分清晰和明亮。我从她的眼神里听到了一种答复："我愿意做一个好女人。"这是一种经过深思熟虑之后，交织了希望与绝望的声音。我敢说没有一个人——男人和女人——不为这样的声音感慨至深。

"我叫什么名字？"她问。

"萧芒。"

我简直不假思索便脱口而出。

"很好。"她说道。

她转过身去，更加浓重的夜色随之暮然降临。萧芒隐身在黑暗里，等我打开灯，她已经不见了。茶几上半杯残存的红茶，施放着最后几丝热气。我摸摸对面那张软椅，坐垫上竟然还遗留着她的余温。萧芒的的确确来过，现在又依然走回了她过去的生活。

女主人公的初恋与初夜情结

我的主人公萧芒走回了她过去的生活，这正合我意。生活经验告诉我们，当我们真正了解了一个人的经历，也就真正了解了这个人。但是要真正了解一个人，也绝非易事。

在我们每个人的生活经历中，都无可避免地存在着一些记忆死角，它们大都由我们认为不怎么光彩，至少是不怎么令人愉快的事情构成。我们经历过它们，开初是有些懊恼，然后便急于将它们忘却。有时候，假如谈话非要涉及它们不可，我们会很小心地绕过它们，如果实在绕不过去，我们就肯定会很本能地将它们改写。开始我们像潜入档案室非法涂改过自己档案的人那样心虚。这些被人为加工过的片段让我们自己觉得破绽百出相当陌生，久而久之，我们红嘴白牙地把这些伪造的段落一遍遍重复，渐渐说得滚瓜溜圆烂熟于心。我们居然忘却了事物本来的面目，真心以为被编撰篡改过的历史百分之百真实。只有当某些客观的场景特定的事物再次被提起，或者被强调的时候，才会将我们记忆深处的那些业已尘封的经历重新显影，变得伸手可触。

我认为最能还原记忆的东西，首先是音乐。一首与我们个人的特殊经历密切相关的乐曲，就像一把永不生锈与变形的钥匙，随时可以开启我们心灵深处布满蛛网的记忆之门，屡试不爽。其次是某个特定的季节，那个季节的气息、声响，以及当它流逝交替时所体现的节奏，会在潜移默化之中唤醒我们沉睡已久的记忆。

大学女讲师萧芒在少女时代最喜爱的季节是暮春。当五月的江南进入雨季的时候，淅淅沥沥的雨声不舍昼夜地响起来，就把每一个白天变得宁静，把每一个夜晚变得幽深。当年，初中三年级女学生萧芒，正是在雨季的宁静与幽深里，从孩童变成了少女。

少女萧芒在五月夜晚的雨声里，整夜整夜睁着眼睛。彻夜的失眠使她的神经变得亢奋不已。她视力敏锐，目光如炬，双颊潮红而且嘴唇丰润。她在潮水般涌来的蛙噪中，伸直了日益修长同时日益富于弹性的身子，某种期待就毛茸茸地在血管里生长起来。屋檐下边年久失修的雨漏，把雨声分解得杂乱无章，在少女萧芒听来，很像男生们在足球场上跑动时发出的那种踢踢踏踏的脚步声。一袭鲜艳的红色球衣，常常会在这个时刻跑进萧芒的视野，清晰无比地晃动，但萧芒从来也不曾看清楚球衣的主人。

萧芒在无意之中变成了一个足球迷。每天下午，只要学校操场上有足球比赛，她准会按时去观战，尽管她对赛事本身一窍不通。大多数时候，她会带上一本书，找一棵枝条纤秀的柳树倚干而立，她知道白色的细帆布连衣裙与碧绿的柳枝组合，效果将是怎样的赏心悦目。她常常一目十行地读着手里的书，眼角时不时扫一眼在球场上拼命奔跑的男生们，随便选择一方，暗中替他们加油。

在那个初三的雨季里，萧芒因为失眠变得更加容光焕发，也更加寡言少语。她看人的时候，目光不再是无遮无挡一览见底，有一层潋滟的波纹已悄悄荡漾开来，朦胧了周围的景物也朦胧了她的眼神。

萧芒本人一点儿都没有觉察自身的变化，她只是一味顺其自然地失眠和观看足球比赛，并不知道这两者之间有着什么神秘的关联。

最先窥见了这种变化的人，是萧芒的同座小赖。小赖其实不姓赖，因为她借东西从来不还，又生过癞痢头，而被同学称作小赖。小赖是地道的在巷子里生长起来的女孩，身上常年散发着因汗腺过于发达而产生的狐臭。她的头发猪鬃一样茂密坚硬，一直长到与眉梢相接的地方，将额头挤成窄窄的一条。额头下边两只眼睛，细小贼亮，好像集中着她全身的能量，可以把人一眼看穿。她从来不用心听讲，所有的心思都用于家长里短和萧芒们完全不懂的一些事情。她悉知班里每一个女生月经初潮的时间，然后就找上门去，不由分说介绍卫生纸的各种折叠方法和经期注意事项。她第一个买来胸罩套在又横又宽的身上，趁着洗澡的机会，在浴室里走来走去地示范，一一指出谁的发育已经成熟，到了该用胸罩的时候了。她的这种稀里古怪的热情，竟然使她成了全班女生的核心，要是她对谁看不顺眼，这个女孩就注定要被全班女同学冷落。在全班女生里，唯一能跟她平起平坐的人是萧芒。谁都知道，小赖非得靠萧芒的帮助，才能通过一次次考试，否则就只有乖乖去当留级大姐。

小赖用她的两只相隔很远的小眼睛，将她的同座萧芒着实观察了半个月之久，完全掌握了这位因成绩优异并且富有教养而优越于她的同座身体里正在发生的所有变化。有一天，上生物课的时候，老师用一只开了膛的兔子讲解雄兔与雌兔的性别特征，小赖含义不轨的目光，就像阴雨天没处歇脚的苍蝇，围着萧芒的脸转来转去，看得她耳热心跳。下课之后，小赖竟然伏在萧芒肩头，用妇道人厚颜无耻的声音对她说："你肯定已经开始想男人了。"这句话在萧芒听来，简直如五雷轰顶，一下子把她心底里由无数个幽深雨夜所构成的朦胧意境，以及在那个缥缈的意境里飘动的红色球衣，炸得支离破碎面目全非。像被人剥光了示众一样，萧芒获得了一种前所未有的自惭形秽之感。她觉得自己从此不再是一个纯洁的好女孩了，她的贞操已经被小赖毫不留情地破坏掉了。那天夜里，萧芒在潮水般漫进屋来的蛙噪声里，痛心地大哭了一场，然后安然入睡。从此以后，她再也不失眠，再也不去观看足球比赛，并且对小赖言听计从。小赖就此制服了这个班级里的最后一个对手。

初中毕业的时候，小赖终于放弃了高中的学习，去一家街办鞋厂当了工人。她对萧芒仍然保持着浓厚兴趣，隔三岔五等在萧芒放学的路上，拦住她说东道西，话题无非是男男女女，其中还包括她和她师傅不清不白的床笫之欢。小赖用男人般有力量的手臂勾着萧芒的腰，像押送俘虏似的携着她一路走一路说得绘声绘色，说到萧芒面红耳赤落荒而逃的时候，小赖就会在她身后发出一种过足了瘾的笑声，还居心叵测地当街大叫：别在男人跟前装淑女，男人们根本不喜欢淑女，除非他是个阳痿。真的，我不骗你。

小赖像一个幽灵，跟随萧芒不放，直到三年后萧芒考上了外地的大学，离开故乡。萧芒收到入学通知，第一个直觉的反应居然是——我终于可以不再见到小赖了。那一刻，萧芒满心装的，完全不是一个大学新生的自豪感，而是十足的自哀自怜之情。

少女萧芒离开了故乡。她把五月雨季的夜晚，把蛙声，把小赖一同存入秘密的心室，一次次加锁贴上封条，希望它永远冬眠般沉睡。她庆幸大学所在地是北方的一座气候干燥的城市，一年四季很少下雨，尤其当暮春时节来临，明晃晃的骄阳之下，漫天席地刮着夹沙带土的大黄风，再也不会有淅淅沥沥的屋漏搅扰她的清梦。她以为自己已经永远摆脱了关于雨季的记忆。

自从弗洛伊德先生率先将"情结"这个词运用于心理学病例，又经过了几十年时间，让人褒褒贬贬地传播普及，"情结"成为一个不再带有贬义色彩的中性词，被人们使用得更加熟练与广泛。在我拟定小说本章标题的时候，随手翻了一本心理学词典，该词典对这个词的解释是："部分或全部被意识压抑而在无意识中持续活动的、以性本能冲动为核心的愿望。"如这个词条所说，有一种叫愿望的东西在某种压力下，好像沉睡了，甚至好像死去了，可它其实不过收缩了它的触角，暂时蜷曲了身躯而已。我把这句话读了几遍，完全不打算将这个拗口的句子当成偏正结构来理解。我认为"情结"这个词的含义不仅指向"愿望"，它的另一个指针，同时指向"压抑"。没有被压抑的愿望构不成情结，那么这种愿望更应该被强调的特点是压抑。

女大学生萧芒带着一种情结走进了她的新生活。我这么认为。不过那时候，她本人对此一无所知。

与小赖所指引的方向背道而驰，女大学生萧芒完完全全成了一位淑女，一位真正的淑女。

她的眼睛又变得清澈见底，被广大的男性公民所看中的种种风韵，不知不觉从她的言谈举止中消失得一干二净。她从来不穿短裙，素色长裙使她的体态更加端庄和飘逸。她从来不施脂粉，但青春的肌肤总焕发着一种天然的柔润光泽。她的头发又长又直，用一条丝帕绑在脑后，或者如溪水般顺畅地披散在肩头。她很安静，尤其在有许多自以为是的家伙争先恐后地表现自己，拼命操练口头幽默的时候，她很少说话。而在她认为合适的场合，她说起话来并不怯场，常常是娓娓道来也妙语连珠。她几乎从来不会笑得前仰后合，假如有什么事确实让她忍俊不禁，她会找个机会背过身去，不至于当众龇牙咧嘴。她基本上没有与人争执不下的记录，任何问题到了她认为无法说服对方，对方亦无法说服她的地步，她就会主动退出辩论，不管对方如何继续红脸粗脖子，她都一言不发。她与男生的交往一律明朗而谨慎，无论何时何地她都不会同某一个男性单独出游。由于她以上的种种做法，使得她在以标榜现代主义为时尚的女学生堆里，显得很孤独也更加引人注目。同学们不论是欣赏她还是妒忌她，都不约而同地称她为二十世纪最后一个古典派女性。

淑女萧芒比较顺利也比较平静地度过了大学生活的最初两年。

大学三年级开学伊始，她提前回到学校，毫不经意地打开寝室门，看到的竟是一对正在忘情接吻的同班同学。她呆若木鸡地站立在门口，嘴张成一个O形半天合不拢。她刚想道声歉赶紧退出，同室的女生已经蝴蝶般轻盈地扑到她跟前，用朗诵诗歌的声音向她宣布：萧芒，我们相爱了！爱情真美好！那个男生也若无其事地跑过来，替她拿东拿西，又端出水果点心冲上咖啡，热情得让萧芒唯唯诺诺无所适从。直到她借洗脸的机会，逃也似的跑到校园里，她还惊魂未定，手心和额头汗津津一片。

萧芒像一个外星人突然闯到地球上，睁眼一看，仿佛周围的人们全都成双成对才能生活。教室、寝室乃至图书馆、运动场，年轻的恋人相依相偎的身影，像雨后的蘑菇随处可见茂盛无比。如同一只被搁浅在小岛上的孤舟，萧芒陷入了谈情说爱的汪洋大海之中。

故乡五月暮春之夜的雨声，又回到萧芒的睡眠里，伴着北方秋季临终的蝉们断断续续的嘶鸣，混合成一种更加复杂也更让她避之不及的意绪，梗阻了她的思维。红色球衣又开始飘忽在萧芒的视野里，而且更清晰也更具体。那个着球衣的男孩喉结醒目地凸出来，下巴上长着成熟的中年男人才可能有的青色络腮胡碴子。她徒劳地努力，怎么也看不清他的眉眼，或者说他根本没有眉眼，只有引人注目的喉结和胡碴子。小赖魔鬼般令人生厌的蠢脸，得意地凑过来，不怀好意地说："你开始想男人了……"秋凉似水的暗夜里，小赖的声音穿过遥遥几千里空间，传到萧芒耳朵里，微弱得叫她毛骨悚然。萧芒在毛毯下边，下意识地将臂膀拥在胸前，忽然感觉到自己的前胸变得出乎意料的柔软和丰满。她吓坏了自己。

一次又一次遭人惊吓也被自己惊吓的女学生萧芒，更加刻苦地投身于学业，想以此换取真正的身心平衡。她总是青着眼圈，脸色里夹杂了微薄的苍白。

萧芒正是在这样一种情境里遇到了宁羽。

萧芒在大操场上练晨跑的时候，第一次看见了宁羽。

他们擦肩而过，萧芒从着黑T恤的宁羽身上，嗅到了一种红色球衣的气息。这种气息让她联想起许多互不相干的词汇和形象，比如草地海啸游侠佐罗大白鲨哑铃高速列车成吉思汗阳光洪水等等，叫她心乱。这种春天与青春混合出来的气息，像一只无形的手，将萧芒一把拽过去。在非常非常漫长的岁月里，萧芒将始终被这气息笼罩，一生一世再也不能从那里边走出去。

有关他们恋爱的过程，我不想多费笔墨。一来本人向来不擅描写这类场景；二来这类场景早已被前人写尽写绝，再写只能是重复而已。简而言之他们先相识后相爱，也有过花前月下山盟海誓，也有过吵吵闹闹分分合合，反正一切恋人们之间发生的事情，都在他们之间发生过。不过好几年以后，女教师萧芒在证实了丈夫确已另有新欢的那个晚上，相当吃惊地回顾到，他们在恋爱期间接吻的次数是如此之少，而她在献身初夜的态度又显得如此被动无奈。

"我想……我们最好别这样……"

"什么……"

"我觉得只有小赖那种人才愿意这样。"

"谁？谁是小赖？"

"……"

"我们马上就要结婚，这是很正常也是经常要做的事。"

"经常?!"

"对，就像现在这样。很好，你觉得好吗?"

"……"

萧芒没觉得有什么好，甚至觉得一点都不好。她感到自己像被刺穿了一样的疼痛。在那一阵刺痛的眩晕中，她看见一只白色的鹰向她扑来。

一些久已淡忘的对话和细节，都在这天夜里再次被萧芒忆起。由于幼年丧母，没人对她预先进行婚前性教育，小赖的那些给她留下肮脏印象的描述，便成为萧芒对这类生活的全部认识。她带着一种难言的犯罪感顺应宁羽的需要，总也想不通自己如何终于与小赖殊途同归。涉世未深的萧芒或许完全没有料到，世界上有些事情的基本形式，是千百年来经过人类无数次的进化之后，仍然没有改变也完全不容改变的。离开了这种形式，它的内容也可能变得不那么纯粹甚至无法正常地展开。萧芒的错误，也许就在于她无意之中企图改变某种不可以改变的形式。

萧芒在高度的紧张状态下度过了她的初夜。到了这样一个夜晚，淑女的矜持再也没有招架之功用武之地。她的唯一要求是关闭所有的灯光，宁羽犹豫了一下照办了。

在婚后的几年里，关灯成为他们夫妻生活里的一个芥蒂，尽管每次宁羽最后仍依了萧芒。萧芒习惯了在黑暗的掩护下恪尽妻子的义务，除此之外她几乎从来没有沉醉其中。她只是静静地躺着，听任丈夫动作。有时候她会婉转地提出希望，别把唾沫弄得她满脸，别发出这么大的呻吟声。

宁羽的反应常常要比预料中激烈，有时候他会戛然而止放弃她，发出很夸张的叹息，把身子侧到另一边去。

萧芒的尴尬当然可想而知。

每逢此时，小赖的声音就会不失时机地响起：再正经的男人在床上也不喜欢淑女，除非他阳痿。萧芒道歉的勇气随之分崩离析。她从来没有向宁羽表示过这方面的歉意，尽管她每次都想到要这么做。

有好几回，萧芒在这样的尴尬里非常委屈地啜泣，宁羽听到后，也会回过身来安抚她，然后重复一遍在萧芒看来毫无道理的话："也许我还没有让你爱到足够的程度。"

萧芒不知道究竟怎样才算足够。她认为自己爱宁羽已经爱得无以复加，岂止是爱，简直是着迷。宁羽带给她的是一种跟女学生萧芒完全不同的生活，她甚至觉得属于她的真正意义上的生活，是认识了宁羽之后才开始的。跟宁羽在一块儿，她从来感觉不到生活的单调。对一切娱乐和体育活动，宁羽都堪称精通，驾轻就熟。玩到开心处，他便会像孩子似的开心地笑，显得毫无城府一片天籁。他带着她四处旅行，骑车徒步开摩托或者乘汽车火车，背着干粮帐篷、吊床橡皮船羽绒睡袋和猎枪，在山顶湖畔随遇而安地野餐宿营。他们被狼群包围过被大雪掩埋过，在大雨天的夜里冻得不能成眠就通宵达旦跳舞。所有这些经历都只会加深萧芒对宁羽的依恋。她甚至不能否认，她同样迷恋丈夫身高臂长的体魄，看见他轻松地跨过沟坎跃上台阶，那种协调自如训练有素的姿态，她还会像初恋时一样怦然心动。对这些她真不知道要如何向宁羽澄清，她不知道爱得够不够跟关灯这类事情到底有多大关系。萧芒觉得她与他不是爱得不够，而是默契得不够。

当他们开始正式分居，宁羽抱着铺盖去了办公室的那天晚上，萧芒枯坐在床头想了一整夜。反反复复考虑的全是同一个问题，另一个女人到底凭什么诱惑了宁羽？

当然没有结果。能一眼看穿这件事情根由的，只可能是街办鞋厂女工小赖，绝不是被淑女情结长久困惑而自己还浑然不知的萧芒。

女主人公家庭危机的意外结局

萧芒在一种十分特殊的情况下，猝不及防地成了寡妇。虽然宁羽就死在距家属宿舍仅仅两百米之遥的办公楼里，萧芒依旧是在他死后三天才得知了这个消息。这对她来说，无疑是一件残酷的事情。一直到我们谈话的时候，她实际上还没有从吊丧的氛围里抽出身来。对于宁羽的死，萧芒只有一句话，我真没想到他会这样，他太年轻了。对于宁羽的死因死状，萧芒全无复述的勇气，我只能去问宁羽在摄影家协会的同事老王。

老王是个说话相当啰唆的半老男人，而且说什么都喜欢把自己摆进去。我跟他谈了不少时间，还详细地做了笔记。等我回到家，打算把他的话全盘抄进小说里去的时候，发现他的话支离破碎，只好重新整理一遍。虽然回头一看还是很不简洁，为了保持一点现场气氛，姑且宽容些个记录如下：

那天早晨，我心急火燎翻遍了所有的抽屉，就是找不到暗房的门钥匙。问老金，老金说大概是小宁拿去了。可是小宁已经两三天没在机关露面，他放在办公室的铺盖，还跟几天前一样，乱糟糟堆在墙角的折叠床上，一点儿没有被动用的痕迹。

"这家伙跑到哪儿去了，也不打个招呼。"

我找出撬锁的工具，打算将暗房的门撬开了事。

老金不同意我这么做。作为这个协会的主席，我和小宁的行为都叫老金不快。一个假也不请无故旷工；一个自作主张打算撬门。老金觉得要是他再不出面制止一下我，他这个主席岂不也太不像回事了？

我被老金拦住之后，很有点心烦意乱，我今天要放的照片是我侄女的结婚照，侄女从小在我家里长大，论情分跟亲生女儿一般无二。说来我原先挺想撮合小宁和侄女，不承想转了半天弯把编好的一套词说给小宁听的时候，那家伙哈哈一笑说，恕小弟不能从命，本人已经找到丈母娘了。我还不死心，忙问你什么时候定的，怎么从来没听你说过。小宁一本正经答道，要说私订终身之期，已是十几年前的事了，拜见岳父岳母大人，不过是上个星期。我让这席话说得将信将疑。小宁三十岁不到，怎么会在十几年前私订终身？这家伙一向爱开玩笑，有一搭没一搭叫人难辨真假。不过我从心里一直很服这个年轻人，玩相机玩出一手绝活儿，在省里没人可比，人又生得高头大马，干起活儿来简直不知家门朝着哪边开。想想这么好的一个青年守在跟前还被错过了，实在有点不甘心。于是我巴巴儿地望着小宁，十分可笑地问道，难道一点儿办法也没有了吗？以前遇到什么为难事，我也常常这样对小宁发问，小宁一听也就多半会说，让我再来想想办法。根据我的经验，只要小宁说了这句话，事情就定然会有转机。他的办法多，为人又义气，而且说话向来讲究分寸，从来不许空口愿。我把小宁的种种优点飞快地回顾了一遍之后，更觉得小宁人才难得，侄女生得国色天香，又是心比天高不肯将就的一个女孩，与小宁相配真正是天设地造。越想越急，就刹不住车地说出那句可笑的话来。小宁果然笑得腰也直不起，半天才腾出嘴来答话说，那还有什么办法，除非政府宣布可以纳妾。这一句话在我看来，不仅太不正经，而且很有几分轻视侄女，归根到底就是轻视自己的意味。我气得好几天不跟小宁搭话，可是心里仍然为这么好的一个侄婿成了别家的人遗憾不已。直到小宁因婚外恋跟妻子分居，搬到办公室一住大半年，我心中才略微生出些侥幸的感觉。人一能干，就难免出格，年轻人都这样。

我由侄女的结婚照想到小宁的为人种种，眼睛也不由自主地在小宁的办公桌边扫来扫去，突然发现小宁的抽屉上挂着一串钥匙。这个发现让我大大地高兴了一下。我猛然想到小宁说不定就在暗房里，压根儿没到远处去。最近有几个书商跟他签了合同出挂历，小宁常常在暗房里一干就是一宿。我拔腿走到暗房门口，嘭嘭敲了几下门，里边一点儿回音也没有。再敲，还是一样。我习惯性地看了看门边的电路板，看到电路板上的指示灯明白无误地亮着，电表上面的小圆盘也在缓缓地转着。现在可以肯定小宁这家伙正在里边干私活了。我怀着不必惊动老金的想法，又一次敲了那扇宽大的包着铁皮外壳的门，还压低嗓门冲着门缝说："小宁，是我，老王。"我一直认为在影协的三个人里，我和小宁是一路，有话好商量。尤其在对付老金的时候，我总借助小宁的力量。门里边依旧静悄悄的。莫非这家伙在里边睡着了？我看看表，刚刚九点十分。我动了恻隐之心，打算暂时先不叫门，让那个瞌睡的小伙子再打上一会儿盹儿。十点半的时候，我又去敲了一次门。仍然是指示灯亮着，电表转着，门里边阒无人声。我心下有些不满，摇摇头走回办公室继续翻阅画报，一直到十一点二十分。

事后老王回忆起那天上午的情景，总是对人说他心中一直有种不祥之感。跟我谈话的时候，他同样很强调这一点，大约是投小说作者爱装神弄鬼之所好。

我坐在小宁的座位上看画报，老是看了后边忘了前边，上边的图片拍得好与不好，也完全没有感觉。其间我不下五次停止翻阅画报，去端详小宁压在办公桌玻璃板下边的一张自拍相片。论拍摄技术那倒是没说的，可我是上了年纪的人，对这种过分正规的半身免冠照，有一种本能的排斥感，怎么看怎么觉得那张照片像一张遗像。我打算等见到小宁的时候，一定要劝他把这张照片拿走，要摆就摆一张生活照。后来我在给自己的茶杯里续水时，眼睁睁看着杯子里的水漫出来，流了一桌子，愣把小宁那张照片洇湿了一大块儿。对此我并没怎么在意，觉得这一来反而好了，叫小宁撤掉这张晦气的照片更有道理了。

十一点十五分，老金提前走了。临走交代我说，要是中午小宁回来吃饭，务必提醒他别太自由散漫了，开放搞活也不能无法无纪，第二职业总不能取代了本职工作。我嘴上诺诺，心下不以为然。老金总是爱迟到早退，对部下反倒要求挺严，尤其见不得别人捞外快，典型的红眼病。送走老金，我再一次走到暗房门口，用拳头使劲砸门，一方面老金走了，没有了禁忌；一方面觉得小宁这一觉也睡得太久，够本了。砸了十几下，暗房里就是了无声息。我心里莫名其妙地有些发毛。该不会出了什么事吧。这个念头一闪，我脑子里立刻出现了许多警匪片中常见的镜头：小宁被堵上嘴绑在暖气片上，听见外边叫他，就是出不得声动弹不得；小宁头上被穿了个大窟窿，咕嘟咕嘟往外冒血泡；小宁被悬挂在半空中，身上还有什么人用匕首钉上去的一张字条……总之，当下我把我力所能及的恐怖想象都用上了，砸门的手没停顿，脚下先有点发软。我瞅瞅窗户外边，正是一个骄阳灿烂的晴天，接近下班时分，路上已有了饭盆磕磕碰碰的声响和喧哗的人语，一切如常，全不像要出人命案的样子。我定下神，认为很可能是小宁用过暗房后忘了关灯，其实暗房里根本没人。于是我拿来工具，开始撬门。

十一点二十分，我撬锁正不得要领，一个书商来找小宁。我边动作边说，小宁这鬼头三天不见人，不知到哪里去了。书商闻言回答说，这不可能，小宁约我今天中午来取稿子，不见不散。他一向守时从不出错，再说我跟工厂订有合同，晚一天就得付上千的罚款，不是闹着玩儿的。这哥们儿肯定还在暗房里玩儿命干呢。我说，除非他死在里头了，我敲了一上午门他也没答应一声呀。这句有口无心的话一出口，我与书商便下意识互相对望了一眼，都觉得对方起了一身鸡皮疙瘩。书商年轻性急，顾不得等我示意，往后退了几步，侧身猛跑，砰的一下撞在门上。

门应声而开。

以下的叙述我就没法再记录老王的原话了，他说这些话的时候更加前言不搭后语，想必是在看到一个关系不错的同事死在眼前，还动着一些十分功利的念头，说起来自己也觉得脸上无光的缘故吧。我只好连纪实带推理把这一段完成。

门应声而开的那一刻，老王简直不知自己身在何方。小小一间暗房，让一盏红灯照得若明若暗。红光在墙壁与地面各处流淌，犹如血迹散发着腥甜的气味弥漫在每一个角落。小宁就沐浴着这血腥的红光，蜷曲了他高大的身躯，俯首在放大机打出的一束强烈白光下，僵硬地微张了嘴。

幸亏我侄女没嫁给他。幸亏。老王倚着门框，半步也挪不动，满心满脑子只有这一个可耻的念头。老王很想管住自己的脑子，别这么卑鄙无耻，应该叫医生叫救护车叫他妻子快来。可是他的嗓子发不出一点儿声音，侄女在结婚照上挽着夫君楚楚动人微笑的影子，遮盖了老王的全部视野。幸亏幸亏。老王听见自己又一次可耻地说。这对老王来说，是一件很悲惨的事情。从此以后，他清白无愧的人生就该染上无法掩饰的杂色了。老王要为这种杂色困扰和烦恼，他再也不是一个无官一身轻有子万事足的老王了。老王一边预感着自己的不幸前景，一边想着幸亏侄女不曾嫁给小宁的心事，泥胎一般站在门边，眼巴巴瞧着那个书商跑出跑进，叫来一大堆人，又找来担架把小宁放在上边推走。担架经过老王身边的时候，老王看见小宁从头到脚被白布包得严严实实，白布里边发出一种夏季的肉食店里时常会有的那种气息。幸亏幸亏。老王的脑子还在无法遏止地转着这个念头，直到闻讯而来的老金派他去通知萧芒。这一天，萧芒心静如水。

用了将近半年的时间，萧芒终于适应了与丈夫分居的生活。她仿佛又回到了少女时代，像一个待字闺中的乖女孩似的，心无杂念纯洁如水。一切男人的东西，拖鞋睡衣烟灰缸剃须刀哑铃猎枪拳击手套，都叫她装进一个大木箱里，放进储藏室。她想，说不定他哪天就要成为她的前夫，回来取走这些个人物品，不如提前收拾好。清除了这些东西之后，她又把早已成为收藏品的一些呢绒动物玩具绢花泥人什么的，一件件找出来摆好，整个房间顿时为一种她久违的闺阁气氛所笼罩。她的一部分生命，由丈夫的背叛带走的那一部分生命，正渐渐在这种久违的气氛中回归。

萧芒在安静如水的心境里，译完了狄金森的几首轶诗。女诗人凝重而凄切的诗句，宛如将圆未圆或将缺未缺的月亮在仲夏无云之夜所放射的光芒，长驱直入走进她的心底，把那里面每一个孤独寂寞的细胞，都照耀得夺目刺眼，让她远远望去，也悚然心惊。她绝不想承认她其实是这样孤寂，但同样孤寂的狄金森不肯放过她。那个先于她一个世纪降生于异国他邦的女诗人，被执着热烈但又不可言说的爱情折磨了一生，只有在一首首诗里释放她谜一般的恋情。当这位女诗人迈着幽灵式的步子，在一个个月光明亮的夜晚，叩响她的房门来与她相伴时，萧芒心中除了充满感动，再也容不下一丝别的内容。

萧芒一向是个安静的女人，她酷爱思索，很容易失眠。一旦在失眠的夜里，她从来不像其他神经衰弱患者那样，心急火燎地吞服安眠药片，然后强迫自己数数，以期尽快入睡。相反失眠在她看来越来越近似游戏，妙不可言。尤其当狄金森不约而至，悄然走到她的床前，将她唤醒，她会乐意即刻起身，猫一般轻盈地随这位远客到各处去行走。她无比惊异地发现，在月光的映照下，所有的物体都在散发着一种魅力，体现一种清冷滋润富有弹性和韧性的质感。月光似乎不再只可以感觉而不可以触觉，它的光芒像被什么力量抻长了加厚了，在天地之间很实体地绷紧了，把她同万事万物无一遗漏地包裹其中，在她的肌肤上留下冰凉滑腻的触感，让她心旷神怡。月光使一切事物都平静与平等起来，于是也非常真切地证实了她的某些想象，她和树木和花草和昆虫和宿鸟，原本同源同宗，只是在千年万载永不停息的进化之后，获得了各个相异的外形，而骨子里仍存在着同止同息的血缘关联。她在一个又一个失眠的夜晚，与月亮相对而坐，得知了人之一生一世，如蝼蚁之一夕一旦草木之一春一秋，这个令人沮丧同时也令人超脱的事实。

萧芒在这样一种超然物外的心境中，听到了丈夫的死讯。

老王面无人色地跑进萧芒的房间，用一种被切开了气管才可能发出的喉音，闪烁其词地对她说，小宁出了一点事儿，你能不能到影协去一趟？

老王话音没落，萧芒脸上即刻呈现出一如秋霜冬雪的冷峻白色。老王还没来得及把他和老金商量好的一堆废话说给萧芒听，萧芒已经轻轻地向后倒下，像一片落叶随风飘零，无声无息。

老王惊得大呼小叫，连连说："我什么都没跟她说呢，她，怎么就全知道了？这就怪了，这就怪了。"

事隔多日，萧芒已经能够回忆起当时的一些事情。

几乎与老王进门的同时，萧芒已经像只遇到天敌的刺猬那样，竖起了每一根头发乃至汗毛。一个预感如惊蛰节气里的蛇蝎，闻声而出，乱糟糟爬满她思维的各个角落。随着老王那句听上去旨意不明实际上明白无误的话说出口，萧芒被一种巨大而强烈的感觉击中了。

"这是一个宿命的结局。"

她的肩胛骨擦过坚硬的桌角，重重地与地面接触时，她听见那个不幸的美国女诗人狄金森轻声地说道。

在以上的文字里，我有意回避给萧芒当时的感觉下定义，这在我来说是一个难题。我相信假如不是亲身经历过，没有人可以给那么一种复杂的感情做出贴切的解释。我反复犹豫是否与萧芒本人交换意见，一方面我担心旧事重提会使她伤感；可另一方面，我又不甘心让这个实质性的细节这么轻易地滑过去。

最后我终于忍不住向萧芒和盘托出了我的想法，尽管这么做对她来说也许有点儿残酷。

我们就这件事交谈的那个晚上，距离宁羽去世的时间已经有相当长的日子。夏天已经过去，夜风里已经夹带了暮秋的肃杀之气。萧芒在我们约定的时间如期而至，她穿一套黑色毛线织就的连衣裙，裙子的下摆很宽大，绣着一圈悦目的深红色玫瑰花，显得非常高雅，看她的气色似乎也比新寡时期好了很多。这叫我多少放心了一点儿，觉得她大概能够承受我的提问所带来的副作用了。而且在她落座之前，我十分意外地发现，她的身高比我原来的设计足足高了五厘米。这叫我感到了她气质中的某种近乎固执的因素。换句话说，她的做法更加强了我的印象，她是一个有主见、不容别人左右的女人。

"确切说是一种什么感觉？"

她重复着我的问题，在灯光下来回踱步，高跟鞋在地板上击出清脆的响声。然后她停下来姿态优雅地站在那儿，把手臂抱在胸前。

"你觉得，除了悲伤之外还有什么情感能让人迷失自己，像被撕裂了一样的残缺不全？"

她反问我。

"这我拿不准，只要是非常强烈的情感，无论哪一类都有可能使人这样。"

我犹犹豫豫，觉得很难用三言两语说得清楚。于是我对她说起我的另一部小说里那个多愁善感的女主人公，在向她挚爱的男人献出自己的夜晚，所获得的是一种被撕裂的幸福感，这种幸福强大的让她感到的是感官的疼痛，同时使她立刻联想到的是死亡。她一次次追问悉心爱抚温柔备至于她的爱人，假如我死了，你会痛心吗？她满心期待的仿佛真是死亡即刻来临，期待死把她永远留在爱人的拥抱之中。真的，她真是这么想的。当她与之发生龃龉，哪怕她明知这龃龉是一次误会，她也会想到用死亡来澄清来解释，来使他们之间的关系恢复原本的令她永远心醉神迷的理想境界。

我急急忙忙说着这些，越说越怕萧芒听不明白。我举的例子跟她的经历和处境简直南辕北辙。就算幸福会使人联想起死亡，反过来死亡也会让人感受幸福吗？我也真是。

"说不明白……说不明白。"

我很沮丧地刹住话。

萧芒望着我的样子很古怪。她的脸不知何时变得苍白，眼睛里充满了泪水，一字一句对我说：

"你说得太明白不过了，比我感觉到的还要明白。"

我不敢出声，不知她指的是什么。

"你说假如我还一直在等着宁羽，他回到我身边的时候，我会是一种什么样的感觉？"

"幸福……还有感动……"

"我不想下定义。不过你的故事让我明确无误地回忆起来，当时我的感觉纯粹是：他——回——来——了。"

原来这样。这绝对超出了我的意料。

"宁羽活着的时候，我们已经生疏成陌路之人。可是在那一刻，我才知道，他仍然是我的亲人，他的亲人也只有我……你说得并没有错，死亡和幸福有时候的确联系在一起，只不过人们在平时很难理解它们之间的关联。"

两行控制了多时的泪水，终于顺着萧芒的面颊缓缓流下来。

我想对萧芒说，你的善良让我感动。

可是我说不出来。

我们不再说什么，也不需要再说什么。

平心而论，我一直指望宁羽对萧芒的情感背叛，能够缓解他的死亡给她带来的更加深刻的伤害。因为我一直认为，一对感情至笃从无过节的夫妻，一旦有一方先行辞世，那另一方所受到的精神刺激将无法估量。这也体现了上天赐福人类时的公平原则，那就是曾经得到多少，最终就要付出多少，生前恩爱过人，死别便要哀痛过人，反之亦然。就处在家庭危机之中的萧芒而言，宁羽之死给她带来的伤害理当应该轻浅些。这很公平。

事实证明我的想法是何等浅薄。

当天夜里，我在萧芒得知宁羽死讯的那一段文字后面，加了这样一些话：

> 她第一次体会到，幸福也会像强大的电流那样，瞬间袭来，灼伤人的心肝肺腑。就是在这种被撕裂的疼痛里，她看到早已生疏的丈夫，同以往无数次一样带着满身令她沉醉的山野之气回家来了。她忽然意识到，自己实际上一直在等待他，在一个个失眠的夜晚和一个个安静的白天。他终于彻底回归并将完完全全属于她，再也不会被任何人分割，再也不会离她而去。

在这里死亡与回归完全是同一件事情。

女主人公在新寡期间的遭遇

萧芒走进殡仪馆的时候，手上缠满了绷带。为了给宁羽做一个鲜花花圈，萧芒的双手被玫瑰花枝上的刺弄得伤痕累累。她在丈夫的遗体前面，看见这个花圈上每一朵花都竭尽全力绽开着令人震惊的深红，颜色浓得团团欲滴。

她还看见了花圈旁边的那个女人。

几乎是在目光所及的同一时刻，萧芒就断定了她是谁。

这是一个与玫瑰花的艳丽同条共贯的女人，尽管她浑身缟素，不饰铅华，萧芒仍然轻而易举地嗅到了从她体内散发出来的某种气息。那种气息被女人脸上显而易见的哀容压抑着，仍然像彩灯映照下的喷泉似的喷薄而出，赋予她在茫茫人海之中很容易浮露的动感。

那女人肯定也意识到了萧芒的到来。她迟疑地欠了欠身，又迟疑地回到原来的姿势，并不抬头。

萧芒用眼睛的余光扫见她的侧影正在轻微地战栗。

两个女人就这样在同一个曾经属于她们的男人跟前站立着，而那个让她们心乱与心痛的男人，只是静静地躺在灵床上，闭了双眼默默无言。她们陪他沉默，陪他听为他奏响的哀乐，用心感觉着对方的存在，如同两个对垒已久知己知彼但还未曾谋面的敌手，在收鼓鸣金硝烟欲散的战场上相遇，一起向着被另一个更加强大的敌手占领的阵地告别。她们当然不会握手，但事实上已经言和了。

追悼会结束，宁羽的遗体就要被运走的时候，会场上发生了一阵骚乱。先是萧芒像截木桩子一样訇然倒地，紧接着是那不知姓名的女人冲上去抱住宁羽不放，并发出尖厉无比的哀号。面对两个女人用两种截然不同的方式所表达的巨大悲痛，所有的目击者都被感动得不知所措。

一阵大乱之后，萧芒苏醒过来。宁羽已经被运走了，空空的灵床上，白绫床垫阴森森地耀眼。那女人也被人架到了屋外的什么地方，但她特别激荡的哭声仍在百折不挠地传过来。萧芒得知，那女人正式提出要分一部分骨灰带走，这让萧芒觉得她的确十分勇敢但又很不识时务。果然她的要求遭到宁羽父母的断然拒绝，他们说这简直就是社会公理与公德的是非问题。他们的意见受到一致拥护，人们都争相借此向萧芒表示声援。萧芒在一群对自己嘘寒问暖的亲朋中间，听他们极尽安慰之言，并对另一个女人进行声讨。他们一边说一边窥视她的脸色，反而让她为自己当下的处境大伤其感，也突然觉得那女人非常可怜。而且萧芒完全清楚，其他的人们包括宁羽的双亲在内，未必不对那女人存有恻隐之心。

萧芒循着哭声很容易就找到了过去的对手。她对那女人说，每个人的体肤均受之于父母，如何处理也只能由父母发落，假如她一定想留下些什么做纪念，可以拿一些宁羽的遗物去收藏。萧芒对那女人说完这些话，便飞快地转身走开，她看见那女人向自己伸出手，左手还包扎着看上去刚刚扎上的绷带。萧芒猜想一定是人们将她从宁羽身边拖开的当儿，把她的手弄伤了。萧芒的心为此颤动了一下，但她仍然认为没有必要同那个女人握手，因为她们之间的一切恩怨瓜葛，都已伴着宁羽的消失随风而散。

新寡的萧芒真正开始了一个人的生活。

我本来以为她已经适应了一个人的生活。我一直对她说一切都已经过去了，一切都将重新起头。

萧芒从来没有就这件事发表过与我相反的意见。她有时候在我写小说写得很烦的空当来跟我聊天，说一些与她个人生活毫不相干的话题。直到有一天我到她家去做客，才发现她一直在蒙蔽我。

她的房间又恢复了她与宁羽一块儿生活时的格局，储藏室里封存的物品，被她重新一件件掏出来摆到原来的位置上，宁羽的拖鞋睡衣剃须刀打火机，每一样都像是宁羽自己刚刚放下的那么自然，只要他回来闭着眼睛也能摸到。猎枪打过蜡，拳击手套上过皮革油，亮晃晃地挂在客厅的墙上。

她完全没有也不想跟宁羽告别。

我这才知道，宁羽本人的故事已经完结，可是萧芒与他之间的故事离结尾还很远很远。

"一个人住着，房间好像太大了……"

萧芒见我把那些属于宁羽的东西打量来打量去，想要掩饰什么似的说。我只能旨意不明地笑笑。对于这种自尊心太强的女人，最好的相处办法是听之任之。然后我坐下，一言不发看着她，我相信她此刻正有千言万语要对我说。

"我一直在整理这些照片，它们叫我想起许多过去的事情。但是我怎么也想不起来，那个女孩儿是什么时候开始出现的。"

她很快就忍不住，主动对我说。

我看到沙发上茶几上到处都是照片，所有的照片上萧芒和宁羽都亲密和谐地靠在一起，在河边在山顶在大树底下或者在其他任何地方。

"我现在差不多相信我们之间什么都没发生过，从来没有过另一个女孩儿，也没有过分居的过程。"

女人们因事而易的健忘常常跟她们记忆力的非凡一样令我们惊讶，她们可以泼洒温情脉脉的水墨，将斑斑血泪衬托成一朵朵荷花，也可以调动歹毒无比的联想，把龃龉的小沟小坎培育成仇恨的高山大河，只要她们自己愿意。萧芒的状况再次说明了这一点。

这在我看来并不是一件明智的事情，这种心情非得宁羽再生才有意义。我应该阻止她沉溺其中，我应该提醒她回忆起那天早晨。请相信我这样做完全是出于善意，出于试图把一个女人从怀旧的深渊里拯救出来的好心。

我对她说了以下的话。

你应该记得那天早晨，尽管它已经过去了很长一段时间。那天早晨气候温暖但并不宜人，湿度很大气压很低，人们一望即知暴雨将临。这使得你产生了一点儿小小的烦恼，拿不定主意出门该穿哪双鞋。你正要去参加一个重要的聚会，每逢这类活动，穿衣服穿鞋的事就特别叫你费心。你认为仪表反映着一个女人的修养，众目睽睽之下衣着过于随便会有失身份与礼貌。本来你打算穿白皮鞋配上有白色碎花的薄呢衣裙，又担心大雨一下泡坏了这双新鞋。后来你拿出三四双皮鞋来回试，最后选中一双既可登大雅之堂又不太怕水的凉鞋。匆忙中你忘了把挑剩下的鞋放回原处，结果给人的感觉是床头床尾哪儿都是鞋。接着你坐到梳妆台前，打算着点淡妆。你知道自己已不是豆蔻年华的女学生，适当的修饰不可或缺。你用一支颜色沉着的唇线笔勾勒唇线，无意中瞥见镜子里边一张不甚清晰的脸，那张脸同当天的天气一样不甚宜人。开初你对此并不介意，你以为只是由于那几双皮鞋横七竖八的缘故。每当你把屋里弄得太乱，你丈夫总会表示出小小的不满。但你马上就感到有些异样，那张脸上睁着的一双眼睛叫你明白了今天不同以往。

"看着我干吗？不认识是吗？"

你没有转身，只是对着镜子说。你使用一种调侃的口气，这是一般婚龄渐长关系融洽的夫妻间惯有的亲昵。

"看你脸上的粉，扑得像冬瓜。"

镜子里的脸更加阴沉。那口气该怎么形容，你一时拿不准，说恶狠狠似乎太过分，说冷淡又嫌分量不足。揣摩了一会儿，你选择了一个词来表达，不折不扣那个词叫作"厌恶"。

你明明白白知道他在吹毛求疵，但你当时不想争执，只是一笑了之。并非你不计较这件事情。你不可能不计较这件事情。凭直觉你知道用这种方式表示挑剔，绝不可能仅仅是就事论事，其中定然另有隐衷。这种情况在你们的关系史上尚属史无前例，你从来没听见过你丈夫用这种可以被称为厌恶的口气对你说话。就算你心地还不太狭隘，可遭人厌恶尤其是被丈夫厌恶，即便是随和的女人也很难忍受。按常情你一定会做出反应，不反应只说明你头脑清醒。既然你已经预感到此事非同寻常，就不能用寻常的办法处理。

你貌似平静地收拾整齐，又把各处的皮鞋一一放好。你拿上雨伞准备出门，听见你丈夫再一次用厌恶的口气说："你的发式是不是可以改一改？"

"请问该怎么一个改法？"

你用脊背对着他，你怕看见他的目光也如语气一样传递着厌恶。

"怎么改都行。本来就不年轻，还要弄这么个老气横秋的发型。"

"本来不年轻，你就别指望我天真活泼！"

你用最快的速度说完这句话，又用最快的速度逃离了家门。你知道假如再挨上几分钟，你也许就很难管住自己的嘴巴。你认为一个成熟的女人，纵有明察秋毫的能力，也不可对有关感情的事过早下结论。一旦到事态完全明了，你将为自己的直觉之准确大为惊讶，因为你当时说的这句话，仿佛已经有所指并且包含了全部你尚且不知的实情。但你一定不要为这种直觉自豪，直觉的敏锐对女人来说并非福音。它会让你比迟钝的女人多经受许多磨难，你具备了这种直觉，这正是你的不幸。

就这样你在某个温暖但不宜人的早晨，怀着一种不祥的预感离开家，去参加一个你曾经认为重要现在已经完全不重要的聚会。从这天早晨起，一个女孩毫不胆怯地走进了你和宁羽的生活，走进了你的领地。

我对萧芒唠唠叨叨说着这些她亲身经历过的事情，活像个多嘴的长舌妇，而萧芒则安安静静看着我，如同听一个与己无关的故事不为所动。

这是个滑稽非常的场景。

"我想起来了……我们说的最后一句话……是在他的办公室。我去找老金借一只闪光灯。老金不在。宁羽告诉我老金出差去了，问我有什么事。我说那就算了。我不想问他借闪光灯。我跟你说过，我们早已形同路人。我当时的感觉是不能跟一个陌生人借东西……现在我真弄不明白，我们怎么会这样……陌生……"

萧芒痴人说梦般接着我的话往下说，完全风马牛不相及。

"你说过你跟宁羽之间最大的障碍就是他对你的厌恶，厌恶的语气和眼神。"我还想尽力而为。

"他拍自拍相片的时候，肯定已经预感到了什么。这张照片我怎么看也不像他，眉头眼角都是死气，他从来不是这样，一直充满活力……"

我无言以对了。

在静默中我又一次感到了死亡的力量。我想起木子李的死讯带给我的感觉，那种彻底剥夺了我仇恨权利的感觉。

"死亡真是个化干戈为玉帛的出色使者。"

我没头没脑地对萧芒说。

这次各说各道的谈话终于无法继续下去。我简直有点儿为我不合时宜的来访后悔。既然从小说一开始，我就已经预知了我的女主人公命运注定不幸，便已经宣告了我的一切引导她走出宁羽的阴影的努力都是徒劳。人类有个古怪的通病，就是知其不可为而为之。

正在无话可说的尴尬中，门铃响了。

萧芒有些忙乱地站起来，整了整原来就很整齐的头发，又把茶几上的照片用报纸盖住。

"我约她来拿东西。"

我马上明白了她是谁。

"你真打算给她?"

"当然，我那天答应过她。"

门开之处，一个年轻女人苍白疲惫的脸探进来。这是一张很漂亮但也很常见的脸，大约就是被人们称作俗艳的那一类吧。尽管苍白仍给人以明眸皓齿的印象，尽管疲惫仍然不乏刻意修饰的痕迹，包括脑后高高的发髻和额角上一根细细的蜷曲有致的鬓发。接着她把整个身子轻轻移进来，步子迈得很连贯很有弹性，我早就听说她是艺术体操队的球操运动员，于是有一种看她表演的感觉。

"来了？"

"来了。"

"好找吗？"

"我来过这儿。好几次。"

"……"

两个女人这样开始对话，但没有握手。

"你想要他的什么东西？说吧。"

萧芒用女主人的口气说，试图居高临下地矜持一下。

那女人似乎并不敏感，她越过萧芒走到沙发跟前，不请自坐，同时并不介意有我这么一个生人在场。

"我有点儿渴，给我一杯凉水行吗？"

她随随便便说，好像听她说话的不是萧芒而是宁羽。

萧芒的脸色有点难看，但她很理智地立即掩饰了。就我对她的了解，我知道她既然经过深思熟虑才邀请了这个不该邀请的客人，就肯定可以不动声色地应付对方的所有举动。

她给客人拿了一听冻可乐，把拉环很响地拉开，倒在一只玻璃杯里，倒出的量非常适中，不多不少。

那女人似乎渴到了相当的程度，谢谢都忘了说一句，端起杯子就一口气喝了个底朝天。喝完用手背把嘴一擦，等着萧芒将易拉罐里剩下的一半倒进杯子，然后如法炮制再一次喝光。

萧芒朝我苦笑了一下，又拿出一听打开，这次客人斯文了点儿，只喝了半杯。我注意到她喝水的时候，丰润的脖颈随着吞咽的节奏，在开口很低的领口上方蠕动，非常放肆也非常性感，让人很容易联想起天鹅或白鹭一类长颈动物喝水的动作。

"你说，你想要什么？"

萧芒有点烦，说。

"我要什么你都会给我吗？"

"那不一定，得看你要的是什么。"

"我想要一套他常穿的衣服，最好是那套苹果牌牛仔装。我最爱看他穿这套衣服的样子。我想把这套衣服钉在墙上，每天看着就像看见了……"

"可以。还要什么？"

遇到这么一个说话完全不看对象的对手，的确难办，萧芒肯定是想速战速决。

"还想要……"那女人把视线移向卧室，突然间眼睛里漫上一层水雾，"床头那一对台灯……"

萧芒像受到了某种强力的撞击，身子抖了一下，停了好久才说：

"它对你很重要吗？"

"很重要……它可以让我想起很多事……很多我和宁羽……"

"够了。我知道了。可以给你一个。"

"就一个？"

"一个？"

"……好吧。"

"还有什么？"

"没了……"

萧芒起身打点好她要的东西，包装得很仔细。乳白色的灯罩被卸下来擦干净，又用绵纸垫好。萧芒像个给出嫁女儿梳洗打扮的母亲，心情复杂地做着这一切。

那女人看着她，看着她，突然脱口而出，说：

"宁羽要是不死，他肯定会回头来求你，其实我也明白，他更爱的是你。他对我说过，你最让他伤心的是知道了我们的事之后一言不发，好像完全不在乎他。哪怕你只哭一回，哪怕只有一滴眼泪，他也会立即回来求你原谅。那时候我真怕你哭，你一哭我就会永远失去他。相信我绝不是那种乐意充当第三者的坏女人，我实在是太爱他……没办法……"

"别说了。"

萧芒冷冷地打断她，把包裹递到她手里。

"慢走。"

她不愿意用"再见"来道别。

"我没想到你这么好……"那女人站在门口，甚至有点儿留恋地说。

萧芒不能等到她说完，已经很轻但很快地把她关在门外边。

接着是我目不忍睹的一场痛哭，也是萧芒在得知宁羽有了外遇以及听到他的死讯之后，第一次真正的号啕。我从来没见过这样悲伤欲绝的哭泣，好像这个女人要把五脏六腑都倾吐出来一般。

我在一旁看她哭，不劝也不出声。在我看来这场痛哭未必不是一件好事，只有哭过这么一回之后，萧芒或许还有可能走出宁羽的阴影，重造自己的生活。好比马拉松运动员在比赛途中，必须经历超负荷的疲劳极点，在这个点上他们会认为自己完全跑不动了，马上就要死了，但他们只要还在跑，就肯定能到达终点，什么事也不会发生。萧芒眼下正处在一场精神马拉松的疲劳极限，越过这一点，她也该超脱出来了。

萧芒在床上翻来覆去，头发披散开，身子毫无节制地起伏，牙齿把枕巾咬出一排排小洞。她大声号啕小声抽泣，哭得旁若无人自由自在。一直到天完全黑下去，才昏然入睡了似的平息。

我替她盖上一床毛毯，关上灯，蹑手蹑脚往外走。

"请你不要关灯。"

我听见萧芒在黑暗里说，又转身打开墙上的壁灯。

"不，是这一盏。"

萧芒把头埋在枕头里，欷歔着。

我知道她指的是床头剩下的那盏台灯，照办了。

"以后我每天夜里都要开着它，一直开着。"

萧芒毫不含糊一字一句说着，随即安然入睡。

当天晚上，我在这篇小说里写道：

> 从这天起，她完全改变了睡眠的习惯。床头的灯整夜整夜亮着，灯光柔和而温暖地笼罩着她，犹如亡人温存的手掌，抚摸她的身体还有她的心。

她开着灯，整夜整夜，好像要弥补一个难以言传的过失。

女主人公改变生活的试图宣告失败

一盏孤灯伴着萧芒度过了多少漫长的夜晚，我已经记不清楚了。反正宁羽的名字已绝少被人们提起。他在摄影家协会的办公桌，由一位新来的大学生接管了。这位青年人也常常一夜夜泡在暗房里制作照片，有时候就在里边睡着了。于是老王像得了病似的，只要一早上看见暗房门口的电表在转，就要大惊失色，很响很急地敲门，直到把睡眼惺忪的小伙子从暗房里叫出来才安心。

"真是事儿妈。"

小伙子被打搅了好梦，总是嘀嘀咕咕。

老王也总是有一句现成的话等着他：

"我这还不是为你好……"

只有在这时候，宁羽的名字才会被他们再度谈及，带来一阵短暂的沉默与黯然神伤，如此而已。

萧芒还住在他们过去的房子里，她和摄影家协会除了缴纳房租水电费的关系之外，基本上没有别的来往。在她的小单元里，宁羽的用具在不知不觉中减少着，直到渐渐看不出多少痕迹。萧芒再也不夜以继日地浏览宁羽的照片没完没了了，她终于听从了我的劝告，把影集用一只小皮箱装起来，束之高阁。自从她有一天把她和宁羽结婚时买的双人席梦思换成了一张小铁床之后，到她家来说媒的好心人一天天多起来。人们把这个举动看成萧芒想开始新生活的一种信号，这倒也顺理成章。

我比谁都高兴地关注着萧芒的变化，比谁都希望她成功地从宁羽的阴影里突围出来，也比谁都了解这种变化的缓慢和突围的艰难。

我说过，萧芒是一个有主见并且性格内向的女人，大凡这样的女人很难被普普通通的男人征服。在生活里人们经常会发现，那些貌似有德有才其实不过半瓶子醋的男人，略施小计就把挺好的女孩子弄得要死要活，随后又轻而易举另觅新欢。这种男人永远把好女孩当成他们的玩物，所以其最终的归宿，只能是某个善良不足歹毒有余的女人。这就是一物降一物的道理。经历过生离死别年逾而立并且聪敏过人的萧芒，早就不再是那种意义上的好女孩，自然不在可以被什么人随便蛊惑的行列，懂得欣赏她的男人同时还要能被她欣赏，概率肯定低而又低。

萧芒也去见一些由朋友介绍的对象，但更多的时候，去赴约好像已经成了顾全介绍人体面的礼貌行为。每逢这样的场合，萧芒会稍事妆饰，按朋友指定的时间准时到场，用她自我调侃的话来说："这叫友情出演。"

我也好长时间没跟萧芒见面了，有时候她会打电话来，对我说些有趣的事儿。因为这些话多半涉及周边人事，萧芒总要嘱咐我别把什么都付诸文字，以免当事人难堪。但写小说的人坏就坏在酷爱道听途说，要是他们对什么都守口如瓶当然就写不成小说。而且那些事多少带着些喜剧色彩，放在这里也好让我们放松一下打小说一开头就很受压抑的情绪。

萧芒第一次见了位前拳击冠军，在市中心一家咖啡馆。

那天天气挺冷，前冠军穿了件短袖T恤，露出多毛的胳膊和很发达的二头肌。他跟萧芒握手的时候，只是稍微用了一点劲，就让萧芒止不住要咧嘴。萧芒以为当天的话题肯定是体育运动之类，没想到前冠军的兴趣只在抨击奶油小生。他说中国男人的形象，已经被那些不男不女的王八蛋歌星弄得一塌糊涂，一上台就缠缠绵绵可怜巴巴，好像每个男人都被他妈的抛弃了一百遍似的。恋爱这件事，再简单不过了，愿意就结婚，不愿意就另找，那么多眼泪哪还叫男人？前冠军说得义愤填膺，底气特足，萧芒从头到尾插不上半句嘴，一直到最后介绍人示意前冠军买单，他才如梦初醒浑身上下找不着钱包。萧芒见状主动将钱付了，三杯咖啡一碟水果一共三十八块五毛。前冠军对此也很看不惯，说这哪叫作生意，明明是抢钱。萧芒说，现在咖啡厅都这价钱，图它个环境清雅也值了。事后介绍人给萧芒回话说，前冠军对她所有的印象都很好，就是觉得她用钱有点儿大手大脚，以后只怕不太会过日子。对此萧芒哭笑不得，说他又不带钱包我再精打细算，咱们还能跑了单不成？

"阳刚之气能光凭二头肌体现吗？你说，作家。"

最后萧芒问我。

"你什么时候变得这么尖刻了？"

等我笑够了，又反问她。

"不然我该赶不上阴阳颠倒的潮流了。"

她笑，有点不像以前那个忧郁的萧芒了。

"我觉得下回你再见什么人，最好还是挑个知识分子，到底各方面比较接近，容易谈得来。"

我诚心诚意给她出谋划策，她倒不经意地说：

"行，我听你的。"

这口气叫我觉得她实际上并不对这类活动抱什么希望。

第二次她去见的是个记者。介绍人特别强调此人忠厚老实，文质彬彬，妻子跟别人跑了，留下一个女儿，两年来他一个人当爹又当妈，对女儿尽心尽力，真是一个好男人。他一听萧芒的情况，感到十分中意，双方年纪相当，尤其萧芒又没有子女，正合他意。萧芒事先把这个人的情况说给我听，我觉得值得去见见面。我说，爱孩子的男人肯定比较善良，善良是你要选择的首要条件。

萧芒从介绍人家出来，没回家就直奔我这里来了。一进门，神色就有些快快的。

"怎么着，人家没相中你？受打击了？"我问。

"人家倒是相中我了，可惜我相不中人家。"

她懒洋洋地说。

"那还不是你太挑剔了。"

"介绍人倒是没夸张，这个人的确忠厚老实，一点儿没有花拳绣腿。我还没坐稳呢，人家就照直里问，假如结婚之后我是不是非生一个自己的孩子不可。我说那倒不一定。他又问，假如不再生孩子，能不能把他的女儿当自己亲生的对待。我说，假如前提成立，从理论上说应该这样。他马上正经八百说，生活是很实在的事，不是理论可以代替的，比如说他一出差，家里光剩下我跟他女儿两个人，我能不能把她照顾好，早上六点半就得吃早餐，每天早上点心最好别重样，孩子有点儿挑食。中午和晚上也得按时开饭，孩子肠胃从小就不太皮实，冷了热了都不行，诸如此类。你瞧他这哪是在找对象，明明是在给孩子找妈，说得不好听点是在找保姆。我再不挑剔，也不能说对这点视而不见吧？"

我听了半天没词。

"好男人。"

"没缘分。"

我们相对一笑，一笑了之。

第三回介绍给萧芒的是一位生物工程学博士，介绍人是摄影协会主席老金。老金说，他的一个远房表姐的儿子刚从美国学成归来报效祖国，前些年光忙着读书，终身大事也给耽误了。现在屁股后边虽然成天跟着一串女孩子，但他希望找一个稳重些知识层次高些的来考虑。老金说什么事都很注意领导干部的身份，学成回国准是报效祖国而不是孝敬父母。老金说，他把萧芒的情况跟对方一说，对方还挺满意，认为年龄稍大不是问题，而且对萧芒的遭遇深表同情。后面这句话显然打动了萧芒，觉得此人不像当今大部分男人那样，只把眼睛盯住娇滴滴的小妞，一心要找个活动花瓶当摆设，而且有几分人情味儿。

为了让我便于参与意见，萧芒把见面地点约在我家。

那天萧芒的出场比较隆重，米白绣花真丝长袖衫，配驼色水洗真丝长裙奶白坡跟皮凉鞋，头发是今夏最流行的短款，整个人显得又优雅又年轻，同时很成熟。那位博士一见她眼睛就亮了起来，说起话来风趣随意，一看就知道是被打动了。

我泡上极品峨眉毛尖，端上精致的水果和点心，心情非常愉快。我希望眼前这个人能帮萧芒建立新生活。

每个在座的人谈兴都很高，大家海阔天空聊了一通，从德国绿党领袖遇难美国民主共和两党竞选原教旨主义发展核原料走私等等世界大事，到正统音乐衰落九岁国际象棋大师产生艾滋病防治纯银餐具如何保养等小趣闻，生物学博士都讲得头头是道妙趣横生，尤其是讲到美国的生物工程圈，人类将用人工方式根本改变物种繁衍甚至人类遗传锁链，这些分内的事情，他就更加神采飞扬。弄得老金一个劲在我耳边自豪地感叹："这孩子可真没白用一场功。"

大伙儿一直聊到深更半夜才散。

萧芒到家不一会儿，就给我打来电话，说生物学博士约她明晚单独见面，并想看看她的家。我一听连声说，那好那好，我这厢就专候你的佳音了。萧芒停一下问我，你没觉得有什么不妥吗？我想都没想就说，那有什么不妥，都是知根知底有头有脸的人。萧芒不出声。我又说，你多半是一个人生活久了对男人有种生疏感，你得想法子克服才行。萧芒说，也许你说得对。

第二天晚上萧芒没来电话，我认为这是好兆头。

第三天早上，我还没起床，电话就响了。是萧芒。

"我怕是碰上了一个新时代的方鸿渐，要不就是一个性解放运动倡导者。"

生物学博士来的时候，离约定时间还早很多，萧芒正在洗衣服，门铃就响了。萧芒湿着一双手开了门，请客人去客厅稍候，博士就倚在卫生间门框上等她冲手，好像已经相互认识了一百年。对这种西方做派，萧芒倒也不以为然，不过她在给他端茶的时候，发现他一双眼直勾勾盯住她的衣领口，让萧芒很不自在。

"最近可把我烦透了，家里电话一天到晚响个不停，全是小妞打来的。"博士刚落座就开侃，"我真不知道，要是我不回国她们怎么办？弄得我都快成病了，在大街上一走，觉得到处都是愁云满面的女人，等着好男人去搭救。可惜我不是孙悟空，不然真想分出身把她们全拯救出来。这年头好男人太少，忙不过来……"

萧芒半天没吭声，她没想到这位报效祖国的仁人志士上来就是这么一副嘴脸，叫她一时不知如何应对。

"你知道我为什么不像别的男人那样专爱找漂亮小妞吗？"

"不知道。"

"她们太嫩，尤其在床上，一点儿经验没有，没意思。我就喜欢你这样的，正当盛年经历丰富。"

"那你可猜错了。"

萧芒稳住神，尽量让谈吐自如。这种场合绝不能闻风丧胆，她对自己说。

"错不了，我一看你的体形就知道你很可以狂起来。"

博士厚颜无耻地说。

"这也是你的生物工程学研究的内容吗？"

"你很尖刻……咱们都是成年人，成年人说话应该没有什么忌讳吧？"

"但应该有分寸。"萧芒更冷静了。

"厉害。看来我今天是棋逢对手了……如果你不介意，我可以参观一下你的家吗？我一直认为一个家庭的氛围最能体现女主人的素质高低……"

博士不等回答，就若无其事站起来。萧芒只好说："请便。"

博士一间间房巡视，东张西望，嘴里不断对这儿那儿做出评价，还用手上边下边敲敲打打，好像打算进行装修的样子。萧芒在一边冷眼看着，觉得这个男人实在浅薄得可以，直想发笑。

最后他停在卧室里，看了老半天，突然回头盯着萧芒问：

"以前你跟你丈夫，多长时间一次？"

萧芒愣住了，在灯光的暗影里觉得自己涨红了脸。她尽量淡然说："指什么？"

"你真会装傻。真不明白我指什么？那我就说一遍，我指Sex go to bed。多长时间？One week two times？Two days one time？Do you understand？"

"Stop！"萧芒觉得忍无可忍，好不容易才管住自己尽量不发作，"我倒想请问你是不是性饥渴。请到客厅里坐下说。"

萧芒说完并不看他，自顾走回客厅。

博士在里边磨蹭了一会儿，讪讪地走出来，说：

"哟哟，说话这么难听。"

"咱们是成年人，成年人难道还有什么话不堪入耳吗？"

"我不过跟你开个玩笑，别当真，别当真。"

萧芒不响。

冷了场，博士也不傻，连忙自我解嘲说：

"看来主人要下逐客令了……今晚话不投机……请问你能借我几本书回去看吗？我其实一直挺热爱文学的，尤其是外国文学。"

萧芒立刻明白他的用意，无非是为下次再来留条门缝，她必须把门关死，她再也不愿意看见这个道貌岸然的无聊男人。

"你没看见我书柜上贴的字条吗？'学而时习，恕不外借'，我的书从来不借人。对不起。"

"连我也不能例外吗？"

"为什么例外？因为你是博士，刚从美国回来？"

博士尴尬至极，说：

"你真行，拒人于千里之外。我跟女孩子打交道，还从来没这么失败过呢。想不到今天栽在你手上了。"

"你应该想得到。我不是女孩子，是个女人，一个守寡的女人。"

事已至此，萧芒反而得到了一种舌战的快意，出言愈加锋利。

"暂停暂停，我说不过你。"

博士做个篮球裁判的动作，赶快换一副正经的语气：

"看来你认为我不太合适你。"

"是的，因为我认为你更应该去找一个轻浮的漂亮妞。"博士像一个假洋鬼子似的耸耸肩：

"那太遗憾了。"

博士从兜里掏出一个小小的绒面首饰盒，打开来里面有只K金假钻戒。他把盒子放到萧芒跟前，试探地说：

"本来我还给你带来一个小礼物，现在也不知道该不该送给你了。"

萧芒望着那张蠢脸，觉得这个男人真是滑稽。

"这还用讨论吗？戒指不是可以随便送的礼物，你在美国待了那么久还不知道？留着给你未来的太太用吧。"

博士终于拉下脸来，把小盒装进口袋，再见也不说，就直奔门口。在门外边，他突然回过头，冲着萧芒的脸狠声说：

"我今天算是见识了一位良家妇女。"

"这只能说明你的见识还不够多。"

萧芒立即应了一句，然后很重地把门撞上。

我这里听得开心，忙不迭捧场："你真行！"

萧芒好像并不高兴，半天不接话。

"怎么，你不是大获全胜了吗？还不开心？"

"不过是自卫成功免遭侮辱而已，有什么可高兴的。"萧芒认真说，"从今以后我拒绝所有的介绍，再也不见任何人了。"

我说："那也不能一概而论，万一……"

"万一这辈子再也碰不上一个合适的，一个人过到底也很好。"

萧芒说着，语气竟有点凄然："我真不明白，为什么人一到了中年就一个两个实际成这样。看来恋爱只能是年轻人的事，年轻才浪漫得起来。不浪漫又怎么恋爱？有一出话剧叫什么来的——《初恋时我们不懂爱情》，那真是大错特错了。其实不懂爱情的是中年人，中年男人。他们没有爱情只有情欲，只知道……上床。"

不等我说什么，萧芒已经挂了电话。我也正好就此打住。我能对她说什么，无非是人不能浪漫一辈子，生活是很实际的事一类陈词滥调。萧芒早听熟了，而且一定认为我俗不可耐。

放下电话我想了很久，在纸上写了一段蹩脚的格言：

上帝赐给献身生活的女人一杯蜜糖说，快去享受爱的甘甜；然后给献身理想的女人一杯苦酒说，快去做爱的苦役。

我打算在下次见到萧芒的时候，把这张纸条送给她。我也说不清这是对她的警告还是对她的赞美。也许跟她本人并无什么关系，只是我的一种感想。

我认为女人尤其是一些优秀的女人，最容易犯的错误也是她们品格最明显的标记，便是把世俗的爱情理想化。理想爱情的幻影能使她们变成天使也变成自虐狂或苦役犯。她们不会设防不会矫情不懂向男人邀宠的技巧，她们只会凭着本色一味地爱那些有幸被爱的男人。她们爱得太过火太真实，好像一个不化妆就上了舞台的演员。她们不知道作为观众的男人是多么习惯于女人的浓妆艳抹和矫揉造作。他们为伪装成依人小鸟的女人眼花缭乱的招数喝彩，给因为真实而显得廉价的情感留下悭吝的掌声。做苦役的女人永远只会疑惑自己奉献得是否还太少还不够，从来不思索她们所崇拜的偶像出了什么问题。命运给她们的机会，永远只是让她们在崩塌的偶像前恍然大悟痛不欲生，她们不可能像献身生活的女人那样活得轻松愉快，被男人哄着骗着宠得不耐烦。理想的女人只有优秀的男人才有能力欣赏，而这个世界上这样的男人的确太少。

我一定要把这张纸条给萧芒，等下次见到她的时候。

女主人公充满玄机的远行

我居然好久看不见萧芒，只在电话里得知她正在译一本文学书信集，并在民主党派开办的什么成人夜校里兼课，忙得不可开交。我倒很赞成她忙，忙一点儿可以减轻她情感的寂寞。

又过了许多日子，萧芒的事儿都有点儿淡了。我从心底里也认为这件事不会再出现什么奇迹，也就不去时时思量。

那天晚上出门办事，不巧遇上大雨，雨大到公共汽车都不能开了，我被困在汽车站的遮阳篷下边动弹不得。

好大一场雨。入夏以来，这个地区一直被溽热的暖湿气流笼罩，城市变得混混沌沌焦躁不安。人们被燥热驱赶着，火气冲天心不在焉，无须统计你也可以想见，这个夏天里由于炎热增加了多少交通与工伤事故，多少家庭纠纷，导致了多少寿数未尽的老年人提前去了阴曹地府。就在人们无计可施之际，大雨降临了，及时给昏沉沉的城市一个喘息的机会。风雨交加，雨丝粗大密集拥挤着连成一片，在路灯的照耀下白茫茫的，如同一挂挪动了位置的大瀑布，冲刷涤荡着炙人的暑气，再与地面蒸腾起来的热雾在半空里衔接，景象摄人心魄。我站在马路边，看着这突如其来的暴雨，忽然为它的到来而感动。大自然亘古不变的道理，就在于它永远为活物的生存及时变更着它的节奏。

我想到了人，想到了人的生命节奏。难道人们可以一辈子按一种节奏生活，可以守着某一种旋律完成他们生命的舞蹈吗？

我想到了萧芒。在宁羽死后的几年里，一直按一种节奏生活的萧芒，她现在怎么样了？

我正东想西想，一辆大马力摩托车从旷无人迹的马路上疾驶而来。雨声的喧嚣掩盖了引擎的响动，看起来那辆车好像轱辘没着地一般腾空掠过。避雨的人全被这个敢在暴雨里飙车的骑手震得目瞪口呆。就在摩托车从车站旁边掠过的一瞬，我看见一个姑娘坐在车子的后座上，双手紧紧搂着骑手的腰，身上白色的雨披被大风和高速引起的气流吹得飘飞翻舞，给飞驰的摩托更添了动的美感。

萧芒！等车子消失得无影无踪之后，我才惊魂未定地反应过来。

这怎么可能？也许是我正想着萧芒，所以把女人都看成萧芒。

回到家我就直扑电话，核对一下事实或者把这件事当笑话说给萧芒本人听都行。没想到萧芒不等我说完，就证实说：

"没错，是我。"

"你怎么……那个车手也……太冒失了，开那么快……"

我像一个隐私窥视者遇到了一个坦荡的当事人似的语无伦次。

"要是不下雨，他肯定还会更快，上回开到了每小时 90 公里，风吹在脸上就像小刀子割一样，下了车半天腮帮子还是麻木的。真过瘾！"

萧芒还没从飙车的兴奋状态下恢复过来，说话很快。

"你该不是放弃了拳击冠军又遇上一个摩托车冠军吧？"

"哪儿的话。那还是个大男孩呢。他在我任课的夜校听课，公安局侦缉大队的刑警，成天想写作新福尔摩斯，满脑子案件故事，一说能说上一通宵。跟这样的男孩子一块儿玩，不知不觉要年轻好多。真的，很轻松也很有趣。"

萧芒一口一个大男孩，用一种很不经意的口气，不过我总觉得这件事并不会只是一个学生下了课送老师回家那么简单。

"他又让你回忆起宁羽了是吗？"

萧芒果然沉吟了一下，才很审慎地说：

"有些地方很相近，比如开飞车技术特别好，玩起来宠辱皆忘……他还是个大孩子……孩子们总是贪玩儿，他们身上绝没有中年人的庸俗劲儿。"

谈话无法深入下去，我也就作罢了。跟女人谈话常常会是这样，当你全无长谈的准备时，她们兴之所至就掏心掏肺地倾尽心之所想梦之所及，可有时候你真是拉开架势要跟她抵足长谈，她又躲躲闪闪让人无从进言。但我凭直觉断定萧芒和这个大男孩之间的故事将要展开，而结局是我和她自己都无法预知的。

事情很快就有了结果。

萧芒给我来了一封信，说她已经辞去了在夜校讲课的事儿，虽然校方一再挽留她，又一再给她加薪。接着她写道：

> 谁也不知道我到底为什么执意要离开，也许只有你能猜到一点儿。
>
> 我正在逃避一个情感的漩涡。
>
> 在这儿我似乎有理由埋怨你把我设计成一个感情炽热的女人。你使我从外表上看充满理智、重视舆论、行为规范，事实上却拥有一般情感淡薄的女人根本无法企及也无法想象的热情。宁羽去世这几年，我以为我的心已清静如水，再也不会轻

易为谁而动摇。我更不知道自己还有一种可能性是爱上一个年龄小很多的男孩子。虽然现时社会将这类恋情视为妇女的一种时髦。

你还记得那个飙车的男孩儿吗？想你不会忘记。那天你打来电话，我就知道你已经注意到他了。那时候我也并非故意向你隐瞒什么，因为我自己仅只是感到有什么事情要发生，究竟如何还是混沌一片，无法对你说得更多。我也曾经想过，跟一个无牵无挂无忧无虑的大男孩儿交朋友，是一件美好的事情。一般情况下，你不会想到要去嫁他，他也不会想到要来娶你。你们如同同路的旅伴，走一站看一站，既亲密无间又保持距离，什么时候分手全看双方意愿，不至于难舍难分伤心伤肺。我们这样商定了旅程然后上路了。你一定认为我的观念还远远没开放到这一步吧？就是连我自己也没料到我怎么能有这样大的决心与勇气，去承受蜚短流长的舆论压力。我只觉得每天都被青春的气息裹挟着，身不由己地年轻了。我喜欢看他毫无城府的笑容，喜欢听他说那些骇人听闻的案例，也喜欢接近他健康年轻的身体。原来年轻的身体展现的时候，会像阳光一样灿烂如月光一样清亮，这是我跟宁羽一起生活的时候不曾感受的。你知道那当然全怪我。

你一定要奇怪，我跟一个当刑警的大男孩儿除了造爱还有多少话可讲，这也是我自己感到奇怪的地方。我跟他说话居然滔滔不绝，一点儿不比当年我与宁羽恋爱的时候话少。而且我跟他谈话可以绝对放松甚至不拘小节，真是口随心欲无遮无拦。以前我全不知道人还可以这样自然地生活，以致我一见到他就想说，去他的，成年人的深沉，去他的，形而上思索。总之，我比以往任何时候都活得真实。

可是我终于发现情况不妙，那就是我开始害怕我们的分离了。我原来认为假如我们需要分离，我一定能潇洒地走开，现在并不是那么回事。更糟糕的是他开始向我求婚，并且跟父母挑明了我们的事，闹得天翻地覆，可我们原来是说好了只做好朋友决不谈婚论嫁的。这种情形让我不能不认真考虑和对待。

我现在完全不知道该怎么办，每天都处在迷茫和焦虑之中。于是我想到了你，希望你给我安排一个机会让我重新回归宁静。有一点是肯定的，我将结束我和那个男孩子的关系，为了他我必须这样做，原因是众所周知的。

　　本来想到你家去跟你面谈，但觉得有些话用笔来传达更加贴切。你能早些给我回音吗？我在等待你的安排。

萧芒真是不折不扣给我出了一个难题。

我完全知道，要把一个已经堕入爱河的女人搭救出来谈何容易，更何况他们正是两情相悦。千百年来多少大智大勇的人物，在爱情面前都束手无策，为此身败名裂玉石俱焚死去活来，什么样的没有？萧芒想用理智来抵挡爱情，这多么可笑，理智在爱情面前的力量基本上等于零，除非她动的不是真情。

可是我必须帮助她，既然我煞费苦心地塑造了这个女人，又那么真诚地希望她善始善终。

我为营救萧芒绞尽脑汁，最后决定让她暂避一时。因为她如果铁心要和那个男孩子分手，天天见面时时厮守又怎么办得到？我认为她应该有一次远行，出发时必须与那个男孩不辞而别，而且我认为还必须在异地为她制造另一场艳遇，看看是否能够李代桃僵。对于这一点，萧芒开始不能苟同。她说为了与这个男孩子的恋爱，她现在已是心力交瘁，再也打不起精神去做这样一件无聊的事。她的话差点儿让我恼羞成怒。我说，你自己把事情弄到不可收拾的地步才来向我求援，我想出了这么一个办法也是迫不得已。因为我觉得事已至此，你非得进行一次感情分流，不然你和那个男孩子只能是剪不断理还乱。萧芒说，她绝不可能像当下的时髦女孩儿那样，逮着谁跟谁，一切取决于她和另一个男人的缘分。这让我猛然联想起禅宗的一个信条——缘聚则生，我一直认为这是不容置疑的生活真理，既然是真理必当放之四海而皆准，我有什么道理勉强萧芒呢？于是我向萧芒做出妥协，同意她一路见机行事。

临别之时，我对她说："随缘吧。"话出口，我觉得自己简直像佛祖一样英明。

萧芒脸上露出一种显而易见的感激之情，如同宣誓般认真重复了一句:"随缘。"

按照我的要求,萧芒出发之前果然没有向那个男孩儿透露半点消息。她走后,有一天我从她家楼下经过,看见一个身材修长头发卷曲的年轻人在那里徘徊,不时停下来呆呆望着萧芒家的窗户,脸上一色的困惑。我想这肯定就是萧芒说的那个小警察了。看着他那副失魂落魄的样子,我心想,要是他知道是我一手策划了萧芒的失踪,没准会把我揍一顿。

萧芒去了西藏,一个遥远而神秘的地方。

我早就知道,我的女主人公一直对这地方抱着走火入魔式的痴迷之情。自从几年前她的亡夫宁羽进藏来风,拍了一大堆西藏风情照回来,萧芒就成了狂热的西藏发烧友。她用重金收买她所见到的一切可能购买的与西藏有关的物品:画册书刊脸谱佛珠藏香木碗铜壶哈达牛羊头骨以及经幡与转经筒。有一回,她在与宁羽一同进藏的朋友家中看到一个风干的人头头盖骨,不惜十数次跑去那家做客。那位朋友的妻子甚至为此生了疑窦,不知到底是不是丈夫吸引了这位以深居简出不爱热闹在圈内闻名的大学女讲师,弄得夫妻之间龃龉不断非常苦恼。等最后萧芒开口要用一台进口收录机换取那个头盖骨的时候,那位妻子笑逐颜开坚决而又慷慨地把头盖骨送给了她。做丈夫的惴惴不安之余,只好自我解嘲说,原来我在萧芒跟前,魅力远远不及一个死人头。宁羽闻说一笑,很欣赏地看着妻子对朋友开玩笑说,她就是这么一个想入非非的女人,我想除了我大约没有一个男人能毫无障碍地真正适应她,你老兄完全用不着遗憾。

这句话无形中成了一道咒语。说话的人已经在几年前退出了萧芒的生活,可是至今没有一个人能够全方位替代他。

萧芒走后杳如黄鹤好久没有音讯,这叫我十分后悔,怎么能同意她只身一人到那么个偏远的地方去,而且同意她选择了那么一条曲折的进藏路线,由甘肃兰州至青藏铁路终点站格尔木,再乘汽车过唐古拉山口去拉萨。当时她用了数不清的理由来说服我。她说这次进藏对于她绝不仅仅是一次长途旅行,简直就是去朝圣,说不定等她回来的时候,她已经不再是现在的萧芒了。她认真地说,这绝不是她信口胡说,她早已在一次梦里受到了启示。在那个梦境里她在一片辽远的高原上行走,高原上长着稀疏的骆驼刺和蒿草,远处是巍峨耸立的冰峰,一条小路蜿蜒通向峰顶那片圣洁的明光，她沿着小路艰难前行，完全跟她出生的时候，经过母亲体内的通道，向着外界的光亮冲刺的情景一样。现在她认定那梦中的高原就是她此行要去的西藏。既然是要去脱胎换骨，就必须选择一条曲折的路线，否则当飞机降落在拉萨机场，又如何体会得到新生来之不易的快感？她终于用这些玄妙的理由说服了我。女人一过三十五岁都会越来越相信玄说，我也不能例外。

萧芒临行，焚香沐浴以示虔诚。

宁羽说得不错，萧芒是一个想入非非的女人。也许正是她想入非非的气质，才使她具有超凡脱俗的光彩。

我还有什么可抱怨的？

当萧芒的第一封信终于带着遥远高原的气息风尘仆仆到达我手中之时，离她出行的日子已有一个多月时间。她在信中无限欣喜地写道：

　　我真是不虚此行。我终于找到了真正属于我的生活。

　　法国象征主义诗人兰波有一句名言：生活在别处。也有人将它译为生活在远方。后来他的同胞超现实主义诗人布勒东在《超现实主义宣言》中引用了这句话，几乎使它成为这个流派的纲领性言论，巴黎的学生也曾把这句话作为他们的行动口号刷写在巴黎大学的围墙上。再后来，当今世界大师级文学家米兰·昆德拉将它作了他的一本小说的标题，取代了原来所拟定的"抒情时代"，使得出版商脸上贴满不安的神色，他们怀疑是否有人愿意买一本题目如此深奥的书。对这句名言，我以往的认识仅仅是富于诗意，我从来只把它当作一句好诗来对待，而不曾领会其中潜藏的哲学含义。是这一路迢迢的旅途使我具备了与这位诗人相通的灵感，我现在才知道伟大的诗人与平庸的诗人之间的区别所在，并已经刻骨铭心地体会到了这句名言的妙处。我想说，我的生活在西藏，我找到了它。你同意吗？

　　原谅我这么久才给你写信。其实在敦煌的时候（我顺路去了敦煌）我曾打算给你寄张明信片。在那儿，我忽然间得了场怪病，高烧腹泻，吃药打针全不见效。后来一个医生在给我打针的时候，无意中看见床头柜上给你写好的明信片，立刻决定对我停针停药。他说我其实没病，只不过是小小地得罪了菩萨一下，菩萨因此警告我不要妄言。我在那张明信片上告诉你，敦煌实在令我失望，连那些画窟里的佛像都透着一股匠气，叫你不必对这里心向往之。医生一口咬定全是这张片子作的怪，说只要我诚心认错，把它烧掉病就会好。这个医生全不是你想象中的草药郎中，正经是上海医科大学毕业来这儿支边的西医。我将信将疑照他的话去做，病果然同来时一样突然地去了。我去谢那医生，看见他的诊室里还供着一尊佛像，始知他是佛教信徒。他郑重嘱咐我，进藏尤其要处处小心，不可随意说话。我只有唯唯诺诺。如果不是亲历，我定会认为这是天方夜谭。但我现在却是完全相信了，世界上还有许多现象不是现代科学能够全面解释的，不可以一言以蔽之迷信。有了这次经验，我会处处留意，你尽可放心。我会尽量与你保持联络，这一段因在路途中，写信多有不便。

就写这些，这封信是地地道道的东拉西扯，但愿它让你读来有趣。

我把这封信读来读去，一点儿也没觉得有趣，除了萧芒的思索给我带来的沉重，她神神鬼鬼的经历使我恐慌之外，我已经感到我与我的女主人公之间，正在迅速拉开距离，也许我终将完全掌握不了她。掌握不住主人公的行动，这对于一部小说的作者来说，当然是一件令人难堪的事。

以后萧芒果然与我保持了很密切的联系，频频寄来明信片，在上边匆匆忙忙写些问候的话，然后就说一切都好，勿念。我拿出一本地图册，将明信片上那些陌生而古怪的地名圈上红圈。那曲——类乌齐——八宿——波密——加查——贡嘎——日喀则——拉孜——聂拉木——樟木，最后一站樟木，位于中国尼泊尔边境，我花了好一会儿，才从地图上密密的小字里把它挑出来。我敢断定萧芒比任何一个进藏旅游的旅客走过的地方都要多，而且她已经越来越明显地表示了乐不思蜀的倾向。她说她在八角街的地摊上能用最低价格买来绿松石，摊主说他看她眼熟不想坑她半点儿。这句话叫萧芒真的强化了一种感觉，这街这房子这些攒动的人脸，的确没有一处让她感觉陌生。我真怀疑自己上辈子到过这里，因为处处给我的都是旧地重游之感。这种感觉真好。她说。

真是匪夷所思。

人们都说西藏风土粗粝，难道它真能把一位淑女在这么短的日子里改造成女侠不成？就算我有过为萧芒在旅途上制造艳遇的企图，但一点儿没有让她成为现代文成公主的准备，难道她真的不想回来了？

在寄自樟木的明信片上，萧芒说她的旅行要暂时变更一下计划，她必须赶回拉萨，有个电视摄像师答应带她到墨竹工卡直贡梯寺天葬台去参观天葬。这是一个极难得的机会，请你为我高兴。她说。

我真不知道该不该替她高兴。天葬是世界一大奇观，但有关天葬的资料我们只能在极少的书刊中得到，能亲睹西藏风俗中这一奇中之奇，当是有幸。不过萧芒在宁羽死后显示出种种对死亡过敏的迹象，我担心她受不了那样一种场面的刺激。

关于天葬我知之不多，但因为我本人一直对有关死亡的一切事情都有着浓厚的兴趣，也曾收集过一些资料，并且看过一盘弥足珍贵的录像带。近年来随着到西藏观光的客人不断增多，到天葬台参观的人也多起来，照相机摄像机咔嚓乱响，破坏了鹰鹫的食欲，它们瞻前顾后草草了事，还没啄干净就匆匆飞走了，使死者亲属十分沮丧，假如不能被吃净，死者就难进天堂。政府为此颁布法令，禁止观看天葬，保护鹰鹫情绪，拍摄录像更是不能。那天看录像的时候，几个在座的男士都表示目不忍睹，我却眼都不眨从头看到尾。我说过这完全出于我本人对死亡的特殊兴趣。现在我的女主人公似乎在这一点上跟我非常默契，我真不知道该不该为此高兴。

萧芒已经跟那个电视摄像师一道，走在通往天葬台的路上。他们正在一步步接近被称为世界三大天葬台之一的直贡梯寺天葬台，相传公元十三世纪直贡巴仁钦贝正是在那里创立了天葬，这种迄今世间最超俗最神圣的葬俗。

当年直贡巴仁钦贝秉承法师帕木竹巴传授的密法在山上修炼密宗，看见直贡山像一个面目狰狞的魔女站立在远处，她四周的山峰则如观音、妙音、金刚、毗卢遮那四座佛像环绕，四座佛像周围的八个林子，东方是暴虐林，西方是红焰林，南方是锁骨林，北方是密丛林，东北是狂笑林，东南是吉祥林，西南是幽暗林，西北是啾啾林。八个林子中终年阴气逼人，分居在此的刹生女、食肉罗刹、骷髅鬼等诸神出没其中。林间的一片明光中，竖立着一块五彩缤纷的圣石，上边用天然纹理写着六字真经，象征无量佛的慈悲喜舍。于是直贡巴仁钦贝在圆寂前向人们宣布，他已经得到了神的旨意，在这里修建一座天葬台，送往这里的尸体可以直接进入天国，并且获得灵魂的永生。

天葬台修好之后，从印度斯白天葬台飞来的四个仙女化作了台上的四根石柱，一位名叫热巴看的智慧神又招引来食肉鬼、魔王、独脚鬼、护法鬼、瑜伽师、甲前孤、鹞隼、雕、苍鹰、八部鬼众、乌鸦脸神、黑心母鬼、美丽神、玛母鬼等等，一起到这里来吃肉吸血为天葬出力效劳。在梯寺天葬台上空还有一条金线与印度斯白天葬台相接，使这个阴冷的场所焕发出宗教的圣明光环。这里多像一座充满神奇想象力与创造力的舞台，调用着信仰期望礼仪的所有道具和布景，天界、人界、鬼界在这里融为一体彼此不分，人可以在生命最后一幕的庄严时刻，做一次独具风采的谢幕。鹰鹫将在这儿把渴望在来世超生的人们吞食掉，然后翱翔远天，把死者的灵魂载入生死轮回的"六道"。没有人见过自然死亡的鹰鹫，当它们感到自己死期将至时，就会努力向太阳高飞远翔，直到它的身体被太阳融化。作为藏人神灵的鹰鹫，没有辜负人的期待，恪守着它们天国使者的职责。《西藏王统记》中所载："天尺七王之陵，建于虚空界，天神之身，如虹散去，无有尸骸。"描绘的就是这样一幅壮丽辉煌的死亡图画。

现在我的女主人公萧芒和那个电视摄像师正在通往天葬台的路途中。

东方既白，送灵的队伍起程了。天葬师背起用白布包裹的尸体，死者蜷曲为胎儿孕育在母体中的姿势，喻示他或她将如同新生胎儿一般进入生死相继的轮回。家门口糌粑粉画出的引路线，立即被扫去，以免亡灵认家迷失了升天之路。

天葬台上，已经燃起松柏香堆，名叫"桑"的青烟袅袅升起，这是天葬的信号。鹰鹫们闻烟而来，在高高的晨空里盘旋一阵，一只接一只降落在附近的山冈上。它们目光炯炯有神，面貌威严之至，等待神圣时刻的来临。穿红色衣裳的天葬师开始在刻有经文的石上磨刀霍霍，他的助手扛出石块绑成的大石锤。喇嘛们低沉的念经之声，随鹰鹫翅羽扇动出的风传得很远很远，直到消失在群山深远的怀抱里。

裹尸布打开，死者如在沉睡之中无知无觉。他被俯身摆平，天葬师锋利的刀尖在他背上划开一排井字，鹰鹫们蜂拥而上，死者被它们的羽毛覆盖。在这一大群鹰鹫中，萧芒看到一只硕大无比的白鹰，居高临下踩在其他黑鹰的背上，饕餮般吞咽着肉块。

"白鹰！"萧芒发出一声惊叫，情不自禁揪住电视摄像师的手臂。

那人一边将摄像机镜头对准白鹰拉成特写，一边有些欣喜地对萧芒说，白鹰来了，这可是死人的福分，藏人认为白鹰是吉祥的象征。

萧芒有些茫然地听着，觉得那只白鹰竟然似曾相识。她的记忆跳过了几个空当，徘徊了片刻，像鹰一样敏捷地落到了她向宁羽献身的初夜，就是在那天夜里她邂逅了这只白鹰。她甚至在白鹰的巨翅扇起的旋风里，闻到了一种她曾经非常熟悉的身体的味道。她觉得白鹰向她传递着来自天国的消息，宁羽正走向他所向往的来生。她像盯住一位天使那样目不错珠地盯住那只高傲的鹰，心中充满顶礼膜拜式的感激。

等死者从鹰翅下再次露出时，躯干和内脏已经不见。天葬师操拿起大锤，砸碎每一根腿骨脊骨以及头颅，再用糌粑粉将骨渣搅拌好。这道工程需要付出相当大的体力，于是死者亲属及时递上表示谢意的水酒，天葬师接过酒，并不急于去喝，用手指向碗中沾点三次，抛酒空中祭奠死人，这才一饮而尽。骨渣和成的糌粑，好像是鹰鹫们正餐后的点心，它们扑到一起将死者最后的部分抢食一空。

鹰鹫们起飞了，像是要代替死者对亲人与尘世告辞，它们在天葬台上空盘旋，发出啾啾的叫声，好一会儿才向着远山飞去。此时太阳已经升高了，鹰背上一片耀眼的光芒。死者的亲属目送鹰鹫远去，满脸洋溢着感激之情，他们的亲人已经羽化登仙而去，尘世没留下他半点痕迹。

萧芒站在天葬台近旁的土堆上目睹了一个人体消亡的全过程。她的脸因为过分专注而显得苍白。在这个平静无奇的上午，有一个曾经在人世间诞生长大成熟衰老的肉体，化作了鹰鹫的飞翔。没有激动和不安，没有恐惧甚至没有哀痛，一切都进行得有条不紊心平气和，从死亡到新生的过渡完成得多么安详。萧芒感到了一种前所未有的灵魂震颤。

当天夜里，萧芒一夜无眠，她的感想在许多天之后，以方块字的形式传达到我手里。这是一封很长的信，引经据典，旁征博引，简直像一篇关于天葬的论文。她在其中写道：

> 这是有生以来最让我难忘的一天。
>
> 我的日记本里记录着一位在西藏生活的学者对天葬进行考察之后说过的话，今夜将它翻出重读，更觉出了这段话的价值，使我对这位学者肃然起敬。他说："面对雪山丛中用灵与肉筑起的生命祭坛，面对超越生命的热烈的真诚，我们的惊奇会成为沉思，成为觉悟，成为感知西藏上空雪山的明光，镀亮死亡的阴影。"他说："如果把天葬台上切割尸体喂鹰的场景，推入藏文化的深处，推入神话世界和宗教的大氛围中去认识，心灵便会受到持久的震撼。天葬所具有的魅力、魔力和吸引力是人们无法抗拒的，是迷恋？是蛊惑？是魔幻？是方术？人们已无法细细体味。由于天葬台的场面、气氛、造化的渗透和渲染，仿佛我们每个人都成了神魔人的复合体，成了神话世界里的幽灵。"
>
> 早听说藏族人仅把肉体看作不朽灵魂的外衣而已，一具死尸的价值远不如一套破旧的衣服，今天真是眼见为实。任何参观过天葬的人们，生死观灵肉观都会像经过再铸一样，进入新的思路。

在信的末尾，萧芒用另一种颜色的笔，又补充了一句话：这个美丽神奇的地方真叫我感到相见恨晚，说不定我会嫁个骑牦牛的老藏，然后终老此地。

我为这句话大费思忖，她到底是与西藏相见恨晚，还是与哪一个西藏人相见恨晚？我控制不住我的主人公，已经不只是一种可能性了。

萧芒的确开始了她的又一次恋情，在遥远的西藏。

在这次恋爱中，萧芒的身体已经退到了无足轻重的位置，她的所有行为都只被一种精神和文化支撑。萧芒变得令我完全陌生，与从前判若两人。

在参观天葬回到拉萨之后的第三天，她毫不犹豫地应那位电视摄像师之邀，搬进了那个人由于缺少女人而显得凌乱不堪的家。那时候，萧芒甚至不知道这个满脸大胡子完全不事修饰的男人真实的姓名与年龄。她只知道他自称不语，因为崇尚少林武术取了少林寺传说中某个豪杰的法号为名。萧芒并不在乎他真叫什么，既然身体都不再重要，那么这个身体用什么符号代替自然更无关紧要。

不语对整个西藏风俗的起源和沿革了如指掌，对各种宗教经典和礼仪也多有见识。他说按照大密宗师的说法，人有一种叫"醚"的东西，形成于肉身生存期间，用现代科学术语来称呼，是一种磁场。当人死去时，假如某个肉体还强烈地留恋人世，这种能媒就会变成鬼，在他过去生活过的地方游荡，找不到超升的路。他还说，死亡不是瞬间的事情，从生之岸到死之岸还要经过七七四十九天的跋涉，《西藏度亡经》上说，在生死两岸的大峡谷里，人的亡魂可以伴随金翅鸟、赫怒加、金刚杵摇动的声音，看到各种具有象征意义的颜色、图形和数码。如果新死的灵魂不能破译这些象征物的含义，就会被它们永远支配不得解脱了。

萧芒入迷地听不语讲着这些她闻所未闻的事，对他产生了一种近似崇拜的感觉，尽管她认为自己从来不崇拜什么人。

萧芒每天都很忙。

她每天要用两部普通的录像机，把不语从各处拍来的藏族婚嫁丧葬风土人情的资料，按照需求者的要求编辑翻录。她自己一边录制一边反复看，每一个场景都像亲历过一样记忆确凿。她查阅大量史料，对这些活动进行历史考证。她还要做许多操作性极强的事，比如将不语收集到的因雨打风吹显得很脏的人头盖骨刷洗干净，把刚宰杀的牛羊头按不语教给她的办法制作成壁挂。不语说，他所采用的办法叫生物制作法，说到底就是把新鲜的兽头搁置起来，让它们腐烂生蛆，到一定时候将腐肉剥去，再用石灰水浸泡，一个具有防腐功能的头骨壁挂就做成了。不语把萧芒制作好的磁带和人兽头骨卖给观光的中外游客，价格贵得惊人。不语说，对西藏这种人类罕见的文化奇观，必须让它身价百倍地被介绍出去，才不至于委屈了它，因此价格在这里只有象征意义。他本人是要为弘扬西藏的文化奋斗终生的，他决不能够容忍这种文化在任何方面的贬值。

萧芒被他的话感动，义无反顾投奔了他。为了她心目中的那个崇高目标，她甚至过上了一种大学女教师萧芒完全不可能忍受的生活。

由于房屋周围到处是正在发生化学反应的牛羊头骨，绿身子红头的大苍蝇大批滋生出来，又白又长的蛆虫沿着墙根一队队爬进屋来，一不留神就爬上她的脚背。大得像是成了精的耗子，叼着牛羊头上啃下来的肉渣来回乱窜。将腐未腐的兽头还会引来无数争食的野狗，整夜整夜在窗下撕咬嗥叫。萧芒要在这种环境里安排一日三餐，并且夜夜应不语的召唤与他做爱。不语的性欲之强令她目瞪口呆，但她从无怨言，因为不语时时在提醒她，一个过于看重自己身体的人是不可能真正体会生命的原始含义的，不能把肉身看成一件随时可以变质的灵魂躯壳来对待，也就不能真正领悟藏文化的精髓。

萧芒相信了他，并且不容他人质疑。当日后我与她为不语发生强烈的分歧时，我才知道，不语对萧芒的改造是多么彻底。他对她的影响远远超过了以注萧芒受到的所有教育的总和。萧芒已经在他的指导下按他的要求脱胎换骨。但我几乎是毫不费力地看穿了萧芒被一个文化骗子蒙蔽的真相，洞若观火。我必须坚定不移地将她从那里调回来。

萧芒看到了我的第十二道金牌之后，才愤然起程回来。她见到我的第一句话就是："我恨你——痛恨。"

我的劫难深重的女主人公，终于与我成了陌路之人。

关于女主人公前景的若干种设想

我真正陷入了恐怖之中，我感到我对改变萧芒的命运完全无能为力，正如我在小说的开端所预感到的那样，我用自己的手充满善意甚至充满爱心地将一个无辜的女人放逐到令人痛惜的境地。我必须把她解救出来，这是我的责任，否则我将一辈子逃不出对自己的谴责。

叫人头痛的是，萧芒对自己的处境毫无认识，她一回来就一头扎进了她的西藏事务里。她把本城的西藏爱好者一个不剩地调动起来，搞展览和演讲会，将西藏风光图片张贴到街头巷尾，同时到处兜售那个摄像师的录像磁带。为了给这些活动筹措经费，萧芒卖掉了自己所有值钱的物品，并且把个人生活费用降到最低水准。她每天疲于奔命，差不多忙到了蓬头垢面的程度，原来收拾得井井有条而且非常舒适的家，也几乎成了大车店，人来人往邋邋遢遢。她所任教的大学，多次因她无故旷课告诫她遵守纪律，否则就要免去她的公职。对这一切萧芒全都熟视无睹置若罔闻。她双眸明亮神采飞扬，不管跟什么人说起西藏都口若悬河滔滔不绝，像刚刚注射了吗啡一样。地地道道的走火入魔。

不语时不时从西藏打来电报电话，无非是问萧芒，磁带推销得怎么样了，然后就催她赶快汇款过去。对不语的每一个吩咐，萧芒都执行得不折不扣，以往那个有主见有头脑的萧芒已经冰消雪化了一般。

我实在忍无可忍。

我不能听之任之。

我试图说服萧芒。

我对她说我一点儿也不怀疑藏文化的神奇和瑰丽，但必须把这跟不语这个人物分别对待。

"相信我，这个人绝对是一个高明的骗子，他发着西藏文化之财，还编出动听的谎言来掩盖真相，比别的骗子更加可耻可恶。"

萧芒并不言语也不争辩，只是用眼珠子直直地瞪了我一眼，眼神里还有几分狠劲儿。

我从来没有见过她这个样子。

"他根本不是藏族人！他来历不明！"

我大光其火。

"你以为这些并不重要，重要的是他早就与西藏和藏人融为一体了是吗？难道你看不出来他根本不爱他们，而是天天在用高价出卖他们？他还用谎言雇用了你，替他制作他的商品。"

我差一点儿控制不住自己，话像连珠炮一样张口就来。

萧芒反倒像是完全不屑与我搭话，把脑袋扭向一边，看都不正眼看我，按说这叫我不能不恼火。

此时正是夕阳低照之际，萧芒坐在窗边，搓着因为多日的操劳变得粗糙的手。她的头斜靠在窗框上，脸在一片若明若暗的光线里显得苍老而又憔悴，又令我动了怜惜之心。

我停住一会儿，缓和了口气说："我知道你从心里反感我非要按自己的意志来描写你安排你的生活，你一定认为我的文字就是你的牢狱，千方百计要逃脱出去。可是你要知道我这全是为你好，从一开始我就真心希望你幸福并且永远如此。"

萧芒像一个泥胎，不吭一声，安静得仿佛生命都停止了。

这情景叫我回想起我们初次见面的那天，她给我的那种寡言少语心高气傲的印象，而且她现在的傲气里更增加了几分冷漠。

"那你今后打算怎么办？"

"我？只有你知道我该怎么办。"

萧芒总算瞪大一双眼睛对我说了一句话，语气里充满了轻蔑，目光幽幽的叫我害怕。我应该有理由后悔制造了一个连我自己也不知该如何结果的人物。

我只能说，让我好好想一想。

我想我一定满面愧容。我真心想帮她才做出了让她远行的安排，没想到适得其反。我也太傻了。

萧芒离开的时候我很惆怅。

在生活中我见识过不少这样的女人，她们比口口声声时时刻刻在表白着侠肠义骨的男人们不知要侠义多少倍。她们只认人认死理，而不会像男人那样认钱认利。倘若一旦认准了什么人或者什么事，她们真正会威武不屈富贵不淫。我现在才意识到萧芒就是这类女人。

度过了好多个不眠之夜以后，我终于为萧芒设计出若干种前景。设计若干种而不是一种，说明我的创作态度更加审慎了，我越来越意识到写小说实际上也是人命关天的事，非同儿戏。我打算把这些方案一股脑儿端给萧芒，由她自己去做选择。

以下就是我从若干种方案中挑出来的两三种。

方案之一：

冬天到来的时候，萧芒决定去旅行。她似乎受不了这座北方城市日益凛冽的风和一派萧瑟的景致，尽管已经在这儿生活了这么多年。

她只是决定要去旅行，去哪里，去多久，她全不知道。

到达火车站的时候，她有些茫然。售票大厅左右两边的标志，分别写着醒目的大黑字：往南，往北。她犹豫了片刻，站到往南的窗口一边，因为她想起来，她的皮箱里装的全是连衣裙、短袖衣、皮凉鞋和遮阳帽。当她意识到这一点，仿佛略略受到了惊吓，她不明白怎么会在不知所往之际便把夏天的服装塞进了皮箱里。她看她自己，看周围的人们，从头顶看到脚底，都是绒帽围巾手套皮靴，完全的冬天装束。她知道自己是要去到很远很远的南方了，有灼热的夏风吹拂，有骄阳暴雨和肥硕蚊蝇的遥远的南方。

队伍越来越短。萧芒在价目表上一遍遍地寻找，想找出目的地的名称，竟是枉然。轮到她买票的时候，她把一百元的钞票塞进半圆的小窗，听见窗口的扩音器里沙沙地问："去哪儿。"

"C城。"这个地名出现在她脑海里，几乎与发音同步，她简直不假思索便脱口而出。

这时萧芒发现自己处在一种身不由己的境地，冥冥中有一股神秘力量在左右她，她只能俯首听命。就这样她开始了这次无缘无由的远行。

在C城火车站熙熙攘攘的广场上，她把从身上换下来的大衣、围巾还有一双精致的羊皮长靴，统统送给了乞丐。她并不知道这么做是否意味着她将一去不复返。反正她换上夏装之后，毫无信心地找到一辆出租汽车，把一张字条递给司机。字条上写着她在火车上凭空想出来的一个地址，区、街、巷和门牌号码一应俱全。奇怪的是这个地址并非子虚乌有，这个城市里还真有这么一条街，这么一条巷，这么一个门牌。

一切顺利，一刻钟以后她已经叩响了一扇油漆斑驳的旧门。跟一般神秘主义小说里的主人公不同，萧芒到了这个地方，并没有似曾相识的感觉，这是个她完全陌生的地方。

门吱呀一声，启开了一条缝，里面渗出一股地窖的气息。萧芒看见一双老妇人溃烂的眼圈，上边站立着不多的几根睫毛。

"你来了。来了就好。我已经替那个人等了你好多年。"老妇人干瘪的嘴唇翕动着，发出一串含混的声音，可是最末一句话说得很清楚，"要是不等你，我也许早就死了。"

萧芒心惊肉跳，不知是谁叫她等自己，也不知她究竟已经等了多少年。但她没有发问。自从这次奇怪的旅行一开始，她就已经预知她的每一步都将被无处不在的力量所调遣。她只是担心，一旦等到了自己，这个风烛残年的老妇人会不会当即倒毙，引出一场说不清的人命案来。

"钥匙在这儿，你自己去吧。阁楼在顶层，我已经爬不动了。"老妪喘着气，喉咙里咝咝地响。

　　钥匙是铸铜的，足足有几两重，上边还结了一层绿锈。接过钥匙，萧芒心里充满了疑惑，她完全不能想象，这把钥匙将打开一张怎样的门，而门里边等待着她的究竟是什么。

　　方案之二：

　　当这列火车穿过夜幕驶进黎明的时候，卧铺车厢幸福的旅客们被"新闻报纸摘要"的声音唤醒，纷纷下床去抢占厕所，排队刷牙洗脸。然后大家坐下来吃早点，互致问候，很客气地请这位那位尝尝自认为有特点的旅行食品。一阵忙乱过去，人们才开始把注意力投向那个女人。

　　那女人并不属于引人注目的一类，在时装模特、女明星和通俗歌曲女歌手风靡了世界的今天，这样的女人只有被淹没。跟她同住一组卧铺的男人们，喝着酒，吃着鸡腿，用目光追逐时不时穿行在狭窄过道上的年轻女孩像小马驹一样伶俐的身影，一度忽视了她的存在。他们只隐隐约约知道她昨天傍晚从某一个大站上车，住了一个下铺。上车之后，她像个影子似的坐在那儿，从晚饭时间坐到熄灯以后，不吃不喝一动不动，凝视窗外无边的黑暗，一闪即逝的孤灯和天幕上起伏连绵的山峦剪影，直到粗粗细细高高低低的鼾声非常惬意地响起来，包围住她。没人注意她。

　　人们开始意识到她的存在，是第二天早上一阵忙碌之后。世界上的万事万物与众不同的本质方式其实只有一种，那就是被强调。无论美与丑静与动，被强调的东西或迟或早总会因它的与众不同受到重视。那女人受到重视的原因，是她被强调的安静。那女人大约一夜未眠，人们从她整齐的铺盖以及她的就座的姿势都可以轻易做出判断。她对面下铺的油画家，用职业眼光在漫不经心之中就记住了她裙子上的一条皱褶，仍同他昨晚无意瞥见的一样，蜿蜒在她膝头。

　　男人们面面相觑，互相用目光传递着惊诧和同情。这女人一定碰到了什么不寻常的烦恼，以致灵魂出窍，只剩下躯壳听凭火车载走。这些走南闯北见多识广的男人，天性里充满了希望女人依靠，并且拯救女人于苦难之中的愿望。当他们被她异乎寻常的安静震慑，就不约而同想为她做些什么。

"您在哪儿下车?"

一个毛头小伙冒冒失失问。

没有回答,没有反应。

那位自开车后就不停地吃喝、不停地打饱嗝的胖男人,费劲地爬上行李架,翻出一包进口果仁,用一溜戴着三个黄澄澄金戒指的肥手,将它摆在女人跟前:"吃点吧,好吃。"

还是没有反应,没有回答。

见此情景,一位头发斑白的老者,自觉有做长辈的资格,也帮着劝道:"遇上什么事也得吃东西,当心伤了身体。"结果同样无效。

只有她对面的油画家不动声色。他拿出一袋苹果削着皮,将附近熟悉的旅客一一打点,最后挑了一个大个的,细心,转着圈削好,又连同果皮裹住,摆到女人肘边的桌面上,一声招呼也没有。

女人似乎仍无反应。但画家认为他已经得到了回答。他凭着职业的敏感发现,那女人的睫毛在初升的太阳柔和的光照里,难为人察地轻微抖动了一下。

假如这列火车还要开上几天几夜才能到达终点,这几个男人就倒霉了。他们既不能目睹一个女人的慢性自杀行为不闻不问,又拿这个固执的女人毫无办法。正好这时候列车适时到达终点,给这几个好心的男人解了围,他们争先恐后下了车,去奔各自的营生,把因为那女人引起的短暂焦虑同那女人一起留在车厢里。

油画家是最后离开的一位。他的行头多,并且零乱。也许零乱本身就意味着对女人的期待。等他把所有的东西都披挂在身,回头去拎他的画箱时,画箱已被那女人拎在手里。

"我跟你走。"

声音像从嘴唇上而不是从喉咙里发出,飘浮过来。

油画家并未被这个突如其来的请求弄得不知所措。他停顿一下,抑制住分不清是诧异还是惊喜或者二者兼而有之的情绪,并不抬头看她,温和地问:

"你知道我要去哪儿吗?"

我猜你是去写生。再说到哪儿去对于我都是一样。"

"你很会猜。"

"这么说你不反对？那就走吧。"

"走吧。"

他们穿过出口处翘首而望的接站者用目光铸起的通道时，女人有一丝惶然，觉得那些目光像 X 光射线似的，照射到她的骨骼上，同时照着她纷繁紊乱的思绪。她毫无表情也无血色的脸痉挛了一下。

幸而那一刻很快过去了。不一会儿，她和油画家就融入了广场上蚂蚁一样密集的人群。没有人注意他们，也没人知道他们的去向。

我正要公布方案之三的时候，突然对这些方案丧失了信心。我觉得经历过西藏之行的萧芒，已经变得高深莫测，她对这样平庸的方案肯定不屑一顾嗤之以鼻。但我本人对萧芒的前景的确没有把握，所以只好故弄玄虚，写在纸上当然也就云山雾罩不知所终。说它们意味着女主人公仍然迷恋永远的夏天，或者选择了更加极端的浪漫，似乎都很牵强，这些事情已经跟现在的萧芒无法嫁接，我的女主人公现在完全是一个灵魂与肉体脱节的精神化身了。

后来我意外发现了这些方案有一个共同点，那就是在我的每一种方案里，萧芒终归都离开了这里。

这个发现让我很慌乱，马上抓起电话拨了萧芒家的号码。耳机里嘟嘟响了几声，一个来自电信局交换台的声音说："对不起，没有这个号码。"我以为拨错了号，一连几次都是这个结果。这真见了鬼。自从我们相识到现在，我给她打过的电话肯定不下一百回，怎么可能没有这个号码。

一个不祥之感迅速淹没了我，萧芒已经走了，就在我替她苦心设计她的前景时，与我不辞而别。

萧芒真的走了，从我们这座城市里永远消失了。我去过她的住所，摁响了门铃。一个年纪挺大的瘦女人出来应门，回答我说一定是我记错了门牌，这里从来没住过一个叫萧芒的年轻女人。

不语频频给我打来电报，查问萧芒的去向。事实上他并不关心萧芒本人的下落，而是关心他托萧芒推销的录像带还剩下多少，款子结余了多少。

这叫我心里十分难过，为萧芒难过。

又过了许多日子，也许是许多年，我收到了萧芒的一封信，严格说起来还不是一封信，而是一篇从日记本上撕下来的日记。墨水的颜色浅淡陈旧，字迹潦草，有的地方已经不太容易辨认。

我把那只破旧的信封，翻来覆去地看，想知道这封信究竟寄于哪一年哪一月哪一天，以及什么地点。然而没有结果。邮戳盖得模糊不清，又经过风吹日晒，只剩下一个空洞的黑圈，仿佛这封信寄自另一个世界。下面就是萧芒的日记，也是她最后对我说的话。

××年　×月×日　星期三　阴

离开家的时候，我感到我要开始的是一次真正漫无目的的旅行。此刻我第一次体会到一个漫无目的的行动者内心是多么轻松。愉快谈不上，可轻松是一定的。

旅途平安也很平淡。为了更深地体验一下漫无目的的感觉，我决定在前方任意的车站下车。卧铺车厢列车员换票给我时提醒说："你还没有到达票面指定车站，中途下车，卧铺作废。"我对她说了声："谢谢！"这只是一种习惯。

我走出车站，来到广场上，钟楼上的大钟当当地敲了五下。按照约定俗成的概念，现在是下午五点钟。下午五点钟，我到达了一座完全陌生的城市。

究竟是从什么时候起，是谁将时间这个概念施加给人类的？它被编上号，按顺序排列，序号可以无限大。它又被年月日时分秒分割，分割成无限小。人类不分国籍不分种族一律接受了这种序列和分割，并且自然而然地以此时此刻这界限，将它归纳为历史和未来两大类。每一个生命都依附在无始无终的时间链条上，时间一个链环一个链环朝固定的方向移动。即使生命企望站立不动，现在终将成为历史，未来必然成为现实。我站在一个陌生城市的陌生街道上，看着时间一分一秒经过我的生命，看着我体内一些细胞死亡，另一些细胞新生。假如有谁能够站在时间之外看人类，每个个体的人也正如同细胞一样，一批批死亡又一批批诞生。

马路上涌动着陌生人的河川，我站在人行道某块水泥方砖上，看人们朝各自的目的地奋力行走，奋力蹬车。男女老幼高矮胖瘦……一串串近了又远了，跟五点钟过去五点零一秒零一分零十分……到来了又远去了一样。我纹丝不动，就经历了无数的永别。我还没来得及看清这些面孔，没来得及体验这些时刻，就已经和他们永别了。当他们和它们经过我的时候，就成了关于我的历史。除了我自己，不会有任何人记录这个场景。但这个场景确切存在过：一个女人站在某年某月某日傍晚的街头，看人看车看分秒秒从她身边走过。

我离开了那块水泥方砖，没有留下任何痕迹，如同所有逝去的时间。那个场景成为记忆贮存于我的大脑。但我知道，这也不过是短暂的不可信的保留。一旦我的大脑死亡，记忆也就随之不存，那些暂时被贮存的时刻，终归无声无迹。每个已经成为历史的时刻都不可能重复。就像我出现在世界上，经历过可能经历的分分秒秒年年月月之后，又从世界上消失了，从此世界上永远不会再出现另一个我。但这种个体的存在与消亡完全无碍于人类整体，人类整体正是在个体的存在与消亡中生生不息地延续着。这种生生不息的存在与消亡到底有什么意义呢？

我离开了那块方砖，向着没有目的地的前方走去。

天很快就黑了。高层建筑构成的人造峡谷里，夜风呼呼地吹过。我在峡谷中行走，感觉到了风的凉爽，也感到了饥饿。于是我很本能地注意到，那些灯光明亮的橱窗里，挂着被煮熟了的动物。这些动物被制作成红色、黄色或者咖啡色，被切成条状块状甚至绞成泥，就成了食品，灌进一副副的肠胃。这些肠胃的持有者，擅自命名为人，以此区别其他动物。被命名为人是一种幸运，因为不必担心被煮熟染上颜色切碎灌进某副肠胃。我就幸运地被命名为人，于是我的肠胃里灌进了其他动物的碎块，而我自己觉得饱了，舒适了，困倦了。

又困又累，我想我需要睡觉了。在一家旅馆的服务台，我申请租一张床位。服务小姐将那张贴有我的相片，填有我的姓名、性别、出生年月及住址的卡片看了又看，验明正身之后，叫我在住房单上登记。这种手续我不知履行过多少次了，从来也没有像今天这样感觉怪异。我写上自己的名字。这两个方块字因某种偶然的机缘组合在一起，就成了我固定不变的代号。使用这个代号，我可以申请到我所需要的床位，但假如我信手将它改变一个字，服务小姐就会提出疑问，这是你吗？假如我坚持用改变后的符号代表我，他们一定会收回住房单，请我出去。这情形看来很有些荒谬，仿佛要住宿的不是我而是我的姓名。姓名一改变我就不再是我了。可是我无力反抗这种荒谬，因为我需要床位。

我渴望睡眠。睡眠多好啊。它是一种无知无觉的状态，既然无知无觉人的生命好像也就不存在了。不存在了不是很好吗？一切痛苦都消失殆尽了。

藏人认为，如果人在生命的最后时日，战胜不了对死亡的恐惧，在慌乱不安中离开人世，那么他或她的人生是不完美的，也是不完整的。我渴望有一个既完美又完整的人生。我的制作者最初不也是这么期望的吗？

躺在床上我很快就睡着了。睡眠中有梦。我梦见一只巨翅的白鹰，从远远的天际向我飞来。我的身边正缭绕着袅袅青烟，我知道那是桑烟。它正在为我升起。

我清醒地意识到，萧芒在暗示一种我最不愿意赋予她的结局。

眼泪滂沱而下，把稿纸上的字迹冲得零零落落。我是想把这部耗费了巨大心血和精力的稿子毁掉，以换取萧芒的幸福吗？

但我同样清醒地知道，已经来不及了。

我失去了萧芒，一个曾经让我的生活充满创造力的朋友。在很长一段日子里，我常常想起她就暗自神伤。在大街上在地铁车站，我好几次惊喜地跑去与被错认成萧芒的女人打招呼，屡次失败之后仍不死心。我宁愿一千次认错人，也不愿意留下一丝与萧芒失之交臂的可能性。

上穷碧落下黄泉，两处茫茫皆不见。日子一天天过去，希望也一天天变得渺茫。但我仍固执地相信总有一天能得到她的消息。出于这个愿望，我决定把因为她的离去而不能完成的小说拿到刊物上去发表。萧芒一直有订阅文学刊物的习惯，我寄望于她看到我的小说之后，主动与我联络。

我将一直等待她的消息，直到我自己的面容与岁月同样苍老。

我不甘心她的命运永远没有结局。

少女小渔

严歌苓

据说从下午三点到四点，火车站走出的女人们都粗拙、凶悍，平底鞋，一身短打，并且复杂的过盛的体臭涨人脑子。

还据说下午四点到五点，走出的就是彻底不同的女人们了。她们多是长袜子、高跟鞋，色开始败的浓妆下，表情仍矜持。走相也都婀娜，大大小小的屁股在窄裙子里滚得溜圆。

前一拨女人是各个工厂放出来的，后一拨是从写字楼走下来的。悉尼的人就这么叫："女工""写字楼小姐"。其实前者不比后者活得不好。好或不好，在悉尼这个把人活简单活愚的都市，就是赚头多少。女工赚的比写字楼小姐多，也不必在衣裙鞋袜上换景，钱都可以吃了，住了，积起来买大东西。比方，女工从不戴假首饰，都是真金真钻真翠，人没近，身上就有光色朝你尖叫。

还有，回家洗个澡，蜕皮一样换掉衣服，等写字楼小姐们仍是一身装一脸妆走出车站票门，女工们已重新做人了。她们这时都换了宽松的家常衣裳——在那种衣裳里的身子比光着还少拘束——到市场拾剩来了。一天卖到这时，市场总有几样菜果或肉不能再往下剩。廉价到了几乎实现"共产主义"。这样女工又比写字楼小姐多一利少一弊：她们扫走了全部便宜，什么也不给"她们"剩。

不过女人们还是想有一天去做写字楼小姐。穿高跟鞋、小窄裙，化面目全非的妆。戴假首饰也罢，买不上便宜菜也罢。

小渔就这样站在火车站，身边搁了两只塑料包，塞满几荤几素却仅花掉她几块钱。还有一些和她装束差不多的女人，都在买好菜后顺便来迎迎丈夫。小渔丈夫其实不是她丈夫（这话怎么这样难讲清？），和她去过证婚处的六十七岁的男人跟她什么关系也没有。她跟老人能有什么关系呢？就他？老糟了、肚皮叠着像梯田的老意大利人？小渔才二十二岁，能让丈夫大出半个世纪去吗？这当然是移民局熟透的那种骗局。小渔花钱，老头买人格，他俩合伙糊弄反正也不是他们自己的政府。大家都这么干，移民局雇不起那么多劳力去跟踪每对男女。在这个国家别说小女人嫁老男人，就是小女人去嫁老女人，政府也恭喜。

　　又一批乘客出来了，小渔脖子往上引了引。她人不高不大，却长了高大女人的胸和臀，有点丰硕得沉甸甸了。都说这种女人会生养，会吃苦劳作，但少脑筋。少脑筋往往又多些好心眼。不然她怎么十七岁就做了护士？在大陆——现在她也习惯管祖国叫"大陆"，她护理没人想管的那些人，他们都在死前说她长了颗好心眼。她出国，人说：好报应啊，人家为出国都要自杀或杀人啦，小渔出门乘凉一样就出了国。小渔见他走出来，马上笑了。人说小渔笑得特别好，就因为笑得毫无想法。

　　他叫江伟，十年前赢过全国蛙泳冠军，现在还亮得出一身漂亮的田鸡肉。认识小渔时他正要出国，这朋友那朋友从三个月之前就开始为他饯行。都说：以后混出半个洋人来别忘了拉扯拉扯咱哥们儿。小渔是被人带去的，和谁也不熟，但谁邀她跳舞她都跳。把她贴近她就近，把她推远她就远，笑得都一样。江伟的手在她腰上不老实了一下，她笑笑，也认了。江伟又近一步，她抬起脸问："你干嘛呀？"好像就她一个不懂男人都有无聊混蛋的时候。问了她名字工作什么的，他邀她周末出去玩。

　　"好啊。"她也不积极也不消极地说。

　　星期日他领她到自己家里坐了一个钟头，家里没一个人打算出门给他腾地方。最后只有他带她走。一处又一处，去了两三个公园，到处躲不开人眼。小渔一句抱怨没有。他说这地方怎么净是大活人，她便跟他走许多路，换个地方。最后他们还是回到他家，天已黑了。在院子大门后面，他将她横着竖着地抱了一阵。问她："你喜欢我这样吗？"她没吱声，身体被揉成什么形状就什么形状。第二个周末他与她上了床。忙过了，江伟打了个小盹。半醒着他问："你头回上床，是和谁?"

小渔慢慢说："一个病人，快死的。他喜欢了我一年多。"

"他喜欢你你就让了?"江伟像从发梢一下紧到脚趾。小渔还从他眼里读到：你就那么欠男人?那么不值什么?她手带着心事去摩挲他一身运足力的青蛙肉，"他跟渴急了似的，样子真痛苦、真可怜。"她说。她拿眼读剩下的半句话：你刚才不也是吗?像受毒刑；像我有饭却饿着你。

江伟走了半年没给她一个字，有天却寄来一信封各式各样的纸，说已替她办好了上学手续，买好了机票，她拎着这一袋子纸到领事馆去就行了。她就这样"八千里路云和月"地来了。也没特别高兴、优越。快上飞机了，行李咧了个大口，母亲见大厅只剩了她一个，火都上来了："要赶不上了! 怎么这么个肉脾气!"小渔抬头先笑，然后厚起嗓门说："人家不是在急嘛!"

开始的同居生活是江伟上午打工下午上学，小渔全天打工周末上学。两人只有一顿晚饭时间过在一块。一顿饭时间他们过得很紧张，要吃、要谈、要亲昵。吃和亲昵都有花样，谈却总谈一个话题：等有了身份，咱们干什么干什么。那么自然，话头就会指到身份上。江伟常笑得乖张，说："你去嫁个老外吧!"

"在这儿你不就是个老外?"小渔说。后来知道不能这么说。

"怎么啦，嫌我老外? 你意思没身份就是老外，对吧?"他烦恼地将她远远一扔。没空间，扔出了个心理距离。

再说到这时，小渔停了。留那个坎儿他自己过。他又会来接她，不知问谁："你想，我舍得把你嫁老外吗?"小渔突然发现个秘密：她在他眼里是漂亮人，漂亮得了不得。她一向瞅自己挺马虎，镜子前从没耐心过，因为她认为自己长得也马虎。她既不往自己身上费时也不费钱。不像别的女性，狠起来把自己披挂得像棵圣诞树。周末，唐人街茶点铺就晃满这种"树"，望去像个圣诞林了。

江伟一个朋友真的找着了这么个下作机构：专为各种最无可能往一块过的男女扯皮条。"要一万五千呢!"朋友警告。他是没指望一试的。哪来的钱，哪来的小渔这样个女孩，自己凑钱去受一场糟践。光是想象同个猪八戒样的男人往证婚人面前并肩站立的一刻，多数女孩都觉得要疯。别说与这男人同出同进各种机构，被人瞧、审问，女孩们要流畅报出男人们某个被捂着盖着的特征。还有宣誓、拥抱、接吻，不止一回、两回、三回。那就跟个不像猪八戒的男人搭档吧？可他要不那么猪八戒，会被安安生生剩着，来和你干这个吗？还有，他越猪，价越低。一万五，老头不瘸不瞎，就算公道啦。江伟就这么劝小渔的。

站在证婚人的半圆办公桌前，与老头并肩拉手，小渔感觉不那么恐怖。事先预演的那些词，反正她也不懂。不懂的东西是不过心的，仅在唇舌上过过，良知卧得远远，一点没被惊动。

江伟伪装女方亲友站在一边，起初有人哄他"钟馗嫁妹""范蠡舍西施"，他还笑，渐渐地，谁逗他他把谁瞪回去。小渔没回头看江伟，不然她会发现他这会儿是需要看看的。他站在一帮黄皮肤"亲戚老表"里，喉结大幅度升降，全身青蛙肉都鼓起，把旧货店买来的那件西装胀得要绽线。她只是在十分必要时去看老头。老头在这之前染了发，这钱也被他拿到小渔这儿来报账了。加上租一套西装，买一瓶男用香水，老头共赖走她一百元。后来知道，老头的发是瑞塔染的，西装也是瑞塔替他改了件他几十年前在乐团穿的演奏服。瑞塔和老头有着颇低级又颇动人的关系。

瑞塔陪老头喝酒、流泪、思乡和睡觉。老头拉小提琴，她唱，尽管唱得到处跑调。老头全部家当中顶值价的就是那把提琴了。没了琴托，老头也不去配，因为配不到同样好的木质，琴的音色会受影响。老头是这么解释的，谁知道，没琴托的琴靠老头肩膀去夹，仍不很有效，琴头还是要脱拉下来，低到他腰以下。因此老头就有了副又凄楚又潦倒的拉琴姿态。老头穷急了，也没到街上卖过艺，瑞塔逼他，他也不去。他卖他自己。替他算算，如果他不把自己醉死，他少说还有十年好活，两年卖一回，一回他挣一万，到死他不会喝风啜沫。这样看，从中剥走五千元的下作"月佬"，就不但不下作并功德无量了。

要了一百元的无赖老头看上去就不那么赖了。小渔看他头发如漆，梳得很老派；身上酒气让香水盖掉。西装穿得周正，到底也偶傥过。老头目光直咄咄的，眉毛也被染过和梳理过，在脸上盖出两块浓荫。他形容几乎是正派和严峻的。从他不断抿拢的嘴唇，小渔看出他呼吸很短，太紧张的缘故。最后老头照规矩拥抱了她。看到一张老脸向她压下来，她心里难过起来。她想他那么大岁数还要在这丑剧中这样艰辛卖力地演，角色对他来说，太重了。他已经累得喘不上气了。多可悲呀——她还想，他活这么大岁数只能在这种丑剧中扮个新郎，而没指望真去做回新郎。这辈子他都不会有这个指望了，所以他才把这角色演得那么真，在戏中过现实的瘾。老头又干又冷的嘴唇触上她的唇时，她再也不敢看他。什么原因，妨碍了他成为一个幸福的父亲和祖父呢？他身后竟没有一个人，来起哄助兴的全是黄皮肤的，她这边的。他真的孤苦得那样彻底啊。瑞塔也没来，她来，算是谁呢。当小渔睁开眼，看到老头眼里有点怜惜，似乎看谁毁了小渔这么个清清洁洁的少女，他觉得罪过。

过场全走完后，人们拥"老夫少妻"到门外草坪上。说好要照些相。小渔和老头在一辆碰巧停在草坪边缘的"本茨"前照了两张，之后陪来的每个人都窜到车前去喊："我也来一张！"无论如何，这生这世有哪一刻拥有过它，就是夸口、吹牛皮，也不是毫无凭据。只有江伟没照，慢慢拖在人群尾巴上。

小渔此时才发现他那样的不快活。和老头分手时，大家拿中国话和他嬉哈：

"拜拜，老不死你可硬硬朗朗的，不然您那间茅房，我们可得去占领啦……"江伟恶狠狠地嘎嘎笑起来。

当晚回到家，小渔照样做饭炒菜。江伟运动筷子的手却是瞎的。终于，他停下散漫的谈天，叫她去把口红擦擦干净。她说哪来的口红？她回来就洗了澡。他筷子一拍，喊："去给我擦掉！"

小渔瞪着他，根本不认识这个人了。江伟冲进厕所，撕下了截手纸，扳住她脸，用力擦她嘴唇连鼻子脸颊也一块扯进去。小渔想：他明明看见桌上有餐纸。她没挣扎，她生怕一挣扎他心里那点憋屈会发泄不净。她想哭，但见他伏在她肩上，不自恃地饮泣，她觉得他伤痛得更狠更深，把哭的机会给他吧。不然两人都哭，谁来哄呢。她用力扛着他的哭泣，他烫人的抖颤，他冲天的委屈。

第二天清早，江伟起身打工时吻了她。之后他仰视天花板，眼神懵然着说："还有三百六十四天。"小渔懂他指什么。一年后，她可以上诉离婚，再经过一段时间出庭什么的，她就能把自己从名义上也撤出那婚姻勾当。但无论小渔怎样温存体贴，江伟与她从此有了那么点生分；一点阴阳怪气的感伤。他会在兴致很好时冒一句："你和我是真的吗？你是不是和谁都动真的。"他问时没有威胁和狠劲，而是虚弱的，让小渔疼他疼坏了。他是那种虎生生的男性，发蛮倒一切正常。他的笑也变了，就像现在这样：眉心抽着，两根八字纹顺鼻两翼拖下去，有点尴尬又有点歹意。

江伟发觉站在站口许多妻子中的小渔后马上堆出这么个笑。他们一块往家走。小渔照例不提醒她手里拎着两个大包。江伟也照例是甩手走到楼下才发现："咳，你怎么不叫我拿！"然后夺去所有的包。小渔累了一样笑，累了一样上楼上很慢。因为付给老头和那个机构的钱一部分是借的，他俩的小公寓搬进三条汉子来分担房租。一屋子脚味。小渔刚打算收拾，江伟就说："他们花钱雇你打扫啊？"

三条汉子之一在制衣厂剪线头，一件羊毛衫沾得到处是线头，小渔动手去摘，江伟也火："你是我的还是公用的？"

小渔只好硬下心，任它臭、脏、乱。反正你又不住这儿，江伟常说，话里梗梗地有牢骚。好像小渔情愿去住老头的房。"结婚"第二周，老头跑来，说移民局一清早来了人，直问他"妻子"哪去了。老头说上早班，下次他们夜里来，总不能再说"上夜班"吧？移民局探子又看见了几件女人衣裙，瑞塔的，他拿眼比试衣裙长度，又去比试结婚照上小渔的高度，然后问："你妻子是中国人，怎么尽穿意大利裙子？"

江伟只好送小渔过三条街，到老头房子里去了。老头房虽破烂却是独居，两间卧室。小渔那间卧室的卫生间不带淋浴，洗澡要穿过老头的房。江伟严格检查了那上面的锁，还好使，也牢靠。他对她说：老东西要犯坏，你就跳窗子，往我这儿跑，一共三条街，他撵上你也跑到了。小渔笑着说：不会的。江伟说凭什么不会？听见这么年轻的女人洗澡，瘫子都起来了！

"不会的，还有瑞塔。"小渔指指正阴着脸在厨房炸鱼的瑞塔说。瑞塔对小渔就像江伟对老头一样，不掩饰地提防。小渔搬进去，老头便不让她在他房里过夜，说移民局再来了，故事就太难讲了。

半年住下来，基本小乱大治。小渔每天越来越早地回老头那儿去。江伟处挤，三条汉子走了一条，另一条找个自己干裁缝的女朋友，天天在家操作缝纫机。房里多了噪音少了脏臭，都差不多，大家也没什么啰唉。只是小渔无法在那里读书。吃了晚饭，江伟去上学，她便回老头那儿。她在那儿好歹有自己的卧室，若老头与瑞塔不闹不打，那儿还清静。她不懂他们打闹的主题。为钱？为房子漏？为厨房里蟑螂造反？为下水道反刍？为两人都无正路谋生，都通过对方出去奔伙食费？活到靠五十的瑞塔从未有过正经职业，眼下她帮阔人家做意大利菜和糕饼。她赚多赚少，要看多少家心血来潮办意式家宴。

偶然地，小渔警觉到他俩吵一部分为她。有回小渔进院子，她已习惯摸黑上门阶。但那晚门灯突然亮了。进门见老头站在门里，显然听到她脚步赶来为她开的灯。怕她摔着、磕碰着？怕她胆小怕黑？怕她鄙薄他：穷得连门灯也开不起？她走路不响的，只有悄然仔细的等候，才把时间掐得那么准，为她开灯。难道他等候了她？为什么等她，他不是与瑞塔玩牌玩得好好的？进自己屋不久，她听见"哞"一声，瑞塔母牲口一样嚎起来。然后是吵。吵吵吵，意大利语吵起来比什么语言都热烈奔放解恨。第二天早晨，老头缩在桌前，正将装"结婚照"的镜框往一块安，玻璃没指望安上了。她没敢问怎么了。怎么了还用问？她慢慢去捡地上的玻璃碴儿，跟她有过似的。

"瑞塔，她生气了？"她问。老头眼从老花镜上端、眉弓下端探出来，那么吃力。可不能问：是为你给我开了门灯（爱护？关切？献殷勤？），本来这事就够不三不四了，她再问；再弄准确些，只能使大家都窘死。

老头耸耸肩，表示：还有比生气更正常的吗？她僵站一会儿，说："还是叫瑞塔住回来吧？"其实并不难混过移民局的检查，他们总不会破门而入，总要先用门铃通报。门铃响，大家再做戏。房子乱，哪堆垃圾里都藏得进瑞塔。不不不。老头越"不"越坚决。小渔敛声了。她搁下只信封，轻说："这两周的房钱。"

老头没去看它。

等她走到门厅，回头，见他已将钞票从信封里挖出，正点数。头向前伸，像吃什么一样生怕掉渣儿而就盘子。她知道他急于搞清钱数是否如他期待。上回他涨房价，江伟跑来和他讨价还价，最后总算没动粗。这时她见老头头颈恢复原位，像吃饱吃够了，自个儿跟自个儿笑起来。小渔只想和事，便按老头要的价付了房钱，也不打算告诉江伟。不就十块钱吗？就让老头这般没出息地快乐一下吧。

瑞塔吵完第二天准回来，接下来的两三天会特别美好顺溜。这是老头拉琴她唱歌的日子。他们会这样拉呀唱的没够：摊着一桌子碟子、杯子，一地纸牌、酒瓶，垃圾桶臭得瘟一样。小渔在屋里听得感动，心想：他们每一天都过得像末日，却在琴和歌里多情。他俩多该结婚啊，因为除了他们彼此欣赏，世界就当没他们一样。他俩该生活在一起，谁也不嫌谁，即使自相残杀，也可以互舔伤口。

据说老头在"娶"小渔之前答应了娶瑞塔，他们相好已有多年。却因为她夹在中间，使他们连那一塌糊涂的幸福也没有了。

小渔心里的惭愧竟真切起来。她轻手轻脚走到厨房，先把垃圾袋拎了出去。她总是偷偷干这些事，不然瑞塔会觉得她侵犯她的主权，争夺主妇位置。等她把厨房清理干净，洗了手，走出来，见两人面对面站在窗口。提琴弓停了，屋里还有个打抖的尾音不肯散去。他们歌唱了他们的相依为命，这会儿像站着安睡了。小渔很感动、很感动。

是老头先看见了小渔。他推开正吻他的瑞塔，张皇失措地看着这个似乎误闯进来的少女。再举起琴和弓，他仅为了遮掩难堪和羞恼。没拉出音，他又将两臂垂下。小渔想他怎么啦？那脸上更迭的是自卑和羞愧吗？在少女这样一个真正生命面前，他自卑着自己，抑或还有瑞塔，那变了质的空掉了的生命——似乎？这种变质并不是衰老带来的，却和堕落有关。然而，小渔委屈着尊严，和他"结合"，也可以称为一种堕落。但她是偶然的、有意识的；他却是必然的、下意识的。下意识的东西怎么去纠正？小渔有足够的余生纠正一个短暂的人为的堕落，他却没剩多少余生了。他推开瑞塔，还似乎怕他们丑陋的享乐吓着小渔；又仿佛，小渔清新地立在那儿，那么青春、无残，使他意识到她不配做那些，那些是小渔这样有真实生命和青春的少女才配做的。

其实那仅是一瞬。一瞬间哪里容得下那么多感觉呢？一瞬间对你抓住的是实感还是错觉完全不负责任。这一瞬对瑞塔就是无异常的一瞬。她邀请小渔也参加进来，催促老头拉个小渔熟悉的曲子，还给小渔倒了一大杯酒。

"太晚了，我要睡了。"她谢绝，"明天我要打工。"

回到屋，不久听老头送瑞塔出门。去卫生间刷牙，见老头一个人坐在厨房喝酒，两眼空空的。"晚安。"他说，并没有看小渔。

"晚安。"她说，"该睡啦，喝太多不好。"她曾经常这样对不听话的病人说话。

"我背痛。我想大概睡得太多了。"

小渔犹豫片刻还是走过去。他赤着膊，骨头清清楚楚，肚皮却囊着。他染过的头发长了，花得像芦花鸡。他两只小臂像毛蟹。小渔边帮他揉背边好奇地打量他。他说了声"谢谢"，她便停止了。他又道一回"晚安"，并站起身。她正要答，他却拉住她的手。她险些大叫，但克制了，因为他从姿势到眼神都没有侵略性。"你把这里弄得这么干净，你总是把每个地方弄干净。为什么呢，还有三个月，你不就要搬走了吗？"

"你还要在这里住下去啊。"小渔说。

"你还在门口种了花。我死了，花还会活下去。你会这样讲，对吧？"小渔笑笑："嗯。"她可没有这么想过，想这样做那样做她就做了。老头慢慢笑。是哪种笑呢？人绝处逢生？树枯木逢春？他一手握小渔的手，一手又去把盏。很轻地喝一口后，他问："你父亲什么样，喝酒吗？"

"不！"她急着摇头，并像孩子反对什么一样，坚决地撮起五官。

老头笑出了响亮的哈哈，在她额上吻一下。

小渔躺在床上心仍跳。老头怎么了？要不要报告江伟？江伟会在带走她之前把老头鼻子揍塌吗？"老畜生，豆腐拣嫩的吃呐？"他会这样骂。可那叫"吃豆腐"吗？她温习刚才的场面与细节，老头像变了个人。没了她所熟悉的那点淡淡的无耻。尽管他还赤膊，龌龊邋遢，但气质里的龌龊邋遢却不见了。他问：你父亲喝酒吗？没问你男友如何。他只拿自己和她父亲排比而不是男友。也许什么使他想做一回长辈。他的吻也是长辈的。

周末她没对江伟提这事。江伟买了一辆旧车，为去干挣钱多的养路工。他俩现在只能在车上做他俩的事了。"下个月就能还清钱。"他说，却仍展不开眉。看他肤色晒得像土人，汗毛一根也没了，小渔紧紧搂住他。似乎被勾起一堆窝囊感慨，她使劲吻他。

十月是春天，在悉尼。小渔走着，一辆发出拖拉机轰鸣的车停在她旁边。老头的车。

"你怎么不乘火车？"他让她上车后问。

她说她已步行上下工好几个月了，为了省车钱。老头一下沉默了。他涨了三次房钱，叫人来修屋顶、通下水道、灭蟑螂，统统都由小渔付一半花销。她每回接过账单，不吭声立刻就付钱，根本不向江伟吐一个字。他知道了就是吵和骂，瞪着小渔骂老头，她宁可拿钱买清静。她瞒着所有人吃苦，人总该不来烦她了吧。不然怎样呢？江伟不会说，我戒烟、我不去夜总会、我少和男光棍们下馆子，钱省下你好乘车。他不会的，他只会去闹，闹得赢闹不赢是次要的。"难怪，你瘦了。"在门口停车，老头才说。他一路在想这事。她以为他会说：下月你留下车钱再交房钱给我吧。但没有这话，老头那渗透贫穷的骨肉中不存在这种慷慨。他顶多在买进一张旧沙发时，不再把账单给小渔了。瑞塔付了一半沙发钱，从此她便盘踞在那沙发上抽烟、看报、染脚指甲手指甲，还有望呆。

一天她望着小渔从她面前走过，进卫生间，突然扬起眉，笑一下。小渔淋浴后，总顺手擦洗浴盆的脸盆。梳妆镜上总是雾腾腾溅满牙膏沫；台子上总有些毛渣，那是老头剪鼻孔毛落下的；地上的彩色碎指甲是瑞塔的。她最想不通的是白色香皂上的污秽指纹，天天洗，天天会再出现。她准备穿衣时，门响一下。门玻璃上方的白漆剥落一小块，她凑上一只眼，却和玻璃那面一只正向内窥的眼撞上。小渔"哇"一嗓子，喊出一股血腥。那眼大得吞人一样。她身子慌张地往衣服里钻，门外人却嘎嘎笑起来。拢拢神，她辨出是瑞塔的笑。"开开门，我紧急需要用马桶！"

瑞塔撩起裙子坐在马桶上，畅快淋漓地排泄，声如急雨。舒服地长嘘和打几个战栗后，她一对大黑眼仍咬住小渔，嚼着和品味她半裸的身子。"我只想看看，你的奶和臀是不是真的，嘻……"

小渔不知拿这个连内裤都不穿的女人怎么办。见她慌着穿衣，瑞塔说："别怕，他不在家。"老头现在天天出门，连瑞塔也不知他去忙什么了。

"告诉你：我要走了。我要嫁个挣钱的体面人去。"瑞塔说。坐在马桶上趾高气扬起来。小渔问，老头怎么办？

"他？他不是和你结婚了吗？"她笑得一脸坏。

"那不是真的，你知道的！……"和那老头"结婚"？一阵浓烈的耻辱袭向小渔。

"哦，他妈的谁知道真的假的！"瑞塔在马桶上架起二郎腿，点上根烟。一会儿就洒下一层烟灰到地上。"他对我像畜生对畜生，他对你像人对人！"

"我快搬走了！要不，我明天就搬走了！……"

再一次，小渔想，都是我夹在中间把事弄坏了。"瑞塔，你别走，你们应该结婚，好好生活！"

"结婚？那是人和人的事。畜生和畜生用不着结婚，他们不配结婚，在一块配种，就是了！我得找那么个人：跟他在一块，你不觉得自己是个母畜生。怪吧，跟人在一块，畜生就变得像人了；和畜生在一块，人就变了畜生。"

"可是瑞塔，他需要人照顾，他老了呀……"

"对了，他老了！两个月后法律才准许你们分居；再有一年才允许你们离婚。剩给我什么呢？他说，他死了只要能有一个人参加他的葬礼，他就不遗憾了。我就做那个唯一参加他葬礼的人？"

"他还健康，怎么会死呢？"

"他天天喝，天天会死！"

"可是，怎么办，他需要你，喜欢你……"

"哦，去他的！"

瑞塔再没回来。老头酒喝得很静。小渔把这静理解成伤感。收拾卫生间，小渔将瑞塔的一只空粉盒扔进垃圾袋，可很快它又回到原位。小渔把这理解为怀念。老头没提过瑞塔，却不止一回脱口喊："瑞塔，水开啦。"他不再在家里拉琴，如瑞塔一直期望的，出去挣钱了。小渔偶尔发现老头天天出门，是去卖艺。

那是个周末，江伟开车带小渔到海边去看手工艺展卖。那里有人在拉小提琴，海风很大，旋律被刮得一截一截，但小渔听出那是老头的琴音。走了大半个市场，并未见拉琴人，总是曲调忽远忽近在人缝里钻。直到风大起来，还来了阵没头没脑的雨，跑散躲雨的人一下空出一整条街，老头才显现出来。

小渔被江伟拉到一个冰激淋摊子的大伞下。"咳，他！"江伟指着老头惊诧道，"拉琴讨饭来啦。也不赖，总算自食其力！"

老头也忙着要找地方避雨。小渔叫了他一声，他没听见。江伟斥她道："叫他做什么？我可不认识他！"

忙乱中的老头帽子跌到了地上。去拾帽子，琴盒的按钮开了，琴又摔出来。他捡了琴，捧婴儿一样看它伤了哪儿。一股乱风从琴盒里卷了老头的钞票就跑。老头这才把心神从琴上收回，去撸钞票回来。

雨渐大，路奇怪地空寂，只剩了老头，在手舞足蹈地捕蜂捕蝶一样捕捉风里的钞票。

小渔刚一动就被按住："你不许去！"江伟说："少丢我人。人还以为你和这老叫花子有什么关系呢！"她还是挣掉了他。她一张张追逐着老头一天辛苦换来的钞票。在老头看见她，认出浑身透湿的她时，摔倒下去。他半蹲半跪在那里，仰视她，似乎那些钱不是她捡了还他的，而是赐他的。她架起他，一边回头去寻江伟，发现江伟待过的地方空荡了。

江伟的屋也空荡着。小渔等了两小时，他未回。她明白江伟心里远不止这点别扭。瑞塔走后的一天，老头带回一盆吊兰，那是某家人搬房扔掉的。小渔将两只凳叠起，登上去挂花盆，老头两手掌住她脚腕。江伟正巧来，门正巧没锁，老头请他自己进来，还说，喝水自己倒吧，我们都忙着。

"我们，他敢和你'我们'？你俩'我们'起来啦？"车上，江伟一脸恶心地说。"俩人还一块浇花，剪草坪，还坐一间屋，看电视的看电视，读书的读书，难怪他'我们'……"小渔惊吓坏了：他竟对她和老头干起了跟踪监视！"看样子，老夫少妻日子过得有油有盐！"

"瞎讲什么？"小渔头次用这么炸的声调和江伟说话。但她马上又缓下来："人嘛，过过总会过和睦……"

"跟一个老王八蛋、老无赖，你也能往一块活？"他专门挑那种能把意思弄误差的字眼来引导他自己的思路。

"江伟！"她喊。她还想喊：你要冤死人的！但汹涌的眼泪堵了她的咽喉。车轰一声，她不哭了。生怕哭得江伟心更毛。他那劲会过去的，只要让他享受她全部的温存。什么都不会耽误他享受她，痛苦、恼怒都不会。他可以一边发大脾气一边享受她。"你究竟是个什么样的女人呢?"他在她身上痉挛着问。

小渔到公寓楼下转,等江伟。他再说绝话她也决不回嘴。男人说出那么狠的话,心必定痛得更狠。她直等到半夜仍等个空。回到老头处,老头半躺在客厅长沙发上,脸色很坏。他对她笑笑。

她也对他笑笑。有种奇怪的会意在这两个笑当中。

第二天她下班回来,见他毫无变化地躺着,毫无变化地对她笑笑。他们再次笑笑。到厨房,她发现所有的碟子、碗、锅都毫无变化地搁着,老头没有用过甚至没有碰过它们。他怎么啦?她冲出去欲问,但他又笑笑。一个感觉舒适的人才笑得出这个笑。她说服自己停止无中生有的异感。

她开始清扫房子,想在她搬出去时留下个清爽些、人味些的居处给老头。她希望任何东西经过她手能变得好些;世上没有理应被糟蹋掉的东西,包括这个糟蹋了自己大半生的老头。

老头看着小渔忙。他知道这是她在这儿的最后一天,这一天过完,他俩就两清了。她将留下身后一所破旧但宜人的房舍和一个孤寂但安详的老头。

老头变了。怎么变的小渔想不通。她印象中老头老在找遗失的东西:鞋拔子、老花镜、剃须刀。有次一把椅子散了架,椅垫下他找到了四十年他一直在找的一枚微型圣像,他喜悦得那样暧昧和神秘,连瑞塔都猜不透那指甲大的圣像所含的故事。似乎偶然地,他悄悄找回了遗失了更久的一部分自己。那一部分的他是宁静、文雅的。

现在他会拎着还不满的垃圾袋出去,届时他会朝小渔看看,像说:你看,我也做事了,我在好好生活了。他仿佛真的在好好做人;再不挨门去拿邻居家的报看,也不再敲诈偶尔停车在他院外的人。他仍爱赤膊,但小渔回来,他马上找衣服穿。他仍把电视音量开得惊天动地,但小渔卧室灯一暗,他立刻将它拧得近乎哑然。一天小渔上班,见早晨安静的太阳里走着拎提琴的老人,自食其力使老人有了副安泰认真的神情和庄重的举止。她觉得那样感动:他是个多正常的老人;那种与世界、人间处出了正当感情的老人。

小渔在院子草地上耙落叶时想,他会好好活下去,即使没有了瑞塔,没有了她。无意中,她睨进窗里,见老头在动,在拼死一样动。他像在以手臂拽起自己身体，却很快失败了。他又试，一次比一次猛烈地试，最后妥协了，躺成原样。

原来他是动不了了！小渔冲回客厅，他见她，又那样笑。他这样一直笑到她离去；让她安安心心按时离去？……她打了急救电话，医生护士来了，证实了小渔的猜想：那雨里的一跤摔出后果来了，老头中了风。他们还告诉她：老头情况很坏，最理想的结果是一周后发现他还活着，那样的话，他会再一动不动地活些日子。他们没用救护车载老头去医院，说是反正都一样了。

老头现在躺回了自己的床。一些连着橡皮管和瓶子的支架竖在他周围。护士六小时会来观察一次，递些茶饭，换换药水。

"你是他什么人？"护士问。对老头这样的穷病号，她像个仁慈的贵妇人。

老头和她都懒着不说话。电话铃响了，她被烧了一样拔腿就跑。

"你东西全收拾好了吧？"江伟在一个很吵闹的地方给她打电话。听她答还没有，他话又躁起来："给你俩钟头，理好行李，到门口等我！我可不想见他！……"你似乎也不想见我，小渔想。从那天她搀扶老头回来，他没再见她。她等过他几回，总等不着他。电话里问他是不是很忙，他会答非所问地说：我他妈的受够了！好像他是这一年唯一的牺牲。好像这种勾当单单苦了他。好像所有的割让都是他做的。"别忘了，"江伟在那片吵闹中强调，"去向他讨回三天房钱，你提前三天搬走吧！"

"他病得很重，可能很危险……"

"那跟房钱有什么相干？"

她又说，他随时有死的可能；他说，跟你有什么相干？对呀对呀，跟我有什么相干。这样想着，她回到自己卧室，东抓西抓地收拾了几件衣服，突然搁下它们，走到老头屋。

护士已走了。老头像已入睡。她刚想离开，他却睁了眼。完了，这回非告别不可了。她心里没一个词儿。

"我以为你已经走了！"老头先开了口。她摇摇头。摇头是什么意思？是不走吗？她根本没说她要留下，江伟却问：你想再留多久？陪他守他、养他老送他终？……

老头摸出张纸片，是张火车月票。他示意小渔收下它。当她接过它时，他脸上出现一种认错后的轻松。

"护士问我你是谁，我说你是房客。是个非常好的好孩子。"老头说。

小渔又摇头。她真的不知自己是不是好。江伟刚才在电话里咬牙切齿，说她居然能和一个老无赖处那么好，可见是真正的"好"女人了。他还对她说，两小时后，他开车到门口，假如门口没她人，他掉车头就走。然后他再不来烦她；她愿意陪老头多久就多久。他再一次说他受够了。

老头目送她走到门口。她欲回身说再见，见老头的拖鞋一只底朝天。她去摆正它时，忽然意识到老头或许再用不着穿鞋；她这份周到对老头只是个刺痛的提醒。对她自己呢？这举动是个借口；她需要借口多陪伴他一会儿，为他再多做点什么。

"我还会回来看你……"

"别回来……"他眼睛去看窗外，似乎说：外面多好，出去了，干吗还进来？

老头的手动了动。小渔感到自己的手也有动一动的冲动。她的手便去握老头的手了。

"要是……"老头看着她，满嘴都是话，却不说了。他眼睛大起来，仿佛被自己的不知天高地厚吓住了。她没问——"要是"是问不尽的。要是你再多住几天就好了。要是我死了你会记得我吗？要是我幸运地有个葬礼，你来参加吗？要是将来你看到任何一个孤零零的老人，你会由他想到我吗？

小渔点点头，答应了他的"要是"。

老头向里一偏头，蓄满在他深凹的眼眶里的泪终于流了出来。

啦啦啦 棉棉

一

山顶上有一座温暖的大厦，舒适的家，昂贵的椅子，红色的扶手，但被允许进去之前，你休想了解它。

可怜的 Otis，离开我们上了天堂，我留在了这里，为了将她的歌唱。可怜的小姑娘，穿着一件血红的衣裳，可怜的 Otis，离开我们上了天堂。

当时唱机里正放着 *The Doors*。我蒙昧的初夜似乎和暴力有关，这违背了我多年的性幻想。我不敢看这个男人的器官，我喜欢他的皮肤，他的嘴唇非常软，他的舌头给我带来幻想。我搞不懂这个男人脸上奇怪的兴奋，我无法找到我想象的需要，赛宁怀抱里的我像一只一声不吭的苦恼的猫。他用疼痛埋葬了我，覆盖我的是一种陌生的物质，唐突而逼真。从我身体里流出的我什么也不是。我走进洗手间，模糊的镜中映出一张迷糊的脸，他是个陌生人，我们在酒吧相识，我熟悉他眼中的波涛，我不知道他是谁。

二

那是家破得有点让人伤心的酒吧，坐在吧台上的我像一轮空虚的月亮，明亮而又寂寞。背景音乐是一个懒洋洋的男人絮絮叨叨地唱着"You are so cool you are so cool"。我刚来这个南方小城，那个向我晃过来的大男孩穿着一条可笑的花裤子，他走路的样子是左右摇摆的。当他走近，眼中那暴烈的天真令我迷惑。我闻到了他头发的香味，他留着一头光洁笔直的长发，我喜欢他的头发。

那种单纯的感觉是渐渐到来的。他开始在我身边喋喋不休地谈论起各种牌子的冰激淋（当时我正在吃一份不知什么牌子的香草冰激淋），他告诉我他喜欢吃巧克力，他妈说过命苦的孩子喜欢吃甜食。他因喜欢吃甜食而预感自己将在三十岁后发胖，四十岁时谢顶。

我觉着这个自说自话的叫赛宁的似乎对我很感兴趣，他身上有很多颜色，每种颜色都让我开心。在他那缺乏连贯性的谈话中我知道他是吉他手，他想有自己的乐队，他向往那种有舞台的酒吧，人们会去那里寻欢作乐，而他只想在那尽情演奏，直到无歌可唱，直到他被人们赶走，而他只属于那种酒吧，他只属于那种地方。

我一脸崇拜地问他那种地方在哪里？他说他还不知道但他一定会找到。我喜欢极了那双天真的让人心疼的眼睛，大大的，满含水分。他是那种孩子气的、诗意的、坏坏的、厚嘴唇的大男孩，这是我喜欢的型。当时我莫名其妙地预感到快速地活着英年早逝留下漂亮的尸体是他的一种命运，这预感立刻让我进入了生命中从未有过的突如其来的兴奋之中。

我说跟我说说你的故事好吗？

他说你很想搞清楚生活是怎么回事嘛！我把我的故事都告诉你你就跟我回家好吗？

这是第一个向我求欢的男人，天知道我为什么立刻就答应了他。我的期待模糊而诗意，我的幻想潜藏着黑暗。

他说我喜欢那种来自破碎家庭的、拼命吃巧克力的、迷恋雨天的女孩，我一直在等那样的女孩。这就是我的故事。

我说天啊！来自破碎家庭的、拼命吃巧克力的、迷恋雨天的女孩，那就是我啊！

事实上他从不对我说他的故事。他经常会突然出现在我面前，他说我很适合他的身体。这个男人似乎是我期待已久的，他令我兴奋，他能够令我在他面前赤裸，与他亲密，却无法令我从容，令我温馨，令我性感。

我说赛宁什么是高潮？

赛宁说你经历了就会知道。

我认为这个男人要的是风情，而我是最差的，可是天啊我该怎么办呢？

赛宁和三毛组建了自己的乐队，我瞪大着眼睛跟着他们四处走。

你就是那个想搞清楚生活是怎么回事的女孩吗？这是三毛跟我说的第一句话。三毛说和一个想搞清楚生活是怎么一回事的人在一起是安全的。

那时中国很少有摇滚音乐会，他们经常为一些蹩脚演唱会做暖场，他们曾被哄下舞台，但他们不在乎。赛宁说他迷恋现场，无论哪种现场，只要可以演出他就会答应。他说不管是现在还是将来他都没有希望自己成为主流的理由，对他来说只要有得玩就行了。我觉着他们挺悲壮的。对于那些耻笑他们的人，我会说我的桌上放着两只咖啡杯，另一个不是为你准备的，从来就不是。

我每天打电话给赛宁，我渴望和他单独约会，我千方百计讨他欢心。可他对我毫不领情，他搞得我虚虚实实反反复复。他那随时随地的充满想象力的爱抚让我成了一个毫无想象力的人，他自私而又耐人寻味的器官似乎令我在鬼魂的世界里迷了路。

他有时也会突然关心我，他会为我送来我爱吃的早餐，他会为我小心翼翼地挑选服饰，他知道我喜欢吃草莓，在买不到草莓的季节里，他会突然为我捧来一个草莓大蛋糕，他会把蛋糕上那些可爱的草莓一片片送到我嘴里，要知道从来没有男人对我这样过。

有一次他弹琴唱歌给我听，我在他的床上跳来跳去，他看着我说小兔兔告诉我你最想要的无论是什么我都会给你。我说我要你是我的男朋友，我要那种叫爱情的东西。他一脸阴沉地说，只有女孩子才交男朋友，女人交的应该是另一种东西。

我哭了，仿佛又回到未成年期，只是给我零用钱的父母在此时换上了赛宁。他突然温柔起来，他过来抱我，他舔着我脸上的眼泪，他甜蜜得像一块巧克力，他用极轻的声音安慰我宝贝别哭千万别哭，你应该笑你的笑很灿烂的。他说爱有很多种，如果你只想要一种，你永远都会失望的。

我说赛宁你说过没有做过爱的女人是青苹果，做过爱的是红苹果，做太多爱的是被虫蛀过的苹果，但那能给你一种残缺美。我现在认为你是个混蛋！我不要做你的什么苹果，如果你不爱我，我再也不想见到你，我是说真的。

赛宁说好吧你走吧，我不想你爱我，更不想这么快，你走吧，我想我不爱你。

这个混蛋就这么把我给赶走了，他是强盗，把时间和生命从我体内抽走，毫不客气。

三

赛宁在离开后的某个下午，在某条大街上，他看到一个和我长得很像的女孩，一样的迷你裙，一样的长发。在尾随其后很长一段路时，他总结出那女孩的双手和双脚和我的很不一样，而他认为一个女人的双手和双脚是最微妙的。于是"坏孩子赛宁"在对我双手双脚的怀念中飘回了家，并且开始反省。

而那个时候我每天在心里对赛宁发第六感应，赛宁快来找我吧你再也找不到像我这么可爱的女人了，如果你不爱我，我会用削铅笔的小刀杀死你。一只小鸟停在了小赛宁的尸体上。

我们分开的几个月以后，一个平常的晚上，我看见这个我始终看不懂的男人突然出现在我的门外，他迅速地拥我入怀，他说宝贝你瘦了很多。就这么一句话我就浑身发软了。那个时候这个城市是中国最开放的城市，这里有很多富有的人，也有各种讨生活的人。这个城市总是如此潮湿而闷热，街上总有那么多失魂落魄的人。我们手拉着手走到某条大街上，手拉着手像一对伤心的朋友。我们来到了那家酒吧，在我为自己点了一杯可乐的时候他说你别老喝可乐，女人应该喝喝酒。

我终于知道了他的故事。他的童年备受恫吓，他的父母是那个年代的"艺术政治犯"，他母亲最热爱的诗人是叶赛宁。他出生于西北某个劳改农场，九岁时父母得以平反并且离婚，他随父亲去了英国，现在他刚从英国回来一年。他父亲固执地想让他成为像帕格尼尼一样的小提琴家。他的第一把小提琴是父亲用竹竿做的，他童年的琴声是父亲为他哼的。赛宁说我现在老爱故意跑调的毛病可能就是因为这个。他们平反得很晚，不然早就离婚了，小时候我爸爸走向我时我总是不知道他是会抱我还是会打我。我想我继承了我母亲的忧郁症，我父亲的暴力，其实我也不想我自己是这样的。赛宁脸上"可爱的愤怒"让我心疼。我说，赛宁你是你自己，无论你是谁，我都爱你，真的。

伯明翰，糟糕的地方，工业城市，街上有很多失魂落魄的人。那是个和我没什么关系的地方。我情愿喜欢英国的乡村，那里有很多可爱的随处可见的小酒吧，我有时很想一辈子住在那儿为自己心爱的女人写歌。

当我把手中的小提琴换成吉他，我觉着音乐不再拒绝我了。但是我和父亲的关系就变得更加恶劣了，他永不停止地干涉我的生活，我们总是吵架，这是很伤心的。

嘈杂的酒吧里又放起了 *YOU ARE SO COOL*，赛宁变得害羞起来，他的脸上漂流着月光的气息，现在的他如此安静，甚至有些无助。他低头看着手中的杯子，就像在梦中一样。

看来这酒吧没几张唱片。

又放到这首歌了。

给我一个机会，让一切完美。你可以让我飞到很远，你很容易让我快乐，也很容易让我悲伤。我想这就是你的力量。

我不停地点着头说，是的是的这也是我要对你说的。

我们像两颗珍珠一样坐在酒吧里发光。我们打电话叫来了乐队的朋友。赛宁说他没想过他也会恋爱，他很难会相信一个女人，他本来以为恋爱是中年以后的事。

三毛说我和赛宁是天生一对，他说我对赛宁的音乐有着长久的回吻，并且我们都具有那种惹是生非的气质。

我们拼起了一张大桌子开始大声喧哗、彼此吹捧。三毛还拿来了披头士的唱片在酒吧放。酒吧的食品很难吃，啤酒是热的，女服务员态度生硬直截了当，赛宁说这像矿工的酒吧所以他喜欢。

我们的"喜宴"最终由于某个在洗手间门口偷看我的男人被三毛发现而陷入一场混战中。两帮人把酒吧掀了个底朝天，酒吧的老板听之任之。我看见赛宁一个袖子没有了另一个袖子也没有了，我哭着喊着别打了别打了，三毛拿着把大铲子站在中间一动不动，赛宁不知什么时候戴上顶小帽像是火车司机的儿子。

终于，对方有人高叫一声，别打了，我们都是外省人不能让当地人看笑话！

混乱顿时结束，赛宁把帽子还给了对方，大家各自赔给酒吧一些钱，最后我看见他们还互相握了握手。

所谓幸福，就是明知那黎明将至的黑夜中酒吧已离我很远了很远了，我却还是回头看了一眼。

四

赛宁用发胶不厌其烦地把长头发往上梳起拢成一个椭圆形，我大笑起来。据我所知他向来讨厌猫王的虚伪造作。赛宁在房间里上蹿下跳，他翻出条破旧的大喇叭裤，他说这是他在英国唯一的好朋友送的，他从来舍不得穿它。他在身上挂满了那些浮躁得一塌糊涂的挂件，他疯疯癫癫地在我面前边唱边跳。

待我如呆子待我凶残，但爱我；撕碎我虔诚的心，但爱我；无论你去哪里，请带着我，否则我会寂寞我会悲伤和忧郁；亲爱的爱我，别让我为你哭泣，我是如此寂寞；永远亲爱的，我会乞求和偷欢，渴望你的心与我的心相近，如此相近；亲爱的，我跪下乞求，我只是恳求，恳求你爱我。

伤痕累累的赛宁，像一只花蝴蝶一样的赛宁，他把我抱到那只可爱的小冰箱上，他说外星人派我来找你。我们开始亲吻，彼此亲吻，直到那成为一种痛苦。我第一次赤裸地看着这个男人赤裸的身体，沉默是一种最温柔的围困，我的爱欲藏在他的身体里。他的汗水飘落在我的脸上、背上、胸上，我迷死了这飘落的过程。耳边的每一种声音都来自最远的地方，当赛宁把我放在他身体之上时，他说小兔子你是我的好吗？你永远只是我的好吗？然后他开始亲吻我的乳房，一片深紫色就这样神秘地来到我眼前，我没有办法停止喊叫，我丢失了我的呼吸，我害怕自己会飞走，我无助的身体，我赞美我的身体。我听见这个男人最后几乎是恶狠狠地对我说你要记住我，就像记住你自己。

在我经历着这一刻迅速醒来的那一刻，我预感到自己将成为一个有很多故事的女人，而故事总是要有代价的。

五

在1992年的床上我想起这一无数记忆中永远的定格，以及与之相连的所有热情、幻想、饥饿、恐惧。我有些迷惑，三年过去了，我现在在想到底什么才是爱呢？我的身体，我的自己是什么呢？高潮的真谛是什么呢？今天赛宁对我第二次重复了"你要记住我，就像记住你自己！"这句话。我不知道他重复这句话是因为他的高潮，还是因为我又一次知道了他偷情的事实。

在我唱歌的夜总会只有老天知道每天到底有多少起不道德的交易。有很多来自各个城市和乡村的女孩在这里讨生活，旗是那些穿来穿去的

"陪酒小姐"中的一个。她长着一张困惑的脸，她的脸本身就像一个问号。一个偶然的机会我知道她叫旗，她和我来自同一城市，她没有父亲。又一次偶然的机会，我们在一起喝酒，在她和我讨论了《少女杜拉的故事》之后，我们成了朋友。今天她突然打电话给我，她要我去她家，她说她要跟男朋友分手，她说她需要一个观众。我已经很久没有见到旗了，我从没听说她有男朋友，我也不知道她在这里有家，以前她总是东住西住的。

以前我不喜欢有自己固定的住处，直到我遇上他，他是个大男孩，但他照顾我，我们在一起，在一起昏天黑地地喝酒，他给我恋爱的感觉。

旗给我倒了些芝华士，我发现她这里没有任何一样可以掺在一起喝的东西，她说她就爱这样喝。赛宁也喜欢这种喝法，我不喜欢这个牌子，我也不习惯这种喝法，这样喝酒像酒鬼。

小小的旗今天冷冰冰的，她始终不告诉我谁是她的男朋友。

我曾在家翻箱倒柜地为旗找书，我对赛宁说这是个可怜的女孩。赛宁说你怎么可以随便说一个人可怜？你对病态的寄予厚爱，其实这很不道德。我说你这是什么话？你现在变得怪怪的，以前你也是个喜欢交朋友的人。我只知道她是个需要帮助的人，而我是那个必须去帮助她的人。

我看着旗的家，我很喜欢她房间的摆设，简单、舒适、敏感。我想我是没有看错她，她是很有意思的人。

我们听见了钥匙转动的声音，开门进来的是赛宁。

我惨叫一声，这一刻太刺激。

我说旗你觉着这样很好玩吗？

赛宁像个白痴一样站在我们面前，他的眼神很单纯，没有一点愧疚和紧张。

我说赛宁你跟我回家！

赛宁一声不吭地跟在我后面往外走，我们身后传来了旗冰冷的声音，这个男人我比你更爱他！

我转身飞出去一个杯子，我说我叫你再爱！

我哭了，我认为谁都没资格跟我说这句话。

赛宁说你干什么，你过分了！

我看着赛宁，我的宝贝赛宁，我伟大的父亲说过这个男人爱我不会超过一年。"百里之外，最美丽的是杨树的眼睛"。赛宁的眼睛在我看来就是那种"杨树的眼睛"。我看着那双时刻令我心动的眼睛，我现在还能相信谁？

我立刻就成了"阴谋论"者。我不想走了，我要看看还会发生些什么。

旗说，赛宁你爱我吗？

旗走到我们面前她对我说，你不要影响他，我今天只要听他的一句真心话。这是赛宁进来以后她第一次看着我。这个小小的旗真是很不善良，但她像是有一种迷幻作用，她让我和赛宁都站在那儿直发愣。

我知道你不会回答的。我不想再见到这些衣服，因为喜欢这些衣服的男人是个小丑。旗开始脱衣服，她把衣服一件件扔到赛宁身上。皮肤的颜色刺痛了我的眼睛，我又哭起来。我看见"瘦弱"在她身上突然成为一种与尊严有关的象征，我发现这个小婊子的确很美，以前我说不出那是一种什么样的美，现在我认为那是一种与生俱来的"伤心的美"。

我已把你看透！

旗从柜子里拿出一大堆唱片扔向赛宁。赛宁蹲下来捡唱片，他的脸色十分难看，这让我心疼。

你知道吗？我现在对你毫无感觉可言，我要你从我的生活中走开，永远地走开。

赛宁似乎实在听不下去了，他抱着他的唱片打开门往外走，旗的声音又温柔起来，我以为你是对我最好的人，我可以为这去做任何事情，我错了，我总是看错人。

我说，旗你是看错人了，他已经爱我了，他不可以再爱你。他不可以的，你也不可以这样要求他，我们是真的爱，我们很爱很爱的。

我的眼泪不停地流着，旗的眼泪也不停地流着，她说，我真的很抱歉。

抱歉？我对你那么好你却背着我勾引赛宁，现在你说抱歉？

旗的声音一下子就冷了，她一字一句地说有一件事你最好搞清楚，是赛宁来我家上我的床，不是我来你们家上你们的床。这话立刻就把我给说服了，我狼狈地冲出了旗的家，我为这一切感到羞耻。

在大楼底下我看到赛宁蹲在那儿，我说别跟着我，我会回家的。

我在马路上乱走，心潮起伏久久不能平静。我一边走一边在为这对狗男女设计种种艳情场面，我的头在不停地摇着，最终连我自己都觉着这样去猜测别人多少有点卑鄙。我总是在相信也许我一生都无法得到的爱，我为自己感到难受。

回到家时我看见赛宁坐在家门口，我说怎么了你失魂落魄得连钥匙都丢了？

我发现门已经被打开了，我说，赛宁你不会连这个家都不敢待了吧？

赛宁把我抱在怀里，他用极小的声音好半天才说出句，别离开我求你了。

这种话已经不知有过多少次了，却仍会让我感动。

他抱得我一动也动不了。

你放开我，我们可以好好谈谈。

赛宁跪在我面前开始舔我，我看到他哭了。当我开始抚摸他的头发，他突然把我推到墙上，他的器官突然进入我身体的那一刻，我再次知道我就是不能没有这个男人，除了这一点，这个世界我完全不了解，也不想了解。这么想着我开始哭起来。我说我求你了，别不要我，我不够好吗？我求你别抛弃我，我什么也没有，我只有你。我们好久没做爱了（我本来以为他把能量都释放到音乐里去了），赛宁是那种永远在做爱时给我"梦的感觉"让我触电的男人，我们都知道这是我们两个分不开的重要原因。我们总是这样，吵架了就闪电般进入爱抚，好像吵架特别能够刺激这个男人对我的欲求，每次吵架后的做爱他都可以玩出些新花样。在我们的肉体碰撞中，我始终处于被动，我喜欢他向我施虐，那给我带来无限快感，我有时也会为此而羞耻，我不知道还会有什么人像我们这般做爱。我无助的身体，我搞不清楚我所谓的高潮是身体上的还是脑子里的，自从旗告诉我她一次在高潮中昏了过去之后，我就不确定我到底有没有过高潮了。这种迷惑挺恐怖的。我想拥有完美的身体，完美的自己，可什么时候我才可以有能力确定呢？当我们有问题的时候，赛宁总在那种时刻想得到做死在我身上为止。这个男人善于不断地打开我的身体，他让我的身体不断走向极限，但却无法让我确定到底什么才是高潮，我想这是我的问题。我们开始喝酒，我们已经好久没在一起喝酒了。我边喝酒边说赛宁我们之间有问题。他说对，有问题。我说有什么问题，他说我说不出。这个晚上我们一人抱着瓶酒把中外所有的摇滚英雄都赞扬了一通，我们谈笑风生，我们还破天荒地讨论了一把关于扩散、蔓延、渗透、膨胀、极致之类的古怪问题。

黎明的时候，我起身收拾东西。赛宁像个影子一样突然出现在我身后，他坐在我身后的地板上，我看见黎明使他的皮肤更苍白眼睛更明亮。

你还是要走吗？

两年前你和我们的邻居睡觉，那时你让我觉着这个世界都不是我的，但是我没有走，我甚至没有怪你，我反而把你抱得更紧了。没多久我就知道我错了，我应该离开你然后再等你把我找回来的。这次我不会再错了。

赛宁用烟缸往自己的头上砸去，我看见了血。

你不要这么幼稚，你今天就是死在我面前我还是要走的。我说过我不相信你一生可以专情，你可以爱别人，或许我也会，问题是你不能骗我，你不能让我像个傻瓜一样。你让我觉着自己很脏，我像是和千千万万的人做了爱，这种感觉我受不了。

赛宁追上我，赛宁拉住我，赛宁靠在门上对我说，那你等到我头上的血不流了再走好吗？

对于你自己的生活你是个思考能力比我还差的人，给你这点时间你还是没有办法说服我留下的，我现在甚至怀疑你当初说爱我是否是经过大脑的。

你不能这么说，你不可以这样！

赛宁，你十八岁时就做过父亲，你说孩子的妈是大你十岁的婊子，你让你父亲抚养了那孩子一年以后又把他还了回去，因为查下来你不是孩子的父亲。现在你已经二十四岁了，你的母亲在日本，你的父亲在英国，你一个人在中国，我不是你的亲人，你是我可以选择的，只有你自己才能为自己负责了，你必须得学会付出代价。

六

我住到了三毛家，这一次我无法再对自己说"这不是他的错"。我像是屋顶上那只一动不动的鸟，我的自信心降低到最低点。三毛说我的问题是爱赛宁爱得忘记了自己，他说一个不爱自己的人是不可爱的，他说我老是想控制赛宁，他说爱是需要去学习的。他还教了我一些办法，他说你们女人总是在抱怨男人对你们不好，却没想过利用自己的优势去抓住男人的弱点。我不明白他的意思，我说爱不是一种技术，那很不人性。我开始天天买酒喝，我很容易吐，三毛说我是个不快乐的傻姑娘。

赛宁被允许每星期天晚上来看我，每次我们都会做爱，每次他都会带礼物给我，有时还带来一些他想我时写的诗歌。赛宁对事物的感受神秘而富有创意，但是他没有受过正规的中文教育，他写的诗歌常常是错字连篇，通常只有我能看懂。在这些想我的诗歌里他极力表达了对我的不可割舍，并且一会儿把我说成"像牛奶一样美好的女人"，一会儿又把我说成是"一块有毒的饼干"。

我问过赛宁你爱旗吗？他说爱。我说那你为什么和我在一起？他说他这一生不能和我没关系。然后他就哭。

他把我的脑子搞得很累，我担心过去的好日子永远不会再来了，我经常会因此而发抖，我真的不知道什么叫爱了，我只知道如果把他从我的生活里抽离出去的话，我的日子就没法过了。

我找到了旗。我告诉她我永远无法原谅她给我带来的伤害，我希望她从我和赛宁的视线范围永远消失。我说赛宁是爱你的，但他永远不会离开我，你愿意和这样一个男人相爱吗？旗说你和赛宁是用钱堆出来的两个人，你们的生活是傲慢的、苍白的、虚弱的，你们是闭着眼睛生活的，我可怜你们。说完她就走了，我再也没有见过她。

接下来，我选择了一个月黑风高的星期天晚上切腕"自杀"。三毛去上班了，我知道赛宁几点从多比（赛宁是他的家庭教师）那儿出来，我提前四十分钟走进洗手间。我在镜子里看自己，镜子里的我很美，如泣如诉的表情，大有一番孤身复仇的气概。当我手中的刀片朝血管切割下去不停切割时，这一次我干得像真的一样。疼痛感使我的身体到达了一种幸福的时刻，我这个蠢女人此时充满着自我践踏的勇气，我打开水龙头，冷的水冲在热的血管上，我坐在浴缸旁晕眩，我不停地对自己说如果他是爱我的就会有第六感，如果我是不该死的他就会准时到来。

自杀应该是没有观众的。你不是在自杀，你也不是在证明你有多爱我，你是在向我挑战，你够狠！

这是我醒来以后赛宁对我说的第一句话。他把我从床上拎起来边扯去输液管边说我讨厌透了你的这种鬼把戏！

我们惊动了护士小姐，当她严厉指责赛宁时我又脱口而出，这不是他的错。

我们都哭了，赛宁只在我一个人面前哭泣，他的眼泪是我的珍珠，是天空给我的礼物，这眼泪多么迷人！

赛宁一直在医院里守着我，他为我换了一个单人病房，我们两个一人一个耳机听音乐，他在我身边我就可以入睡，尽管我们的沟通进行得很困难，尽管我认为这事还没完。我有时也会对自己说你才二十二岁，你不可以如此依赖一个男人，你将来还有很多路要走，这样生活对你的成长是不利的。但是我没有办法，我无力抗拒。

出院那天，我把乐队的所有成员请到一个很大的蛇餐馆，吃饭中途我突然说，赛宁我决定了，我要和你分手，我要回上海。

赛宁说，不！

我说不分手可以，你不是喜欢和三毛讨论西北男人是怎么打老婆的吗？我要你现在坐在那让我打一个耳光。我指着餐厅中央人最多的地方说出这句我早就想好的话。

赛宁低头在那儿不出声。

三毛说你是那种跌一百个跟头都不会反省的人，你为什么总要搞点事出来？你真是急死我了。

如果他是爱我的，他就可以为我做这件事，这是他自找的。赛宁"忽"地站起来，大家看到"坏孩子赛宁"搬了张凳子走向餐厅中央，他对着我的脸坐下，还没等周围的人反应过来我已走上去给了他一个响彻云霄的耳光。我哭了，所有的委屈一泻千里。

很多人站了起来，赛宁搂着我对大家说没事没事她是我女朋友，他边摆手让大家坐下边说不好意思妨碍大家了，这是我们的家事。在餐厅的厕所，我把赛宁经常用在我身上的方法首次用在了他身上，我不确定他是否很享受这过程，如果不是，我想这算是一种强奸，我想我是疯了。我吻他，吻尽他的生命，让我的生命开始。我是他的树叶，树叶来自树，我必须把他绑架，让他听我唱歌。我熟悉这个男人在我身体里的形状，他是我唯一的男人，老天，让所有的诅咒化为抚摸，抚摸他的全部，就像无尽的温柔，直到他快乐地对我低语"我爱你到死"。当他对我说这话的时候，我再次找到我自己，于是我把这幸福时刻命名为"高潮"。

我终于呕吐出去了些什么，我终于平静了点。

我搬回了家，我和赛宁又一次手拉起手奔向无法确定的明天。

七

我和赛宁的日常生活几年不变，白天睡觉（除了乐队排练），傍晚出去购物，晚上看书喝酒听音乐看电影弹琴唱歌。偶尔会出去演出，偶尔会去外地旅行。我们总是在清晨进入爱抚，清晨是冰冷的，我们喜欢在那冰冷的时刻感受我们两个和这个世界的关系。那种时候透过朦胧的光线，我总是可以看到赛宁的头发飞了起来，我喜欢他的头发，他的头发，就像我的情绪。赛宁几乎每天清晨都要在窗前拉一会儿小提琴，他的吉他是那种鬼魅般的哀痛与尖刻，但他的小提琴是那种绝对的抒情，美得让我绝望。

我曾经工作过一段日子，赛宁讨厌我在夜总会唱歌，他曾把我的演出服剪成各种奇怪的形状，他总是故意捣乱。在我工作的那段日子，赛宁常常会几天不怎么和我说话，连做爱都是一声不吭的。他长时间地坐在书堆里喝酒。他最喜欢的是英文版的《追忆似水年华》，他读了好几遍，有段日子像是走到那本书里出不来了。

赛宁也工作过一段时间，他是一个叫多比的"问题男孩"的家庭教师，多比是个香港小男孩，有"校园恐惧症"，长期和一个老保姆住在大陆的一幢房子里，赛宁教他数学、英语、小提琴、踢足球。赛宁和多比的相识纯属偶然，他们似乎特别谈得来，我很高兴赛宁能成为他的家庭教师，但是我没想到他会当我相信他是和多比在一起时背着我和旗约会。

"旗事件"之后赛宁就把多比劝回了香港，他说他不想再对多比负责，而且多比也应该和父母住在一起。我和赛宁又恢复了以前的生活。

赛宁排练经常缺席，三毛很生气，我看着这两个人分分合合多少次，每一次都刻骨铭心的。三毛说我们这样生活是不健康的，他说我们的父母这样给我们钱是在让我们慢慢腐蚀。三毛骂我们的时候我们总是傻笑，他拿我们没办法。在音乐上、生活上我们和三毛有很多不同，但他是这个城市里我们唯一的好朋友，我们非常爱他。

我和赛宁也知道我们这样的寄生虫生活很不好。我和赛宁有很多相似之处，我们都酷爱巧克力，我们都来自破碎家庭，我们的童年都极为阴暗，我们书都念得不好，我们小时候都没什么孩子理我们，我们的哮喘病都差点要了我们的命，我们长大后都不愿过父母给我们安排好的生活，我们都没什么理想，我们都有恋物癖，我们的家长都因为我们小时候吃过很多苦而特别宠爱我们，我们都没有音乐就不能活。

我和赛宁都相信直觉，相信感伤，有表演欲。喜欢自然、平和、自由的生活。别人说我们生活在幻觉中。我们不相信任何传媒，我们害怕失败，拒绝诱惑会让我们焦虑。我们的生活是自娱自乐的，我们不愿走进社会，也不知道该怎样走进社会。

有时候我想我和赛宁的爱情是一种毒素，我们一起躲在柔和的深夜里寂静得绝望，永远不愿醒来。

八

我们窗外的大街是这个城市最著名的一条街。街上商店通宵营业，大酒店一家接着一家。每当夜晚来临街上就会出现成群结队的女人，有年纪和我差不多大的，有比我小很多的，有比我大的。她们的目光追随着那一辆辆过往的汽车，那些车会为她们而停留。车的款式车牌的字头车主的谈吐都是她们决定去留的关键。这里的人们把她们叫作"流莺"。在这些女人周围聚集了这个城市大部分的乞丐、卖花的小女孩、姑爷仔（那些靠逼迫妓女为生的男人）、毒贩子、烤肉串的。多年来公安部门不断治理这条街，还在这条街上开过公判大会。偶尔会有窗口上装着铁丝网的警车开过，我常常会看到那一撮撮的人随着女孩子的尖声嘶叫四处奔跑。这条街的斜对面是一家很大的电影院，它们分别属于不同的两个派出所管辖。因此当这条街上出现警察时人们就跑到马路对过的电影院去，当电影院门口出现警察时人们又跑到这条街上。有时开过的只是一辆装冻猪肉的集装箱，但只要一个人做奔跑的动作，所有的人都会跟着跑起来。

他们就这么跑来跑去。我和赛宁就住在这条街的某幢大厦里，我常常站在阳台上观看这一切，这几年这已成为我的一种习惯。

九

乐队决定去北京"闯天下"，听说那里开始出现很多地下乐队。赛宁说别人都不带女朋友去你去了不好，我先去看看，好了再把你接去。三毛在电话里说赛宁在北京的演出反应挺好，有很多朋友喜欢他的音乐。但是赛宁不到两个星期就一个人先回来了，失魂落魄的。他说他不适应集体生活，太热闹。他说北京人都活在感动之中，每个人都晕着。

赛宁回来以后动不动就失踪几小时，而且从不和我做爱，后来他终于向我承认他在吸食海洛因，并且已经成为"瘾君子"。我说"瘾君子"？不会吧你是不是搞错了？我们在一起也玩过药丸、草、大麻、毒蘑菇，每种毒品给身体带来的反应各不相同，而我们都不喜欢太化学的感受，我们从来也没觉着毒品有多好或有多不好。事实上我们一直认为有音乐，有爱情就够了。海洛因，白色粉末，充满着被提炼过的感觉。吸食海洛因的动作很古怪，毫无美感。赛宁说海洛因使他忘记这个世界的样子，给他安静，让他独处，令他安详。他说但是我没想到那么快就会上瘾！我不喜欢这种被控制的感觉。赛宁说人在茫然的时候最好的办法是走入一个旋涡，而他是一不小心走入海洛因这个旋涡的。赛宁似乎是先我一步走入了一个致命的旋涡，我是这样认为的，我知道我也太容易犯这样的错误。我觉着我的赛宁实在是不走运。他常常会坐在阳台上一动不动地几个小时看着外面，我也常常在和赛宁争吵以后走到阳台上，我看着那条大街，我想我的感受并不是痛苦，我只是慌乱。我想我必须帮助我的男人。我把他看管起来。这是我唯一可做的。

我们之间渐渐失去信任。房间的每一个角落，赛宁衣服的口袋，他的脸色，他在洗手间干什么？他在给谁打电话？这些统统成为每时每刻的问题。那些别人介绍的戒药一点儿用都没有，我每天看着他受折磨。我不知道犯瘾是一种什么该死的感觉，他说他犯瘾会死的我就信了，我的确很怕他会突然犯瘾致死。他抓住了我的弱点，他常常用死来威胁我，很快人们就可以一眼看出他是个"瘾君子"，他有着"瘾君子"特有的苍白的消瘦和丢了魂似的神经质。

这天赛宁又失踪了，我回到家时看见他已回来了，看见他回来我就放心了很多，我一直担心他会被抓起来。他抱着那个著名的枕头坐在地上发呆，天知道他怎么那么喜欢这个枕头，去北京时居然也带着，他说没这个枕头他睡不着。他的面前摆放着几把吉他，我们家有六把不同年代不同颜色不同用途的吉他。赛宁说每一把琴都有不同的音乐和感觉，我都喜欢，它们都是没有灵魂的，直到被我看上。

赛宁没有抬起头来看我，我也没理他。我开始收拾房间、洗澡、洗衣服。我喝了赛宁为我做的汤。赛宁会做很多美味佳肴，他说除了音乐，他最爱的就是女人和食品。喝完汤以后我走到赛宁对面坐下。我听他来回不变地在吉他上走着几个重复的旋律。

你今天去哪儿了？我找你找得累死了。

你不能这样，你抬起头来，我要跟你说话。

赛宁，我累了。今天我在电话簿上找到了戒毒所的电话，我去看过那了，我从来没这么鬼鬼祟祟过。那里的医生非常友好，他们把你当成普通的病人，他们不会把你当成罪犯。他们说政府鼓励自愿戒毒，他们会为你保密，并且负责到底。

我不去那种阴森森的地方。

你没有选择的。我们不能再相信那些江湖医生了！除非你告诉我你不想戒了。你会在那儿陪我吗？他抬头看我，他的眼睛总是这么美，他说话总是这么慢，他一脸无辜的样子让我感觉我们是多么愚蠢。

戒毒所有规定连探视都不允许的，但是我的心会时刻和你在一起，我保证。我知道我无法体会你现在的感受，如果可以减轻你一点点痛苦我愿意去死，真的，我们现在一定要心齐，让我们把这场噩梦快些结束好吗？我求你了，我快疯了。这个烂毒品把我们搞得乱七八糟的。

赛宁终于同意去戒毒所。那个黎明我为他收拾衣物，我的宝贝我的眼泪他坐在阳台上，他坐在黎明中垂落着冰凉的双手。他的一首歌里唱着"我知道快乐的形状"，他的另一首歌里唱着"姑娘我偷到了神的钱包"，现在我看着赛宁就想着这两首歌，我看见冬日黎明惨白的颜色无休止地抽打着他，而我只能在别处看着他，并不能把他带走。这个早晨我的眼泪几乎没有停过。我只是伤心，我觉着该死的海洛因把我的赛宁偷走了。赛宁一路上攥着我的手，我们什么话也说不出来。戒毒所退回了我为他准备的所有食品、小唱机、唱片、镜子、剃须刀。医护人员搜遍了他的全身，而他的目光始终没有离开过我。当工作人员把我送进电梯时，我听见赛宁突然很轻地叫了声我的名字，回过头时他已被带进了有一把大铁锁的病房。他对我那一晃而过的凝视，成了我痛不欲生的回忆。

我开始大量地喝酒。我经常在戒毒所周围游荡。我从来没有把酗酒和吸毒等同起来。在我看来我和酒的关系是柔和的、亲密的。酒有很多种姿态，酒最大的作用是可以令我放松让我温暖。我开始寄情于酒精。我的酒量越来越大，我几乎从不会喝醉了，我还研究出几种不会让人闻出我酒鬼气味的配方。事实上赛宁在戒毒所的四十天里，除了买东西、给他的医生打电话、坐出租车，我几乎没有和什么人说过话。

赛宁从戒毒所出来那天我把自己搞得很美，我穿着兔兔拖鞋去医院接他，我们从来没分开过这么久，他对我的第一个微笑让我对生活充满了感激。他看上去胖了很多，我们小心翼翼地避开毒品的话题，我想这一切总算过去了，日子会好起来的。赛宁一直不和我做爱，他很安静，好像总是很累，但是我想这没关系，一切都会好起来的，反正他睡觉的时候我可以喝酒。

十

真正噩梦般的生活是赛宁在几个月以后又开始吸海洛因，他的态度很明白，他说没有毒品的日子他适应不了。我说没有性欲的日子你能适应吗？他说我可以找别的男朋友但就是不能离开他。我认为他是个混蛋。我认为如果我真的离开他的话，那就真的什么都完了。但是我的确不知道如何是好，我们的生活里从来就不曾谈论过控制。现在毒品控制了赛宁，他变了，情绪时高时低，莫名其妙，要命的是他不再需要和我沟通，他变得灰暗、孤僻、冷漠。我试过各种办法来引起他的注意，所有努力的结果是他越搞越凶，他说其实他很需要这种被什么东西莫名其妙控制住的生活，他说吸毒不会让他去偷去借去抢，他现在就是不能没有毒品，毒品让他的心飞到了很远很远的地方。他说没办法，我回不来了。

酒精已开始令我有生理反应。我有时也会为酗酒而内疚，同时却又操心下一次何时再喝。酒精给我一种伙伴的感觉，我是多么的需要这种感觉，那令我安全。每天我从睡醒后开始喝起，酗酒的生活让我变得越来越沉默寡言。虽然我很少会喝得神志不清，但是我每天必须喝下大量的酒精以维持某种放松的状态。有一次我同时喝了几种酒并且喝得太快，我终于有了喝醉的感觉，那情形丑陋得要命，我在洗手间呕出一大口血，那口血的颜色近乎黑色。我第一次感到酒也是邪恶的，酒的邪恶感是慢慢到来的。

酒精和毒品让我们的生活走入极限，生活的画面处于不停的变化中，这刺激，我们暗自喜欢。穿行在薄雾之中，我们成了两个危险分子，世界昏迷亲人伤感，所谓爱的感觉在越来越模糊的感伤中消失殆尽。从疯狂做爱到看都懒得看对方一眼，我唯一明白的就是我不明白为什么我们的生活注定会失去控制。我们像两个极不友好的邻居一样住在一起，生活开始变得低级趣味起来，我们常常会为一点小事吵得鸡飞狗跳，还频频拿英雄人物开玩笑，在这发了疯的生活里我们已无法确定伤害的含义。

我们有时也会突然抒情起来，一个劝对方戒毒，一个劝对方戒酒，每次都声泪俱下的。

赛宁突然说要去这个城市附近的一个开发中的小镇唱歌，我说随你便吧有事干总比整天忙着搞海洛因好。你也不必每天来回赶长途车，你可以在小镇上再租间房子。我给你两个月时间，如果你再不戒毒的话，就做好准备和我同归于尽吧。

他改做"歌星"以后我们就客气了起来，他没有在小镇上租房子，他每天来回花四个小时在路上，我几乎看不到他在吸毒，我也减少了喝酒，大多时间我在昏睡，我很想在睡眠里自然死亡。

有一次我心血来潮，我一个人来到了小镇。我看见几家酒店门口都摆放着赛宁的大幅宣传照，他的这些照片什么时候照的我都不知道。他现在成了"摇滚红星"，这称呼用在他身上很滑稽，在以前赛宁是绝对不会允许的。赛宁是个柔和的疯子。

可是，在看他演出时我发现他现在把偏激和疯狂作为自己的唯一特征，并且开始迫不及待地炫耀起华丽的吉他技巧来（在以前赛宁是一直回避这点的，他说那样很傻），大量的事实失真，这却为他赢得了大量的歌迷，有的和我一样是坐长途车来的。酒精、赛宁带领下乐队的发作、众人粗暴的放纵，在既厌倦又满足的沉醉之后大家什么也获得不了。因为现在的赛宁什么也不是，他的演出像一场杂耍表演，也许他在有意识地颠覆自身，我不知道，我呆了。除了倒霉的命运还在继续，我觉着赛宁的变化是耸人听闻的，一切都是为了吸引注意力而制造注意力，摇滚精神早已荡然无存。他在欺骗听众、欺骗他的乐手，甚至欺骗他自己。我可没想到赛宁会变成这样。最令我哭笑不得的是他的那帮乐手，我发现他们都是些十八九岁的孩子，我搞不懂赛宁是如何在这么短的时间里成为这帮孩子的头的，我更搞不懂这些孩子怎么会玩这种音乐（尽管他们的演出时刻像在排练），他们什么时候学的？他们不念书吗？

在后台我看到几个非常小的女孩来找赛宁，她们会送一些稀奇古怪的礼物给赛宁，我发现在赛宁演出的几个场子总能看到这几个女孩子，我听见她们中的一个说我多想和他的女朋友换换呀！这话立刻让我愤愤不平起来，女朋友你知道做他女朋友是一种什么滋味吗？

这晚我和赛宁在消夜的时候当着乐队大吵了起来。赛宁说他现在就喜欢这样玩音乐。我说你自己也知道这些是狗屎的，对吧？中国人还刚刚开始接触摇滚，这些孩子，还有那些歌迷，你在误导他们你知道吗？你怎么可以这样？

赛宁整天赶场子唱歌，浑浑噩噩的没有清醒的时候。有一次演出结束有两个便衣警察走进后台，他们小声询问赛宁是否私藏武器，这个混蛋居然以为这是有人在和他开玩笑，他笑着说，对，我还有两个手榴弹，结果他被当即带走。谁也不知道他是被哪个部门带走的。我求到我以前唱歌的夜总会的老板，我们开着车一路找过去，结果在一个小的不能再小的派出所的特案组找到了他。

在回家的路上我们一句话也不说，我觉着这一切无聊透了。

一进家门，赛宁立刻找出海洛因，我知道他早就犯瘾了。我一把抢过他的小纸包扔出窗外。

我不该保你出来，我应该让你在里面犯瘾，让他们把你送到戒毒所去待上半年。

你看你都干了些什么！你现在的音乐假的要命，我不要看到你，你恶心。

有人告诉我你被抓的消息让很多女孩花容失色，"坏孩子赛宁"什么时候成了尤物？你离开三毛就是为了做这些吗？

你给我离开那个小镇，我不许你再去搞那些混蛋音乐。

赛宁始终一声不吭的，我开始砸他的小提琴，砸他的吉他，我知道这对他是最致命的。

暴跳如雷的赛宁像一架失去了控制的机器，他居然用被我扯断的吉他琴弦把我缠在阳台上，我们的狗一直在狂叫。

人都是有弱点的，你把你自己的弱点找出来了再骂我！你这个酒鬼烦死我了。

他说完这句话就走了，七个小时以后才回来。面对着他语无伦次的道歉我说我要搬出去，我一再说明我只是搬出去住段时间，在一起我会紧张。

我又一次搬了出去，这一次我的脑子一片空白。

十一

三毛回来了，我不停地对他叙述我生活中的不幸。三毛说现实是堵病欲的墙，我们要穿越那堵墙，音乐可以拯救我们。三毛总是把音乐和命运联系起来，因此他总是显得比较有责任感，比较沉重。

三毛回来后就和赛宁住在一起，据说他们几乎形影不离。我和赛宁天天在电话里彼此问候，只是他依然吸毒，我依然酗酒。有一次我拿起电话就哭，我哭他也哭，我们就那么傻傻地哭了一会儿，彼此只说一句话，他说我很难过，我说我很难过。

有一次我给我们的小狗当当买了一些好吃的，我来到了那个像废墟一样的家。赛宁和三毛都在睡觉，当当不停地舔我要我带它出去玩。我抱着当当把艾伦·金斯伯格的《祈祷》中的一段抄在了赛宁的小黑板上。这一段是艾伦母亲的临终遗言，后来被艾伦收录进了他的长诗《祈祷》。艾伦也是个爱想入非非的人，他也曾醉心毒品，他是我和赛宁都喜爱的诗人。

三毛打电话来要我去参加一个Party，他说你一定要去。

于是我见到了赛宁。这个时候的赛宁是我所熟悉的，他穿着雪白的棉布衬衣干净的牛仔裤，他有些不安地站在舞台上甚至有些害羞。他在音乐里毫不隐晦地说出自己的梦境及想法，从不怕人耻笑。他知道他是破碎的，他希望用破碎来搜索破碎，他的音乐是一种祈祷。

赛宁是一个受尽恫吓之后对成人世界绝对不理解的永远无法长大的孩子，他是天才的，温柔的，歇斯底里的。他有他自己的逻辑，他按照自己的想法随意使用各种东西方乐器，他的音乐带着天然的酸性，他的吉他空心而脆弱，他的嗓音是一种冰冷的甜美，像一种抚摸。

　　赛宁的中文语感很差，但他坚持用中文写歌。我们以前总是一起写歌，通常是他弹一个音乐动机出来，然后再告诉我他要表达的意思，赛宁的歌词大多涉及一些支离破碎的故事，他用英文告诉我，由我来为他想出合适的中文歌词，我总是用最直接最简单的词汇为他改写歌词。每当我看见赛宁站在舞台上唱这些歌时，我总有一种幸福的感觉，我觉着我是那个被他赐予了某种权利的人，他赐予我权利一起被这音乐的光环笼罩，我迷恋我们对音乐的这种长久的出神的状态。

　　我已经很久没有参加这样的聚会了。我曾随赛宁走过一个又一个奇怪的演出场地，我们都是对方最忠实的歌迷，他还是我的吉他手。简单的设备、甜蜜的气氛给我们家的感觉，在这种地方演出我们可以和朋友直接交流。最初相爱的日子我唱"我今天心情很好，我男朋友在我身边，今晚我不想浪费时间，他是我的一切，今晚我们要摇滚"。赛宁喜欢看我一头长发迷你裙塑料凉鞋站在舞台上，演出时我喜欢随着自己柔软的嗓音注视着我那双前后晃动的腿，头发的两边总是长长地飘在胸前并且遮住我的面颊，我以为那样可以突出我五官的立体感，我更是愚蠢地认为那样可以显示出我的神秘感来。那时我去演出更多的是为了获得一个在有观众的气氛中自我欣赏一番的机会。

　　赛宁有个嗜好，他喜欢送我各种各样的小丝巾，而我头大，天生不适合戴丝巾，但赛宁仍是不间断地送，他总说配件是最重要的。每次演出前我都会挑选出一条丝巾缠在话筒架上。我们是一对著名的恋人，我那对于美国六十年代文化的古怪激情，赛宁是最欣赏和最支持的一个。

　　最后，赛宁突然安静下来，他在舞台上坐下，他拿起了那把紫红色的箱琴，他最后的一首歌让我一阵阵发冷，我冷得哭不出来，这寒冷带着一种不祥的预感袭击了我。

　　艾伦，不要吸毒，不要吸毒，我带着钥匙。

　　赛宁的木吉他很本质。他把我抄在他小黑板上的那段谱成了一首歌。

> 钥匙在窗前的阳光下，我带着钥匙，结婚吧，艾伦，不要
> 吸毒。钥匙在窗栅里，在窗前的阳光下，结婚吧艾伦不要吸
> 毒，我带着钥匙，结婚吧，艾伦，不要吸毒不要吸毒，结婚吧
> 结婚吧结婚吧，不要吸毒不要吸毒。

这以后我经常和赛宁在一起，赛宁不再出去唱歌赚钱，我们经常和三毛彻夜长谈，就像最初认识时那样。我们终于可以坐下来像孩子般地讨论我们的问题，讨论酒精、毒品、金钱、音乐对我们生活的影响，讨论选择和恐惧，甚至讨论中国摇滚的未来。

我们终于下决心摆脱已经严重影响我们自由和健康的毒品和酒精。毒品和酒精确实可以给我们带来美妙的颜色和声音，但是代价太大，我们必须结束这种生活，我们各自向对方保证一定会熬过以下的艰难日子。

三毛给赛宁搞来了"美沙酮"，这是国际戒毒组织公认的戒毒良药。我也开始停止喝酒。我们整天睡觉。

十二

赛宁似乎毫不费力地戒掉了海洛因。我们的身体都十分虚弱，经常一起去医院打葡萄糖。渐渐地，赛宁发现自己吃药吃上了瘾，那些种类繁多的戒毒药本身就是毒品，他用这个药戒那个药，再用那个药戒这个药，他的身体陷入了严重的错乱中。三毛怪我没有控制他的药量，我说我根本就不懂这些。我们想了很多办法，我劝赛宁再去戒毒所，他说戒毒所有规定两进戒毒所的话会被关很久。最后，赛宁又回到了海洛因那里。

当音乐结束请你关上灯当音乐是你特殊的朋友当音乐是你唯一的朋友当音乐是你最好的朋友请你关上灯当音乐是你特殊的朋友当音乐是你

唯一的朋友当音乐是你最好的朋友请你在火中起舞失去控制直到时间终结我有个朋友也在火焰中她的脸在镜中不断闪现她的身体在窗前不断晃动她在外面等我在梦中在我歌唱之前我想你听见蝴蝶的尖叫回来吧回到我身边我们要拥抱在一起我们等待落地我听见了温柔的声响忽远忽近忽离忽疏

他们在这里干什么他们对我们惊恐的姐妹做了什么我听到了温柔的声响它把我的耳朵击碎撒落在地我们想要这个世界就是现在上帝请你救我

1993 年圣诞夜那天，我一整天看不到赛宁，我把他所有的东西都收拾出来扔出了门外。晚上他回来时我反锁着门对他说，你去死吧，你完了。那晚我就对他说了这一句话。那晚赛宁坐在门外一直在唱歌，他唱得很含糊，只是每句都有圣诞快乐。那晚我喝了太多的酒，所以很快就睡着了。第二天醒来打开门不见了赛宁，他的东西都在。我起初以为他去了哪个"道友"家，我那时酗酒很厉害，经常恍恍惚惚的，脾气也越来越坏。一个星期以后我知道不对了，我和三毛到处找他，甚至找到了他国外的父母那儿。三毛说赛宁混蛋我比他更混蛋。

后来我发现他大衣口袋里的护照不见了，在那把红色芬达琴的琴箱里我发现了一张字条：亲爱的如果你发现这张字条时我不在你身边，那么就是我已离开这个城市了。现在是 1993 年的 9 月，你正在我怀里睡着，你又醉了。我爱你，但爱是什么呢？有什么在恐吓着我。真的。所以我必须离开。我们在一起太久了。无论你想变成谁或你会变成谁，记得我是最爱你的赛宁。

什么是"我们在一起太久了"？我们只拥有这个，我们没有别的。我开始尖叫。我可怕的哮喘病就这样在十五年以后突然卷土重来，我经常需要去医院抢救，我随时得准备着氧气袋。所有甜蜜的回忆让我疯了。三毛没法帮我，他说服我一起到外省演出。他想让我成为一名职业歌手。最后一场演出对我和演出公司来说都是一场噩梦。按照演出合同规定，到最后我还要赔偿演出公司一笔钱，可见我自说自话到何种程度。

现在你认为你可以区分天堂和地狱蓝色的天空和痛苦绿色的田野和冰冷的铁轨一个微笑和面具吗你认为你能吗他们有没有同你交易把你的英雄出卖给鬼魂尘土给大地热气给凉风冷冷的关怀给所有的改变你是不是为了一个木笼中的主角而走进一场战争

多么希望你能在这里我们仅仅是两个失去了灵魂的在鱼缸里年复一年地游来游去的人在同样的老地方奔跑我们又找到了什么呢仍旧是那些恐惧多么希望多么希望你能在这里

我抱着赛宁的吉他唱着《多么希望你能在这里》。酗酒令我的哮喘越来越厉害，而哮喘的我演出时总是力不从心。

在一次记者招待会上有人对我说，你的台风不错，只是为什么那么不快乐，现在改革形势一片大好。我十分失态地把一杯水和杯子一起突然向那人砸去。我的行为引起一场风波。三毛竭力替我向人道歉，他对大家解释"她从来没到外省演出过，可能是兴奋过度了"。我因此而被耻笑为"中国猛女人"。后来又不知是谁拿走了我放在浴室里的赛宁送我的手镯，我四处寻找，并嚷嚷着如果找到这个拿我手镯的人必定拧断他的脖子，我在酒店里再次惹是生非，并和三毛大吵了一通。

我发誓再也不出去唱歌了。我发现不知从什么时候起谈论人生必须忍受痛苦已成了不合时宜的自作自受。我再也不想给这个世界添麻烦。

我发誓再也不出去演出了。

1994年的春节，我突然预感我的赛宁再也不会回来了。我被挤到了歇斯底里的边缘，看着表思考问题会让我感到恐怖，我变得无比固执起来。我几乎毫不犹豫地选择了海洛因，我通过它和赛宁约会，我对自己说你去死吧你完了。整个世界在我面前消失了。海洛因最大的好处是让我没完没了地进入令人晕眩的虚无，我从里到外空荡荡的，时间开始变得飞快起来，生和死同时成为高悬在我头顶的两座宫殿，我所能做的只是在这其中尴尬地徘徊。赛宁说过他靠海洛因寻找安宁，我不知道他有没有其他美妙的感觉。海洛因的生活对我毫无美妙可言，但是我确实找到了安宁。我需要一种慢慢死去的方式，我是个胆小鬼，我没有力量立刻去死。

我见不得光亮，不能听见声音，不想和任何人说话，多疑，懒惰，闭经，颠三倒四，厌食，每天看粤语长片但是关掉声音，不停向父亲要钱。有一天我突然发现我的嗓子坏了，我不能再随心所欲地唱歌了，我对自己说你毁灭自己的时刻到了。那以后我再也没唱过歌，哪怕是在自己的浴室。海洛因最终使我获得一种力量，它让我不再需要音乐了。在发现这点时，我知道我已经完了。

1994年12月的一个早晨，我下楼买水，天知道我怎么会飘向一辆缓缓开来的小汽车。我的头部和右眼受伤，护士小姐剃光了我的一头长发，眼部手术的整个过程所有的麻醉药对我失效。

父亲来到了这个城市，我似乎才反应过来我的生命是别人给的。父亲说他有责任他愿意接受惩罚，他坚信我是个好孩子，他说一切都会过去的。为了不使亲人伤感，成了我去戒毒所的全部理由。

回上海之前，三毛送来一大堆各种各样的帽子，他说这是命运，我感觉你就要好起来了，你看你戴帽子真好看！

十三

我回到了家乡。我是一个药物依赖者，我是所有母亲的噩梦。

大量的激素使我看起来像个白痴，病人们在那儿，在阳光下做纸牌，大门上着锁。生命中的失控是如此逼真，就像这个城市的冬天，冷冰冰的暗藏着杀机。

从安康医院的戒毒所出来以后，三毛经常打电话来，我对他说我在期待着自己能一点点正常起来，我渴望过去的一切能随时间的流逝而变得越来越清晰珍贵和明了。

有一次，三毛在电话里说你在阴暗的地方待得太久了，你应该出去晒晒太阳。

当我一个人坐在太阳底下时我会唱起三毛的歌：安详的病人不会说谎，没有挣扎没有笑容没有眼泪，不会寂寞，嘿你只不过是病着，一脸单纯。

我会想起安康医院的那些精神病患者，公安局所属的这家医院的病人大多曾经杀过人，而我很难把听到的那一个个故事和这些安详的病人联系起来。我可以下床后每天和她们一起晒太阳、吃饭、做纸牌、吃药。她们午饭之后的集体大合唱是每天必做的作业，她们除了唱《北京的金山上光芒照四方》这样的老歌外，还会唱一些时髦的新歌，比如《潇洒走一回》《谢谢你的爱》，这些新歌都是不断到来的戒毒病人抄在小黑板上教会她们的。有一次我听到她们在唱："我的思念不再是那决堤的海，为什么总是在那些飘雨的日子，深深地把你想起，让我想你想你想你，最后一次想你，因为明天我将成为别人的新娘。"那些病人大多在这间大房子里住了十几年，我从未听过如此凄凉的情歌，我听她们这么豪迈地唱着一首小情歌，那毫无修饰的整齐歌声令我发疯。在以后的日子里，我经常和这首歌碰上，我知道了它的名字叫《心语》，每次相遇，我都突然崩溃，我会停下所有的动作把这首歌听完，这首歌提醒着我我从哪儿来。

十四

玫瑰有刺，就像爱情。当玫瑰花瓣片片飘零，就像小寡妇的眼泪。这种如泣如诉的下雨的天气，敏感而不真实，它一直就和我有关。雨声无情地把我和这个世界隔离，空气中飘荡着我爱人的歌声，我不能吻他了我不能求他了我不能谢他了。我看见自己的脸被埋在了一块大石头底下，而我是多么想搬开那块大石头。

我的旧皮鞋被雨水泡得又大了一圈，我的脚在皮鞋里晃来晃去。我用烂皮鞋踢了踢唱机，唱机里的男人很资产阶级。我的唱机总是会走音，我的皮鞋也会有哮喘的时候。

今天有人从南方带来了赛宁的死讯，这是个没有证人的赛宁的死讯，我该如何是好？那人要我挑选一首赛宁的作品入某张唱片，他说我们想纪念他，就由你来唱吧。当我听到"纪念"这两个字特别想笑，我说赛宁是一首被歪曲的诗歌，也许我都不了解他，他脸上梦想的痕迹我无法模仿。

我没有告诉他我早已不能唱歌了，我也不听任何摇滚乐了。我买了一些新唱片，我刚知道有个Kurt Cobain，但他已经走了，他走了我痛死了，我不能再听这些新唱片了。三毛在酗酒，依然在歌厅卖唱赚钱，他还打老婆，他老婆那么美，和当当一样忠实和瘦弱。越来越多的乐队，好多好多的PUNK，越来越多的摇滚小青年。可我的心中不再有英雄，我已经有过我的崔健了，我是那个在崔健的歌声中出走的女孩，我至今都认为那是幸福的。关于蓝色的天空和痛苦到底有什么区别，我现在已经不去想了。"热气给凉风，尘土给大树，冷冷的关怀给所有的改变。"是我现在的生活。

窗外有很多奇怪的面孔，他们在说我深爱的男人死了他死了。燃烧和熄灭不能互相看见，就像昨天和今天不能互相看见。

赛宁离开我已有三年，他是我流不出的眼泪说不出的话；他是我镜中的魔鬼笑容里的恐惧；他是我死去的美丽，是我拥有了就不再拥有的爱情。他的失踪使我的一切成为一种失真，我时刻有一种被活埋的感觉，我已认定我的人生就是这样的了。但我无法谈论某种控制（自杀并且一干到底），我无法拒绝延长不幸，我更没有无比的固执，这场残酷的青春我既是受害者又是凶手，我自惭形秽，因此我无法将这段奇怪的旅行就此结束。如果说是我最终使自己活下来的话，那么我获救的原因不是恐惧，而是厌恶。

对我而言，爱情是男性创造出来的。我曾经认为自己是个不羞于因为男人而死的女人，并因此而觉着自己很壮烈很伟大。在男人的世界里，我长期地成为一个软弱的女人。我是如此得柔弱，我是如此得需要爱，我深知自己的可怜之处，我善于展示我的顾影自怜。我那幽闭而激烈的内心世界，我曾经认为那很美。死里逃生，我有点反应，我几乎可以认为自己是个十分不可爱的女人，我更能确信的是真正的软弱的女人已经被消灭了。

关于一个情人的死讯，它是那么的简单，它简单得就像是星期天的早上。这一天终于还是来了，我不得不说这对我是一种打扰，就像重听过去的每首旧歌，皆感爱情远去；无论那是一首多么蠢的歌，都会让我心碎。

我和赛宁是两只好奇的猫，可好奇会杀死一只猫。我曾在他怀抱里笑言我是那种随时随地可以和他结婚的女人，我也是那种随时随地可以和别人私奔的女人。那时我们都喜欢"私奔"这类字眼，那对我们来说意味着自由之路。然而炸弹落在了最美丽的地方，幸福逃之夭夭。

所谓失控就是一场又一场的火灾，大火带走了我的爱人。他昨天还对我唱着小姑娘我情愿看着你死去，也不愿意看到你和别的男人在一起。他走了，一场又一场的大火最终带走了我的爱人。我们的五官、我们的胸怀还尚未开朗时就已经不再有机会，我们曾在一幢着了火的楼顶上恋爱。

那么现在呢？为什么会有现在？昨天他说他要和我结婚。抚摸着乐器的手是一双年轻女人的手，无论我怎么努力地寻找那无望的解脱，十指间赛宁留下的气味总是清晰可辨，我知道那是我无法挽回的黑暗。无论我走得多远，他都召唤着我。在我灰色的时刻，在我灿烂的瞬间。把光打开，他便来拜访我，告诉我我的由来。他紧紧跟随我，他不停地告诉我你的一生只是场意外，你不该在这里的，你该和我一起的。

十五

该是我消失的时候了。

说这话时我把自己的脸孔放在阴影里，我知道我此时的表情是不能令人信服的。

多年以前，我是个白纸一样的孩子，我非常善于在出神的状态中驱散忧虑。某一骇人听闻的事件改变了我的生活，并令我迅速地滑入了"问题少女"的泥潭。当我感到势单力薄，那种感觉是确确实实的。长大以后，我成了名力不从心的歌手，我那略带疲倦的嗓音曾使寂寞的人们在甜蜜的酒吧欢聚一堂，曾让脆弱的孩子们在任性中相濡以沫。"声沙沙的女人"，我的男朋友总是这么叫我。这个不知所措而又柔情似水的男人曾带着我所渴望的温度进入我的生命，并使我的安全从此蒙上阴影，我曾是他笑盈盈的女人，他的灼灼桃花。

"我深爱的男人失了踪！"我的叫喊曾是那么孜孜不倦。

如今，这个不负责任的倒霉男人死了，他害了我，这点毫无疑问。

我的冰雪容颜！它虚伪而又摇摇欲坠。心爱的迷你裙连同我亚麻色的肌肤一起在此时破旧不堪。我是戴着圣诞帽的兔小姐，我是一只猩红色的铁桶。我在这里，我是那墙上的影子，墙上的影子是我的，我无法消除影子。

星期一早晨，支气管一阵剧烈痉挛。"太阳升起来了，黑暗留在后面。"太阳多温暖，生活多美好，"空气里都有情侣的味道"。

星期一早晨，一场精心策划的"自然的煤气事故"因父亲的突然归来而面目全非，呈现于我眼前的是父亲的一摊血水。

救护车又一次停在了我家的楼下。医护人员命令我父亲一只手抬提氧气袋一只手帮忙抬担架。他们责怪他动作迟缓的声音刺痛了我的耳朵，父亲苍老的面容更使我最终昏迷了过去。

十六

海洛因似乎是和我们没有关系的，其实它就在我们身边，它一直就在的。我曾经试过各种毒品，海洛因只是其中对我影响最大的，现在我可以认为所有的毒品都不及我的想象力。

但是，我的肺已千疮百孔，我的声带已被毒品和酒精破坏，我永远不可能再上舞台，我的大脑像一张漏眼的网，我的记忆力严重受损。这些只是代价的一部分，每一个走进我房间的人都为我的错误付出了代价。而某些与海洛因有关的性格将永远停留在我生命里，有些代价是看不到的，它影响着我每时每刻的生活。

朋友请我去电台做节目，关于毒品的节目。这在以前我是绝对不会答应的。赛宁已经离开这个世界了，真的不愿意再有什么人这样离开。我想我必须答应做这个节目。

我在节目里分别和想尝试吸毒的、正在吸毒的、吸毒者的家长谈了我的体会和经验。我说了赛宁的故事，说了他曾是如何可爱，如何喜爱生命。最后有人问我可不可以告诉大家你的名字，我说不可以。当然会有人问那个刺痛我的问题：当初你为什么吸毒？我说因为我不了解它，我想了解。因为我不了解生命力，我只是想滑落，我想让海洛因主宰我的生命。而我现在明白所谓的生命就是其实死是那么不容易，而活着只是因为你想活着。我没有说赛宁的死去曾使我彻底丧失了生存的欲望，我更愿意在那时表现出我现在很正常。事实上这一次"自杀未遂"使我明白我是那种活在命运里的人，当我死去的那一刻，天空一定会破例为我敞开怀抱，但那不是现在。

我告诉那些现在仍在吸毒的女孩：我现在又可以穿起迷你裙在太阳下逛街了，多么想你们和我一样！最后有人问我那么你现在生活得很快乐对吗？我说我摆脱了毒品，但我又有了新的狗屎，生活从来就是这样，不是吗？

我的节目受到专家的好评，节目录音被送去了北京。据说这个节目反映很好，专家们说那个"白粉妹"说得不错。

十七

我接到了赛宁的电话。在电话里他说他是赛宁，我说你在哪里？他说他在北京。我说你在北京的哪里？我说在我见到你之前，不想听你说一句话。于是他告诉了我他的电话。

第二天的早上，我在首都机场的咖啡厅见到了我著名的赛宁，他还是原来的样子，长头发，大眼睛，厚嘴唇。我们竟然都十分平静，至少表面上是这样。

你不是死于一包不纯的毒品了吗？

我不知道这谣传怎么来的，事实上我早就戒了。

我上个月因为你的死讯差点死于煤气中毒，你现在又出现了，你为什么总有那么多故事？

我是下定决心来找你的。为什么？因为除了你，我没有别的。你怎么可以离开所有的过去？你怎么做得出来？

我有严重的问题，我得自己解决问题。

你现在和谁生活在一起？

这几年我从来都是一个人。

你还玩音乐吗？

玩！

你还是不工作吗？

我妈妈帮我开了一个书店。

你当初为什么会吸毒？你为什么离开了我就戒了毒？我觉着我真的不了解你，你知道这是一种什么感受吗？你让我觉着自己很可怜。

我有问题。我现在还是有问题。我真的有问题。但这是个过程。我对你所有的伤害都不是故意的。

你有什么问题？你的问题是自私和不负责任。是不是你在电台里觉着我的声音变了，又重新引起了你的好奇感你才来找我的？

你千万别这么说，完全不是的，我没听到那节目，是别人告诉我的。你知道我们是永远分不开的。

你这句话让我想笑。

我们的谈话是简单的一问一答，我们看上去都似乎不错，好像跟我们的故事一点关系都没有。我看见北京特有的那种冬日的阳光洒在我们身上，我看着这个我们曾经无比向往的城市，我看见它特有的阳光照亮了这场灾难。

赛宁的死讯最终令赛宁出现，这种戏剧性令我讨厌，太累人了！我恨死了！

我们的谈话中有大段大段的空白。他什么问题都没有问我，我一直看着他，我一直看着他温润的睫毛。他偶尔抬起头来看我，这个混蛋的眼睛居然一点儿没变。我没有哭。

我们回家再聊好吗？

赛宁，你离开我的那一刻，天就塌在了我的身上。我不知该如何更正这个错误，我昨天还在为此痛不欲生。

赛宁，当所有的柔情成为一种仇，你会知道什么叫作痛。

赛宁，我曾经问过天问过地说什么才能让你回到我的身边呢？现在你终于出现了，我问你你要干什么？

我是真的一刻都没忘记过你，我是真的，我一直想打电话给三毛。我一直想打电话给你，我很害怕，我找不到重聚的步骤。

赛宁，我很可怕吗？我们不是最爱最爱的吗？

两个小时以后，我让赛宁为我买了回去的机票。

在候机室，赛宁突然从背后一把抱住我，我感觉到他的身体他的气味他血液的温度，我知道这是我的赛宁，他说对不起。

我哭了，我说赛宁你以前从不对我说对不起的，你说过两个相爱的人永远不说对不起。

上飞机之前我说你要是死了该多好！我怀念那些为你的死讯站在窗前哭泣的日子。

这以后赛宁几乎天天打电话给我，我们的交谈一直比较尴尬。

有一次我说你不要再打电话过来了，但是你换地址必须通知我，我会给你电话的。

我和三毛通过几次电话，我们一起在电话里大骂赛宁。

我再次确认了如今的我是一个没什么幸福可言的女人，我期待着自己三十岁以后可以活出点味道来。

十八

我为我的北京之行写了一首歌，我弹着赛宁留下的吉他对着赛宁的四轨录音机唱了十四遍半。这首歌比较简单，柔情蜜意，但除了脏话还是脏话，我不忍心用我无比热爱的中文，我用的是赛宁教我的英文。这首歌有一句还算文雅的、被不断重复的话是"他是如此的一个混蛋啊！"

我把我们的故事写成了小说，在写的过程中我连续不停地听着"他是如此的一个混蛋啊他是如此的一个混蛋啊！"我认为所有倒叙闪回之类的技巧和这首歌放在一起都显得过于妩媚。我很想在这写作的过程中搞懂一些道理，而我现在唯一可以确认的是写作在此时终于让我成为一个勤劳的女人。

他妈的我们到底是为了自由而失控的，还是我们的自由本身就是一种失控？

马克思真伟大，他说真正的自由是建立在世界本质的认识之上的。

我知道有一种境界我始终无法抵达。真理是什么？真理是一种空气，我感觉得到它的到来，我可以闻到真理的气息，但我抓不到它。岁月过去人事匆匆，有多少次我和真理擦肩而过！

我天生敏感，但不智慧；我天生反叛，但不坚强。我想这是我的问题。我用身体检阅男人，用皮肤写作，我曾经对自己说什么叫飞？就是飞到最飞的时候继续飞，试过了才知道这些统统不能令我得以解放。为了所有明天的 **Party**，野火依然在烧，野火烧不尽，可春风呢？春风在哪里？我的故事是即兴的（我因此而觉着自己的确比较不幸），我的小说也是即兴的，我不打算再做修改，就像我不打算修改这首满口外来语的无比真诚的破歌。我认为我的小说和我的歌一样，非但是即兴的，而且是及时的。

我们的人生是虚弱的，但我写到这儿有一种快乐的感觉。我看见我动人的双腿早已不如从前，但此时此刻穿在我腿上的那条黑色的小喇叭裤很年轻，它很年轻。

双鱼星座

徐小斌

双鱼星座，黄道十二宫的最后一个星座。

神秘的海王星主宰着这一星座。海王星是一切艺术灵感的发源地。因此，出生在这一生辰星位的人，敏感、神秘、耽于幻想，经常在只有冥想而无行动的特殊意境中生活。假若他是男性，则有一种天真、忠厚的气质，有乌托邦思想倾向，但也常常会有一种惰性和优柔寡断；假若她是女性，则有一种奇异的魅力，她异常渴望爱情，她的一生只幻想着一件事，那就是爱和被爱——爱情，是她生命的唯一动力。她虽然聪明绝顶，但很可能一事无成：因为脆弱、漫不经心、自由放任会毁掉她的灵性；而她幻想中的爱情则充斥着危险——那是所罗门的瓶子，一旦禁锢的魔鬼溜出瓶子，便会在毁掉别人的同时，毁掉她自身。

想象力丰富的双鱼座人说：我相信。

表达爱情的方式：被动的。

是一个：感情纯真的人。

渴望：爱的欢乐。

弱点：不会说"不"字。

喜欢：幻想。

害怕：被遗忘。

寻求：捷径。

秉性：听任自然。

假期生活：海边。

开支：心中无数。

吉祥物：马头鱼尾怪兽。

吉祥植物：一切能引起幻觉的水生植物。

吉祥宝石：翡翠。

吉祥日：星期四。

吉祥色彩：水色。

吉祥数字：9。

理想居住地：埃及，波斯，巴厘岛，火奴鲁鲁。

出生在双鱼座的大人物：爱因斯坦，施特劳斯，米开朗琪罗，哥白尼，雨果，肖邦，拉威尔。

出生在双鱼座的小人物：卜零。

一

那一轮星座就挂在对面的山墙上。

薄而纤弱的空气丝绸般抖动着，整个夜晚漂浮在一片倒影和反光之中，玻璃鱼缸一样衬托出一对浮动的鱼——那是星星的网结成的。星星珠串一般串起两个菱形的脉络，宁静而精致。

记不清多长时间了，卜零眼里的星星似乎蒙上了一层陈旧的颜色，她看不见那银色甲壳虫似的闪烁，只能看到失去光泽的星体，蒙受着一层陈年旧色。像一张旧照片那样平面而泛黄。这种失去光泽的星星令人恐惧。韦说你的视网膜出问题了，你得去医院看看。韦反复说了多次。卜零总是答应着，但一到清早就忘了。毕竟，白昼比黑夜的时间要长。

卜零在一家市级电视台写剧本。她写的剧本，大半都不能用。侥幸上了一两集的单本戏，还被排在零点以后播出。哪个导演也不愿接她的本子。譬如有一次她在开场戏中写道：日。外。河边。春天，踏着湿漉漉的脚步走来了。又如，她这样形容男主人公：他的外衣和灵魂都是灰色的，像一条灰色河流中的水分子。

剧组里的人短不了拿这样的本子开玩笑。卜零也从不到剧组去。所以，实行全员聘任制的方案刚一出台，卜零就知道自己的饭碗快要保不住了。

幸好，那一轮星座每天晚上都如期而至，可以很长时间地吸引卜零的目光。不必说话，也不必麻烦别人。

自从卜零从一本书上知道那叠在一起的两个菱形是双鱼星座，是属于她的生辰星位，她常常调侃地默望。

二

韦不知什么时候已经坐上车了。

有一天黄昏，卜零像平常那样走上阳台去眺望远方尚未出现的星星，一辆小轿车静静驶来，暗绿色萤火虫似的。一个年轻的司机轻捷地跳下来，很恭敬地打开车门，韦便从容不迫地下了车。韦挺胸凸腹的派头正好与司机的谦恭态度形成反差。

卜零当时强烈地感觉到韦缺一双男式高跟皮鞋。很奇怪，C市这两年像是接到了什么统一命令似的，男士的鞋跟一律不再隆起。卜零为此曾专程跑到一家日制皮鞋专卖店，花了七百多元买了一双43码的高跟男鞋，据说是从日本直接进口的。很虔诚地请韦试过了，即使是鞋跟鞋尖塞满了棉花，依然是大。卜零对一切数字都只有模糊概念，包括避孕套的大小型号。韦便半开玩笑地说：恐怕不是给我买的吧？是不是还在想着一米八二？

一米八二是他们夫妻间一个约定俗成的符号。很简单，卜零过去的男朋友身高一米八二。韦把卜零从他手里夺过来颇费了一番心思，因此总是耿耿于怀。韦在今天姑娘们的眼中属于"全残"，但卜零却对此视而不见。卜零从来不重视过去时。因此，当她头一次看到那失去光泽的星星时吓了一跳，以为是上天给予她的某种启示。

后来一米八二到南方的一家公司当了总经理。前些年曾携带大量钱财珠宝来到C市，所有看到他的熟人都认为他将和卜零鸳梦重温。实际上也是这样，他找到卜零，嗫嚅着对她说，过去的观念太陈旧了，好像爱就非得结婚似的。实际上他们完全可以成为不必结婚的爱人。他把卜零搂进怀里，吻她。他的脸涨得血红，他的手烫得她皮肤生疼，但她的身体却始终是冰凉的，脸色惨白如同冰雪。待他脸上的潮红渐渐退却，她客气而冷淡地把他送到门厅，她的目光越过他看着他身后的门。那门竟缓缓地洞开了：韦不合时宜地夹着公文包走进来。韦和一米八二擦肩而过的时候，她迅速而又准确地计算了一下，他们大约相差十三四厘米的样子（当然，依然是模糊概念）。那时韦还在一家政府机关里做小职员，穿着很寒酸。

韦什么也没说，甚至连一句话都没问。卜零返回沙发坐了下来，捡起织了半截的毛衣。这是深灰和浅褐两色线织成的玉蜀花。卜零耐心地织着，一粒粒的玉蜀花在她手下凸起。后来她织成了一件十分时髦的大毛衣。但是韦穿在身上像个口袋。当天晚上韦下班之后就把毛衣脱了。韦脱掉了这件大毛衣之后便拒绝卜零为他购买的所有衣物。至今这件大毛衣依然静静地躺在柜橱里，发出一股强烈的樟脑味。

不过那时韦依然很尊崇卜零。韦惊奇写剧本的人能在一张张白纸上从无到有地变出些黑字。韦从不在乎那些黑字说的是什么。

三

直到韦调到一家大公司。一天深夜韦从一家歌舞厅回来，一边还在回味着鹿鞭的香味。韦看到卜零正坐在窗前写一个剧本。他看到那些枯燥的黑字源源不断地从她手下流出，忽然感到操作这些黑字的女人十分贫弱。韦这时才悟到自己娶的原来是个百无一能的女人。他的耳畔于是又响起甘美水果一般的歌唱。年轻丰腴的少女，乳房在灯光下如同旋转的星球，裙裾飘动宛若金莲花的舞蹈。更重要的是，她们懂得最简单的交换价值：一只绵羊等于两把斧子。

黑字的神秘性大概就是在那时消失的。

四

韦做了总经理之后更加早出晚归。卜零渐渐领略了"商人妇"的滋味。夜深人静的时候，卜零无法入睡。卜零于是学会在百无聊赖的时候用照镜子来消磨时间的方法。

卜零的容貌，似乎该算作争议很大、变化很大的那一种。有人说卜零很美丽，而另外一些人说卜零根本不美。卜零心里有数，说她美的大半是男人，特别是五十岁左右的男人；说她不美的则百分之百是女人，尤其是六十岁以上的老太太。

卜零对自己的容貌一点儿也不自信。

有一次，一个同事借给卜零一本书。这是一本奇怪的书，上面画满了各种各样的图像，那是女性分解了的各个部位。这本书囊括了全球各个人种、各种肤色的女性。卜零对着镜子一个部位一个部位地对照，终于发现自己接近西亚、北非那一族的女性。书上写着：地中海式体形，丰乳，凸臀，细腰，腿肥硕，略短，肤色较暗，毛发浓密。卜零于是开始冥想：或许她的某个祖先来自古埃及或古波斯，肩上搭一条美丽的地毯，背一袋黑面包干，骑着骆驼自西向东而来，先在古敦煌的石窟中落脚，做了一名工匠。后来，一位被放逐的唐代公主爱上了这工匠，就在那布满团花、卷草和菱环纹的藻井下面，公主散开发髻，摘掉钗环宝钿，脱去云头履，波斯工匠拜倒在她的石榴裙下，第一次吻了她额前的五出梅花。公主额前的梅花顿时金光闪闪晶莹亮丽。于是在这佛国宝地他们生儿育女代代繁衍……这故事美则美矣，还是多少有些落套，卜零想。卜零不愿做皇族的后裔。最好祖先是亚历山大大帝东征时的一名武士。在青铜色的盾牌后面他看中了一个东方舞姬。那舞姬身穿银红绸衣，戴极大的珍珠，长巾飘拂，一臂上举，一臂下弯，身侧左倾，舞姬跳的是唐代名舞《绿腰》，静时如池柳依依、楚楚动人，动时如云飞鹤翔、雪回花舞……卜零浮想联翩不能自已，仿佛自己便成了那舞姬。她做几个动作，再瞥一眼镜子，忽然像发酵的酒一般涌动起来，卜零知道自己一直在躲避着什么，这躲避着的就像关闭在铁窗里的囚徒一般一有机会便越狱逃跑。这时她的心跳加速血流加快，镜中，一种病态的红润渐渐席卷了她，一股燥热空洞地涌起，她扯去衣衫，无助地站在镜前舞姬般扭动身体，她觉得一股热流正逼向那个隐秘之处，她闭上眼睛，把自己想象成正在被武士占有的舞姬。于是闭上眼睛的卜零心目中的意象变得朦朦胧胧神神秘秘难以言说……

很久之后卜零才清醒过来。她仰躺着，忽然明白上面根本不是什么天空。上面是天花板，四周是墙壁。这个狭窄的空间里只有她自己。要命的是此时世界上只有她一个人。那股热流依然在体内涌动着，没有降温。她哆嗦着抓住身旁的杯子向镜子砸去，随着一声意料中的爆响，她看到自己暗栗色的身体变成了碎片。她笑起来，笑得泪水喷涌而出，她浸泡在自己的泪水中像一条垂死的鱼。

五

卜零生日那天的烛光晚会安排在一家四星级饭店里。

卜零曾坚持着不过生日。过一年就要大一年，老一年，卜零掩耳盗铃地想忘掉自己的年龄。

但是韦自有安排。韦不仅要为她过生日，还要利用这个机会大大炫耀一下。所以他给卜零娘家所有的亲戚都打了电话。亲戚们不来往已经有好几年了。近来他们已从不同渠道获悉关于韦的发达，正在寻找重新联络的纽带，因此韦的电话让他们喜出望外。他们早早便来饭店，拥着患早期脑血栓的母亲，显现出一派欢乐祥和的景象。

卜零扶母亲坐在上座。母亲伸出鸡爪般青筋毕露的手指兴奋地指向圆桌中心。卜零惊异地看到圆桌的中心不知什么时候出现了一个大蛋糕。塔式的，大约有六层。每一层都有精致的奶油花和生日快乐的字样。那种浅米黄和巧克力色很幸福地搭配在一起，越发衬托出几个字的鲜红欲滴，这种鲜红因为过分华丽而引不起食欲。烛光珍珠般滑落在亚麻绣花台布上。女眷们腕上的银丝手镯和金色指环交相辉映，显示出一种温润可人的怀旧情调。卜零知道那蛋糕一定很贵。

韦真是个好丈夫。母亲、哥哥、弟弟和所有的亲戚不约而同地说。

这时韦来了，后面跟着他的司机。

六

　　韦大概是有意制造这种戏剧性效果的。他在宾客全体起立的隆重欢迎面前领袖般挥了挥手臂，尽量挥得潇洒和自然。大家自然一致称赞韦。那些经过过滤的溢美之词足以使韦把前些年在这个家庭遭受的荼毒忘得一干二净。韦的面孔漾着油光，金丝眼镜闪闪发亮。韦的全身都像镀了金似的发出光彩。患脑血栓说不清话的岳母用慈祥的目光打量着心爱的女婿。哥哥和弟弟和嫂子和弟媳们则把一种嫉羡交错的眼光投向卜零。韦发现了这个，便知道自己已经赢得了满分。韦在心里不出声地笑了。

　　卜零却发现他忽略了一个细节——他不该和那个司机一起进来。尽管韦西装笔挺而司机只随随便便地穿着便装，韦精心做了最时髦的发型而司机只是留着最普通的头发。韦被司机修长的双腿衬着像被裁掉了一截。连韦矜持的微笑也被淹没了——司机那灿烂的笑使整个房间都变得明亮起来。卜零觉得韦更适合走在司机后面。

　　生日快乐！司机石向卜零问候，态度依然很谦恭。

　　谢谢。她礼节性地点点头，随即觉察出那双亮眼背后潜藏的危险。

七

　　那位来自古埃及或古波斯的巫师就坐在地毯上。地毯的图案像一幅美丽的铜版画一般精致，上面密密麻麻地绣着枝叶茂密的树林，林木深处有金黄色的林妖在舞蹈。卜零第一眼看到巫师的时候就想起俄罗斯童话中的老妖婆。好像这老妖与地毯上美艳的林妖们有着一种什么神秘的默契似的，她们浑然一体。巫师容貌丑陋而破败，看不出她的年龄。她面前的小桌子上摆着一个多棱多面的水晶球，水晶球把她破败的脸分割成规整的几何图形。

关于这位巫师，C城有着各种各样的传闻。这些传闻使一贯信奉唯物主义的韦也暗暗心惊。韦之所以选择这家饭店，大半正是为了这位巫师。但韦在卜零面前并不想承认这个。韦表情淡漠地看着卜零走近那神秘的老女人。那女人坐在那里，俨然是一位神话中的人物。她的头发高高绾起，上面插着一枝毛茸茸的鸟羽，从额头沿面颊一侧垂下，遮住了大半张脸。她穿了一件黑衣，细工洞明，透出肌肤的芳香，似乎又有些海藻的腥气。她用一只眼诡秘地盯着卜零，那只眼发出幽暗的银蓝色的光，像是伏卧着的银色蝶螈。

她用可笑的汉语发音问了卜零的姓名和阳历生辰。接着她说：姑娘，请你说一句话，随便说一句什么。

卜零想了想。卜零的大脑呈现出一片空白。这时卜零看水晶球中朦胧显现的月桂树。月桂树的纹路很像精美的刺青。

刺青是世界上最美丽的杀菌药。卜零说。

巫师微微一笑。巫师的笑容居然十分动人。巫师把自己藏在水晶球后面，球体慢慢转动着，每一道晶莹的折射都令人胆战心惊。

你很聪明。巫师说。但是你活不长。

那没关系。

巫师惊讶地看了看眼前的中国女人，接着说：你的家庭看上去很好，但其实你并不爱你的丈夫。

那又怎样？

巫师把声音压到最低：今年春天，你会遇到一个男人。

一个男人？一个什么样的男人？卜零竭力避开水晶球的折射。这时她感觉到那折光似乎返照着一个影像，那影像似乎就立在她的身后。

巫师笑起来，用极难听的汉语发音慢慢地说：你真的不知道吗？你一生都在想男人。卜零几乎晕厥了。她慢慢回过头去——身后真的站着个人，是石，那个司机。这时他正睁着那双亮眼怯生生地盯着她。巫师的话无疑他是听到了，卜零觉得全身的血都涌到脸上，而石的脸也像被返照似的红了。这真是个尴尬的场面。

你有什么事吗？卜零避开那很亮的眼光。

我……我也想听听。我今天也过生日。

你也是双鱼星座？

那双亮眼眨了一下，像水晶球泛起的涟漪。

呵——这么说你比我整整小一轮。卜零的眼睛在睫毛掩护下悄悄打量他。这年轻司机的面容几乎是完美的。前额光洁明亮，鼻梁修长挺直，瞳孔不是黑色，而是一种透明的湖水色，有许多的亮光汪在里面要从这湖水中溢出来。卜零从没见过这么漂亮的男人。更奇怪的是他身上有一种与身份不相符的高贵，虽然他羞涩谦卑又小心翼翼，不留神的时候仍会流露出一种落难王子般的高贵气质。卜零奇怪这种高贵从何而来。或许，蛋糕是他买的吧？卜零想。

蛋糕的确是石买的。韦上车后就证实了这一点。小石跑遍了大半个C市呢！还坚决不要钱！你还不谢谢人家?! 可卜零拿不准石究竟是为了她还是为他的老板。石转动着方向盘嗫嚅了几句。可惜看不见他此刻的表情。卜零的位置只能看见他的背影，他总喜欢穿一件写有"今宵属于你"的白色文化衫。这几个字使她联想到头上插着的草标。或许仅仅是烟幕弹吧。她可以看到握着方向盘和筋节突起的胳膊和旁边那条肥硕的白手臂的奇异对比。她把车窗放下来。坐在石身旁的韦回过身，韦说卜零你别忘了明天去看眼睛。

八

一个月之后的一天晚上，韦大腹便便地从浴室里走出来，边用毛巾揩着肚子上的水珠边对卜零说：春天了，一起去乐水度假村钓钓鱼好不好？

卜零当然说好。卜零的工作没有任何进展，最近很怕见老板，很想躲到一个地方散散心。何况，她知道石也同行。

不知从何时起，韦已经离不开石了。石不但是司机，还是听差、保姆和马弁。韦兴致勃勃地给石打了电话，让他准备好三根钓竿、三顶遮阳伞和三只小凳子。韦知道石肯定有这些东西的——石是个钓鱼的行家。

那一天天气特别好。C城的天空出现了少有的蔚蓝色，并且有一丝丝白云飘浮在天空，看上去像是一束弯卷的玻璃纤维。刚刚落过雨的湖水很明丽，倒映出两岸沙沙作响的杨树，再远处有一片桃林，盛开着粉红色的鲜艳花朵。好天气总是带来好心情。石从"萤火虫"的后备厢里拿出钓竿，穿上鱼饵。石很利索地把三根钓竿和三顶遮阳伞安好。三人并排坐着，韦在中间，石和卜零在两边。韦不时讲些符合老总身份的笑话。气氛很愉快。第十七分钟的时候韦的鱼漂忽然动了。韦和卜零一起欢叫着把鱼钓上来，却是一条尺多长的白鳝！韦红光满面地大喊：快摘钩儿快摘钩儿！石扑过去把白鳝按住放在网兜里，然后把网兜一头拴在岸上，一头浸入水中。韦十分得意，反复让周围的垂钓者证实钓到白鳝何等不易。吃中饭的时候，韦买了整整一箱啤酒款待石，并且请度假村的小餐厅把白鳝烹了，三个人吃得赞不绝口。吃罢饭韦照例要小憩一下，于是石和卜零便有了单独交谈的机会。

这是个新开发的旅游区，游者甚少，因此干净和安谧。水是新鲜的碧蓝，偶尔漾起雪白的泡沫，鲜奶一般醇浓。中间隔着一张空凳和一支寂寥的钓竿，石和卜零都充分感受到对方的存在。

石连钓了四条鱼，卜零的钓竿却毫无动静。不断扩散的水的波纹很容易使人产生错觉，卜零觉得鱼漂好像动了一下，她亟亟地拉，竿弯了，根本拉不动。卜零暗暗祈祷这是一条与众不同的大鱼。卜零使尽了全身力气仍然拉不动，却被一种反作用力拉得鱼竿脱手。钓竿就那么轻飘飘地在风中转了半个圈儿，一头栽入湖中。卜零觉得自己也跟着栽进去了似的。

石走过来，一双亮眼充满了幸灾乐祸的笑意。垂钓者们都看过来，卜零也只好捂了脸，低垂着眸子吃吃地笑，她不敢承接石的目光，只软软地抬起一只手臂指着正在漂移的钓竿：真糟糕，掉水里了。卜零这时并不知道她这样子非常好看。石咯咯一笑：没关系，只要你没掉水里就成。卜零的两腮立刻滚烫起来。卜零那只举起的手臂流露出一种不可言说的优雅意味。那是极优美的线条，像水流划出的弧线那样。卜零的肤色有些发暗，这时在阳光下变成浅黄色，半透明的，石榴石一样美丽，这种半透明的黄足以引起任何遐想。石看到这种黄色就恢复了某种记忆。石记起那天的生日晚会，在巫师的水晶球面前，卜零蓦然回眸，脸色就像湖边盛开的桃花一样鲜艳，她那惊慌失措的样子像一只被追逐的牝鹿。石无论如何不敢相信她已年近四十。她当时说她比他大一轮，但她说这话其实只是为了掩饰她的惊慌。

石沿着湖边断砖砌成的斜面下到水中。卜零俯视着他。她刚好可以看到他宽肩阔背上不断活动着的肌肉群。他那筋节突起的手臂正伸向水面的钓竿。他身上有什么东西让她怦然心动。人体内一定隐藏着某种密码，只有高度契合才能互相感应。不知何时开始卜零发现只要她接近这小司机的身体，便会有一种强烈的异样感觉，因此卜零开始有意地躲避——在她这个年龄已经不允许做这种毫无可能性的游戏。但是，她身体内部的那个囚徒，那个饥饿的囚徒却常常不合时宜地冲出她精神化的牢笼——越狱逃跑。

石把钓竿捞上来了。石告诉卜零，刚才钓竿拉不动不是因为有了大鱼，而是卜零不小心把鱼钩嵌进水底的石缝里去了。石说需要立即换一个鱼钩。

九

石点了支烟，伸出一只大手。石说姐姐你给我看看手相吧。不知从什么时候起石背着人就叫卜零姐姐了。卜零犹豫了一下，接过那只大手，用手指轻抚石手掌上的纹路。卜零发现石的掌心似乎蒙上了一层白霜，而所有的掌纹都断裂了，模糊不清。石有点羞怯地说姐姐你看不清吧，我这只手被汽油给烧过，要不下回我刷干净了再请你看？看来得用刷猪毛的刷子——卜零扑哧笑出来。石这种大男孩式的腼腆让人心醉。每到这时候他的一双大眼睛也涨得绯红。卜零又让他伸出另一只手。卜零貌似认真实际心不在焉地端详一遍之后，说你三个月之内要有一次大灾，这灾和一个女人有关系。石惊呆了问这灾怎么才能躲得过去，卜零摇摇头继续说你这辈子有三个女人，其中一个女人能解救你，可另外两个会让你更倒霉。石大睁着眼睛想了半天，什么？三个女人？他问。卜零的目光软软地淌过去：怎么了？是嫌多了，还是嫌少了？石摇摇头，大眼睛里全是迷茫。卜零觉得他这种表情美得出奇。卜零说你是不是有什么秘密？让我瞧瞧。卜零又接过他那只被汽油烧了的手。

卜零再次握住这只手的同时觉得事情要糟了。一种情绪忽然以不可阻挡之势涌动出来。因为涌得太急太快她感到头晕目眩。那只绝对沧桑的粗糙的手充满了性感。他近在咫尺，每一次呼吸都使她心旌摇荡，他的身体还没碰到她她便感到全身震颤，她渴望这双手来捏碎她。她被这强烈的渴望压迫得抬不起头说不出话——而在韦面前，她甚至毫无羞怯感。韦雪白肥满的腹部让她恶心。她与韦做爱的唯一要求便是关灯。在黑暗中她可以把韦想象成任何一个男人，唯独不是韦。

石等了很久，等到不正常的那么久了，石忽然感觉到有点不妙。握住他手的那只手温润如玉，那只温润如玉的手起了一种微微的痉挛。接着他看到那张死死沉下去的脸。满头秀发纷垂下来，遮蔽着她的表情。她的表情使人幻想湖水中一根青草的容颜。因为头垂得太低，她的胸部悄然暴露，从他的位置可以看到她的两个乳房的上半圆，那半透明的杏子黄的石榴石，乳房弧形的圆润纯金一样的温暖，石觉得嘴唇陡然干渴起来，他慌乱地往嘴里放一支烟却忘了打火，后来总算把火打着了而火苗却毫不留情地灼伤了他迟疑的手。

这时阳光非同寻常的有力度，云彩的斜影在远处山脊上摇晃，偌大一个湖面好像只有他们两个人。天空在俯视着一种美丽，这种撕人心肺的无言之美。

就在这时韦伸着懒腰走来了。

韦看到卜零和石很近地坐在一起，卜零似乎还拉着石的一只手。韦很奇怪这两个人在一起会有什么话说。卜零吃了一惊似的站起来。韦倒是很大度，拎起小凳子说你们慢慢聊着，我到那边去钓鱼。说罢就扛起鱼竿向对岸走去。当韦快要走到对岸的时候石犹豫着站起来。石问姐姐你过去吗？卜零坚决地摇了摇头。卜零的拒绝是希望石也同样拒绝，但是石说那姐姐你一人在这儿钓吧，我得跟韦总过去。卜零沉默良久说其实你不过去也没关系。卜零说这句话几乎用了全身的力气。但是石笑笑说还是过去好吧。说罢便扛起鱼竿拎着凳子走了。太阳把他长长的影子一直投到卜零眼前。卜零胸中溢满了的东西从眼里流出来了。对着空旷的湖水她泪流满面不能自已。

十

第二天，卜零的老板找她谈话。

卜零的老板原是南方人，前两年刚调入市台。老板个子很小，心计却极深，他很知道如何使用卜零这样的女人。这时他端坐在椅子上，很严肃地说：有一个题材，你去抓抓看。要下到少数民族的寨子里，最边远的寨子。现在台里要大批裁人，这也许是你最后的机会了。哦，费了好大劲才联系上的哟！

卜零向老板表示了感谢，就立即去买了火车票。卜零心中对巫师的话似信非信。那个在春天里相遇的男人，或许仅仅是遥远的爱情灰烬中的一个回响，它用面纱把你遮住，给你一种非物质的感觉，使你误入歧途，以为它是走向另一世界的通道，可实际上，它不过是个陷阱。

要命的是，卜零的怀疑背后仍然存有希望，她的怀疑正是为了她的希望。她的希望背后是一个年轻男人的影子，那个男人在空旷的湖水的背景下向她伸出一只手，他说姐姐给我看看手相吧。

台里规定，处级以上干部才能享受乘飞机的待遇。所以卜零只好买火车票。

十一

临行那天正好韦要与某国的投资集团签约。暗绿色的萤火虫先把韦送到集团公司的大厦前，然后才转向去车站的路。一路上韦半闭着眼睛一言不发。石按照韦惯常的要求打开车内的收音机收听新闻。播音员平淡的语调迫使卜零向韦做出求和的身体语言，韦却毫不理睬。卜零看见韦眼角上残留的黄色分泌物。她下意识地伸出手，然后手指像被施了定身法似的停在空中——她害怕触碰韦的身体，害怕韦会做出过度的反应。但是真正对她构成威胁的，却是前面反光镜里的那双眼睛。

不知多久了，卜零总是习惯地坐在正对反光镜的那一面，在镜里端详自己的面容。镜面呈现的淑女般的面孔往往会使她产生莫名其妙的联想。卜零看到淑女面孔的背后有一座空漠的房子。那房子通常有着一种幽冥般的寂静。一个走来走去的女人面对一面形状古怪的大镜子，慢慢脱下自己的衣服。光鲜的外衣里面，是肮脏的胸罩和内裤。那些内衣的层层花边都染上了别的颜色，或者说，是被岁月腐蚀得面目皆非。那一双大乳房在反光镜里寂寞地眺望。

卜零忍不住泪水涔涔。

石小心翼翼地把卜零的提包送上车。他看到一向温柔可亲的老板娘在流泪。那眼泪像是在掩饰着什么，又像在逃避着什么。她穿着细羊毛黑衣的身子惊惶不定像一只随时准备飘逝的蝴蝶。石很想把这个哭泣的女人搂进怀里。但是石实际上连碰也不敢碰她。石只是战战兢兢地说姐姐听说那地方的香水质量不错，要是方便你给带一瓶来吧，车上要用。卜零点了点头并没有回头看他，她觉得自己哭过的脸一定很难看。

十二

火车走了四天四夜。卜零像一尊石像那样不吃不喝也不动，直到火车进入一个遥远的山寨。

寨子里有一只长长的木鼓，那是族人的通天神器。那些古铜色或暗褐色的男人女人常常在夜晚围着木鼓和篝火跳舞。明亮的篝火像古绸缎一般缠绕着这一群舞着的男女。男人用半只葫芦舞动，而女人则用美丽的树叶来装饰自己，姑娘都有着精光灿烂的大眼睛和漆黑如墨的长发，还有被槟榔汁染黑的厚嘴唇。那些形状奇异的绿色、黄色或红色的树叶在那些古铜色或暗褐色的身体上闪烁，令人想起远古时代开辟鸿蒙的女娲。妙就妙在这来自远古的女人生长在现代的太阳下，在太阳的气味中妇人们背着背篓抽着水烟裸着被晒黑的乳房踽踽独行，与舞蹈着的姑娘们叠印成独特的风景。

卜零忽然觉得他们便是自己遥远的族人。

卜零被当作贵客请进寨主的家。有一位头发灰白的老人端坐在那里，脸大而浮肿，像是被蒸过的黑荞麦窝头。卜零知道那便是头人了，他坐在火塘边默默地吸着水烟。袅袅的烟尘雾一般笼罩着周围男人女人的脸。有一种强烈的气味呛得她几乎透不过气来。她要找的那一对夫妇影视搭档也来了。从很远的地方赶来。在周围一片浓重的肤色中他们显得苍白如纸。他们很恭敬地把写好的剧本交给卜零，卜零看了一眼题目便收下了。题目是《南国红豆总相思》。做导演的夫人说，本子写的是一个汉族女人在边远寨子里的经历。

为了欢迎卜零和夫妻搭档的到来，寨子做了过节才吃的菜。这些菜从外形来看便使人惊心动魄，它们仿佛是某些动植物的化石或标本，半透明的，蛹似的伏卧在那里。卜零看到它们被许多长指甲的手指抓起来，送到自己面前的木碗里。

家酿酒似乎很厉害，两碗下去，剧作家的舌头便已经发黏了。剧作家当众搂住自己的妻子，像孩子撒娇那样呢喃着。剧作家穿着宽而大的T恤衫，很明显地透出两片漆黑的乳晕，圆形膏药似的糊在女人似的胸脯上，双了几层的下巴和脖子连在一起，但是依然很脆弱，像被卸掉颈骨似的，他的脖子软蹋蹋地耷拉着。卜零一直担心地看着他的颈子。他笑眯眯的风度很好，说出话来声音细而软——绝不像是从这样伟岸的身躯里发出来的。夫人徐娘半老风韵犹存，一口吴侬软语，眼光总是闪闪地往空中飘，一脸浪漫少女的浓情和率真。让人看上去真是琴瑟和谐，令人羡慕。

在大家端起木碗歌唱的时候，卜零看见做导演的夫人抓起一缕被切割得很细的牛肠举起来，牛肠在光线下呈现出粉红色的阴影，导演向它心满意足地伸出舌头。

那舌头肥而厚，上面有暗色的舌苔。

卜零觉得喉咙里的东西一下子涌出来，和水烟喷射的粉尘一起在火塘边飘舞。

十三

族人认为卜零剧烈的腹痛和呕吐一定是中了邪。

这痛点是不断变化的。犹如一条看不见的鞭子不断变化着落点。

奇痛之时，连杜冷丁也不管用。她像掉进油锅那样徒劳地挣扎，她的脸上呈现出枯叶飘落又腐烂的颜色。

族人说：她是中邪了，她一定是中邪了。头人命令两个剽悍的青年牵来一头牛。那牛庞大而温顺，大睁着两只惊惶的眼睛，眼里似有泪水滚动。一个青年抓起一把雪亮的长刀。长刀鸣叫出器官撕裂和分割赤金的声音。卜零看见牛眼忽然凸了出来，然后又凹进去。这一凸一凹之间，牛眼爆发出一种奇特的惊惧，有一把刀血淋淋地从牛翻卷着的伤口拔了出来，牛像一团水一般柔软地匍匐下去，血流如注。浓紫的血像完全成熟的紫葡萄一样，颜色浓艳得无法化解。

有人把新鲜的血滴进酒里递给卜零。卜零连想也没想便一饮而尽，这时如果有人告诉她毒药可以治愈腹痛她也会毫不犹豫地喝下去。

卜零觉得剧痛好像突然消失了。头脑一下子十分清醒。她清醒地发现夫妻搭档已经走了，那个叫作《南国红豆总相思》的剧本放在火塘旁边，因无人看顾而十分冷清。

这时已是边寨的夜晚。卜零看见双鱼星座在夜幕中漂浮起来，她看到这叠在一起的菱形便十分亲切，毕竟大家还是生活在同一个天空下。她惊奇地发现那星座已退去陈旧的颜色，恢复了亮度。她当然也想起那个和她共属一个生辰星位的年轻男人。这星座或许是某种箴言的象征。

十四

就在卜零疼痛的那个夜晚，韦再次走进那个有巫师算命的饭店。巫师今天的精神似乎不佳，她在水晶球后面的脸显得十分疲惫。她听韦说明了来意之后就让韦把右手放在小桌子上。韦犹豫着说应该是左手吧，不是男左女右吗？巫师听了之后就抬头看他一眼，巫师说你的命很硬，在你前头有个姐姐，在你后头有个弟弟，但是都没活下来，对吗？只这一句话便使韦高凸的腹部收敛起来。事实的确如此，但是韦尽量不动声色。巫师接着说你夫人的命虽然硬一些但也硬不过你，你夫人如果……如果爱上别人的话一定会像进地狱一样痛苦，你们虽然不太相合，但是不会离婚。

对不起，你刚才说什么，我夫人如果另有所爱的话会怎么样？……

巫师并不抬起沉重的、鱼一样的眼皮：我是说，如果她爱上了别人，就会像进地狱一样痛苦。懂了吗？比如说，她会肚子疼……

肚子疼?!

巫师狡黠地笑了一下：当然咯，我这是打个比方。

韦心神不定地看着水晶球后面的那张破败的脸：那么，我的事业呢？我的前程会怎么样？

巫师显然已经很不耐烦，巫师没有回答韦的话，只是疲惫地指了指眼前的蜡烛，蜡烛正呈现出软化的滴落形态。

十五

石把韦送到家的时候已近晚上十点。一路上韦沉默不语。石已经习惯了韦的沉默，但是今天韦的沉默里还有一种明显的愤慨。石知道这与算命有关。石几乎一字不落地听了老板夫妇的命运。石并不认为这巫师比那些街头行骗者高明多少。奇怪的是他一向认为高不可攀的两个聪明人竟也如此轻信。直到家门口韦才长叹一声说卜零这个人真是荒唐，她竟然相信这种老妖婆的话。石急忙附和说这种老妖婆一定是在外国骗不下去，到中国骗钱来了。韦已经下了车，听了这话又停住脚步，韦说小石你真的这么认为吗？石的脸红了但是幸好有夜色掩盖着。

石说真的韦总，您千万别相信这种人的话，现在这种骗子太多了。韦点点头拍拍石的肩膀，韦说你说的对小石，看来你比我们家卜零还明白点儿。石的脸更红了，石说韦总您也不能这么说，不是我明白，是卜零大姐太善了。韦这时才微微露出点笑模样儿。韦走到台阶时忽然举目向天，天空晴朗星汉灿烂。韦轻轻咕噜了一句：也不知道她的眼睛怎么样了。石听到这话就知道他是想卜零了。

石也常常在想卜零，卜零是他以前没见过的那一类女人。卜零对于他充满了新鲜感，他觉得这女人聪明而天真，时而忧郁时而奔放，令人迷眩。并且常常引起他的冲动。但石是很实际的人，知道自己不该存有非分之想。对于他来说，卜零不过是飘在天上的云彩，虽然美，却够不着。石从来不想勉强自己去够那些够不着的东西，何况，这里还牵涉到他的饭碗。

石家距这里还有十来分钟的路程，但石没有回家，而是把暗绿色的萤火虫调头向西北方向驶去。正西北方五十来公里临近郊区的地方有一座饭店，这饭店此刻正灯火通明。石把车停在饭店门口，然后步行走向临近花园的一扇小门，那是内部职工的专用门。石推门进去，却杳无人迹。石正在惘然四顾，一个苗条的黑影从他身后的石榴树旁闪了出来。这自然是个女人，一个石正在寻找的女人。石从一类女人的身边逃开，走向另一类女人。

十六

石的故事是这个年代最缺乏想象力的故事。石已婚，和妻子不睦，于是有了情人。情人是西北饭店贵宾厅的服务员。在妻子回娘家的时候，石把情人莲子接到家里来。第二天清早，在韦上班之前，再把莲子送回。所以石总是显得很忙。但是石乐此不疲。石打算在莲子满二十二周岁的时候再考虑换老婆的事。现在距此还有整整两年。石还有足够的时间全面考察她。石对莲子是认真的，这无可指责。唯一的不平等是莲子并不知道石是有妇之夫。

现在莲子已经坐在石家的沙发上，喝着石倒给她的红葡萄酒。莲子总是惊异着这房间的凌乱。石告诉莲子这是他姐姐的家，而姐姐长期在外。莲子喝着红葡萄酒的时候石把床单收拾了一下，然后石坐在莲子的身边，像熟练工种把手伸向她的衣扣。石着迷于这个过程。他从来不愿意让女人自己动作。他喜欢把一个穿着华丽的女人一点点剥得精光。在做这事的时候他从来不看对方的眼睛。即使这样，他的脸上也常常泛起羞怯的潮红，他的神态很让女人们着迷和误解，以为他是完全没有经验的童男子，其实没有经验的正是她们自己。

莲子的上身已闪烁在灯光下，但她仍然没有放下那一杯酒。她怯怯地问他的姐姐什么时候回来。他含糊地咕噜了一句就抓住她的一只乳房，她的乳房小而娇嫩不能盈握，但是十分洁白，显然是一种典型的小家碧玉式。他忽然不合时宜地想起另一对乳房，那一对饱满得要滴出汁水似的，黄色石榴石一般美丽。

我们老板夫人给我算命，说有个女人会给我带来灾难，是你吗？石边说边紧紧拥抱住了莲子，莲子含情脉脉看了他一眼：你说是就是，你说不是就不是。

这样的回答使石心旌摇荡，他喜欢她这种彻底的顺从。他迅速脱去衣服。她淡粉色的乳头正饥渴地向上翘起，仿佛等待着吸吮，他咬住了那一点粉红，这时他感到他身下的那个身子开始扭动。她的乳头在他嘴里勃动着，娇嫩得仿佛入口即化，那一点淡淡的温热直化入他的心里。他咕噜着说我托人给你买香水了，你就等着吧。她双眼迷蒙的同时还没忘了问是什么牌子，他简单回答了一句反正是名牌你会满意的，然后他们就被激动冲动淹没了。

十七

过了拉木鼓节，卜零就要离开寨子了。头人很郑重地把魔巴和儿女叫到一起，对卜零说：孩子，我们是最重友情的，你在我们这里受了委屈，可我们看得出你也是个重感情的孩子。有件小礼物送给你，寨子里别的不敢说，玉石和茶叶是有的……喏，你看看这个，满不满意？族人从身上掏出一个戒指，翡翠戒面晶莹欲滴，碧绿无染。

卜零记起自己的吉祥宝石正是翡翠，眼泪几乎滴落下来。卜零说大叔我来这儿真给你们添麻烦了。这礼物我不能要，我只想知道什么地方有卖香水的，我想买一瓶高档香水。

头人听到香水二字就皱起了眉毛。头人说要买香水只能到邻近的那座城市去，那里是开放城市有着各国的名牌香水。可是需要过一座竹桥那竹桥摇来晃去就连当地人也很少有人敢走。你过不去你肯定过不去。头人摇着头断然地说。这样吧，让我的孙子帮你跑一趟，好不好？卜零想了一下说不行。卜零说我必须自己去这是我的一个朋友托买的我必须亲自去挑。头人听了眨眨眼说我明白了。头人接着让自己的孙子阿旺陪卜零过桥。无论卜零怎么推让，头人坚持着给卜零戴上了那枚翡翠戒指，头人说：孩子，魔巴的手摸过的玉石能保护你，过竹桥的时候一定要戴上它。卜零看见那灰白头发的忧伤光泽便知道自己已经别无选择。

小伙子阿旺提心吊胆地盯着走在前面的汉族女人卜零。卜零执意不肯走在后面。卜零说她看见前面人的双脚会非常害怕。但是卜零上了竹桥才感到前面茫然一片更令人害怕。那竹桥柔软得像一根弓弦一般，只要踏上去，便会深深陷落。

下面是一片烟波浩渺的大水，两岸高大的森林把浓重的阴影投射到水面上，卜零看到水便想起那个年轻的男人，那个垂钓者。他把鱼钩甩向湖面，愿者上钩。卜零想自己不过是一条冻僵的鱼，哪里有暖流便游向哪里，哪怕那暖流里藏着无数钓饵。

阿旺看见汉族女人卜零的双腿在不住地颤抖，她的惨白一直延伸到脚面。

十八

卜零走过竹桥之后像是大病了一场。阿旺惊奇地发现这个女人好像一下子显得苍老和难看。在南国明亮的阳光下，她脸上的皱纹十分明显。她的衣裳贴着她汗湿的身体，那身体仍然在颤抖，无法抑制。阿旺于是试探着说我们先休息一下好不好？但是汉族女人卜零坚决地摇摇头。卜零说阿旺你还是带我去香水市场吧，你出来时间太长你爷爷会担心的。

但是，这里的香水市场让卜零失望。的确各种牌子很多，但真货却不多。从装潢华丽的盒子里只要拿出香水瓶，闻到的便是廉价香水的味道。年轻的阿旺是鉴别香水的专家。阿旺看到卜零不厌其烦地打开一只只的香水瓶，紫外线充足的阳光直射在她身上，她就像一棵焦渴的植物一样正慢慢萎缩。卜零被强烈的阳光晃得睁不开眼，她看到的只是许许多多的香水瓶，晶莹而多芒，使她想起水晶球。

快要夕阳西下的时候阿旺说卜零老师我们走吧，我带你到别处去。有个地方也许有你要的香水。卜零问那地方远吗，阿旺没回答。阿旺挥手叫了一辆三轮车，阿旺请卜零坐上去，对车夫说了一句什么，然后车夫就蹬起来，阿旺飞快地跟着走，阿旺无论如何不肯上车。

十九

这座城市的尽头是山，山上有古老的岩画。夕阳西下的时候，卜零看到山的断层变成了单纯的色块，被斜阳熏陶得光熠四射。卜零还是头一次体验到这种纯粹的颜色。有无数根古朴而美丽的线隐藏在岩石上。那些线深深地刻出远古时代的生活。鱼和鸟以及许多的生殖器官构成了这种生活。夸张的乳房和生殖器变成了符号成为母系社会的骄傲。卜零像一个遁世者一样站在山上，等着太阳和月亮交接的那一瞬，这时的天空总有无尽的空白需要填补。

阿旺把卜零带到山脚下的一座作坊里。很远卜零便闻到一股醉人的香气。作坊像神话般矗立在山脚下。有无数雪白新鲜的花朵堆在这里。体积庞大，却轻似羽毛。有六个体态纤秀的少女把这些花朵捧进热油里搅拌，搅拌时不断地向里面加香料。豆蔻、桂皮、番红花、白檀香木、橙花香精、迷迭香酊……这许多的芳香变成香脂，再掺入优质酒精，然后放进纯银的蒸馏器中过滤。蒸馏器制成了孔雀开屏的形状，只要轻轻按一下按钮，便会有金橙色的浓缩液体从孔雀嘴里流出。有个黑衣女人坐在蒸馏器旁边。卜零惊奇地看着这一切，她几乎是眼睛不眨地盯着，生怕眼前的神话会忽然消失。

那个黑衣女人忽然开口了。只是在那女人开口说话的时候卜零才注意到她。

看她第一眼的时候卜零大吃一惊——卜零以为巫师本人正坐在那里！但是这种感觉很快消失了，这女人要比巫师美和年轻得多，可以说和巫师唯一的共同之处只是都穿黑衣服，还有，神态上有一点相像。

女人的话卜零并不懂。阿旺便和她搭腔。他们一问一答说了好长时间，阿旺回身告诉卜零说卜零老师你可以买香水了，这里的香水都是最好的，大姑说她从来不卖给外人，看在爷爷的分儿上她卖给你一瓶，但是请你不要到外面说。卜零听了连连点头，在阿旺的指导下她拿过一只中等大小的香水瓶，然后从这个银质蒸馏器里滤出了一瓶香水。香水在瓶中清澈透明，发出金橙色的亮光，神秘而美妙，令人遐想。黑衣女人看了看卜零狂喜的表情，伸出一只被槟榔汁染黑了的手。

卜零不知所措地向她笑笑。阿旺低声说：她是在向你要钱哩！

卜零的脸红了。卜零从手袋里掏出200元钱放在那只手上。那只手仍然平平地伸着，没有攥拢来的意思。卜零又往那只手上放了100元，卜零的手有点发抖。

但那沾着槟榔汁的暗褐色的手仍然一动不动。

卜零发红的脸又变白。小伙子阿旺对那个女人哇啦哇啦地叫起来。但那女人斜着眼睛，根本无动于衷。

卜零很费力地从左手无名指上退下那个翡翠戒指。这是头人亲自给她戴在手上的。戒面大而光洁，翠绿欲滴，水色很好。卜零把戒指放在那只手上。阿旺惊奇地看见那只暗褐色的手慢慢握紧，终于不再张开。

我们还会再见面的。那女人忽然用汉话对卜零说。她的声音又低又哑，使人想起年迈的乌鸦。

就在这一瞬，卜零从黑衣女人脸上露出的阴险笑意中，忽然感到她就是巫师，或者说，她不过是巫师的幻影，是巫师无数面目中的一张脸。

二十

回C城的火车晚点了整整四个小时。

本来应当是晚上十点左右到站，可现在已是深夜两点。卜零曾打电报让韦派司机来接，韦也很痛快地答应了，可现在，夜深人静，连TAXI也杳无踪迹，谁也不会在这个肮脏的地方干等四个小时，所以，没什么可埋怨的。

卜零提着行李袋出站，一路踉跄着。行李袋里是一堆号码不明的衣服和一瓶香水。一路芳香使列车的乘务员们充满了愉悦之情。但是现在这香气正毫无意义地消失在夜气里。

C城的这个车站十分破旧和肮脏。从某种意义来说，这已经是个废弃的车站。

只有为所有相遇的车让位的慢车才偶尔经过这里。卜零所以订这趟车仅仅是因为它最便宜。韦自从进入大公司以后不再把薪水如数交给老婆，只有在高兴的时候给老婆一点零花钱。而卜零在台里的处境更是尴尬。更糟的是卜零被人认定是大款的太太，这个头衔给她带来的还不仅仅是难堪。

卜零在一片黑暗中绝望地躲避着垃圾的臭气。那一座残破的铁桥隔绝了市声。

这时她忽然发现，有个男人就站在铁桥那边，一动不动。就像被浇铸在那里似的。

他长长的影子被风刮得飘忽不定。

卜零努力把骤然涌出的泪水吞咽下去。那个年轻的男人走过来，一声不吭地接过她的行李袋。在黑暗中他们互相看不清对方的脸，但卜零觉得他充满着与生俱来的亲情。卜零费了好大力气才克制住自己没有投入他的怀中。卜零只好想出一句话来掩饰自己：你要的香水我给你买回来了。

石点头说我知道了，老远我就闻见香味了，谢谢你姐姐。玩得好吗？这时他们上了车，暗绿色的车就停在铁桥那边。卜零上了车还没忘了说买这香水可不容易，是我冒着生命危险买的。石踩离合器的脚停顿了一下，石没听明白香水和"生命危险"有什么关系。卜零看见石发怔的样子决定不再说什么就笑了一下，她的笑让石觉得这句话纯粹是一个玩笑。于是石心安理得地把离合器踩下去，又踩了一脚油门。飞驰的车把一种优雅的芳香洒了一路。

二十一

少女莲子一进石家的门便闻见那股醉人的芳香。莲子冷落了那杯红葡萄酒，只是揭开香水瓶盖不断嗅着。在被石双臂环拥的时候仍然把香水瓶抓在手里。香气使他们格外亢奋。石把香水喷向她的耳郭，她的腋窝，她的肚脐……直到她的全身发出水百合花一样的芳香。石觉得这香水像润滑剂一样使莲子更加柔软和光滑。

石点了一支烟。石说这瓶香水要"悠着点儿使"。石说这是我们老板的夫人从老远的地方买来的。莲子微微带一点醋意地一笑,你好像老提你们老板的夫人,她是个什么样的人?漂亮吗?石深深吸一口烟。聪明。特聪明。我要是有她那份才我早发了!……她这个人可真不错。石说。

二十二

卜零回来后第一件事就是读那个题为《南国红豆总相思》的剧本。

那一对夫妻搭档现在影视界正是如日中天。剧作家前些年就获过几次奖,后来就传他与原配妻子离了婚,娶了现在这位做导演的夫人。他们的婚姻应当算作珠联璧合了。迄今为止他们婚后已合作了四部作品,两部获奖,另两部引起众说纷纭。所以老板格外重视他们的本子。

卜零仔细看了本子,却完全不知所云。唯一给她留下深刻印象的,是剧本平均每隔两页便有一处形容女主人公"雪白的颈子"。卜零注意到导演的颈子并不白,因此她想这雪白的颈子大概是别的什么部位的代名词,不过因为其他部位不太好提,所以以"颈"来代替而已。女主人公在短短六集戏里遭到三次强奸,每次激起男人兽欲的都是"雪白的颈子"。卜零觉得这样的颈子实在罪大恶极,不如用锅灰抹了,就像过去良家妇女对付日本兵那样,或者,干脆斩断。

卜零对老板说出的意见是"庸俗",但这个意见立即遭到老板的迎头痛击。老板说卜零你该好好想想了,你怎么永远和群众的想法格格不入?电视剧就是大众传媒,就是俗艺术,就是面向广大群众的,你工作了这么多年连这个基本出发点都不懂?也难怪你总是完不成任务了!一席话说得卜零无地自容。老板接着说有问题可以谈出来让他们改嘛。没听说电视剧本一次成的。于是卜零按照老板的意思发了封邀请信,邀请那位著名剧作家来京面洽修改剧本一事,那位剧作家很快回函表示乐意合作。

一个阴雨连绵的晚上,老板为了表示诚意亲自去接站。老板和卜零很虔诚地并排站着,准备列队欢迎剧作家。老板不断地说一些并不可笑的笑话，卜零便也很迎合地笑。后来老板再也说不出什么来了。卜零也觉得喉头哽住了，笑不出来。雨越下越大，雨伞和雨具已全不管用。这时老板发现一行人热热闹闹地从站台走出来，在雨夜的紫光灯下这群人面目模糊奇形怪状。卜零依稀认出剧作家肥胖疲软的脖子，卜零还没来得及确认，就看见老板已经一步跨了过去。风把老板的伞一下子掀翻了。老板已顾不得许多，远远便向剧作家伸出手来。老板精心吹过的头发湿漉漉地贴在头上显得很滑稽。对方怔了一会儿才跟老板寒暄起来。老板瘦小的身子在剧作家伟岸的身躯面前十分猥琐可怜。做导演的夫人也急忙伸过手来，暴雨中夫人仍然不忘优雅的姿态和得体的言辞。在这种场合下卜零总是不知道说什么才好。

于是四个人打了一辆"夏利"，在亲切热烈的交谈声中逃离车站。事情已经转悲为喜，卜零的心情也渐渐由阴转晴，谁知在路过某个站牌的时候，老板借助昏暗的路灯向外看了一下，忽然语调激动地招呼卜零下车，说这是离卜零家最近的一个车站。卜零还没反应过来便在大家众口一词的"再见"声中下了车，简直好像是被什么人撵下来似的。下车之后她发现站牌周围空无一人，末班车已过，冷雨凄风如同幽魂一般包围着她，她紧抱着双臂在风雨中发抖，那把尼龙伞被冷风揪着仿佛随时准备从她的臂腕里飞走，就像一只无家可归的纸鸢那样。当时她的一双脚结结实实地泡在雨水里，寒气从脚心钻上来，在毛孔中渗入奇痒。她在身上抓了两下，发现身上的斑点正在成片地涌起，那密密麻麻的红斑，让人看着就揪心。

卜零在风雨里苦苦地想，怎么也想不明白聪明的老板为什么要这样做。因为老板一向会做顺水人情，而他的票是可以报销的。卜零不明白老板为什么讨厌她到必须撵她下车的地步。

老板初来的时候其实是相当重视卜零的，起码是非常感兴趣。但是卜零完全不懂与领导相处之道。她并不知道领导说话不算数恰恰是一种领导艺术的成熟和灵活，也并不知道被领导利用的时候应当感觉到一种幸福而不是屈辱，否则你就真正是不知好歹了，也很容易让领导扫兴，最重要的，你得学会尊重领导，你得明白领导喜欢什么，讨厌什么。可这一切卜零都做不到，岂止是做不到，还常常背道而驰，这也就难怪老板对她失望了。世上有一种女人可以轻而易举地得到男人的同情和欣赏，这种女人可以穿着银色的剔花马甲，一边修剪着手指甲一边向男人投去一个意味深长的眼风，同时或嫣然一笑，或泪水晶莹——表情视需要而定，那么她的全部愿望都可实现。但世上也有另一种女人，缺乏一切女性的假面和道具，而她们的心灵又总是很丰富，总是很顽强地在塑造世上不可能存在的男性，她们从不为现实现世的利益所动，却甘愿为虚无缥缈的幻象去死。这种女人自然是真实男人们敌视和排斥的对象。卜零正属于后一种女人，在她清醒的时候她知道自己在劫难逃。

现在卜零正站在风雨中的一个公共汽车站旁，冰凉的雨水不断地从额发上滚落下来，脸上身上布满了成片的红斑。一辆车驶过，随随便便地往她身上溅了许多泥水，仿佛她已变成个"准站牌"似的。事实上她一动不动的样子确实没有什么生命的感觉。

这泥水及时提醒了卜零。她在附近找到一家公用电话，她带着一种蛮横态度敲开大门，在主人惊奇的目光下她拨了号码。十五分钟之后，卜零看到那辆暗绿色的"萤火虫"从茫茫雨雾里静静地驶来了。

二十三

接到卜零电话的时候石正在和朋友搓麻将，看看表已是深夜，外面又是风雨交加。正是因为这样的天气石才没把莲子接来。但是石几乎是毫不犹豫地站了起来。石说我得出一趟车我有点事，还没等大家反应过来石就抓起挂在门后的雨衣冲了出去。他不知道老板夫人发生了什么事。

现在这暗绿色的豪华车正浸泡在雨地里，雨点打在车身上像枪弹一样沉重，尽管有雨刷不停地运动，车前方仍是白茫茫一片。石像平常那样为老板夫人打开车门，但是他马上大大吃了一惊。一向尊贵可爱的夫人浑身透湿，脸上一片片隆起的红斑使她面容大变，她双眸噙着泪水，声音发抖：我知道你会来的……我知道……石一边拉开手刹一边说你怎么了姐姐？卜零流泪不语。我们现在去哪儿？石的话还没说完，一声抽泣好像从冥间绽出，然后是压抑的撕裂心肺的哭声。是啊，去哪儿，哪儿是我能去的地方呢？呜咽着说出这几句话卜零更感觉到心底深处的疼痛。石完全不知所措了。卜零伏着身子，丰满的双肩和细腰在剧烈地抽动着，泪水像蛛丝一样沾在他的身上，他觉得浑身燥热起来，但他仍然一动不敢动。

回家吧，韦总肯定要着急了。石嗫嚅着说。但是这句话立即引起卜零更汹涌的泪水。不，他早就睡了，他肯定早就睡着了，你别高抬我了，我在他心里算不上什么。石叹了口气说那怎么办呢姐姐，你别哭了再哭我也要哭了。卜零抬起哭肿的眼睛看看他，石的眼圈果然是红的，石的一双大男孩似的眼睛十分疲倦。卜零扑在他拉手刹的那只胳膊上哭得喘不上气来。卜零觉得她的整个世界只剩了这个年轻男人。她想向他诉说，诉说她每天难以忍受的孤独与寂寞，那些屈辱、难堪和不公正像一张巨大的网罩着她，而外面是冰河，碎裂的冰块时刻都在吸收着她身体里的热量，把她的生命一点点抽走。她看到这个，却无法改变，她需要在冻僵之前寻找一个证人，在上帝面前为她做证。

石的克制已经达到了极限。假如再有两分钟的时间，他一定会紧紧地把这个痛哭的女人搂进怀里。可是卜零抬起身来了，卜零慢慢停止了哭泣。于是石的全身也跟着松弛下来。车窗外的雨渐渐小了。石拉开手刹踩了离合器。街灯昏暗的光使一切显得迷离。石放了一支曲子。乐声里他看到卜零凝然不动的侧影。有一颗晶莹的泪珠就挂在她的颊上。石明白地看到自己的处境。石每天都在为生计奔波，他不能不顾忌他的老板，他的老板也就是他的衣食，是他未来计划的最终决策者。他的莲子每天都在问：我们什么时候结婚？

那天夜里石最大胆的行为也不过是抚摸了一下卜零的头发。卜零的头发很黑，又粗又硬，不像莲子那样，黄而稀软，渗透了莫名其妙的柔情。

二十四

尽管确立了一流的写作班子，《南国红豆总相思》的拍摄计划还是落空了。这是因为上级领导发了话，说是该剧本有着严重的问题。首先涉及对少数民族的政策问题，实际上仅仅这一个问题剧本就足够被枪毙了，何况还有另一个问题：格调不高。知道后一个问题之后大家争相传看剧本，所有看过的人都跳起来说：这么脏的本子居然要投拍？这是谁组的稿?! 于是遮天蔽日的眼光统统压向卜零。老板上当了，上卜零的当了。大家都替老板鸣不平，而老板也似乎相信了这种说法。卜零清晰地记着关于"庸俗"的意见及老板的态度，于是卜零在和老板擦肩而过的时候紧盯着他的眼睛。但是老板的眼睛像一片荒原一样一马平川，毫无内容。

卜零逃避这种很有声势的围剿的唯一办法是回归家庭。卜零努力使自己做个好妻子。每天离丈夫下班还有一个来小时的时候，她就开始拉开架势，剥丈夫最爱吃的豌豆，在这豌豆上市的季节卜零剥豌豆把手指甲都染成了绿色，而不管豌豆剥出来的数量是多少，最后肯定要被风卷残云地吃完，连最后的几片青豆衣也要被韦冲了做汤喝。

韦因为常常吃香槟大菜而格外眷恋家里的素食。卜零炒菜放油很少，又不惯放酱油，因此炒的青菜便都透出鲜绿。韦觉得吃卜零炒的菜是一种享受，但是这种享受久而久之便成为一种刚性过程——完全不可逆转。偶然卜零没有按时做好饭，韦就像天要塌下来似的。

卜零觉得韦洞察一切，任何细枝末节也休想逃出他的眼睛。譬如，韦命令点煤气灶的火柴不能丢掉，要码放整齐，在需要同时点两个灶眼的时候，就可以节省一根火柴。千万别以为韦是吝啬之人，在很多方面韦是挥霍无度的。譬如每周日韦都要去转一趟附近的鞋市，买回一大堆各种号码的鞋子。卜零说别买了，没的糟蹋钱，韦说这点东西要几个钱，就源源不断地买回来。韦买其他东西也很大手，每次买排骨要买十斤以上，同时再买鱼买鸡，一大堆冷冻食品往冰柜里一放，想尽办法也吃不动，最后大半都扔了。卜零笑着说你每次少买点好不好，别像农民进城似的那么贪。听到这话韦便大发雷霆，韦大吼大叫地说我好不容易休息一天，给你买了你还挑三拣四，鸡蛋里挑骨头，没茬儿找茬儿！以后我不管了，你买！韦吼起来中气十足，排山倒海，卜零顿觉自己无容身之处。韦最忌讳的就是别人说他像农民，因为他的确生长在农村。

但是韦也有许多优点，最重要的一条就是生活有规律。他的生活规律从来雷打不动。在手持游戏机刚刚风行的时候卜零买了一个回来玩，卜零玩起游戏来也像写剧本那么投入以至忘了时间。韦提醒卜零说该烧水了，卜零答应着仍然一路玩下去。终于韦忍无可忍地大叫一声：这日子没法过了！！呼啸着便上来抢游戏机。那个长方形的黑色游戏机最终被摔成了碎片。卜零看着那一堆碎片，连眼泪也不会流了，只觉得眼前是一堆沉船的碎片，自己已落入黑夜的大海里，连最后的碎片也被人夺走了。她只能眼睁睁地被海潮淹没……

卜零觉得这个空屋里有一种青苔的气氛。在她无事可做的时候，她会忽然想起关于"刺青是世界上最美丽的杀菌药"之类的废话。想起这个她就联想到那个在春天里出现的男人。她祈祷那将是爱情灰烬中的最后一次回响。那一片晶莹而多芒的香水瓶和巫师的水晶球一样，都是她的吉祥物，是她的箴言。她小心翼翼地走向那个男人。但是他比她还要胆怯。在那个暴风雨的夜晚，她闻到了他身上的气味，听到了他狂烈的心跳，但他像一个生病的香木俑人那样一动不动。而在那之前，他脸上曾挂着灿烂的笑，在一片茫茫湖水旁伸出一只手，他说姐姐你给我看看手相吧。

卜零想这原因无非有两个，一是他怕丢掉饭碗；一是他并不爱她。无论是哪一种原因，都应当就此止步了。卜零决定克制自己的欲望。唯一的办法便是远离这个男人。有时身份的悬殊会带来意想不到的羞辱。

卜零一度想有个孩子，但是韦没有生育能力。韦知道自己没有生育能力之后就对房事不再有兴趣。韦说将来咱们可以要个孩子。卜零说要不要都没关系，结婚并不是为了生孩子的。韦沉着脸问那结婚是为了什么？卜零张口结舌答不出来。韦轻蔑地看了她一眼就沉溺到公司的事务中去了。韦的不同寻常就在于他能一天一天地保持沉默。沉默是金。沉默使韦变得像苏格拉底一样深不可测。但是卜零知道这沉默的背后其实是空虚。他的沉默迫使我们制造商标——卜零脑子里忽然又冒出一句奇怪的废话。卜零知道假如韦正点回家，他就能在饭后坐在电视机前，从新闻联播开始直看到全天节目结束。无论卜零转换话题也罢，搔首弄姿也罢，都一律地毫无效果。卜零觉得自己在韦的眼中完全化作了一团空气。韦在高兴的时候自诩"坐怀不乱"，常常以此为自豪。卜零说既然如此还要结什么婚啊？韦说这样还不好吗，你放心啊。我起码不会在外面泡妞儿。卜零说还是泡妞好些，起码证明你对女人还有兴趣，我很怕对女人没兴趣的男人，这样的男人一般缺点人味儿。卜零说完这话就走了。韦想了又想，觉得除了卜零有病这个原因之外别无解释。韦觉得卜零的病日益严重了，包括看星星的时候看出旧照片的颜色，绝非什么正常现象。

有天晚上韦在外面吃了狗肉煲喝了三鞭酒，微微的有一点兴奋，好像第一次见到卜零似的发现她。韦像皇帝临幸一个久居冷宫的妃子一样走进卜零的工作间。卜零的工作间有八平方米，满满地放着一张单人床、一张放文字处理机的桌子和一个书柜。当时卜零正躺在床上看书。

韦做了很多预备动作之后才宽衣解带，那姿势颇有帝王之相。但是韦刚刚就绪却又站了起来，在挂历上用笔认真地画了个记号，卜零看到他这动作就觉得全部的情绪都荡然无存了——韦每次临幸都要在挂历上画上记号，韦说要记住时间以免卜零赖账。

韦这才把身体压向卜零，卜零看到韦紫涨的脸就去关灯，就在卜零的胳膊刚刚碰到开关的时候，电话铃忽然爆炸般响起来，把他们两人都吓了一跳。韦愤愤地拿起电话"喂"了一声，然后声音立即温柔起来：呵，是刘总！刘总您好！您有什么指示？那边不知说了什么，韦一把掀开被子很利索地爬了起来，比躺下时的态度要果断多了。韦对着话筒连连说：我这就去，我没事儿，老婆？老婆更没事儿！她在那儿写剧本呢！哈哈哈……

卜零披上睡衣走到阳台上。卜零知道这位刘总是集团公司的老总，是韦的顶头上司。接下来该是韦打上领带拿起皮包关门出去的声音。卜零对这一切太熟悉了。卜零被调动起来的情欲在夜露中也无法安静，她现在可以接受任何一个陌生的男人，她的手指感到她夜露中的身体像雪天里的泉水一样光滑，她寒气中的乳房像成熟的果实胀得发痛，她的发脂像核桃油一样甜香，她的汗气发出海风一般清新的味道，她的阴毛像萱草的阴影那样摇动，她的生殖器像水母那样散发出浓郁的海腥气……她全身都在等着一个男人。巫师阴笑着说：你真的不知道吗？你这一辈子都在想男人。那巫师有一张被水晶球分割成几何图形的破败的脸。

卜零看到那两个叠在一起的菱形星座，它们的光泽再度失去，恍惚间她觉得自己离它们很近，她伸了手，暗色绸缎的睡衣滑落下去，她全身赤裸站在夜空里。云气飘动，她觉得自己也跟着飘动起来。

二十五

有一天韦提前下了班。韦心情很好，这种心情对韦来讲十分罕见。韦轻轻推开门。韦忽然发现当他不在的时候这个家竟像一座荒芜的坟场一样幽寂，没有任何生命的迹象，连窗台上的那一盆吊兰也萎黄了。卧室的门虚掩着，从门缝里他看到一双雪白的脚搭在雕花铜床的架子上。每个脚趾都那么精致，浅粉色的脚指甲微微战栗着，仿佛涂了蔻丹似的发亮。韦把一只眼睛贴近门缝看过去。他看到卜零全身赤裸躺在床上，头向斜后方耷拉着，一头长发垂向地面。垂直的发丝像榕树的长髯一样呈现出干枯的棕红色。她的下巴微微翘起，暗色的颈子无力地延伸下来，乳房在胸部柔软地摊开，一条浅色的条纹从肚脐一直伸展到小腹，那些好似萱草样的阴影凝然不动，在那片阴影里好似潜伏着什么动作着，随着有节律的动作，她的下巴更加绝望地翘起。如果不是偶尔还发出一两声呻吟，韦觉得她看上去像是死去了似的。卜零的皮肤不知什么时候已经失去了原来的明亮和鲜润。韦忽然想起玻璃匣子里陈列的西域女人的干尸。那是风干了几千年的女人。韦感到一股凉气慢慢敲击着后背，他轻轻退了出去。

韦觉得卜零需要帮助。休大礼拜的时候，韦订了个 KTV 包间，想带卜零去散散心。当然由石开车前往。很巧，在饭店的大堂里韦遇见了老朋友达。达现在是一家著名大公司的总经理。韦立即邀达办完事后一起吃晚饭，达欣然允诺。酒过三巡，达起身去卫生间的时候韦低声告诉卜零，达对于韦生意场很有用。卜零漠然看看他说那又怎么样。韦看见卜零那冷漠的脸就想起已经好长时间没见她笑过了。韦说这你还不明白吗小傻瓜，看得出他对你有兴趣，你要跟他多聊聊对他多笑笑，一会儿和他一起唱唱卡拉OK。卜零看看那张龙虾一般红涨的脸就把头扭开了。卜零觉得韦只要自己的生意需要便可以随时把老婆典出去。

那一天卜零喝了许多酒。卜零那天穿的是法国摩根丝的曳地长裙。浅驼色的摩根丝在灯光下变成了肉色。卜零感觉到石和达缠绕在自己身上的目光。卜零想酒真是个好东西，人可以躲在它后面，进可攻，退可守。卜零抓起话筒说：这首歌献给达先生。达听完这话就笑了，十分满足。卜零在说这话的时候有一种名妓般的感觉。卜零设想自己是莫罗笔下那位金碧辉煌的莎乐美。每当她把自己想象成什么角色总比真实的感觉要好些。莫罗的莎乐美穿着阿拉伯后宫式的衣裳。那大概是最早的三点式。那些衣裳总是缠绕着富丽堂皇的金银丝，有硕大的金绿色宝石镶嵌其间。卜零忽然想或许那地中海周遭一族曾经分布在世界的许多地方。譬如波斯、埃及、阿拉伯、印尼的巴厘岛乃至中国的边塞。这是个十分奇妙的联想。这一族人的原生态是那么相似，好像这是被遗弃在世界文明之外的充满美丽原始生命的一族。卜零觉得自己正属于这一族，她想自己成为弃儿的结果很可能是伴随恐惧流浪一生。

接下来卜零和韦合唱了一首歌。韦唱歌的时候总是与原调南辕北辙。韦很认真地解释这是因为自己的一侧耳骨有问题。尽管如此韦的嗓门特别洪亮，底气十足。所以卜零在唱歌的时候总感到脸的一侧在发烧，烧得滚烫。卜零甚至不敢转一转眼珠。饱经世事的达老板当然一如既往地笑着，可卜零猜不出石这时会是什么表情。幸好韦唱歌的兴趣并不大。在铁板烧烤端上来的时候，韦的话锋已转入正题。通红透亮的肉片在铁板上泛着油珠，吱吱作响。韦端起一杯酒对达说你是老大哥生意做得很成功，希望今后在各方面多多关照。达端起杯子一饮而尽。韦又举起第二杯酒说我们两家公司今后肯定有联手的机会，公司大概最近会有人事变动你明白吧别的我也就不多说了，来，为我们今后的合作干杯！两个高脚杯碰在一起酒杯里的液体泛出许多泡沫。韦端起第二杯酒的时候卜零就看了他一眼。这时石以潜移默化的方式拿起另一个话筒。屏幕上显现出一个穿三点式泳装的女人，那女人在沙滩上不断挺胸收腹做波浪状。卜零很奇怪几乎所有的影碟都离不开一个三点式的女人，而每一张女人的脸都相似得让人吃惊。那些女人的皮肤苍白得像被水浸泡很久的白色羊皮纸，她们显得那么贫弱没有一根线条有生命的色彩。或许这就是被男人们企盼的那种贫弱吧，因为这一族的男人也同样贫弱疲软，他们害怕炫目的生命色彩，他们害怕那种强烈的色彩会把他们淹没。

卜零和石的歌声合作得天衣无缝。此前卜零并不知道石有这么好的唱歌天赋。石的歌像亚热带的熏风吹过槟榔树一般发出沙沙的声音。石唱得很投入，在"让我将生命中最闪亮的那一段与你分享，让我用生命中最嘹亮的歌声来陪伴你""希望你能爱我到地久到天长，希望你能陪我到海枯到石烂"这类滚烫的句子出现的时候，卜零看到石的脸微微有点红，眼睛立即也有了一种潮红。那潮红湿润得仿佛可以渗出水来。卜零从来没有在任何男人脸上看到过这种生动美丽的表情。

卜零忽然感到那一股热流再次不合时宜地涌动出来。她死死盯着那个拿着话筒的健壮的胳膊，她想扑上去，掐他，把他掐紫，她想让这强壮的双臂紧拥，然后坠入久久想象中的境地而被虐待，让自己的身体能像水一样在他粗大的双手里流动变形，她不再惧怕羞辱，这年轻强壮的男人才是帝王。她渴盼着一种他施加给她的剧痛。她要在那剧痛中敞开自己，让那个禁闭在牢笼中的囚徒发出高亢凄厉的歌唱。

二十六

那一天玩得很晚了，大概有凌晨两点那么晚了。把达送回家之后，石照例地送老板夫妇。老板夫妇照例一言不发。石早已习惯了这种沉默。因为达家很远要经过一段高速公路。回来的时候仍要途经高速路然后斜插进入市内。上高速路的时候石紧闭车窗挂上五挡，那速度风驰电掣一般。这时韦半闭着眼睛在养神，韦从半睁半闭的眼睛里看到卜零起伏颤动的乳峰，韦的心里忽然一阵恐慌，有了预感似的感到了什么。这时卜零忽然开口了。卜零说你今天对达经理说的公司有变动是什么意思，韦睁眼看了看她说这是公司的事你别管那么多好不好。韦其实并不知道卜零对这些根本毫无兴趣，卜零只是因为像平常那样惧怕沉默而寻找一个她自以为韦会感兴趣的话题而已。卜零于是不再说话，韦却又忍不住似的说公司的变动近一个月就会见分晓，刘总这回死定了，说完这话之后韦大声说小石你可别出去瞎讲。石嗫嚅着说我怎么会呢韦总您放心吧。韦于是一发不可收地说上周和日本财团谈判，虽然合同明确了是由日方提供备用零件技术培训等项目，但是并没注明是有偿提供还是无偿提供，这个漏洞有可能让中方受损百万以上，韦说作为中方谈判的首席代表刘总他不可能忽视这一点，韦像个智者一样半眯着眼睛说那么就剩下了一种解释——他和日方做了幕后交易！韦笑笑说刘老总的胃口真是越来越大了！卜零大睁着眼睛想了半天，卜零说你既然发现了为什么不及时指出来？韦像看外星人似的看了卜零一会儿，韦说你不认为这是个千载难逢的好机会吗？卜零噎了一下，卜零的目光深刻如雕刻的冰凌，这时车里的灯光幽暗，石正在放一支忧伤的歌曲。卜零淡淡地说你找到了机会可你们公司失掉了机会。韦半天说不出话来，韦哈哈笑了，笑过之后韦像很有经验的电影明星那样低声说：我的天，我老婆什么时候变成活雷锋了？韦很不愿意在石面前失分寸，于是韦接着说：当然，身边睡个雷锋比身边睡个赫鲁晓夫强吧。哈哈……还没等韦笑完卜零就做了一个惊险动作，卜零叫石停车，因为叫得突然车速又太高石还没有停稳卜零就拉开车门跳了下去。卜零在高速路上像一只松鼠那样一下子搓出去十几米远。韦急忙闭眼他害怕血肉模糊的尸身但是他刚刚闭眼就听到一声惨叫，他还没来得及断定那是谁的声音就在原地转了一圈，然后车戛然停止。

　　等到骑着摩托的巡逻警察走过来的时候，韦才发现司机石伏在方向盘上。韦这才依稀记起刚才那声惨叫像是石的声音。韦下了车向巡逻警察指着卜零摔出去的方向说不出话来，韦的下巴一直在发抖，他眼前反复出现一具被碾轧成碎片的女尸，警察的问话韦一句也没有听见。警察顺着他手指的方向看去，在高速公路的那一边，有一个女人正慢慢站起，那女人的黑色剪影很好看。女人的长发在空中飘舞。那是卜零。

　　后来韦知道卜零除了胳膊上蹭破一点皮之外奇迹般毫发无伤。

二十七

　　石被连夜送往医院。韦断然拒绝卜零想去看石的要求。直到第二天韦上班之后，卜零立即拨了石的呼机。二十分钟之后有人回电话说，石现已转到市立第三医院骨科病房，是因急刹车和快速打轮碰撞而造成的右臂肘关节错位。卜零一改平时懒洋洋的作风，像慢镜头拍摄的《摩登时代》里卓别林的飞快动作，用高压锅做了个清蒸鱼，然后放进保温桶里，这鱼还是石前两天钓到的。一路颠簸裙子上洒了许多鱼汤。卜零就带着那许多鱼汤的污迹推开了骨科病房的大门。

卜零第一眼看到石的时候觉得他变丑了。大约是伤痛和惊吓的缘故。裸着上身的石在病床上坐着，医生正在给他检查。石的右侧肩臂被马马虎虎地包扎起来，他的脸色苍黄如纸，他受惊的眼睛求救似的望着医生，而医生十分淡漠，像摆弄一个人体模型似的摆弄着他。石的身体随着医生手指的触碰疼挛着。这时卜零轻轻叫了他一声。

卜零并没有看到她所渴望的那种目光。石只是很费劲地微笑了一下，尽量平静地说了一句"你好"，然后对医生和周围的人说这是我姐姐。但医生和周围的人都像没听见似的。卜零看到石鳌黑健壮的身体无助地暴露在众人面前。医生像看原始溶洞中的骨殖那样随随便便地看了看石的 X 光片一眼，然后对卜零说，他这种错位只有两种办法，一是做手术，用钉子来固定；二是不做手术，用绷带来固定。石还没听完就说我不做手术。这样便只好用绷带来固定了。医生叫来两个穿手术服的壮小伙子，两人一边一个把石抓牢，医生便拿了器械和绷带开始操作，也许说上刑更准确一点，因为石虽然不曾喊出声，从他身体的挣扎和淋漓汗水来看，他的忍耐已经达到了极限。周围的人都盯着他那鳌黑的不断扭动的身体，那身体现在已经汗湿发亮。卜零从众人眼光中看到怜悯背后的一种快感。仿佛发生在那个肉体身上的剧痛带有某种戏剧性或表演色彩，那是一种埋藏很深、很难表述的东西，使人想起古罗马斗兽场的腥风血雨。

那一天石和卜零很晚才回家。捆扎之后石吃了半条清蒸鱼，是卜零一口一口喂的。卜零喂了一半像忽然想起什么似的，问你太太怎么没来？石勉强笑笑说我和她有大半年都不说话了，合不来。卜零说难怪你从来不提你太太。石好像不愿意继续这个话题，石说我们可以走了大夫说我可以不住院。卜零拿了些药两人一前一后走出医院大门。外面天已全黑，在黑暗中石忽然停步说姐姐我眼里进了沙子你帮我擦擦吧。卜零这才看到石的眼睛亮晶晶的似有泪水游动。卜零掏出手绢擦了一下，又擦了一下，石的泪变成了一条汩汩不息的河流。顷刻之间卜零觉得自己也化成了一团水，水一样柔软和顽强地汇入那条河流。

二十八

石每天都给卜零打电话。一听到那沙沙的声音叫一声姐姐，卜零的心里就温柔地缩紧。后来卜零说你别叫姐姐了，石问那叫什么，卜零说随便，就是别叫姐姐，当你的姐姐我觉得累。石温存地低笑了一声，石说那就让我好好伺候你。等我好了以后开车带你跑遍全城，你愿意上哪儿玩都行。卜零说你就不怕你的韦总说你把我拐跑了？对方沉默了一分钟之后说如果你不怕我就不怕。卜零怔了一会儿心狂跳起来。这句话从石的嘴里说出来很像是一个宣言。她忽然觉得他们之间有了一种默契，一种同谋式的默契。这种默契令她神往同时胆战心惊。

如果不是石想看录像带，卜零大概不会再次堕入老板的陷阱。石在电话里说姐姐要是方便的话帮我借几盘警匪片吧，也许看着别人流血我身上会好受一点。卜零扑哧笑出来，卜零当天便回到阔别已久的单位不顾旁人惊奇的目光长驱直入老板的办公室。石现在在卜零心里至高无上是受宠的王储，卜零在有这些感觉的时候心里总是很充实。因为单位规定只有老板这一级以上的干部才享有借带子的权利，所以卜零打算放弃自己的骄傲暂时与老板和解。卜零惊奇地发现自己竟也如此实用主义，只不过促使实用的动力与旁人有点不同罢了。

老板很痛快地答应借带子，并且可以破例地借上五盘。但是老板话锋一转说卜零我也需要你的帮助。这一段我压力很大，你回家休假了，上面追究《南国红豆总相思》，我只好一人承担，这倒没什么。问题是现在是一年一度的献血，适龄人要么体检不合格要么出去拍戏了，完不成任务扣奖金不说还会出一系列问题，你看是不是能从大局出发报一下名！卜零觉得自己一下子被赶到了一个死角根本没有回旋余地。卜零只好做出视死如归的样子说好吧什么时候体检？老板笑了说如果你同意的话今天就检，如果合格的话今天就献，因为这是最后的期限了，你看好吗？

卜零从来没见老板笑得这么粲然。从这粲然的笑容里卜零再度感受到老板的人格魅力。卜零疑惑过去对老板的看法或许仅仅是主观偏见。

老板心里是有数的。只不过围绕着老板的那些人有点差劲罢了。

卜零由老板亲自陪着就那么走进献血室。冷冰冰的针管触到她的胳膊时她忽然感到她不过是被笑眯眯地押送进屠宰场的一只小牲口，顿时她觉得那针管寒彻骨髓。她想抽回自己的胳膊，可是已经被一只铁钳样的手牢牢攥住，这时她闻见一股麝香一般浓烈的死亡气息，她看见紫葡萄一般的血的时候就想起那只濒死的一凸一凹的牛眼，那血是如此相像，在许多目光的焦点中浓艳得无法化解。

二十九

几乎是在卜零走进献血室的同时，石的家门被敲开了。石以为是老婆忘带了什么东西。石受伤之后妻子仍然坚持上班。因为上班的地点很近可以随时回来。午睡是肯定要在家里睡的。这时大概是下午两点多钟，妻子午睡后刚刚又去上班。妻子对他的伤势采取一种淡然的态度。

但是走进来的并不是妻子。这是个苗条秀弱的青年女人，白色鸟羽一般轻盈地飘了进来，看上去是刻意修饰了一番，一只鲜红的木制发卡束着一头柔软发黄的头发，同样鲜红的高领无袖长裙勾勒出来她纤柔的线条，越发衬出两只银白的裸臂和臂上戴着的银丝玛瑙手镯。她是莲子。

石觉得心脏好像一下子不会跳了。石的惊慌立即感染了莲子，莲子你怎么了，石做梦也没想到没有那辆暗绿色的萤火虫莲子也能从五十多里之外的郊区找到这里。石说我不是说过让你别来吗？我姐姐马上要回家了今天就要回来，你还是快走吧。莲子垂泪说人家不是不放心想来看看你嘛。只一句话石便软下来，莲子这种女人的无知无能和似水柔情都同样能打动男人的心。石说那你先喝点水吧你自己倒，但是莲子仍然无助地站在那里，两只裸臂像受伤的鸟翅一般垂落着，头微微地向后仰，每当这种时候石便要伸臂环拥住她，但石现在清醒地知道今天无比危险，妻子随时都有回家的可能，石狠狠心说我姐姐一会儿就来，喝完水你就走。但是莲子眼泪汪汪地说你真的不想把我们的关系告诉你姐姐吗？石坚决地摇摇头。莲子走过来轻抚着石胳膊上的青紫说出一句话，石听了这句话后几乎晕厥过去。莲子说我怀孕了。

　　就在石处于混乱状态的时候莲子静静地卸去了自己的衣服，然后从容地在自己身上洒满香水。莲子说看来我得有好长时间来不了，莲子的身体在白昼的光线中通明透亮。石说不你得去做人工流产，你得先答应我去做人工流产，莲子咬紧牙关一声不吭，莲子的泪水在枕边汇聚成一个冰凉的湖泊，石于是把一切危险都忘了不顾一切地疯狂地动作起来。那个柔软驯顺的身体因他的激情呻吟着，直到他精疲力竭地撑起身子他才觉得他太粗暴了。他问莲子他把她弄疼了没有，莲子白得透明的脸上似乎十分迷乱，莲子说没什么我里外整个儿都是你的，你想怎么样就怎么样，今天我还能怎么样呢。石听了这话就觉得心里的热流直烫到眼窝里，他像抱孩子一样把莲子搂进怀里，莲子乖乖地偎依着他，像一只受伤的小鸟。石越发觉得自己罪恶深重。

　　就在这时门响了。

　　石惊慌失措地抓起衣裳他无论如何也穿不上，倒是莲子从容不迫地整好床穿好衣裳去开门，石甚至忘了阻止她，石就那么拿着衣裳架着胳膊在床上发呆。他听到门开了，有一个熟悉的女人声音在问，小石在吗？

三十

　　卜零觉得敲开这扇门非常难。像敲开一扇天堂或地狱之门一样难。她等了那么那么久。她身体的一部分好像还在继续淌着血，只是血的颜色已经不那么浓艳了，它们变成了一些浅色的汁液，生命就是由这样一些汁液构成的，如今它们走了，于是仅仅剩了一些躯壳，像浸在池中的苎麻一样摇摇欲坠。那个年轻女人像一个秀弱的影子一样飘了出来，带出一股熟悉的优雅香气。卜零觉得视觉上再度出了毛病，她很难看清这个女人。在盛夏下午的阳光下，她觉得这个女人缺乏立体感，或者干脆说，她像是一幅女人的卷轴，就那么平平地贴在了门边，被阳光挤出一条瘦瘦长长的影子。

　　卜零其实并没有特别注意石的惊慌，她过度集中于对那个年轻女人的思考，更确切地说，她在进行关于某种香气的回忆。所以当石向她和盘托出的时候，她甚至在很长的时间里想，那女人的苍白使人想起浮冰，一种可以被溶成月光那么雪白的浮冰。卜零的脑子里忽然又冒出一句废话：她是被紫鲨鱼吻过的多边形浮冰。卜零之所以有这样美丽的想象，是因为当年轻女人转过身去的时候，卜零看到她后背的拉锁开了，有一抹雪白从华丽的红色中闪出。

年轻女人在临走时用极度疑惑的目光盯着卜零，卜零同样不明白那目光的意义。在那种香气消失之后卜零才闻到一股精液的气味。她看到那个凌乱的床，那是一场大风席卷而去的苍凉墓地。于是卜零用一种墓地般的声音问石，卜零说我记得我曾经给你带过一瓶香水，你说你车上要用的，怎么一直没见你用？石的头深深地垂下去，卜零猜他现在的表情一定生动美丽像个初涉世事的童男子。石说姐姐真对不起我对你没说实话，那香水给她用了，她挺喜欢。卜零点点头。卜零说她可能不知道这香水的来历要是知道了可能更喜欢。卜零淡淡地说这香水是用很多鲜花制成的，那些鲜花都是一色的雪白，加了很多香料和优质的酒精，那个山脚下的小作坊里，有六个鲜花一样的妙龄少女，女老板是个黑衣女人。那女人是个巫师，就是那个给我算过命的巫师，她说过我在春天会遇见一个男人。卜零说到这里就停住了，她看见石的眼睛异乎寻常地惊慌，石向她走来，石说姐姐你怎么了，你到底是怎么了？！她看到石的手伸向她的额头，她就忽然闻见精液的气味，她飞快地挡开他的手大叫了一声别碰我！她用了那么大的声音，四壁仿佛反复响起回声。

不知过了多久石才轻轻地说姐姐这事儿我早就想告诉你就是没有机会。你那次给我看手相说我有三个女人，当时我就想说我只有两个，一个是我老婆一个是她，我和她已经有两年多时间了，有件事我想请你帮忙，我想只有你才能救我们……她怀孕了，你能不能帮她联系个医院……

做人流吗？卜零的嘴角挂着一丝冷笑。

石点头。

为什么不要下来？这可是你自己的骨血。

那怎么行？我老婆那边怎么办？姐姐我对她是真心，是真心要娶她，可现在不行，可能要一两年以后我才具备娶她的条件，现在这时候，你就救救我们吧！

姐姐，只有你能帮我……

卜零摇摇头。卜零说不我做不到。而且……卜零古怪地看了他一眼接着说，也可能我们以后就见不到了。

为什么姐姐为什么？

因为……因为我想和韦离婚。我离开韦，也就不会和你有任何联系了。

干什么呀姐姐？都快四十岁的人了还离什么婚啊？

快四十的人是不是就不是人了？卜零说完这句话就向门外走去，在门口卜零又回过头，在阳光下卜零的脸色一片青灰如同戏装中的鬼魅。卜零对石一字一字地说你欠我的，你得还。卜零的脸和声音吓得石胆战心惊。卜零走出很远才感觉到右臂的沉重，她看到那五盘带子仍然拿在手里。那里面好像浸着血液，牛的一凸一凹的眼睛，还有精液的腥气席卷而来，迷惘的阳光把行人们分割成了碎片，然后定格。

三十一

从盛夏到初秋的三个月是韦一生中最痛苦的三个月。他的痛苦在于他铁的生活规律被打破了。他不知道怎么对待躺在床上的卜零。那一天，几个陌生人把昏迷不醒的卜零抬了回来，韦着实吓了一大跳。韦想这类文艺型的女人实在乖张，甚至用自虐的方式来引起别人的注意——韦实在不理解卜零献血的举动，而且是在完全没有和他商量的情况下，他认为这起码是对于家庭的不负责任。他甚至想这可能是卜零逃避剥豌豆的一个诡计。自从卜零躺下之后剥豌豆的重任全落在韦身上，韦每天下班之后的第一件事就是剥豌豆，到豌豆季节结束的时候韦的指甲染上了洗不掉的绿色。这绿色甚至被刘总注意到了，刘总笑笑说绿指甲倒没什么，只要不是绿帽子就行。气得韦在当天的梦里向刘总肥硕的脑袋举起了刀子。自从那次合同的事之后刘总老是这么对待他，就在那次韦向卜零和石宣布公司即将变动的消息，并且由此发生卜零跳车小石受伤的戏剧的第二天，韦便得知刘老总已和日方签了堵塞漏洞的追加合同。韦这才自责自己太沉不住气了，好事是不能让别人过早知道的，特别是很有成功希望的好事。难怪那个怪异的巫师举过一支正在滴落的蜡烛作为他事业的隐喻。

但韦并不是那么容易屈服的。韦的信条之一便是"善败者不亡"。韦在立秋的那一天第三次走进那座有巫师算命的饭店。三层的那个埃及餐厅呈现出一种衰落的气象。用餐的人们像秋风扫落叶一样零落而萧条。曾经鲜艳美丽的波斯花纹地毯现在像树皮一样薄而肮脏，上面洒满了烟头的灼痕。巫师已经回国了，原来她算命的那张桌子依然摆在那里，布满了灰尘。在放置水晶球的那个地方现在放着一盏巨大的花瓶式台灯。韦想巫师的口袋大约已经满得要溢出来了。不知那个巨大的水晶球如何放置在飞机上。或许会放在空中小姐的座舱里，巫师吃完中国式烤鸡之后，或许会利用剔牙的工夫给哪位运气好的小姐算上一命，然后带着一种玩味的态度去欣赏小姐美丽的脸上或狂喜或忧伤的表情。当然，如果发生空难那么那水晶球就会飞出窗外碎裂成无数繁星，若干年之后再以陨石的身份返回地面。

这时一位小姐拿着菜谱走来，轻声问：几位？

韦像被别人追逐着似的逃离那家饭店。那个花瓶式台灯的昏黄灯光令他昏昏欲睡。这件事他当然没有告诉躺在床上的卜零。他觉得卜零的形象在他眼里越来越模糊，他惧怕这个模糊的形象。他觉得躺在床上的这个女人就是一种情欲的化身，她像一团烈火一样可以毫不费力地吞食他，他过去天天盼着她会安静下来会像"古井水"一样"波澜誓不起"。她现在真正安静下来了，她的眼睛从早到晚盯着天花板，对任何事情都毫无兴趣，但是她仍然使他害怕。有一次他明明听见她在嘟囔着但他问她说什么的时候她却断然否认，而等他刚一转头便清楚地听到她在说什么"紫鲨鱼……浮冰……"他断定她是走火入魔了。因此当他回家后看到她，听她说老板来过，单位通知把她除名的消息之后，他本来以为又是她幻想的什么故事情节。

三十二

但是老板送来的大包慰问品还摆在那里。有月饼、葡萄、莱阳梨、红富士……还有一大堆冷冻食品。所有的礼品加起来有上千元了，老板说是单位"慰问献血的同志"的，老板语调亲切真挚，谈吐幽默而迷人。老板连说了六个笑话，这些笑话确实很好笑，卜零已经有好久没这么愉快过了，老板在说完笑话之后就把头转来转去地看卜零家里的陈设，老板说你家很朴素呀，你先生不是大老板吗？卜零说我先生是那种挣不了钱的大老板。老板说我可是听说你是大款的太太，出门儿就坐豪华车的，单位这点钱挣不挣对你来讲算不了什么。卜零说那可太冤枉了对我来说单位这点钱是我的全部。老板听到这里好像吃了一惊似的，老板说那太糟糕了，这简直是个天大的误解。卜零惊讶地看着他。老板显得很沉痛地说有件事我不能不告诉你，下个月你就不要去单位上班了。卜零的反应出乎老板的意料，在宣布这类消息的时候对方几乎一律地要大哭大闹寻死觅活，倘是男人便要大发雷霆以死相拼，但卜零的反应似乎过于平静，以至老板以为她还没听懂。于是老板进一步解释说单位的情况你也是知道的，僧多粥少，上级领导从年初开始就想裁人，有人向他汇报了你的情况，说你长期完不成任务动不动就不上班，这次参加献血的同志最多休了二十天，可你连休了三个月，也没有假条，领导在这次中层干部会上点了你，我为你争了很久，可没用，所以……卜零仍然一语不发，但是老板发现卜零的眼睛里出现了两朵绿色的火苗像蛇信子一样喷吐毒光。卜零的嘴角似乎还带着笑意，那是一种"毒笑"，老板不知为什么有些害怕，接着卜零说出一句话来更加让他恐慌。卜零看着他的眼睛说老板你说的这时间不对吧，我想裁人的决定应该在我献血之前，我猜得对吗？老板的肌肉在微微抽搐，老板到底是英雄好汉，老板想结束这场无意义的谈话了。老板说：你真聪明，充满智慧。卜零笑笑又说出一句让人惊心动魄的话，卜零说这个时代的智慧是一种通往绝境的智慧。卜零在说这话的时候平静如水。老板惊奇地发现卜零又有新的变化，这个女人的脸仍像过去一样妩媚，但那丰富的表情却已荡然无存。

没有一根线条能够泄露她的内心秘密。就是过去那双可以一览无余地看到她内心世界的那双眼睛，现在也不过像一面玻璃镜那样镶嵌在脸上，从里面折射出的正是对镜者本人。老板在站起身的时候说你这句话可以进名言录了，为了你这句话我请你喝咖啡。晚上八点，花非花咖啡厅。

老板走出去的时候仍然在想卜零的变化。卜零这个女人在他心里始终是个谜。

往往是他自以为已经完全掌握了她的时候，她忽然有一种新的谜一般的变化。老板刚刚调到市台时第一个注意到的就是卜零。这个女人并没有标准美人的脸，却从整个表情和体态上充盈着一种生动和妩媚，给人一种"异邦异族"的感觉。老板开始的时候很对卜零动了些念头。应该说这种念头对于老板这样的人是很不容易的。演艺界美女如云围绕着老板，每天都有人给老板打饭、打水、清扫办公室乃至做各样的事情，要知道是老板在决定着生杀大权。可是卜零好像一直把他视作一团空气，老板觉得这个女人在用轻蔑毁灭着他，使他产生一种失败感。更让他不能容忍的是卜零常常不顾场合地顶撞他，譬如有一次开会的时候，老板为了活跃气氛，谈到《南国红豆总相思》里关于雪白的颈子的描写，老板说他当时就向作者提出过删改的问题，但作者修改的结果却是增加了两次强奸，老板和众人哈哈大笑。卜零站起来说老板你说话不能完全不顾事实，据我所知根本就没这回事儿这纯粹是演绎。老板说比"春天踏着湿漉漉的脚步走来了"还演绎吗？众人又是一阵哄堂大笑。卜零却继续认真地说这两句话根本不可比，因为我的话最多受人嘲笑而你的话伤害了别人。说完了这句话大家就安静下来，老板从那时开始就想把卜零请走了。

但是老板的好奇心使他犯了一个错误，他想探究这个女人之谜而约她去喝咖啡，他觉得如果不把卜零作为他的部下而把她作为一个纯粹的女人来交往的话，也许会有味道得多。但是他忘了考虑代价的问题，以至犯了一个对于他来讲十分罕见的错误。

三十三

老板走后约十分钟的样子卜零起床对镜梳洗。卜零好久没有照镜子了，卜零觉得好像过了一个世纪那么长。但是镜里的女人依旧。稍稍瘦了一点，眉宇间却有了一种决绝的神气。卜零用最精美的奥粉做底霜。

她挑了一种淡赭石色，这种颜色和她的肤色很相配，并且使皮肤发出一种瓷一样晶莹的粉彩。唇膏她用了浓艳的深绛色。然后她戴上两只很大的锡制耳环，一个美丽的阿拉伯公主在镜中出现了。她发现自己似乎很适合浓妆。

后来她从镜中看到了韦推门进来。她没有回头，就在镜中注视着韦的脸说老板来过了，单位已经把她除名。韦听了之后好像并没有什么反应。卜零说我要出去一趟晚上要晚点回来。韦这时才看到老板送来的东西说这么说你们老板真的来过了？卜零说当然是真的我虽然献了血可脑子还没献出去。韦这才有些恐慌说你刚才说什么你们单位把谁除名了？卜零这才回头看着韦指了指自己的鼻子，卜零说你的老婆从今往后要靠你养活了，韦总你不害怕吧？韦一下子跳起来，韦的身体里像装了一条暗簧似的，韦大吼着说你不要处处犯神经病，平时你一点小事就掉眼泪可现在这么大的事你倒不哼不哈了！快把你们老板的电话给我，趁还没有公布之前做做工作还来得及！卜零冷冷地看着他。卜零说你要怎么样？求他吗？

韦说当然难道你现在还放不下你的臭架子！现在多少下海的人又折回来找铁饭碗，端个铁饭碗容易吗？你什么都不懂，告诉你你要是想让我养门儿都没有！我没有这个义务我不会给你一分钱的……别废话了快把电话给我！卜零说我要是不给呢？

韦说那我就直接到你们单位去找老板！卜零勃然变色，卜零说你要是迈出这个门一步，我就杀了你！卜零说这话的时候眼睛里又冒出那种绿色的火苗，这种绿色使卜零看上去充满了雌兽的气味。韦有点惊慌但立刻用冷笑掩饰了这种惊慌，韦冷笑着说你不就会窝里横吗？你在你的老板面前怎么什么都说不出来？你看上去挺聪明，其实是个不折不扣的笨蛋！笨蛋笨蛋！……韦就那么长笑着转过头去，但是韦的笑容很快就定格在脸上了，而且是永远刻在脸上。就在韦转身向外走的那一瞬，卜零用一根很长的冷冻里脊击中了他的后脑。

这支冷冻里脊是老板送来的冷冻食品的一部分。冻得很结实，像一根粗大的铁棒。卜零清醒地记起曾经读过一则著名的英语小故事，故事里说有位女士杀了她的先生，用的是一支冻硬的羊腿，在警方来调查的时候，这位女士把羊腿放进烤箱里，待警方搜查一无所获准备离去的时候，她很热情地请警察们享用美味的烤羊腿。这个小故事中表现出的智慧是一种属于女人的独特智慧。这的确是一种通向绝境的智慧。

所以卜零把烤箱打开，把时间定在五十分钟，把冰冻里脊放了进去。然后卜零盛妆走出大门。

三十四

卜零在走到这一片街区的时候记忆有些模糊。在她的记忆中好像没有这座宫殿式的建筑。这座建筑的外墙是由一系列长长的画廊组成的。这些古怪的画充满了动人的官能之美。那些淌着血的树林里，有蓝色的鸟羽在飘动，树林的阴影覆盖着湖面，湖里的鱼聚在阴影处吸吮着绿荫的凉意，蝴蝶和蛇在树林里藏匿，它们没有任何隐喻或象征的意义，一个面对画面的女人冷冷地呆立着，还有色彩浓艳的裁缝或小丑在怪笑，他们似乎都处在无生无死的境界，这画廊使人想起一个狭长的活体解剖室。在那树林的深处，好像随时都会有幽灵从里面飞出来。

就在卜零犹豫着的时候，她看见宫殿式建筑里走出来两个人，都穿着白大褂，她这才恍然大悟。原来她要找的医院确实是在这里，不过是改装了一下门面而已。

接着她发现那两个人其中之一就是她要找的人。那是她唯一的医生朋友。那医生管理着一种剧毒药品。

那医生把她让了进去。医生的模样没变，仍然留着一缕小八字胡。当医生听到她需要的药品之后并没有任何惊奇的表示，只是简单地问：你用它做什么？卜零说我先生是摄影师他做暗房的时候需要这个。卜零刚刚说完就后悔了，她忽然想起前次曾告诉医生先生在公司里工作，但是医生似乎根本没介意卜零的回答，他再没问什么。医生走进里屋拿出了一小瓶药，看上去只有小指甲盖那么一点点，医生说每次只能用百分之一。让你先生一定要戴着胶皮手套操作，事后一定要好好洗手，医生送卜零出门的时候还在叮嘱。但是这话让卜零听起来更像是一种职业性的医嘱。

花非花咖啡厅就在斜对面的街角处，旁边是一个小邮局。卜零像影子一样闪进了邮局，她奇怪的是没有任何人注意她，卜零觉得自己好像已经秘密地穿上了一件隐身衣。卜零在填写汇款单的地方悄悄拿起一瓶墨水，卜零迅速地把那一小包东西倒进去，然后掏出钢笔吸了几下墨水。卜零没有忘记在出门的时候把剩下的墨水洒在外面的土地上。

卜零走进咖啡厅的时候老板已经等候多时了。老板刻意修饰了一番，显得风度翩翩潇洒自如。老板是那样亲切善意地对待她，这真是个迷人的男子，卜零觉得和他谈话真是一件愉快开心的事，他们谈得十分投机，精彩纷呈，很多美丽的词语像肥皂泡一样从他们的嘴里源源不断地喷吐出来，卜零觉得不记录它们真是太可惜了。老板说你是个很有趣的女人，这我没猜错，我希望我们以后可以常常有这样的谈话，并且，不仅仅是谈话。老板说完这话就意味深长地看着卜零。卜零也心领神会地看着老板，眼神既娇羞又有一种妩媚，卜零的表情恰到好处，以至连老板这样的人也感到心旌摇荡。但这并不妨碍卜零在老板去洗手间的时候向老板的杯子里挤出几滴墨水。卜零挤得果断而准确，没有一滴洒在外面。

卜零走出咖啡厅的时候老板已经趴在桌子上了，那样子像是熟睡。卜零走出去的时候仍然没人注意她，因此她觉得这一切真是简单极了，简单得让人觉得乏味。

三十五

卜零回到家里。卜零依稀记得家里的地毯上应当有一个人，但现在地上空空如也。卜零知道自己的时候不多了，于是她很快拨了石的电话。在听到石声音的时候她战栗了一下。石说姐姐怎么这么长时间没你的消息，你怎么了生病了吗？卜零没有说话，她觉得自己一张嘴似乎就会流下泪来。石在那边说，我给你打电话，没人接，刚刚还打过，我已经好多了，再过两天就能给韦总开车了。卜零的眼泪已经流下来，她半张着嘴像鱼一样艰难地喘着气，她手里拿着的水果刀已经滑落在地毯上，但就在这时她闻见了香水和精液混在一起的味道。她闻见这股味道就想作呕，于是她脸上的泪水就那么一下子干涸了。她在电话里对石说：你来吧，来看看我。

石走进来的时候卜零已经重新化好妆。此时正是晚上九点钟。石进门就闻见一股鸡肉的香味，他觉得这个家是那么温馨。卜零正在做枸杞炖鸡。卜零走出来的时候石大大地吃了一惊。卜零穿着漂亮的阿拉伯长袍戴着锡制耳环化着浓妆显得明艳逼人。石想起他看过的电影《后宫》。那个美丽的在苏丹后宫浴池里洗浴的女人。那浴池里洒满了鲜花。想起这个石的脸就红了。卜零微笑着给石端来一碗枸杞炖鸡，卜零说我早就想请你来吃我亲手做的饭，你吃吧，以后也许就没机会了。石埋下头来吃，石的眼睛里充满了感激。石问姐姐我托你的那件事怎么样了？卜零看着他，眼里流露出掩饰不住的忧伤。卜零说就是你那个情人的事吗？哦我正在办我认识一个大夫——说到这里卜零忽然哆嗦了一下，她惘然四顾，好像想起了什么，但是很快她便平静了。她微笑了一下，她的微笑异常明媚。石觉得像是一股雪天里的泉水在流动。石说姐姐你怎么变得这么漂亮像个公主似的？石说完这话脸又红了。卜零笑笑说我给你跳个舞吧，你看看公主怎么跳舞，愿意吗？石抬起大眼睛看着卜零，他隐约觉得有点什么不对头的地方，但是还没容他细细思索，卜零就扭动身体跳了起来。卜零跳得的确很美，她双臂上举，身体颤出许多优美的波浪状弧线，但是石很快目瞪口呆地看到，卜零每转动一圈便脱下一件衣服或饰物，卜零脱下它们就远远地扔掉像丢掉什么垃圾似的。

终于卜零全身赤裸着站在他面前了。石捂住了脸。但指缝里仍能看到他红得要冒血的脸。他的眼睛又出现了那种潮红，潮湿得仿佛要渗出水来。卜零毫不留情把他的手扯开。卜零的眼睛像星星一样在他眼前飘闪聚散，卜零轻轻地问：我美吗？石的潮红的眼睛里全是乞求，石的眼前一片红雾什么也看不清，但卜零并没有放过他，卜零狠狠地一把揪住他的头发：说啊，回答我啊！连这句话都不敢说，你是男人吗？！石像被击中了一样清醒过来，眼前的人不再是老板娘或者其他什么，她不过是个女人，一个充满动感的肉体，比起莲子，这个肉体饱满得快要炸裂，成熟得快要滴出汁水。这肉体的每一根线条都颤动着一种残忍的狞厉之美，那似乎是一种决绝的召唤，一种远古时代的金铖之声的回响。石站起来，像古罗马的斗士一样抓住了这只雌兽，他在抓住她的时候好像吼叫一声。

事后卜零无数次地回想她是从什么地方找到那把水果刀的，梦中的记忆总是不大清楚。卜零的皮肤像光滑的古绸缎一样呈出淡淡的赭石色，当石的大手触碰到这皮肤的时候卜零打了个寒噤，那是一种长久渴盼之后的逆反，恰如一个饿过头的人见了饭就恶心似的。但是最重要的，是卜零再次闻见了香水和精液混合在一起的味道，从那股味道里她看见了紫葡萄般浓艳的血。这血洗清了她的全部羞耻，她觉得自己比任何时候都清醒。情欲已成为身外之物而遭到弃绝——她不知道这是超越还是更大的不幸。她看见石像一只发情的狗一样匍匐在她的脚边，含糊不清地喘息着，她带着一种不动声色的玩味态度不断地撩拨他却让他无法得逞。她看见石的肉体徒劳地翻滚着，眼睛仿佛要滴出血来。卜零微笑了。卜零的全身心都在享受着复仇的快感。在两性战争中，她觉得战胜对方比实际占有还要令人兴奋得多。

卜零刺向石的时候翻天覆地倒出了那天的话，卜零对他说，我说过你欠我的你得还。现在，你还吧。但是石比那两个男人难对付得多。水果刀深深地扎起向下无限压缩，然后再随着刀尖膨胀起来。卜零惊慌起来她的刀落得又急又快，但是石的身体却像水那样不断变形完全不受伤害。卜零大汗淋漓真希望这不过是一场梦魇。

这场梦的结尾处是走进来几个警察模样的人，为首的一个人高高举着逮捕证。卜零看到他的眼里藏着阴险的笑意，她在刹那间竟感到他是巫师的化身。

三十六

韦回家后在楼下信箱里找到了一封奇怪的信，那信的背后沾着一支山鸡毛。信是写给卜零的。

卜零睡梦中的脸全是汗水，嘴里不断地说着梦话，韦相信她一定是在做噩梦。韦推醒了她。卜零刚睁开眼看见韦的时候很惊慌，那样子就像是见了鬼似的。

卜零好不容易才确信眼前是一封鸡毛信而不是逮捕证。卜零慌慌地拆开信。信是阿旺写来的。阿旺说爷爷听说卜零用戒指换香水的事，很过意不去，爷爷现在已经把戒指从大姑手里要了回来，爷爷说欢迎卜零再次去山寨，爷爷说，卜零老师很可能是我们的族人。卜零看看信之后呆了半晌。接着她看见旁边的桌子上放满了食品。卜零皱着眉头问这些吃的是谁送来的，韦看了她一眼说你这人怎么了献点血连神经也献出毛病来了？这不是你们老板送来的吗？你还说你们单位把你除名了，咱们还吵了一架然后我就走了，你怎么都忘了？卜零呆呆地说这么说这一切都是真的了，韦说你说什么。卜零说没什么，但是我记得老板送来的是两根里脊怎么就剩一根了？韦看了看说这我倒不记得怎么几根里脊你倒记得挺清楚。卜零的神色有点诡谲，卜零说那你今天怎么回来这么早。韦瘫坐在沙发上双手抱头说今天也不知怎么搞的后脑勺儿疼，刚才那阵可真疼现在好多了。卜零使劲捂着嘴才没叫出声来。她感到前所未有的恐惧。然而，接下来韦的电话更使她的恐惧达到了极点。

韦拨了石的号码让他翌日上班，韦听了几句话就把电话挂上了。韦皱着眉头说小石这人怎么搞的，休病假还休上瘾了，说不知怎么突然心口疼，人儿不大毛病还不小！卜零听了这话之后就走到阳台上。卜零看到晴朗的夜空里星汉灿烂，双鱼星座仍然在老位置上，那一对鱼形的脉络似乎比其他星座更加纤美。卜零想明天一定要给老板打个电话。卜零想说：喂，你认识花非花咖啡厅吗？

三十七

卜零从车站买票回来已经很晚了。她买了一张去边寨的卧铺。她想上次的确是太匆忙了，那夕阳下的有着美丽岩画的山，那神话般的小作坊，那六个鲜花一样的少女，那个黑衣女人，那寨子里敲响的木鼓，那些篝火和舞蹈，甚至那只流出紫葡萄一般浓艳的鲜血的牛……这一切都成为一位民族老人的背景。那老人的灰白头发闪着忧伤的光泽，老人把一枚戒指放在她的手心里，老人说孩子你戴着吧，魔巴摸过的玉石会保佑你的。

卜零看到街心花园里有几个孩子在玩，在秋风里追逐着，有一个男孩手里拿着一只弹弓。卜零好久没见过这玩意儿了。现在的孩子被变形金刚占有着很少对别的什么有兴趣。卜零走过去拍拍那个男孩的头，卜零说让我玩玩好吗？男孩点点头困惑地看着她。卜零说阿姨小时候打弹弓可准了现在你也未必玩得过我，男孩指着遥远的夜空说阿姨你要是能把星星打下来我就服你。卜零笑了卜零指着远远的星座说知道吗那叫双鱼星座，那是一条公鱼和一条母鱼，男孩说阿姨你错了，得说是一条雄鱼和一条雌鱼。卜零笑笑说还是你说得对，你看阿姨把那条雄鱼打下来，男孩说不行那两条鱼是叠在一起的，一打就都打下来了，卜零说那就同归于尽吧！然后就夹了一块石头把弹弓高高举起，卜零用尽全身的气力把石头射向那星座。那个小石头向夜空里飞去，像流星一样瞬息即逝。

　　也就是在这一瞬间，天边的一扇门悄悄地开了，上帝本人探出头来。上帝看见了那个不安分的夏娃的后裔。上帝隐约记起在伊甸园里夏娃的恶劣表现。为了偷吃智慧树的禁果，上帝给予了她最严厉的惩罚：让她妊娠，让她流血，让她忍受比男人大得多的苦痛。但一切已经迟了，因为她已在男人之先吃了那禁果。上帝想到这里不免有些沮丧，他不再看那个不自量力的女人一眼就关上了天门。他向女人把天门永远关上了。

　　这时石子陨落，天边传来遥远而空寂的回声。

歇马山庄的两个女人

孙慧芬

　　李平结婚这天，潘桃远远地站在自家门外看光景。潘桃穿着乳白色羽绒大衣，脸上带着浅浅的笑。潘桃也是歇马山庄的新媳妇，昨天才从城里旅行结婚回来。潘桃最不喜欢结婚大操大办，穿着大红大紫的衣服，身前身后被人围着，好像展览自己。关键是，潘桃不喜欢火爆，什么事情搞到最火爆，就意味已经到了顶峰，而结婚，只不过是女孩子人生道路上的一个转折，哪里是什么顶峰？再说，有顶峰就有低谷，多少乡下女孩子，结婚那天又吹又打披红挂绿，俨然是个公主、皇后、贵妇人，可是没几天，不等身上的衣服和脸上的胭脂褪了色，就水落石出地过起穷日子。潘桃绝不想在一时的火爆过去之后，用她的一生，来走她心情的下坡路。于是，她为自己主张了一个简单的婚礼，跟新夫玉柱到城里旅行了一趟。城就是玉柱当民工盖楼那个城，不小也不算大，他们在一个小巷里的招待所住了两晚，玉柱请她吃了一顿肯德基，一顿米饭炒菜，剩下的，就是随便什么旮旯小馆，一人一碗葱花面。他们没有穿红挂绿，穿的，是潘桃在镇子上早就买好的运动装，两套素色的白，外边罩着羽绒服。他们朴素得不能再朴素，平常得不能再平常，然而越平常，越朴素，越不让人们看出他们是新婚，他们的快乐就越是浓烈。他们白天坐电车逛商场只顾买东西，像两个小贩子，回到招待所，可就大不一样。他们晚上回来，犹如两只制造了隐私的小兽，先是对看，然后大笑，然后就床上床下毫无顾忌地疯。事实证明，幸福是不能分享的，你的幸福被别人分享多少，你的幸福就少了多少。这是一道极简单的减法算式，多少大操大办的人家，一场婚事下来，无不叫喊打死再也不要办了，简直不是结婚，是发婚。可是在歇马山庄，没有谁能逃脱这样的宿命。潘桃这看似朴素的婚礼，其实是一种精心的选择，是对宿命的抗拒。潘桃的朴素里，包含了真正的高雅。潘桃的朴素里，其实一点都不朴素，是另外一种张扬。它真正张扬了潘桃心中的自己。有了这样巨大的幸福，有了这样巨大的与众不同，从城里回来，潘桃与以前判若两人，见人早早打招呼说话，再也不似从前那样傲慢。不但如此，今天一早，村东头于成子家的鼓乐还没响起，潘桃就走出屋子，随婆婆一道，站在院外墙边，远远地朝东街看着。

同是看光景，潘桃的看和婆婆的看显然很不一样。潘桃尽管在笑，但她的看是居高临下的，或者说，是因为有了居高临下的态度，她才露出浅浅的笑。她笑里的目光，是审视，是拒绝与光景中的情景沟通和共鸣的审视，好像在说，看吧，看能热闹到什么程度！也好像在说，看呗，不就是热闹吗！婆婆的看却是投入的，是极尽所能去感受、去贴近那热闹的。她先是站在院外墙边，当鼓乐通过长长的街脖子传过来，就三步并成两步窜到大街对面的菜地里。婆婆张着嘴，目光里的游丝是顺着地垄和街脖子爬过去的，充满了眼气和羡慕。歇马山庄多年来一直时兴豆子宴，潘桃的婆婆为儿子结婚攒了多少年的豆子，小豆黄豆绿豆花生豆，偏厦里装豆的袋子烂了一茬又一茬，陈换新新压陈，豆子里的虫子都等绿了眼睛，可是，就在临近婚期半个月的时候，潘桃亲自上门宣布了旅行结婚的计划。大妈，俺想旅行结婚。潘桃语气十分柔和，眼里的笑躲在两湾清澈的水里，羞怯中闪着小心翼翼的波光。可是在婆婆看来，潘桃清澈的眼睛里躲的可不是笑，而是彻头彻尾的严肃；羞怯里闪动的，也不是小心翼翼，而是理直气壮的命令。因为潘桃说完这句话，立即又跟上一句"玉柱也同意旅行结婚"。婆婆的眼睛于是也像豆子里的虫子，绿了起来。潘桃婆婆嫁到歇马山庄，真就没怵过谁，她当然不会怵潘桃，但是她还是没有说出自己的想法。她淡淡地说，玉柱同意旅那就旅吧。

其实潘桃婆婆最了解自己，她怵的从来都不是别人，而是自己，是自己在儿子面前的无骨。她流产三次保住了一个儿子，打月子里开始，儿子的要求在她那里就高于一切。儿子打喷嚏她就头痛，儿子三岁时指着大人脚上的皮鞋喊要，她就爬山越岭上县城买，儿子十六岁那年，书念得好好的，有一天放学回来，把家里装衣服的木箱拆了，说要学木匠，她居然会把另一只木箱也搬出来让他拆。村里人说，这是命数，是女人前世欠了别人的，这世要在她的儿子身上还。潘桃从她最无骨的地方下刀子，疼是真疼，空虚却是持久的，儿子带儿媳出去旅行那几天，看着空落寂寞的院落，她空虚得差点变成一只空壳飘起来。别人家的热闹当然不是自己家的热闹，但潘桃婆婆还是像看戏一样，投入了真的感情，只要投入了真的感情，将戏里的事想成自家的事，照样会得到意外的满足。

李平是十点一刻才来到歇马山庄屯街上的。这时候人们并不知道她叫李平，大家只喊成子媳妇。来啦，成子媳妇来啦。男人女人，在街的两侧一溜两行。冬天是歇马山庄人口最全的时候，也是山庄里最充闲的时候，民工们全都从外边回来了。男人回来了，女人和孩子就格外活跃，人群里不时地爆出一声喊叫。红轿子在凹凸不平的乡道上徐徐地爬，像一只瓢虫，轿子后边是一辆黄海大客，车体黄一道白一道仿佛柞树上的豆虫，黄海大客后边，便是一辆敞篷车，一个穿着夹克的小伙子扛着录像机正瞄准黄海大客的屁股。成子家在屯子东头，女方车来必经长长的屯街，这一来，一场婚礼的展示就从屯西头开始了。人们纷纷将目光从鼓乐响起的东头拉回来，朝西边的车队看去。人们回转头，是怕轿车从自己眼皮底下稍纵即逝，可万万没想到，领头的红轿车爬着爬着，爬到潘桃家门口时，会停下来。红轿子停下，黄海大客也停下，唯敞篷车不停，敞篷车拉着录像师，越过大客越过红轿开到最前边。敞篷车开到前边，录像师从车上跳下来，调好镜头，朝轿车走去。这时，只见轿车门打开，一对新人分别从两侧走下，又慢慢走到车前，挽手走来。山庄人再孤陋寡闻，也是见过有录像的婚礼，可是他们确实没有见过刚入街口就下车录像的，关键这是大冬天，空气凛冽得一哈气就能结冰，成子媳妇居然穿着一件单薄的大红婚纱，成子媳妇的脖子居然露着白白的颈窝，人们震惊之余，一阵唏嘘，唏嘘之余，不免也大饱了一次眼福。

坐轿车、录像、披婚纱，这一切，在潘桃那里，都是意料之中的，最让潘桃想不到的是，车竟然在她家门口停了下来。车停下也不要紧，成子媳妇竟然离家门口那么远就下了车。因为出其不意，潘桃的居高临下受到冲击。她本是一个旁观者的，站在河的彼岸，观看漩涡里飞溅的泡沫、拍岸的浪花，那泡沫和浪花跟她实在是毫无关系，可是，她怎么也不能想到，转眼之间，她竟站在了漩涡之中，泡沫和浪花真的就湿了她的眼和脸。距离改变了潘桃对一桩婚事的态度，不设防的拉近使潘桃一时迷失了早上以来所拥有的姿态，她脸上的笑散去了，随之而来的是不知所措，是心口一阵慌跳。慌乱中，潘桃闻到冰冷的空气中飘然而来的一股清香，接着，她看到了一点也没有乡村模样的成子媳妇。一个精心修饰和打扮的新娘怎么看都是漂亮的，可是成子媳妇眼神和表情所传达的气息，绝不是漂亮所能概括。她太洋气了，太城市了，她简直就是电影里的空姐。她的目光相当专注，好像前边有磁石的吸引，她的腰身相当挺拔，好像河岸雨后的白杨。她其实真的算不上漂亮，眼睛不大，嘴唇略微翻翘，可是潘桃被深深震撼了，刺疼了。潘桃听到自己耳朵里有什么东西响了一下，接着，身体里某个部位开始隐隐作痛，再接着，她的眼睛迷茫了，她的眼睛里闪出了五六个太阳。

潘桃和成子媳妇的友谊，就是从那些太阳的光芒里开始的。

一

同样都是新媳妇，潘桃结婚，人们还叫她潘桃，潘桃从歇马山庄嫁到歇马山庄，人们不习惯改变叫法。成子媳妇却不同，她从另一个县的另一个村嫁过来，人们不知她的名字，就顺理成章叫她成子媳妇。至于成子媳妇结婚那天到底有多风光，潘桃只看那么一眼，就能大约有所领会。那一天鼓乐声在村东头没日没夜地响彻，村里所有男女老少都跟了过去。一些跟成子家没有人情来往的人家，为了追求现场感，都随了礼钱。潘桃婆婆现跑回家翻箱底儿，她的儿子没操没办没收礼，她是可以理直气壮不上礼的，豆子霉在仓里本就亏了，再搭上人情，那是亏上加亏。可是，成子和成子媳妇在街上那么一走，鼓乐声那么大张旗鼓一闹腾，不由得不叫人忘我。那一天东头成子家究竟热闹到什么程度，成

子媳妇究竟风光到什么程度，潘桃一点都不想知道。她其实心里已经很是知道，她只是不想从别人嘴里往深处知道。她本是可以往深处知道的，一早站在院墙外等待，就是抱定这样一个姿态，谁知看那一眼使事情的性质发生了变化。可是潘桃越不想知道，她的忘我参与过的婆婆越是要讲，呀，那成子媳妇，那么好看，还温顺听话，叫她吃葱就吃葱，叫她坐斧就坐斧，叫她点烟就点烟。婆婆话里的暗弦，潘桃听得懂，是说她潘桃太各色太不入流太傲气。潘桃的脸一下子就紫了，从家里躲出来。可是刚到街上，邻居广大婶就喊，去看了吗潘桃，那才叫俊，画儿上下来似的，关键是人家那个懂事儿。潘桃的脸一下子就白了，又不能马上调头，只有嗯呵地听下去。就这样，那一天成子家的热闹，成子媳妇的风光，在潘桃心中不可抗拒地拼起这样一幅图景：成子媳妇，外表很现代，性格却很传统，外表很城市，性格却很乡村，一个彻头彻尾的两面派！

别人的好心情有时会坏掉自己的好心情，这一点人生经验潘桃没有，一个与自己毫不相干的别人的婚礼，一次性地坏掉了潘桃新婚之后的心情，潘桃猝不及防。以往的潘桃，在歇马山庄可是太受宠了，简直被人们宠坏了。潘桃的受宠有历史的渊源，是她母亲打下的基础。她的母亲曾是歇马山庄的大嫂队长，一个有名的美人儿。一般的情况下，女人的好看，是要通过男人来歌颂的，男人们不一定说，但男人走到你面前就拿不动腿，像蜜蜂围着花蕊。潘桃母亲既吸引男人又吸引女人。潘桃的母亲被女人喜欢，其原因是她那双眼睛。她的眼睛温和安静、清澈，她的眼睛看男人，像静止的深潭一样没有波光，没有媚气，让男人感到舒适又生不出非分之想，她的眼睛看女人，却像一泓溪流直往你心窝里去，让女人停不上几分钟，就想把心窝里的话都掏出来。潘桃母亲当了十几年大嫂队长，女人心中的委屈、苦难听了几火车，极少有谁家女人没向她掏心窝子，男女间的口风却从没有过。这是多么难能可贵的事情呵！女人们说，是人家嫁了好男人，人家男人在镇子上当工人，有技术又待她好，她当然安心。自以为懂一些男女之事的男人却说，怪不得男人，风流女人嫁再好的男人该守不住照样守不住，这是人家祖上的德行。潘桃三四岁时，母亲领到街上，就有人上来套近乎，说俺儿比桃大一岁，男大一，黄金起。也有的说，俺儿比桃小三岁，女大三，抱金砖。潘桃小时看不出有多么漂亮，但却比母亲幸运，母亲用多少年的实际行动换来了大家的宠爱，而她，头上刚长满细软的头发，就吸来了那么多父母的目光。潘桃六七岁时，能在街上跑动，动辄就被人揽到怀里，潘桃十几岁时，上到初中，身边男孩一群一群地围着，十几岁的潘桃招人喜欢已经不是依靠母亲的光环，潘桃到十几岁时已经出落得相当漂亮，走到哪里都一朵云一样，早上的日光照去，是金色的，正午的日光照去，是银色的，傍晚的日光照去，是红色的，潘桃走到哪里，都能听到啧啧的赞美声。那些赞美声是怎样误了她的学业还得另论，总之被宠的潘桃自认为自己是歇马山庄最优秀的女子是大有道理的。

　　女人的心里装着多少东西，男人永远无法知道。潘桃结了婚，可算得上一个女人了，可潘桃成为真正的女人，其实是从成子媳妇从门口走过的那一刻开始的。那一刻，她懂得了什么叫嫉妒，还懂得了什么叫复杂的情绪。情绪这个尤物说来非常奇怪，它在一些时候，有着金属一样的分量，砸着你会叫你心口钝疼；而另一些时候，却有着烟雾一样的质地，它缭绕你，会叫你心口郁闷；还有一些时候，它飞走了，它不知怎么就飞得无影无踪了。从腊月初八到腊月二十三，整整半个月，潘桃都在这三种情绪中往返徘徊。某一时刻，心口疼了，她知道又有人在议论成子媳妇了，常常，不是耳朵通知她的知觉，而是知觉通知她的耳朵。也就是说，议论和她的心疼是同时开始的。某一时刻，烟雾绕心口一圈圈围上来，叫你闷得透不过气，需长嘘一口，她知道她目光正对着街东成子家了。潘桃后来极少出门，潘桃不出门，也不让玉柱出门，因为只有玉柱在家，她的婆婆才不会喋喋不休讲成子媳妇。玉柱一天天守着潘桃，玉柱把潘桃的挽留理解成小两口间的爱情。事实上，小两口的爱情确实甜蜜无比，潘桃只有在这个时候，整个人才轻盈起来，放松起来。过了小年儿，玉柱身前身后绕着，潘桃都快把那个叫作情绪的东西忘了，可情绪这东西要多微妙有多微妙，就在玉柱被潘桃缠得水深火热的夜里，那莫名的东西从炕席缝钻了出来。当时玉柱正用粗糙的手抚着潘桃细腻的小脸亲吻，亲着亲着，自言自语道，要不是旅行结婚，真的不会发现你是那么疯的人，看在城里那几天把你疯的。潘桃突然僵在那里，眼盯住天棚不动了。她不知道那个东西怎么又来了，它好像是借着"旅行"这个字眼来的，它好像一场电影的开头，字幕一过，眼前便浮现了一段洁白的颈窝,一身大红婚纱,耳边便响起了欢快的鼓乐声,婆婆尖锐的话语声:看人家,叫吃葱就吃葱。潘桃的眼窝一阵阵红了,一种说不出的委屈,被冲击得饭渣一样泛上来,潘桃把脸转到玉柱肩头,任玉柱怎么推搡追问,就是不说话。

一场婚礼成了潘桃的一块心病,这一点成子媳妇毫无所知。结婚第二天,成子媳妇就换了一身红软缎对襟棉袄下地干活了。成子媳妇没有婆婆,成子的母亲去年八月患脑溢血死在山上,刚过门的新媳妇便成了家庭里的第一女主人。成子媳妇早上六点就爬起来,她已经累了好几天了,前天,娘家为她操办了一通,她人前人后忙着,昨天,演员演戏一样绷紧神经,挺了一整天,夜里,又碎掉了似的被成子揉在骨缝里。但新人就是新人,新人跟旧人的不同在于,新人有着脱胎换骨的经历,新人是怎么累都累不垮的,反而越累越精神。成子媳妇脸蛋红红的,立领棉袄更突现了她的几分挺拔。她烧了满满一锅水,清洗院子里沾满油污的碗和盆。院子里一片狼藉的静,偶尔,公公和成子往院外抬木头,弄出一点声响,也是唯一的声响。这是可想而知的局面,宴席散去,热闹走远,真实的日子便大海落潮一样水落石出。作为这海滩上的拾贝者,成子媳妇有着充分的精神准备。她早知道,日子是有它的本来目的的,正因为她知道日子有它的本来目的,才有意制造了昨天的隆重和热闹,让自己真正飘了一次,仙了一次。一个乡下女人的道路,确实是过了这个村就没这个店了,告别了这个日子,你是要多沉有多沉,你会结结实实夯进现实的泥坑里。这是成子媳妇和潘桃的不同。潘桃怕空前绝后,成子媳妇就是要空前绝后,因为成子媳妇了解到,你即使做不到空前,也肯定是绝后的。成子媳妇过于现实过于老到了。成子媳妇之所以这么现实老到,是因为她曾经不现实过。那时她只有十九岁,那时她也是村子里屈指可数的漂亮女孩,她怀着满脑子的梦想离家来到城里,她穿着紧身小衫,穿着牛仔裤,把自己打扮得很酷,以为这么一打扮自己就是城里的一分子了。她先是在一家拉面馆打工,不久又应聘到一家酒店当服务小姐。因为她一直也不肯陪酒又陪睡,她被开除了好几家。后来在一家叫作悦来春的酒店里,她结识了这个酒店的老板,他们很快就相爱了。她迅速地把自己苦守了一个季节的青春交给了他。他们的相爱有着怎样虚假的成分，她当时无法知道，她只是迅速地堕入情网。半年之后，当她哭着闹着要他娶她，他才把他的老婆推到前台。他的老婆当着十几个服务员的面，撕开了她的衣服，把她推进要多肮脏有多肮脏的万丈深渊。从污水坑里爬出来，她弄清了一样东西，城里男人不喜欢真情，城里男人没有真情。你要有真情，你就把它留好，留给和自己有着共同出身的乡下男人。用假情赚钱的日子是从做起又一家酒店的领班开始的，用假情赚钱的日子也就是她寻找真情的开始。没事的时候，她换一身朴素的衣服，到酒店后边的工地转。那里机声隆隆，那里全是她熟悉又亲切的乡村的面孔，可是，就像她当初不知道她的迅速堕入情网是自己守得太累有意放纵自己一样，她也不知道她的出卖假情会使她整个人也变得虚假不真实。她在工地上、大街上，转了两年多，终是没有一个民工敢于走近。那些民工看见她，嬉皮笑脸拿眼讥讽她、挑逗她，小姐，五角钱，玩不玩？与成子相识，就是这样一次遭到挑衅的早上。她从一帮正蹲在草坪上吃早饭的民工前走过，一个民工喝一口稀粥，向天上一喷，嗷的一声，小姐，过来，让俺亲一下。她没有回头，可是不大会儿，只听后边有人撕打起来，有一个声音摔碎了瓦片似的，粗裂地震着她的后背——她是谁她是俺妹，你要戏俺妹就是不行。一行热泪蓦地流出了她的眼窝。与成子的相识是她的大德，他人好，会电工手艺，是工地上的技术人员。为了她的大德，她辞掉领班，回到最初打工的那家拉面馆；为了她的大德，她在心里为自己准备了一场隆重的婚礼，她要用她挣来所有不干净的钱，结束那场城市繁华梦——那哪里是梦，那就是一场十足的祸难！

一场热闹的婚宴既是结束又是开始，结束的是一个叫着李平的女子的过去，开始的是一个叫着成子媳妇的未来。腊月的日子，小北风在草垛空隙间穿行，掀动了带有白霜的草叶，空气里到处弥漫着冻土的味道，田野、屯街，空空荡荡。腊月的日子，无论怎么说都更像结束而不像开始。但是，你只要看看成子家门楣上的双喜字，门口石柱上的大红对联，看看成子媳妇脸颊上的光亮，你就知道许多开始跟季节无关，许多开始是隐藏在一张红纸和门板之间的，是隐藏在一个人的内心深处的。成子媳妇在结婚之后的第一个上午，脸颊上的光亮是从毛孔的深处透出来的，心里的想法是通过指尖的滑动流出来的。她洗碗刷锅，家里家外彻底清扫了一遍，她的动作麻利又干净，一招一式都那么迅捷。因为不了解歇马山庄邻里乡亲们的情况，她没有参与公公和成子还桌还盆的事，到了正午，她在锅里热好剩菜剩饭，门槛里一手抚着门框，响脆的声音飘出屋檐，爸——成子——吃饭啦——女主人的派头已经相当足了。

就像一只小鸟落进一个陌生的树林，这里的一草一木，成子媳妇都得从头开始熟悉，萝卜窖的出口，干草垛的岔口，磨米房的地点，温泉的方位。因为出了腊月就是正月，出了正月就是民工们离家出走的日子，成子媳妇不想忽视每顿饭的质量，包饺子，蒸豆包，蒸年糕，炸豆腐泡。成子媳妇尤其不想忽视每一个同成子在一起的夜晚，腿、胳膊、脖子、后背、嘴唇、颈窝、胸脯，组合了一架颤动的琴弦，即使成子不弹，也会自动发出声音。它们忽高忽低，它们时而清脆悦耳，时而又沙哑苍劲。当然成子是从不放过机会的。她的光滑她的火热，她的善解人意，都没法不让他全身心地投入，彻头彻尾敞篷投入，寸草寸金敞篷投入。被一个人真心实意敞篷爱着的感觉是多么幸福啊！在这巨大的幸福中，成子媳妇对时光的流逝十分敏感，每一夜的结束都让她伤感，似乎每一夜的结束对她都是一次告别。到了腊月二十八，年近在眼前，成子媳妇竟紧张得神经过敏，好像年一过，日子就会飞起来，成子就会飞走，于是大白天的，就让成子抱她亲她。成子是个粗人，也是一个不很开放的人，不想把晚上的事做到白天，就往旁边推她，这一推，让成子媳妇重温了从前的伤痛，她趴到炕上，突然就哭了起来。她哭得肝肠寸断，一抽一抽的，仿佛受了天大的委屈。成子傻子一样站在那里，之后趴下去用力扳住她的肩膀，一句不罢一句地询问到底怎么啦，可越问成子媳妇越哭得厉害，到后来，都快哭成了泪人。

二

日子过到年这一节，确实像打开了一只装着蝴蝶的盒子，扑棱棱地就飞走了。子夜一过，又一年的时光就开始了，而正月初一刚刚站定，不觉之间，准备送年的饺子馅又迫在眉睫。接着是初六放水洗衣服，是初七天老爷管小孩的日子又要吃饺子，是初九天老爷管老人的日子要吃长寿面，是初十管一年的收成要吃八种豆子的饭，当那面糊糊的绿豆黄豆花生豆吃进嘴里，元宵节的灯笼早就晃悠悠挂在眼前了。被各种名目排满的日子就是过得快，这情形就像火车在山谷里穿行，只有有村庄树木、河流什么的参照物，你才会真切地感受到速度，而一下子落入一马平川无尽荒野，车再快也如静止一般。在这疾速如飞的时光里，潘桃没有像成子媳妇那样，一进婆家门就泼命忘我的干活。潘桃旅行结婚，潘桃的婚事没有大操大办，没有大操大办的婚礼如同房与房之间没有墙壁没有门槛，你家也是我家。仪式怎么说都是必要的，穿着一身素色衣服从城里回来的潘桃，一点都不觉得跟从前有什么两样，不觉得自己从此就是为人媳妇，就是人家的人了。一早醒来睁开眼睛，身边出现的是玉柱，是公婆而不是爹妈，反而让她感到委屈，更懒得做活。当然，潘桃不能死心塌地投入刘家日子的重要原因还在她的婆婆身上，她的婆婆对她太客气了，一脸的谦卑。只要潘桃在堂屋出现，她就慌得不知该做什么，对着潘桃的脸儿傻笑，好像潘桃是她的婆婆；要是潘桃想去刷碗，人还没到就会被她连推带拽推回屋里。这让潘桃一直觉得自己是一个局外人。在这疾速如飞的时光里，潘桃一点点从一种莫名的阴影中跋涉出来，虽然不时地，还能从婆婆嘴里、邻居嘴里、娘家母亲嘴里，听到一些有关成子媳妇的袅袅余音，但她已经不能真切地感受那到底是一种什么东西了。感觉这东西，是会被时间隔膜的，感觉这东西，也会在时间的流动中长出一层青苔。有时，潘桃会不由自主地想，当初那是怎么了呢？怎么会被俗不可耐的大操大办搞坏了心情？再怎么讲，旅行结婚也是与众不同的，自己要的，难道不是与众不同吗?！潘桃隔膜了最初的感觉，也就不太忌讳人们怎么谈论成子媳妇了。当然人们在谈论成子媳妇时，总不免要捎上她：桃，你怎么不大张旗鼓办一下，让我们看看光景？你就顾自个儿上城看光景，那里就是好吗？潘桃不会讲为什么不办，也不会讲城里光景好不好，那一切都是自己的事，自己的事要不得别人掺和。但在这疾速如飞的时光里，有一个东西，有一个看不见摸不着的东西，却一直在她身前身后晃动。它不是影子，影子只跟在人的后边，它也没有形状，见不出方圆。它在歇马山庄的屯街上，在屯街四周的空气里，你定睛看时，它不存在，你不理它，它又无所不在；它跟着你，亦步亦趋，它伴随你，不但不会破坏你的心情，反而叫你精神抖擞神清气爽，叫你无一刻不注意自己的神情、步态、打扮；它与成子媳妇有着很大的关系，却又只属于潘桃自己的事，它到底是什么？

潘桃搞不懂也不想搞懂，潘桃只知道无怨无悔地携带着它，拜年、回娘家、上温泉洗衣服。潘桃再也不穿旅行结婚时穿的那套休闲装了，对于休闲的欣赏是需要品位的，乡下人没有那个品位。潘桃换了一套大红羊毛套裙，外面罩上一件红呢大衣，脚上是高勒皮靴。她走起路来脚步平推，不管路有多么不平，都要一挺一挺。她见人时，满脸溢笑。潘桃一旦把自己打扮起来，一旦注意起自己的举止，喝彩声便像冬日里的雪片一样飘至而下，好像来了一场强劲的东风，把昔日飘荡在村东成子媳妇家的喝彩一遭刮了过来。潘桃几乎都感到村东头的空荡和寂寞了。

如此一来，原来是潘桃自己都没有搞清楚的想法，被人们口头表达了出来：你说是成子媳妇好看，还是潘桃好看？当然是潘桃，那成子媳妇要是不化妆，根本比不上咱村的潘桃。你说是成子媳妇洋气还是潘桃洋气？嗯，怎么说呢，在早真没觉得潘桃洋气，就是个俊，谁知这结了婚，那么有板有眼打扮起来，还真的像个城里人。人们把这些比较当着潘桃说出来，是怎样满足着潘桃失落已久的心情呵！潘桃脸上的笑会毫无拘束地向四处溢开。潘桃不谦虚，不否定，也不张扬，该干什么干着什么，一如既往。但是人们在这句话后面，往往还跟着另一句话：这两个新媳妇，还比上了。这样的话，就没有前边的话含蓄，也没有前边的话中听，好像一只扒苞米的锥子，一下子就穿透本质。潘桃在心里说，谁比了，分明是你们大家比的嘛，俺自从大街上看过她一眼就再没见过面，她长的什么样都记不得了，俺凭什么跟她比。但是嘴上没说。

不管在心里怎么跟别人犟，潘桃还是不得不承认，成子媳妇，已经驱之不去地深入了她的内心，深入了她的生活。她最初还是隐蔽的，神秘地绕在她的身边，后来，她被人们揭破，请了出来。她一旦被人们揭破，请了出来，又反过来不厌其烦地警醒着潘桃——她在跟成子媳妇比着。这是一个剪不断理还乱的事实，也是一个不容置疑的事实，许多时候，走在大街上，或上温泉洗衣服，她都在想，成子媳妇在家干什么呢，成子媳妇会不会也出来洗衣服呢，为什么就一次也见不到她呢？

真正清楚这个事实的，还是农历三月初六这天，这是歇马山庄大部分民工离家的日子。这天一大早，潘桃就把玉柱闹醒，潘桃掀着被窝，直直地看着玉柱。潘桃看着玉柱，目光里贮存的，不是留恋，也不是伤感，而是一种调皮。潘桃显然觉得分别很好玩，很浪漫，她甚至迅速穿上衣服，一高跳到地下，一边捉迷藏似的躲着玉柱对她身体的纠缠；一边一只挑逗老猫的耗子似的叽叽叽笑着。潘桃真的是过于浪漫了，不知道生活有多么残酷，不知道残酷才是一只隐藏在门缝里的老猫，一旦被它逮住，你是想逃都逃不掉。直到看着玉柱和一帮民工乘的马车消失在山岗，潘桃还是带着笑容的。可是，当她返回身来，揭开堂屋的门，回到空荡荡的新房，闻到弥漫其中的玉柱的气息，她一下子就傻了，一下子就受不了了。她好长时间神情恍惚，搞不清楚自己为什么会来到这里，来到这里干什么，搞不清楚自己跟这里有什么关系，剩下的日子还该干什么。潘桃在方寸小屋转着，一会儿揭开柜盖，向里边探头；一会儿又放下柜盖，冲墙壁愣神，潘桃一时间十分迷茫，被谁毁灭了前程的感觉。后来，她偎到炕上，撩起被子捂上脑袋躺了下来。这时，她眼前的黑暗里，出现了一个人，这个人不是离别的玉柱，而是成子媳妇——她在干什么？她也和自己一样吗？

成子媳妇第一次知道潘桃，还是听姑婆婆说起的。成子母亲走了，住在后街岗梁上的成子的姑姑，就隔三岔五过来指导工作。成子奶奶死得早，成子姑姑一小拉扯成子父亲和叔叔们长大，一小就养成了当家做主说了算的习惯，并且敢想敢干，哪里有困难，哪里就有她的身影。出嫁那天，正坐在喜床上，忽听婆家的老母猪生崽难产，竟忽地跳下炕，穿过座席的人群跳进猪圈。后来媒人引客人到新房见新媳妇，就有人在屋外喊，在猪圈里哪。这段故事在歇马山庄新老版本翻过多次，每一次都有所改动，说于淑梅结婚那天是跟老母猪在一起过的夜。翻新的版本自然有夸张的成分，但成子的姑姑爱管闲事爱操心确是名副其实。还是在蜜月里，姑婆婆的身影就云影一样在成子家飘进飘出了。她一开始回娘家，并不说什么，手卷在腰间的围裙里，这里站站那里看看。成子媳妇让她坐，她说坐什么坐，家里一摊子活儿呢。可是一摊子活，却又不急着走。姑婆婆想拥有婆婆的权威，肯定不像给老母猪生崽那样简单，老母猪生崽有成套的规律，人不行，人千差万别，只有了解了千差万别的人，你才能打开缺口。过了年，也过了蜜月，瞅两个男人不在家的时候，姑婆婆来了。姑婆婆再来，卷在围裙里的手抽了出来，袖在了胯间。姑婆婆进门，根本不看成子媳妇，而是直奔西屋，直奔炕头，姑婆婆掀开炕上铺的洁白的床单，不脱鞋就上了炕。在炕上坐直坐正后，将两只脚一上一下盘在膝盖处，就冲跟进来的成子媳妇说：成子媳妇你坐，俺有话跟你讲。成子媳妇反倒像个客人似的歪到炕沿，赶忙溢出笑。大姑，你讲。姑婆婆说：俺看了，现在的年轻人不行，太飘！姑婆婆先在主观上否定，成子媳妇连说是是。姑婆婆说，就说那潘桃，结了婚，倒像个姑奶奶，泥里水里下不去，还一天一套衣裳地换，跟个仙儿似的，那能过日子吗？姑婆婆从别人身上开刀，成子媳妇又不知道潘桃是谁，便只好不语。姑婆婆又说，当然啦，你和潘桃不一样，俺看了，你过门后就换过一套衣裳，还死心塌地地干活，不过，光知干活不行，得会过日子！什么叫会过日子，得知道节省！节省，也不是就不过了，年还得像年节还得像节，俺是说得有松有紧，不能一马平川地推。姑婆婆并没有直接指出成子媳妇的问题，但那一层层的推理，那戛然而止的语气，比直接指出还要一针见血，这意味着成子媳妇身上的问题大到不需要点破就可明白的程度。成子媳妇眼睑一程程低下去，看见了落到炕席上的沉默。这沉默突然出现在她和姑婆婆中间，怎么说也是不应该的。眼睑又一程一程抬起来，从中射出的光线直接对准了姑婆婆的眼睛。成子媳妇开始检讨自己了，成子媳妇说，姑姑你说得对，年前年后我天天做这做那的，是有些大手大脚了，我只想到爸和成子过了年又要走，给他们改善改善，就没想到改善也要有时有刻。话里虽有辩解的意思，但目光是柔和的，声调也是柔软的，问题又找得准确，姑婆婆在侄媳妇面前的权威便从此奠定了基础。

节俭，可以说是乡村日子永恒的话题，也是乡村日子的精髓，就像爱情是人生永恒的话题，是人生的精髓一样。姑婆婆由这样的话题打开缺口，一些有关日常生活如何节俭的事便怎么扯也扯不完。缸里的年糕即使想吃，也不要往桌子上端了，要留到男人离家的时候。打了春，年糕不好搁，必须在缸盖上放一层牛皮纸，纸上面散一层干苞米面子，苞米面吸潮又隔潮。圈里的克郎猪不用喂粮食，刷锅水上漂一层糠就行，猪不像人，猪小的时候喝泔水也会疯长……耐心而细致的教导如何水一样无孔不入地渗透着成子家的日子。没人知道，成子媳妇吸纳着，接受着这一滴滴水珠的同时，清晰地照见了自己的过去。她十九岁以前在乡下时，满脑子全装的是外面的世界，就从没留心母亲怎么过的乡村日子。十九岁之后进了城里，被影子样的理想吊着，不知道节气的变化也不懂得时令的更替，尤其见多了一桌一桌倒掉的饭菜，有时真的就不知自己从哪里来到哪里去，不知道自己是谁了……因为一心一意要操持好这个家，过好小日子，成子媳妇对姑婆婆百般服从百般信赖，开始一程一程用心地检讨自己。成子媳妇想到自己的大操大办，成子原本是不太同意的，只说简单摆几桌，都是她的坚持。于是成子媳妇说，要是没结婚时就跟姑姑这么近，大操大办肯定就不搞了，当时只图一时高兴，只想到一辈子就这么一回，就没想到细水长流。成子媳妇的检讨是由浅入深完全发自内心的，时光的流动在她这里，也同样隔膜了最初的感觉，长出了一层青苔，让她忘记了锣鼓齐鸣张灯结彩送走一个旧李平，划出心目中一个崭新的时代对她有多么重要。然而正是成子媳妇的检讨，使潘桃的名字又一次出现在姑婆婆的话语中。不能这么想呵成子媳妇，这一点浪费俺是赞成的，庄稼人平平淡淡一辈子，能赶上几个好时候？有那么一半回吹吹打打，风光一下，也展一展过日子的气象，提一提人的精神。不都讲潘桃吗，她和你一样，也找了咱屯子里的手艺人，人也好看，没过门那会儿，她在咱屯子里呼声最高，可就因为你操办了她没操办，你一顿家伙就把她比下去了，灰溜溜的。听说你结婚那天从她家门口走过，看你一眼，笑都不自在了。咱倒不是为了跟谁比好看不好看，咱是说结婚操办总是会办出些气象，气象，这是了不得的。

姑婆婆的节俭经是有张有弛的，并不是一成不变的，这一点让成子媳妇相当服气，也对自己的盲目检讨不好意思。然而从此，让成子媳妇格外上心的，不是如何有张有弛地过节俭日子，而是一个叫作潘桃的女子。有事没事，她脑中总闪着潘桃这两个字，她是谁？她凭什么吃醋？

那是歇马山庄庄稼人奢侈日子就要结束的一天。这一天，成子、成子父亲和出民工的男人一样，就要打点行装离家远行了。在成子的传授下，成子媳妇效仿死去的婆婆，在男人们要走之前的两天里，菜包菜团弄到锅里大蒸一气。在此之前，成子媳妇以为婆婆的蒸，只为男人们准备带走的干粮，当她真正蒸起来，将屋子弄出密密的雾气，才彻底明白这蒸中的另一层机密。有了雾气，才会有分离前的甜蜜，蒸气灌满屋子看不见人的时候，平素粗心的成子，大白天里就在她身后蹭来蹭去。雾气的温暖太像一个人的拥抱。往年这个日子，是母亲把成子支出去，如今，公公一大早出了院门，吃饭时不找绝不回屋。雾气里的机密其实是一种潮湿的机密，是快乐和伤感交融的多滋多味的机密，那个机密一旦随雾气散去，日子会像一只正在野地奔跑的马驹突然闯进一个悬崖，万丈无底的深渊尽收眼底。送走公公和成子的上午，成子媳妇几乎没法待在屋里，没有蒸气的屋子清澈见底，样样器具都裸露着，现出清冷和寂寞，锅、碗、瓢、盆、立柜、炕沿神态各异的样子，一呼百应着一种气息，挤压着成子媳妇的心口。没有蒸气的屋子使成子媳妇无法再待下去，不多一会儿，她就打开屋门，走出来，站在院子里。眼前一片空落，早春的街头比屋子好不到哪里去，无论是地还是沟还是树，一样的光秃裸露，没有声响，只有身后猪圈里的克郎猪在叫。这时，当听到身后有猪的叫声，成子媳妇有意无意地走到猪圈边，打开了圈门。成子媳妇把白蹄子克郎猪放出来，是不知该干什么才干的什么，可是克郎猪一经跑出，便飞了一般朝院外跑去。成子媳妇毫无准备，惊愕片刻立即跟在后边追出来。成子媳妇一倾一倒跟在猪后的样子根本不像新媳妇，而像一个日子过得年深日久不再在乎的老女人。克郎猪带着成子媳妇跑到菜地又跑到还没化开的河套，当它在冰碴儿上撒了个欢儿又转头跑向屯街，成子媳妇发现，屯街上站了很多女人，她还发现，在屯街的西头，有一团火红正孤零零伫在灰黄的草垛边。看到那团火红，成子媳妇眼睛突然一亮，一下子就认定，是潘桃——

三

大街上遥遥的一次对视，成子媳妇是否真正认出了潘桃，这一点潘桃毫不怀疑。虽然成子媳妇从外边嫁过来，如夜空中滑过一颗行星，闪在明处，不像潘桃，在人群里，是那繁星中的星星点点，在暗处，但不知为什么，潘桃就是坚信，那一时刻，成子媳妇认出了自己。人有许多感受是不能言传的，那一双迷茫的眼睛从远处爬过来，准确地泊进她的眼睛时，她身体的某个部位深深地旋动了一下。

在大街上远远地看到成子媳妇，潘桃的失望是情不自禁的。在潘桃的印象中，成子媳妇是苗条的、挺拔的，是举手投足都有模有样的，可是河套边的她竟然那么矮小、臃肿，尤其她跟着猪在河套边野跑的样子，简直就是一个被日子沤过多少年的家庭妇女。与一个实力上相差悬殊的对手比试，兴致自然要大打折扣，一连多天，潘桃都懒洋洋的打不起精神。

在歇马山庄，一个已婚女人的真正生活，其实是从她们的男人离家之后那个漫长的春天开始的。在这样的春天里，炕头上的位子空下来，锅里的火就烧得少，火少炕凉，被窝里的冷气便要持续到第二天。在这样的春天里，河水化开，土质松散，一年里的耕种就要开始，一天要有一天的活路。这样的春天里，鸡鸭畜类，要从蛋壳里往外孵化，一只只尖嘴圆嘴没几天就叽叽喳喳把原本平整的日子啄出一些黑洞，漏出生活斑驳零乱的质地。因为有个婆婆，种地的事，养鸡的事，可以不去操心，不去细心，可是你即使什么都不管，活路还是要干一些的，即使你什么都不管，时间一长，结婚的感觉和没结婚的感觉还是大不一样的。没结婚的时候，潘桃一个人睡在母亲西屋，被窝常常是凉的，潘桃走在院子里，鸡鸭猪脚前脚后地围着，一不小心，会踩到一泼鸡屎，但是因为潘桃的心思悬在屋子之外院子之外，甚至十万八千里之外，从来不觉得这一切与自己有什么关系。那时候，潘桃总觉得她的生活在别处，在什么地方，她也不清楚。但这不清楚不意味着虚飘、模糊，这不清楚恰恰因为它太实在、太真实了。它有时在大学校园的教室里，朗朗的读书声震动着墙壁；它有时在模特表演的舞台上，胯和臀的每一次扭动都掀起一阵狂潮；它有时在千家万户的电视里，她并不像有些主持人那样，一说话就把手托在胸前翻来倒去，好像那手是能够发音的，她手不动，但她的声音极其悦耳动听。这些实在且真实的场景组成的是另一个空间，它鬼魂附体一样附在了潘桃现实的身体里，使现实的潘桃只是一个在农家院子走动的躯壳。没结婚时，身边什么都有，却像是没有，有的全在心里。而结了婚，情形就大不相同。结了婚，附了体的鬼魂一程一程散去，潘桃的灵魂从遥远的别处回到歇马山庄，屋子里的被窝、院子里的鸡鸭、野地里长长的地垄，与她全都缔结了一种关系，屋子，明显是归宿，是永远也逃不掉的归宿，且这归宿里，又有着冰冷和寂寞；院子里的鸡鸭，明显是指望，是一天一个蛋的指望，且这指望里，要一瓢食一瓢糠的伺候；野地里的地垄，明显是一寸一寸翻耕的日子，且这日子里，要有风吹日晒露染汗淋的付出。结了婚，身边什么都有，也便真正是有，可是，因为心出不去，身边的有便被成倍成倍放大，屋子，是夜晚的全部，冷而空；院子，是白天里的全部，脏而旷；地垄，是春天的全部，旷而无边。没结婚的时候，你是一株苞米，你一节一节拔高，你往空中去，往上边去，因为你知道你的世界在上边；结了婚，你就变成一棵瓜秧，你一程一程吐须、爬行，怎么也爬不出地面，却是因为你知道你的世界在下边。在这漫长的春天里，潘桃确有一种埋在土里的瓜秧的感觉，爬到哪里，都觉得压抑，都感到是在挣扎——好容易走出冰凉的夜晚，又要走进叽叽喳喳的畜群里，好容易走出叽叽喳喳的畜群，又要走进长长的地垄里。关键是，玉柱和公公走后，潘桃的婆婆完全变了一个人，她再也不冲潘桃笑了，再也不挡潘桃手中的活了，以往小辈人似的谦卑一概地被大风刮去，这且不说，她的笑收了回去，话却从嘴边一日多似一日地淌了出来，仿佛那话是笑的另一种物质，是由笑做成的。十七岁那一年呵，俺妈找人给俺算命，说俺将来一准儿得儿子济，生玉柱那回，俺肚子疼了三天三夜，都不想活了，可一想起算命先生的话，就咬紧了牙，可那时谁也想不到，养个儿子大了会上外边，要媳妇守着，你说俺这当妈的真能得济？前年，俺在后腰甸子上耪地，和成子他姑耪到对面，她说二嫂呀，可不能这么惯孩子，这么惯早晚是祸根，没听说儿子上刑前把妈妈奶头咬掉的故事吗，你得小心，你说她这不是狗咬耗子多管闲事，俺惯俺宠有俺惯和宠的福，你说对不对潘桃。婆婆的话不管淌到哪儿，都跟儿子有关，婆婆的话不管淌到哪儿，都要潘桃表态，潘桃最初还能躲着，你在堂屋讲，我躲到西屋，你在院子讲，我躲到娘家——娘家成了潘桃的大后方。可是当春种开始，大田的长垄上就两个人，空气里的追赶和追逼无论如何都驱之不去了。这时的婆婆，好像深知你再躲也躲不到哪去了，淌出来的水竟卷了草叶和泥沙滚滚而下。淤积在女人人生沟谷里的水到底有多少，潘桃真是不曾知道也不想知道，它在潘桃耳畔流动时本是看不到面积也看不到体积的，可是用不了两天，潘桃的心里就满满当当了，流满了泥沙的水库一满，不及时泄洪便大有决堤的危险。

潘桃泄洪的办法之一还是回娘家。因为在一个屯子里，前街后街的距离，以往每天都是要回的。然而这次，潘桃不是回，而是住下不走了。潘桃泄洪，不是再把那些话流淌出去，那些话，一旦变成水淌到她的心里，就不再是话，而是一种心情了。潘桃的心情相当的坏，潘桃平素话就少，坏了心情之后，就更是什么也说不出了。母亲对潘桃要多好有多好，脸对脸地看着，眼对眼地瞅着，不让她上灶，不让她下田，她变成了这里的客人。母亲懂得女儿的不快乐是因为什么，母亲因为这懂得，便有意和她说一些有关玉柱的话，目的在以毒攻毒。分明在想一个人，你就是不提，岂不掩耳盗铃。可是潘桃的毒根不在思念，而在于自己变成了一个到处碰壁的瓜秧，是玉柱将她变成了这样一棵瓜秧，母亲的话反而让潘桃更烦。这个时候，潘桃看到了另一个泄洪的办法，那就是，去找成子媳妇。

经历了猪跑人撵那个日子，成子媳妇的心情十分沮丧，屯街上远远看着自己的那些女人的脸，潘桃的脸，常常浮现在她眼前。她想自己那天多么狼狈呵，简直像疯子。然而许多时候坏上加坏又是一种好，就像数学里的负负得正。惦念着村里女人怎么看她，倒使她从万丈无底的空虚中解脱出来。惦念，因为有那样一个惊心动魄的场景，变成了实实在在的内容，供她在静下来的时光里咀嚼。尽管咀嚼的结果让人脸红和难堪，但总比空落着好，总比在空落时回想这个家曾如何热腾腾装满了雾气要好，那回想的一瞬倒是美好，可是只要定睛一瞅，不免又要落到万丈深渊。因为羞怯和难堪常常在转念之中跳出来与她做伴，成子媳妇的心思开始往屯子女人身上转了。她非常想在某一个时辰，换上一身好衣服，大摇大摆走到她们面前，像结婚那天那样，让她们看看她还是原来那个样子。这种想法是如何拯救了家里彻底空下来的成子媳妇，她自己真是一点都不知道。

因为有姑婆婆的监督，成子媳妇没有常换衣服，但她每天早起，第一件事就是站在镜前描眉画眼。她在城里学会化一手淡妆，看似没化，其实比化了还叫人舒服。她脱掉了结婚时母亲给她做的絮得很厚的棉袄，换上一身锈红色毛衣外套。这件毛衣外套是在一家叫沃尔玛的超市里买的，也是一次告别城市的挥霍，花了她四百块钱。这件衣服的好处是既现代又古朴，它的领子和袖子上镶着花边，是白线黑线两种，有一点不中规矩，但它的腰身却很收，也很长，是传统中式服装的样子，两边留着开气儿。结婚之后，她一直没舍得在家里穿，想留到开春后上集或回娘家时穿。现在，既然在家变得这么重要，成子媳妇便慷慨地从衣柜里抽出它。穿了锈红色毛衣外套的成子媳妇，不管是在堂屋烧火，还是在院子里喂猪，或是到大田翻地，都希望有人看她。乍暖还寒，一件毛衣风一吹就透，可是越冷越能提醒着什么。她在灶坑烧火，她的风门是打开的，她在院里喂猪，她的眼神是不看猪槽的，当她走出门口来到河套边的大田，她的后脑勺便又长出一双眼睛。事实上她确实看到了很多眼睛，门口的立柱上长着眼睛，墙头的枯草上长着眼睛，歇马山庄的大街到处都是眼睛，在这些眼睛中，潘桃的眼神尤其专注而投入，似要往她的心上看去的那种。事实上，在这空寂又漫长的春天里，成子媳妇只吸来了一双眼睛，那便是她的姑婆婆。姑婆婆的目光从敞开的大门口射进来，是藏在一条窄窄的缝隙里，她先是眯着上下眼皮，之后抻开了眼角睁开来，是把她推到远处再拉近的样子。姑婆婆把她从眼睛中推出去再拉进来，却没有一句批评，接着就去讲买什么样的鸡崽的事。但姑婆婆的不批评，是要告诉她她的问题已经相当严重。然而在这件事上，成子媳妇恰恰没有立即检讨，她希望用时间来告诉姑婆婆，她一春天也不会换掉它的，她会用日光和泥土来弄旧它，从而告诉她，这其实就是下地干活穿的衣服。

然而，成子媳妇做梦也不曾想到，在她目光跳到躯体之外，常常以局外人的角度打量自己，因而很少向自己的真实生活细看时，她的家里来了潘桃。地瓜的须蔓从村西爬到村东经历了怎样的难度成子媳妇无法知道。地瓜的须蔓在爬进一方孤零零的宅院时，一张苍白的脸上嵌着两只葡萄一样黑幽幽的眼睛。当时成子媳妇正在为新买的鸡崽夹园子，突然转头，看见了潘桃。成子媳妇初见潘桃，一下子惊呆，你……潘桃笑了，葡萄汁里闪出两颗灵动的核，没有说话。

你是潘桃！

作出这样果断的判断之后，成子媳妇眼睛一亮，蓦地站起，扔掉手中的苞米秸子。成子媳妇在最初的一瞬，还肤浅地想到了自己身上的毛衣，以为是毛衣吸来了潘桃。后来，当看到潘桃灵动的眼仁，她的心一下子从半空落到底处。这种落，不是落到踏实的平地，而是往泥坑里陷，因为潘桃的眼仁里，正扩散着蒙蒙雨雾一样的忧伤，成子媳妇的眼窝，一下子就潮湿了。

……

你叫什么名字？

李平。

你的毛衣挺好看的，显得人苗条。

唔……

走在路上时，潘桃并不知道见到成子媳妇该说什么，更不知道自己会进门就夸她，都因为潘桃心中的成子媳妇，还是河边那个臃肿的成子媳妇。

人怕见面。这是一句颠扑不破的真理。对于一个善良的人而言，见了面，就意味着见了心，见了心底的真。而一旦见了心底的真，说了真话，局面便立即变成另一个样子。成子媳妇十分清醒潘桃夸自己，并不是她的本意，但她也十分清醒潘桃的夸绝对是发自内心的。因为有了这样一层感受，成子媳妇觉得自己在从泥坑往上升，往上浮，眼睛的潮湿瞬间蒸发，留下股微微的凉意。随之，成子媳妇眼睛里汪满了笑，说，都说潘桃是咱村最漂亮的媳妇，果真不假。

相互道出肺腑之言，两人竟意外地拘谨起来，不知道往下该怎么办。那情形，就仿佛一对初恋的情人终于捅破了窗户纸，公开了相互的爱意之后，反而不知所措。她们不是恋人，她们却深深地驻扎在对方的内心，然而那不是爱，也不是恨，那是一份说不清楚的东西，它经历了反复无常的变化，尤其在潘桃那里。她们对看着，嘴唇轻微地翕动，目光实一阵虚一阵，实时，两个人都看到了对方目光中深深的羞怯，虚时，她们的眼睛、鼻子、脸，统统混作了一团，梦幻一般。一阵迷乱之后，成子媳妇终于笑出声来，说，看我，还不请你到家里坐。

屋子一如所有乡村人家的屋子，宽大的灶台宽大的餐桌，公公的屋是两间屋连着的，长长的炕能睡十几个人的样子。炕与柜之间，便是一个长长的空间，犹如城市里的客厅。这是歇马山庄新时期里最时尚的房屋结构，有没有客人来并不重要，重要的是要有客厅的感觉。潘桃娘家、婆家全是这个样子。与潘桃的娘家婆家不同的是，成子媳妇家客厅里的餐桌上，蒙得不是塑料布而是米色台布，柜子上放的，不是塑料花而是一株灰蓬蓬的干草，炕上铺的，不是地板革而是雪白的床单，这一点不经意间勾起了潘桃某种感觉，是早已被时光掩埋起来的疼。应该承认，成子媳妇家里的样子与她结婚那天留给潘桃的印象相当一致，是静静中有着一种洋气和高雅的。然而，昔日的潘桃可以躲避，今天的她无法躲避，今日的潘桃也根本不想躲避，因为她看到，纵有天大的差别、天大的不同，独一种东西她们是相同的——她们都是新媳妇，她们的新房里都是空落的，没有男人。她是因为这相同才来的，她们有着相同的命！潘桃说：李平，你真行，还能用心过日子，玉柱一走，我的心一下子就空了，我就像掉了魂，还心烦。

　　成子媳妇看着潘桃，脸一层层热起来，是那种通电般的涨热。潘桃一句话直通她的心窝。成子媳妇不由得靠到潘桃身边，握住她的手。潘桃，我其实也一样，你心空，还有烦，我心空，连烦都没有。

四

　　潘桃主动上门——这是多么重要的举动呵！为了答谢潘桃，李平在一周以后，锁了家里的风门和大门，带上一条黑底白点的纱巾从街东走到街西，来到潘桃家。因为潘桃在成子家喊了自己的名字，成子媳妇在往潘桃家走时，觉得自己不是成子媳妇而是李平。潘桃无意中把李平从以往的岁月中发掘出来，对李平并非什么好事，但李平并不计较，潘桃是无辜的，这恰恰看出潘桃对她这个人的尊重。其实，那一天她们由心烦开始的许多话题，都是关于结婚前的，都是属于李平而不是成子媳妇的。她们讲她们曾经有过多么美好的理想，为那些理想走了一圈才发现她们原来原地没动。潘桃说，刚下学那会儿，一听到电视播音员在电视里讲话，就浑身打战，就以为那正在讲话的人是自个儿。李平说，我和你不一样，光听，对我不起作用，我得看，一看见有汽车在乡道上跑，最后消失到远处，就激动得心跳加速，就以为那离开地平线的车上正载着自个儿。潘桃说，我这个人心比天大胆却比耗子小，从来不敢出去闯，有一年镇上搞演讲，我准备了两个月，结果，还是没去。李平说，我和你不一样，我想做什么就敢去做，刚下学那年，背着二十块钱就离家上了城里，找不到活竟挨了好几天的饿。潘桃说，所以到最终我连歇马山庄都没离开，空有了那么多理想。李平说，其实，离开与不离开也没有什么不同，离又怎么样，到头来不也一样嫁给歇马山庄。咱俩的命其实是一样的，只不过我比你多些坎坷多些经历而已。李平在打开自己过去岁月时，尽管和潘桃一样，采取了审视自己的姿态，但终归是一种抽象的、宏观的审视，是只看见山而没有看见岩石，只看见水而没有看见水里的鱼的审视，而一个抽象的李平，十九岁出门，在城里闯荡五年，挣了一点钱，又遇到了厚道老实的手艺人，并不是太坏的命运。那一天，与潘桃谈着，李平有好长时间转不过方向，仿佛又回到了从前。潘桃让她又回到了从前，不是因为她们谈起从前，而是她们谈话那种氛围，太像青春期的女伴了。

李平能在几日之后就来潘桃家，是在潘桃预料之中的。地瓜的须蔓爬到另一垄地之后爬了回来，带回了另一棵须蔓，这是一份极特殊的感觉。那天离开李平，从街东往街西走着，潘桃就觉得有条线样的东西拴在了手中，被她从屯东牵了回来；或者说，她觉得她手上有把无形的钩针，将一条线样的物质从李平家钩到了自己的家，只要闲下来，她就在心里一针一针织着。看上去，织的是李平，是李平的人和故事，而仔细追究，织的是自己，是漫长的时光和烦躁的心绪。从李平家回来，时光真的变得不再漫长，潘桃也能够老老实实待在家里了，也能够忍受婆婆随时流淌的污泥浊水了——婆婆不管讲什么，她都能像没听见一样。这时节，潘桃确实觉得那股烦躁的心绪已被自己织决了堤，随之而来的，是近在眼前的实实在在的盼望。

盼望李平登门的日子，潘桃把自己新房、堂屋、婆婆的房间好一顿打扫，那蒙被的布单，那茶几上的蒙布，还有门帘，从结婚到现在，已经四五个月了，就一直没有洗过，尤其脸盆盆架、门窗框，上边沾满了灰尘。等待李平登门的日子，潘桃发现，她结婚以来，心一点也没往日子上想，飘浮得连家里的卫生都不讲究了，这让潘桃有些不好意思。等待李平登门的日子，潘桃心中仿佛装进一个巨大的气球，它压住她，却一点儿也不让她感到沉重，它让她充实、平静，偶尔，还让她隐隐有些激动、不安。她时常独自站在镜前，一遍遍冲镜子里的自己笑，把镜子里的自己当成李平。这是多么美妙的时光呵，它简直有如一场恋爱！

李平如期而至。李平走到潘桃家门口时，潘桃正在院子里晾晒衣服。潘桃听到大铁门吱扭一声响，血腾一下升上脑门，之后李平李平叫个不停。李平与潘桃两手相握，都有些情不自禁。潘桃细细地看着李平，一脸的能够照见人影的喜气。李平还穿那件锈红毛衣，李平的脸比前几天略黑了些，上边生了几颗雀斑，这又有什么关系呢。李平先是跟潘桃一样，认真端详对方，可没一会儿，她就把目光移到另一个人身上——潘桃的婆婆。潘桃的婆婆此时正在园子里搭芸豆架，看见李平，赶忙放下手中的槐条。李平背过潘桃，走向她的婆婆。李平隔着院墙，喊了声大婶——潘桃婆婆立即三步并成两步，从园子里跑出来，一声不罢一声地喊着，成子媳妇怎么是你？

被潘桃冷了多日的婆婆见了李平，会热情到什么程度是可想而知的，在媳妇都是人家的好、姑娘都是自己的好这铁的事实面前，整整有二十分钟是潘桃的婆婆跟李平说话，而潘桃只好一动不动站在一边。二十分钟之后，实在有些忍不住，潘桃开口了。潘桃说，李平，快到屋里坐吧。

在潘桃房间，潘桃有两三分钟一直不说话，任李平怎么夸她的衣柜实用窗帘好看，就是不接言。李平愣住了，毫不设防地愣住了。李平知道潘桃着急，但她想不到潘桃会生气。她也不愿意和老人说话，但这是礼节。结婚前，李平的母亲曾告诉过她，必须放下为姑娘时的架子，尤其在村里的女人面前，她们的嘴要是没遮拦就能一口一口吃了你。李平直直地盯着潘桃，好像在问，你怎么啦？潘桃哪里知道自己怎么了，她就是不想说话。潘桃起初是知道自己怎么了的，可是不想说话这种现实，让她越发有些迷失，越发不知道自己怎么了。潘桃的迷失造成了李平的迷失，李平看着潘桃的目光里，几乎都流露出痛苦了。

不知过了多久，潘桃终于说话。潘桃说，李平，你太会做人了，你可给我婆婆弄住了。

李平将目光里的痛苦眨巴了一下，说，你这是……

潘桃说，你千万别以为我和我婆婆之间有矛盾，不是的，我是说，咱俩真的不一样，我知道该对她们好，可是我做不到，我一见她们就烦。

李平不语，李平没有想过这个问题，在这一点上，她们有什么不一样吗？

潘桃说，你看上去很洋气，像似很浪漫，实际你很现实，我和你正好相反。

李平终于警醒过来，是被现实和浪漫这样的字眼警醒的。她想，她并不是没有想过这个问题，这个问题在她还没有变成子媳妇的时候早已经想透了，她是因为想透了，才要那样大张旗鼓地结婚，她那样结婚，就是要告别浪漫，要跟乡村生活打成一片。李平目光中的痛苦淡下去，有一些明亮映出来。潘桃，你说对了，咱俩确实不一样，你是因为没有真正浪漫过，所以还要当珠宝戴着它，我不行，我浪漫得大发了，被浪漫伤着了，结了婚，怎么都行，就是不想再浪漫了，现实对我很重要。

不管是李平还是潘桃，都没有想到，她们在热切地盼着的第二次见面里，会一开场就谈起这么深刻的话题。关键是，这话题搞坏了她们之间的感情，这话题，好像王母娘娘画在牛郎织女之间的那条河，把她们不经意间隔了开来。

潘桃被罩在五里雾中。在她心里，浪漫是一份最安全的东西，它装在人的思想里，是一份轻盈的感觉，有了它，会让你看到乌云想到彩虹，看到鸡鸭想到飞翔，看到庄稼的叶子想到风，它能把重的东西变轻，它是要多轻就有多轻的物体，它怎么会伤人？

现实、浪漫、伤人，李平在开始说这些话时，还以为找到了一些能够说清楚自己的宝贝，可是说着说着，就觉得这些宝贝变了脸，变成了一根阴险狠毒的细针，向她心口的某个部位扎去，它们后来还不光是针，而是铁器，是砸到心上的铁器，让她感到一种麻麻的疼。

是怎么从潘桃家走出的，李平一点都不知道，她只知道，潘桃在门口送她时，眼里流动着深深的疑惑和失望，她还知道，她经心备好的送给潘桃的纱巾，又被她揣了回来。

从潘桃家回来，成子媳妇把黑底白点的纱巾掖到箱子底下，转身就拿起锄头朝大田走去。其实大田里的苞米苗已经间完，草也已经除掉，她是将这一些活做完才上潘桃家的。可是此时此刻，她就是要上大田，只有上大田才能离开什么甩掉什么，那东西好像只有距离才能解决。成子媳妇往大田走时，故意拐了好几个弯，并且脱了入春以来一直穿在身上的毛衣。在大田边坐着，晒着烈烈的日光，看着绿油油的庄稼，成子媳妇一点点看到自己内心的疼瘦成了被锄掉晒干的蚂蚱菜一样的干尸。

成子媳妇决定，再也不去找潘桃了。潘桃倒没什么不好，只是潘桃能够照见自己的过去，这比一般的不好还要不好，她不要过去，她要的只是现在，是一个山村女人的日子，是圈里的猪，院子里的鸡，地里的庄稼，是屋子里的空荡和寂寞。经历了一次揭疼的成子媳妇，在后来很长一段时间里，都忘了在那空落日子中走进一个潘桃曾让她多么高兴，忘了成子和公公刚离家时自己空落成什么样子。经历了一次揭疼的成子媳妇，在后来很长一段时间里，觉得屋子里的空荡和寂寞是她最想要的，只要走进屋子，就觉得日子是殷实的充实的。倒是姑婆婆要时常走进这空荡里，给她的寂寞洒一点露带一点风，不过这没什么，姑婆婆的露和风都是现在的露现在的风，即使有过去，那过去也不跟她发生关系，是关于歇马山庄的过去，是关于公公婆婆舅公舅婆的过去，而在成子媳妇那里，凡是她不知道的事情，不管是谁的，都是她的现在。

可是，成子媳妇怎么也不会想到，正是因为现在，她才再一次想起潘桃。现在，时光进入了夏季，大量的农活已经结束，山庄里的人闲成了一摊泥。现在，李庄一个叫张福广的养车人从城里捎回了成子和公公脱下来的棉衣棉裤，棉衣的内兜里，夹了一封成子写来的信。成子的信，使早已散去的蒸气又在屋子弥漫起来。成子媳妇读着读着，就掉进了一汪迷雾里。那伸腿撸胳膊的字迹，仿佛节日里杵在锅底的木棒，将她的心烧得嘎巴嘎巴直响的同时，蒸出她一身潮湿。读成子来信之后的日子，成子媳妇既不愿离开屋子又怕离开屋子，不愿离开，是因为屋子里的雾气有成子汗津津的手和热乎乎的嘴唇，怕离开屋子，是因为成子的手和嘴唇只要你一用心去体会，就悄没声地离她而去，扔下她仿佛掉进油锅的小兽，扑棱挣扎。不知是第几次扑棱、挣扎，正眼睁睁地追着成子远去的背影，视线里，走来了潘桃，她眼睛黄黄的，一脸憔悴。潘桃朝她正面走来，潘桃一看见她眼窝就红了起来，潘桃说，想死人啦！

想念的本是成子，走来的却是潘桃。事实上，当厮守和见面都不能成为事实，想念变成一种熬煎时，成子媳妇看到了她跟潘桃相同的命运。潘桃走来，不是因为她想她，而是因为她们相同的命运。可是，一且因为同命相怜想起潘桃，想见潘桃的愿望比任何时候都更强烈。

　　成子媳妇毫不顾忌的就走上了通往潘桃家的路。而只要走向通往潘桃家的路，成子媳妇就知道自己不是成子媳妇而是李平。不过这没有关系，李平又怎么样呢，她本来就是李平嘛。歇马山庄的屯街有多短促真是只有李平知道。她迈着碎步，没用五分钟就来到了潘桃家。可是，潘桃的婆婆却告诉她，潘桃上镇上烫头去了。

　　歇马山庄的屯街有多么漫长真是只有李平知道，从街西通往街东的路她走了整整一个世纪。

　　掌灯时分，潘桃一个新铛铛的人走进了成子媳妇家。这也是成子媳妇意料之中的事。成子媳妇由街头拐进院子，刚刚打开风门，她的脑中就出现了这样的信息。因而，成子媳妇过了一个充实又有奔头的下午，她先是把黑底白点的纱巾从箱底再一次翻出来，放到炕梢最显眼的地方，然后打一盆凉水放到井台边晒，当水在盆子里被烈日滋滋地烤着的时候，她趴到炕上踏踏实实睡了一觉。好几天了，她都白天也是晚上，晚上也是白天，困死了。下半晌，成子媳妇醒来，把晒好的水端进偏厦，坐到里边洗了个透澡，好像要洗掉所有的煎熬。洗着洗着，姑婆婆来了，姑婆婆一进院就大声吵叫，怎么大敞着门不见人，死到哪里去了？姑婆婆自从在成子媳妇跟前找到做婆婆的感觉，用词越来越讲究，什么话都要流露点骂意。成子媳妇细细的声音从偏厦飘出来，姑姑，在这儿，洗澡那。姑婆婆一听，语气更泼，男人不在家洗给哪个死鬼看嘛，再说大夏天的干吗不上河套？成子媳妇赶忙说，就不兴为女人洗。这是一句即兴的玩笑话，可是说完，成子媳妇美滋滋地笑了。

　　潘桃进门时，成子媳妇的姑婆婆已经走了，堂屋里，成子媳妇正在扒土豆，眼睛不时地瞅着门外。当挎着红色皮包、穿着紫格呢套裙的潘桃在视野里出现，成子媳妇眼眶里突然就涌满了泪花。她从灶坑徐徐站起，她站起，却不动，定定地看着潘桃，任潘桃在她的泪花中碎成万紫千红。

　　见李平眼泪在腮上滚动，潘桃一拥就将李平拥进怀里，低吟道，真想你。

　　潘桃的一拥，拥进了太多太多，拥进了从春到夏她们之间所有的罅隙。潘桃紧紧拥着李平，许久，才松开来，开始自己的诉说。她说自从上次分手，她一直很后悔，后悔那天不该生李平的气；她说像她婆婆那样的人，即使你不理她她也不会放过你，先和她把话说尽了反而更清静，当时都因为太盼李平太想李平，一时间昏了头脑；她说这些日子天天都想过来看李平，向她赔不是，可是天天都下不了决心，不是放不下面子，而是怕李平不给面子；她说她三天一趟河套两天一趟河套，以为能在那里遇上，可后来有人说，李平根本不上河套洗澡；她说今天回家来，听说李平来过，门都没进就过来了。

潘桃不停地诉说，每一句话，每一个字都是真实的，可是说着说着，被自己的真实吓住了。她低下头，打开身上的皮包，从中取出一个发夹，往李平刚刚洗过的头上别。李平戴上发夹，抹一把眼泪，把潘桃拽进里屋，拿起放在炕上的纱巾，打开，给潘桃系上。李平说，上次去你家就带去了，结果……两个人说着，同时来到镜前，见她们的双眼皮都有些红肿，都禁不住孩子似的笑了起来。

第二天，潘桃一早起来，梳洗完毕，吃罢午饭，系上李平给的纱巾，就朝李平家走去。纱巾的位置看上去是在脖子上，而实际这是朋友友情在心目中的位置——纱巾的位置有多显赫，朋友在你心中的位置就有多显赫。潘桃朝李平家走去，可是刚刚走出门口不远，就见李平戴着她送的发夹款款走来。她们会意地向对方走近，脸上洋溢着喜悦——既为看到对方喜悦，又为看到对方的积极喜悦。因为离潘桃家近，她们就势返回潘桃家，而这一次，在院中看到潘桃婆婆，李平礼节性地笑笑，一步不停地朝屋里走，好像一旦停下就伤害了潘桃。

因为第一次的任性导致了不该有的熬煎，友谊伊始，两个人都小心翼翼，仿佛那友谊是只鸡蛋，不能碰，一碰就会碎掉。就这样，她们今天你家明天我家，后来，为了减轻没有必要的负担，她们干脆就上李平家，或者就到门口的树荫下，或者，找一个理由到镇子上逛。

夏天的美好是用水做成的。白日里，树下的倾谈是那山里小溪的水，有着潺缓的、晶莹的形态，去往镇子的公路上，肩并着肩的倾谈是那渠道里的水，有着丰满然而规则的势头；夜晚里，一铺炕上头对头的倾谈是那湖里的水，有着深不见底幽暗无边的模样。水的流动推动了时光的流动，时光的流动全然就是水的流动，霞光满天的早上流走的是每日一小别之后各自细琐的经历，蝉声嘶哑的午间流走的是身边一些女伴和同学的故事，寂静无声的夜晚流走的，却是她们自己的故事。有时，她们就那么静静的，谁也不说话。她们眼睛看着路上的行人，远处的山脊，灯光下的天棚，任时光流成一眼深井里的水。但更多的时候，她们心中的水和时光的水还是要同时流淌的。她们有时是平铺直叙，没有选择，遇到什么讲什么。路上看到青蛙跳到水里，潘桃就说，小时候看到青蛙，常常想要是托生个青蛙多么不幸，一辈子就坝上坝下地跳，有什么意思，谁想到自个长大了，也和青蛙差不多，只在街东街西地走。李平说，还说你浪漫，浪漫的人是绝不会悲观的，人怎么能和青蛙一样，人街东街西地走，是为了寻找知音，有知音的人和只知哇啦哇啦叫的青蛙能一样吗，有知音的人和没有知音的人都不能一样。讲到青蛙和人，自然就讲到了命，讲到命，自然就讲到了那个决定她们命运是这样而不是那样的恋爱。而讲到恋爱，她们却要讲一点技法，要倒叙或者插叙，要搞一点悬念卖一点关子。潘桃说，你知道我是怎么爱上玉柱的吗？李平说，还不是他答应你把你的户口办到城里到城里安家，好多做美梦的女孩都是这么被人骗到手的。潘桃说才不是呢，有条件在先那叫什么爱情？李平说，你难道没有条件？潘桃说，要不怎么说我浪漫，那时候我高中毕业，在镇上开理发店，到理发店里追我的人相当多，镇长的儿子厂长的侄子都有，可是我没一个往心里去。那时我正迷恋孙国庆《走四方》那首歌，其实也说不清是迷孙国庆还是迷《走四方》，有一天下班，往家走的路上，正唱着，就发现前边有一个人背着行李，大步流星地走在夕阳里的山岗上，那山岗就是歇马山庄的山岗，因为是下坡，那个人走起路来一冲一冲的，简直就跟 MTV 中的孙国庆一模一样。我放开车闸，快速冲下山岗，撵上那个人，我喊了一声孙国庆，你猜听到我的喊他怎么样？怎么样？他听我喊，顿了一下，接着，嗷的一声就唱了起来，"走四方，水迢迢路长长，迷迷茫茫一村又一庄——"当天晚上，我们就在小树林里约会了。李平静静地看着潘桃，羡慕地说，你真是爱情的宠儿，够浪漫的。

她们有时尽量给对方一些机会，让对方说，自己静静地听，似乎多说了，就多占了便宜，而她们都宁愿对方多占便宜。但有时，却是需要交换的，是需要你一段我一段的，比如潘桃讲了自己的恋爱，李平就必须讲她的恋爱。这种时候，不用潘桃逼，一个静场，李平就知道该自投罗网了。在进入夏季之后，在与潘桃有了密切交往之后，李平发现，她一点也不在乎提起过去了，这并非因为只有过去，才能解决她们的现在，而是她已经拥有了挑选和省略某些过去的能力，拥有了虚构过去的能力。这其实一点都不难，只要你略微的谨慎稍微的用心。李平说，你知道我是怎么爱上成子的吗？潘桃说，我当然知道，肯定是他答应你在城里给你盖栋高楼，要不一个在城里打工的小姐哪肯嫁他。李平说，你真聪明，我这人确实和你不同，我开始是有条件的，我把条件看得很重，我从进城打工那天，就没想再回乡下，所以我的眼光就从来没想看什么民工。与成子相识，完全是个偶然，他跟他的包工头到酒店吃饭，我给上茶倒酒，一下撞了他的手，后来他就老来纠缠我，我开始反感他反感得要命，觉得是癞蛤蟆想吃天鹅肉，可是有一天，他给我送来一封信，信上说，我不是一般的民工，我是我们包工头的侄子，我在城里不但有房子，还可以给你找工作。我看完信就约了他。就这么的，我被骗回了歇马山庄。李平在说自己恋爱过程时，没有讲出属于爱情肌理那一部分，但这一点潘桃并不追究，她不追究，不是相信李平就是那样功利的人，而是把这看成是李平对自己的一份情谊——故意用自己的不好衬托别人的好，潘桃说，好你个李平！

　　李平和潘桃好上了，这在歇马山庄两个新媳妇中间，既是心理的，又是身外的。心理上，她们谁也离不开谁了，她们一早醒来，只要睁开眼睛，就看到对方的笑脸。她们的好，既像是恋爱中的女孩，又有别于恋爱中的女孩。像的是，她们都因为生活中有着另一个人，才有了交谈的内容和热情，不像的是，恋爱中的女孩没有敞在院子里漫长的日子，而她们有日子。现在，她们发现，她们彼此就是对方的日子。有一回，她们正趴在墙头，彼此眼对眼地看着，李平突然说，潘桃，你想没想过，一个人一生中，面对的和感兴趣的，其实就一个人。潘桃懵懂，轻轻地眨巴眼睛，你什么意思？李平说，我上小学时，有一个叫兰子的女伴，她皮筋跳得好，我俩只要离开课堂，天天在一起；上中学，又有个叫迟梅的同学，她妈是知青，我被她头上的红发卡吸引，上学放学，总要一起走；进城，在第一家饭店，有一个比我小一点的同乡，普通话说得好，有事没事，我总愿去找她，听她讲话；结了婚，有了成子，就谁都不在心上了，谁知，成子一走，心里空了，老天就派来了你。有了你，我都快把成子忘了。潘桃不语，似在琢磨。李平说，细想想，女人的世界其实没多大，就两个人，两个人就是世界；细想想，世界多大都跟你没关系，玉柱是你丈夫，可是现在，此时此刻，你能说他跟你有什么关系吗？潘桃终于琢磨出头绪，说，李平，你很深刻。潘桃一边佩服地看着李平，一边用手抚着李平肩上的头发，那样子好像她与李平的关系，因为李平深刻的提示而更加深入了一层。地瓜蔓爬到这一层，真的是不可只用长度来度量了。

　　心里的东西，无疑要溢到身外，就像瓜熟了总要裂出沟痕。潘桃和李平相好之后的那个秋天，动辄就肩并肩地穿过屯街穿过田野向镇上走去。潘桃一直是注重打扮，现在则更加注重了，不过她再也不化浓妆，不穿艳丽衣服，而像李平那样化淡妆，穿灰调子的衣服。随着与李平友情的加深，她认识到，李平的洋气，是从对色彩的选择开始的。李平自从那件穿了一个春天的毛衣外套脱掉，再也不守一件衣服只要穿就穿脏穿旧的原则了，不换衣服其实是对自己美好时光的作践，她开始由最初的半月一换到后来的一周一换。随着与潘桃友情的加深，李平渐渐认识到，结了婚就逼迫自己进入一种乡下女人的日子是多么大的错误，人生不会有几度青春，在青春里要毫不气馁地挽住，青春这东西，你抓住一百，才能留住五十，你如果只抓五十，就连二十都留不住。潘桃身上那种不向现实就范的孩子气，确实唤醒了李平一段时间以来极力用理性包裹着的东西。事实上，理性永远是理性，理性包不住热情，就像纸包不住火。两个人由友情的加深开始了相互的欣赏，由相互欣赏开始了形影不离，好像只有这样，才能使她们有一种相加的力量——她们在大街上走时，心底里感到的是一种相加的力量。

　　潘桃和李平好上，这是大家有目共睹的事实。入秋之后，一些不很中听的议论便像秋雨后的蘑菇一样长了出来。现在的年轻人，学好不能，学坏可是太快了，那成子媳妇，刚来时还本本分分的，现在可倒好，日子都不想过了，地里的庄稼十天半月也不去看一回。要俺看，不是潘桃把成子媳妇带坏，而是成子媳妇把潘桃带坏，她在城里待过，再说，潘桃她妈在咱村子里，谁不知道是最会过日子的人，根儿在那呢。

　　对于谁带坏谁的问题，潘桃婆婆和李平的姑婆婆都表现得比较谦虚，潘桃婆婆一再说是让她的儿媳妇带坏了，成子媳妇刚结婚时，并没这样，人家一春天就穿一件衣服。李平姑婆婆却说，还是让她的侄子媳妇带坏了，怎么说潘桃是天天上她的侄子媳妇家，而不是她的侄子媳妇上潘桃家，要是她的侄媳妇不拿什么引逗她，她怎么能老去！再说，潘桃早先搞过烫发，也没变过发型，现在可倒好，几天一变几天一变，绝对是她的侄媳妇带坏了潘桃。然而，不管谁带坏了谁，不管有多少议论，潘桃和李平是不在乎的。对于不在乎的人，议论，就像肥料对于一株已死的稻苗，不会起半点作用。相反，有村里人的议论，有两个婆婆的议论，潘桃和李平不向山庄女人就范的理想更清晰起来。

好是真好，但是偶尔的，一点微妙的不快，也还是时有发生。有一次，在镇子一家理发店烫头，一个曾经追过潘桃的小伙一边梳理潘桃的头发，一边开玩笑说，有一种办法可以叫你们烫头不花钱。李平说，什么办法？小伙子说，亲一口。李平说，这可是个不错的交易，我看行。小伙子分明是撩人，李平也分明是迎合了这种撩，潘桃一下子就生气了，从理发店出来，潘桃绷着脸，一路上不跟李平说话。见潘桃生气，李平知道不经意间，露出了自己在城里学坏的小尾巴，快到家门口时，就主动邀请潘桃，说，今晚到我家睡吧。其实，走到半路，潘桃已经不生气了，可是一时又拉不回来，听李平邀她，便赶紧答应，好，不回家了，就让婆婆痛痛快快讲去吧。

一场不快，引出的就是这样一个结果，往友情的深度再走一步，像赎罪，更像奖赏，且这奖赏又往往是你给一寸我给一尺，你给一尺我给一丈。潘桃背着在婆婆面前夜不归宿的风险住了下来，李平便毫无疑问要掏自己最最真挚的东西。然而那东西是什么，一时并不清楚，还需一点点留心一点点寻找。关门之后，屋子一下变得温馨起来，宁静起来，以往，潘桃也在晚饭后到李平家坐过，但因为没有想不走，感觉还是很不一样。要走的夜晚，温馨和宁静往往浮在表面，与人的肌肤和喘息离得很近，让你时刻担心它会一瞬之间溜走；而决定不走的夜晚，温馨和宁静却是沉在墙壁里和天棚上，是那种旷远的、与人隔着距离的凝视，专注而深情。关了屋门，拉了窗帘，洗了脚，放了褥子和被，钻进被窝的潘桃和李平，第一次萌生了孤独的感觉。村庄的山野，黑夜，万事万物都离她们那么远，它们注视着她们，却离她们那么远。或者，它们是因为注视，才让她们觉得远，觉得孤独、孤单。有了孤独的感觉，同病相怜的感觉尤其重了，看着潘桃黑幽幽熟透了葡萄一样的眼睛，黑里透红的瓜子脸，丰满的小猪一样蜷在被子里的身体，李平突然就知道该给潘桃什么东西了。李平说，潘桃，咱俩好是不是？潘桃说，这还用问！李平说，要好，就该像姐妹那样掏心窝子，不能说谎是不是？潘桃翘起脑袋，警觉道，我跟你说什么谎了吗？李平笑了，说，你觉什么惊嘛，我是说我自个儿。潘桃翘起的脑袋又陷下去。你说谎了吗？李平收回笑，目光里有一泓清澈的水雾喷出来。潘桃。李平说，语调十分的轻也十分的亲：我其实骗了你，我和成子的恋爱，其实并不是我上次讲的那个样子。潘桃说，这你不说我也知道，你是故意把自个说得很坏。李平说，不，不，你不知道，你不可能知道，我其实嫁给成子时，已经不是女儿身了。潘桃愣住，眼睛直直地瞅着李平。李平说，十八九岁时，我比你浪漫，我那时太幼稚，以为只要有真心，城里肯定有我的份儿，实际上完全不是那么回事。城里狼虎成群，你有真心，只能是喂狼喂虎。进城第二年，我爱上一个酒店经理，也确实是因为他的身份吸引了我，可是他骗了我，他有老婆，他和我好只是为占便宜。后来，他让他老婆当着众人的面寒碜我……受了伤害，堕落两年，赚了些钱，那时我以为自己从此就完了，那时我对男人充满仇恨，对人生十分绝望，也想不到还会有什么真情。算是老天可怜我，让我遇到成子……遇到成子，我就发誓，我要把自己最真的东西给他，一生一世……李平说得十分平静，仿佛在说别人的故事，可是，泪却从她的眼眶漫了出来。潘桃伸出手，抹了李平眼角的泪，紧紧攥住李平的手，说不出话。李平说，那些男人，没一个好东西，越是知道你是假的，越是要上，真的，他们反而吓的往后退，就不知道这是为什么。潘桃往李平身边挪了挪，靠得更近了。潘桃说，李平，不能想象那是什么样的日子，真的不能想象，不过，有些经历，并不是坏事，不管好经历坏经历，我其实很羡慕一个人有经历，经历是财富。潘桃说着，赶紧揭开被子，钻到李平被窝。李平感激地搂住潘桃，说，你真的是这么想吗，你不觉得我脏吗？潘桃说——气哈在了李平脸上——当然是真的，在我眼里，你是世界上最最干净的人。

这样的夜晚，你一尺、我一丈，你一丈、我十丈，她们一步步往前走，走出一片沼泽、一片湖泊，走出一条康庄大道。她们没走进时，根本不知道那里有什么、会怎么样，她们一旦走进去，便看到了无穷无尽的景色——她们不管穿过的是什么，最终的结果，都是看到了无穷无尽的景色。

<h1 style="text-align:center">五</h1>

有了伴的日子要多快有多快，转眼之间，夏天过去，秋天也过去了，整个歇马山庄苞米都收光了，只剩成子家的苞米还在地里独立寒秋。再不收已经说不过去，李平便携了潘桃来到自家苞米地里。这一天，听到树叶哗啦啦响，从另外的空间感受了时光的流逝，李平想起，自己居然四五个月没有回一趟娘家了。她于是告诉潘桃，苞米收完，她要回趟娘家，住个三天五天。李平正说着，潘桃砍苞米的手不动了。许久，她转过脸，对李平说，娘家这么远，看不看其实都一样，全是形式，我都不怎么回。李平说，这可不是形式，是牵挂，你不回，隔三岔五总能望见，能听见。潘桃明知道李平的话是在理的，可是偏偏不往理上说。她说你总改不了你的面面俱到，把自己搞得不像自己，你要走，我就上城里去看玉柱。不叫有你，我不知去了几千回了。这一回，仿佛一颗子弹打中了李平。潘桃上城看玉柱，这和李平没有一点关系，可是这话却像颗子弹，一下子就制服了李平，她长时间不语。事情弄到这步田地，这么你一尺我一丈地往深处走，她们都看到，等在前边的，绝不是什么美好景色，谁就此打住谁才是聪明的。李平当然不是傻子，再也不提回娘家的事了。她不提回娘家，潘桃也不说上城，两个人便一心一意地砍着地里的苞米。

然而，这一事件之后，无论是李平还是潘桃，都隐隐地感到，她们之间有了一道阴影。那道阴影跟她们本人无关，而是跟她们所拥有的生活有关，但又不是她们眼下的生活，而是在她们眼下的生活之外，是她们的更大一部分生活，只是她们暂时忘了它们而已。还好，她们并没有就此想得更多，她们也根本没往深处想，她们只是希望在她们暂时的生活中发生一些什么事情来驱走阴影。

事情确实发生过。是在第一场霜落到歇马山庄山野地面那天发生的。那一天，李平姑婆婆天还没亮就来到成子家，拽开了屋门。姑婆婆显然没有洗脸，眼角滞留着白白的眼屎。姑婆婆进到屋里，不理李平，两手捏着腰间的围裙，气哼哼直奔李平新房。当她站在新房的中央，看到了炕上被窝里确如她预料的那样，还躺着一个人，嘴唇一瞬间哆嗦起来。你……你……姑婆婆先是指着炕上的人，然后仿佛这么指不够准确，又转向了从后面跟进来的李平。姑婆婆的脸青了，如一张茄子皮，之后，又白了，如干枯的苞米叶。姑婆婆看定她眼中的成子媳妇，眼里有一万支箭往外射。姑婆婆终于说出话来：我告诉你成子媳妇，我们于家说的可是一个媳妇，不是两个！看你把日子过成什么样子，弄那么一个妖不妖仙不仙的人在身边，这是过日子吗?! 李平起初还决定忍让，让姑婆婆尽情抖威风，可是见出语伤人，又伤的是潘桃，便说，大姑，别这么说话，不好是我不好。这时，潘桃从炕上翻了起来，嗷的一声，李平你没有错你凭什么认错，要错是你大姑的错，她嫁出去的姑娘泼出去的水，凭什么回来管你于家的事！于家的日子怎么过，跟她有什么关系！然而潘桃刚说完话，堂屋里就冲出了另一个人的声音：潘桃你是谁家媳妇，你能说你不是老刘家的媳妇吗，谁允许老刘家的媳妇住到老于家？

进门的是潘桃的婆婆。显然，李平的姑婆婆和她早已串通好；显然，两个年轻媳妇形影不离时，两个老媳妇也早就形影不离剑拔弩张了。见两个婆婆一齐指向潘桃，李平终于忍不住，李平说，这确实是我的家，你们这么一大早闯进别人家吵架，是侵犯人权，都什么时候了，都新世纪了。李平的声音相当平静，语调也很柔和，但谁都能听出其中的不平静，其中的凌厉。这一点潘桃很感意外，似乎终于从李平身上看到了对浪漫的维护。

李平能说出这样的话，自己也毫无准备。但那话一旦出口，就有了一种理直气壮的感觉，站稳站直的感觉。这感觉对此刻的她，要多重要就多重要。有了这感觉，可以从骨子里轻视姑婆婆们的尖刻话语，可以冲她们笑，可以听了就像没听到一样。说出那样的话之后，李平转身就离开屋子，到院子里打水洗脸。潘桃也跳下炕，随她来到院子里，留下两个婆婆在屋子里疯狂地自言自语。

人与人之间的关系，说来也是非常奇妙，你硬了，她反而软了，两个婆婆从屋里走出来时，居然彻底地改过脸色，好像刚才满脸乌紫的她们从后门走了，现在走出来的是她们的影子。她们在院中央停了下来，潘桃的婆婆说：桃，我都是为了你好，都是村里人在说。李平的姑婆婆说：侄媳妇，就算俺狗咬耗子多管闲事，你可千万别生气，你俩可要好长远点。说罢，她们飘出院子，剩下潘桃李平四目相对。

一场胜利不但将潘桃和李平的友谊往深层推了一步，抹去了阴影，且让她们深刻地认识到，她们的好，绝不是一种简单的好，她们的好是一种坚守、一种斗争，是不向现实屈服的合唱。她们的友谊有了这样的升华，真让她们始料不及，有了这样的升华，夜里留在李平家睡觉的意义便不再是说说话而已，睡觉的意义变得不同凡响了。因为睡觉的意义有了这样重大的不同凡响，后来的日子，她们即使没有话讲，也要在一起。她们在一起，看一会儿电视，就进入睡梦，仿佛是个简单的睡伴。

然而，她们的未来生活，潜伏着怎样的危机，姑婆婆那句意味深长的话，到底有着怎样的寓意，她们一点都不曾知道。

那个山庄女人现有的生活之外的生活，那个属于她们的更大一部分生活，是在什么时候又转回山野，转回村庄，转回家家户户的，谁也说不清楚。它们既像地球和太阳之间的关系，是公转的结果，又像地球和自己的关系，是自转的结果。说它公转，是说它跟季节有着紧密的联系，说它自转，是说它跟乡村土地的瘠薄留不住男人有着直接联系。它最初磕动山庄女人们的心房，是从寒风把河水结成冰碴儿那一刻开始的。其实是那日夜不停的寒风扮演了另一部分生活的使者，让它们一夜之间就铺天盖地袭击了乡村，走进了乡村女人等待了三个季节的梦境。它们先是进入乡村女人的梦境，而后在某个早上，由某个心眼直得像烧火棍一样的女人挑明——上冻啦，玉柱要回来啦——她们虽然心直，挑明时，却不说自家男人，而要从别人家的男人打开缺口。而这样的消息一经挑明，家家户户的院子里便有了朗朗的笑声，堂屋里便有了霍刺霍刺的铲锅声。潘桃，正是从婆婆用铲子在锅灶上一遍一遍翻炒花生米时，得知这条消息的。到了冬天，在外做民工的男人们要打道回府，这是早就展现在她们日子里的现实，可一段时间以来，她们被一种虚妄的东西包围着，她们忘掉了这个现实之外的现实，或者说，她们进入了一个近在眼前的现实。那个属于山庄每一个女人的巨大的现实向潘桃走近时，潘桃竟一时间有些惶悚，不知所措。那情景就仿佛当初玉柱离她而去那个早上。潘桃将这个消息转告李平，李平的反应和潘桃一样，一下子愣在那里。她俩长时间地对看着，将眼仁投在对方的眼仁里。看着看着，眼睛里就同时飞出了四只鸥鸟。它们开始还羞羞答答，不敢展翅，没一会儿，就亮开了翅膀，飞向了眼角、眉梢，飞向了整个脸颊。对另一部分生活的接受不需要太多的时间，它们原本就是她们的，它们原本是她们的全部，她们曾为拥有这样的生活苦苦寻觅，她们原以为一旦觅到就永远不会离开，可是，它们离开了她们，它们毫不留情，它们一走就根本不管她们，让她们空落、寂寞，让她们不知道干什么好，竟然把猪都放了出去，让她们困在家里觉得自己是一个四处乱爬的地瓜蔓子。一层一层想到过去，李平感激地看着潘桃，潘桃也感激地看着李平。李平说，真不敢想象，要是不遇到你，我这一年怎么打发？潘桃说，我也不敢想象，要是你也旅行结婚，不在大街走那么一回，让我看见你就再也放不下，我的生活会是什么样子。李平说，其实跟怎么结婚没有什么关系，主要是缘分，还是命运，谁叫我们都是歇马山庄的新媳妇。潘桃说，我同意缘分，也同意命运，但有相同命运的人不一定能走到一块儿，就说你姑婆婆家的两个闺女，结婚当年就生了孩子，就乳罩都不戴了，整天晃着脏乎乎的前胸在大街上走，你能跟那样的人交往？潘桃说完，两人竟咯咯地笑起来，最后，李平说，潘桃，看来我们需要暂时地分开了。潘桃说可不是，真讨厌，他们倒回来干什么?!

矫情归矫情，盼望还是一点点由表及里地进入了她们的日常生活。潘桃不再动辄就往李平家跑了，而是在家里里外外收拾卫生。李平不但地下棚上家里家外扫了个遍，还到镇子上买来天蓝色油漆，重新漆了一遍门窗。盼望在她们做完了这一切之后，又由表及里地进入了她们身体，在夜深人静的时候，在她们分别从内心里赶走对方，一个人在新房里默默地等待一个如胶似漆的拥抱的时候，一种刻骨铭心的身体里的饥渴竟山塌地陷般率先拥抱了她们。

冬月初三，歇马山主的民工们终于有回来的了。他们先是由后街的王二两带头，然后山路那边，就出蘑菇一样，一个一个钻出来。他们由小到大，由远到近，几乎两三天里，就一股脑拥进村子。他们背着行李，大步流星走在山路上的样子，就像电影里的土八路，他们进村之后每家每户攥鸡攥鸭的样子又像鬼子进村。歇马山庄，一夜之间，弥漫了鸡肉的香味烧酒的香味。这是庄户人一年中的盛典，这样日子中的欢乐流到哪里，哪里都能长出一棵金灿灿的腊梅。

然而，欢乐不是乡村的土地，不可以平均分配。在欢乐被搁浅在大门外的人家，腊梅是一棵只长刺不开花的枝条。当捎口信的人说，玉柱和他的父亲，和一家装修公司临时签了合同，要再干俩月。空气里顿时就长出了有如梅花瓣一样同情的眼睛。在外边，谁能揽到额外的活谁就是英雄好汉，谁就被人羡慕，可回到家里，就完全不同，捎信人倒变成了英雄好汉。捎口信的人刚走，潘桃就晃晃悠悠回到屋子，一头栽到炕上。

在婆婆眼里，潘桃的表现有些夸张了，无非是晚回来几天，又不是遇到什么风险，是为了赚钱，大可不必那个样子。再说了，就是真的想男人想疯了，人面上也得装一装，那个样子，太丢人现眼了。但是，婆婆没有说出对潘桃的不满。自从寒风把男人们要回来的消息吹了回来，婆婆也变了样子，变回到年初潘桃刚结婚时那个样子，一脸的谦卑，好像寒风在送回山庄女人丢失在外的那一部分生活时，也带回了温和。潘桃的婆婆不让潘桃干活，不停地冲潘桃笑，当天晚上，还做了两个荷包蛋端到西屋，小心翼翼地说，桃，起来吃啊，总归会回来的嘛。

一连好几天，潘桃都足不出户，她的母亲闻声过来叫过她，要她回娘家住几天，潘桃没有答应。父亲回来了，娘家的欢乐属于母亲而与她无关。婆婆劝她上外边走走，散散心，或到成子媳妇家串串，潘桃也没有理会。山庄的女人一旦被男人搂了去，说话的声调都变得懒洋洋了，她不想听到那样的声音。李平倒不至于那么肤浅，会当她的面藏着掖着，故意说男人回来得不好，甚至会说多么想她，可是，好是藏不住也掖不住的，相反，越藏越掖越露了马脚。冬月，腊月，两个月的时光横亘在潘桃面前，实在是有些残酷了，它的残酷，不在于这里边积淤了多少煎熬和等待，而在于这煎熬和等待无人诉说，而在于这煎熬和等待里，抬头低头，都必须面对一个人——婆婆。

女人的世界其实没多大，就两个人。李平实在了不起，李平的总结太精辟了。李平的男人回来了，就有了她的又一个世界，李平有了那样男人女人两个人的世界，便抛下她，撇下她，婆婆便成了她唯一的世界。最初的日子，潘桃对婆婆是拒绝的，不接受的，婆婆冲她笑，她不看她，婆婆把饭做好，喊她吃饭，她爱理不理，即使吃，也要等着婆婆的喊停下十几分钟之后，那样子好像是婆婆得罪了她，是婆婆导演了这天大的不公。结婚以来，她一直拒绝着与婆婆交流，她将一颗心从李平那里收回来，等待的本是玉柱那巨大的怀抱，现在，那怀抱不在，却出现了躲避大半年的婆婆，这哪里是什么不公，简直就是老天爷冥冥之中对她的惩罚，那意思好像在说，这一回看你怎么办？

　　老天爷对潘桃的惩罚自然就是对潘桃婆婆的奖赏，老天爷把儿媳妇从成子媳妇那里夺回来，又不一下子送到儿子怀抱，潘桃婆婆真是不敢相信这是真的。十几年来，男人一直在外边，独自守日子惯了，男人早回来晚回来，已不是太在乎。换一句话说，在乎也没用，你再在乎，为过日子，他该出去还得出去，该什么时候回来，还是什么时候回来，凡是命中注定的事，就是顺了它才好。而儿媳妇就不一样，命中注定儿媳妇要守在你身边，如何与她相处，做婆婆的可是要当一回事的。潘桃婆婆也知道，这新一茬的媳妇心情飘得很，跟那春天的柳絮差不多，你是难能捉到的，尤其一进门男人又扔下她们走了。但她抱定一个想法，她们总有孤寂的时候，她们孤寂大发了，她们那颗心在天空中飘浮得累了、泛了，总要落下来，落到草垛空隙间和墙头上。她们一旦落下来，便要多缠绵有多缠绵，有时候，都可能缠绵得为一句话、一个眼神争得脸红或吵起架来。歇马山庄新媳妇不到半年就闹分家，就跟婆婆打得不可开交的实在太多了，为了能和儿媳处好，潘桃婆婆在潘桃孤寂下来那段日子，拼命和她说话，恨不能把自己大半生心里的事都敞给她，有时说得自己都不知为的哪一出，可是想不到这反而把儿媳说远了，把儿媳推给了成子媳妇。她怎么也想不到，村子里居然出了个成子媳妇。那段日子，做婆婆的心底下翻腾得什么似的，都快成一块岩浆了，飘飞的柳絮没落到自家的墙头落进了人家，实在叫她想不通。这且不说，忽而的进进出出，她看她都不看，把这个家当成了一个旅馆、饭店，这也可以不说，关键是，她从来就没叫她一声妈！这就等于她们还没缠绵就吵了起来，等于她们压根儿就没有好过。她们为什么要这样呢？这样子其实两边不讨好，人们会说，一边没娶上好媳妇；一边没遇上好婆婆，这实在是丢了刘家祖宗的脸。也是的，拉不近儿媳，心里气不过，就和成子媳妇的姑婆婆好上了，也是同病相怜的好，她们原来一点都不好。成子媳妇的姑婆婆曾哭天哀地地买了潘桃婆婆家一只老母鸡，说是娘家老爹得了风湿病，要杀给老爹吃，结果，潘桃婆婆在让利十块钱卖给她的第二天，就听人说她拿到集上卖了十五块。为此她们三四年没说话。两个被儿媳妇和侄媳妇抛弃的女人不得不又好上，把各自的媳妇讲得一塌糊涂，然而潘桃婆婆无论怎么讲，有一点是清醒的，那就是，只要儿媳妇回到她身边，她是肯定不会再讲她的。现在，这样的机会终于来了，虽然做婆婆的还弄不清楚，儿媳妇人在身边，心是否也在，可是她的心不在这儿又能在哪儿呢，人家成子媳妇抛了她。人在自信时总会变得聪明，儿媳的心从外边收回来了，潘桃婆婆为了这个收，尽量找一些合适的话来说。婆婆知道说别人潘桃不会感兴趣，就说成子媳妇。她当然不能说她好，成子媳妇现在已经够好的了，好得都把潘桃忘了，再说她好她就该飞上天了；也当然不能说她的不好，毕竟她是潘桃的朋友，她们好时差不多穿了一条腿裤子。婆婆的话是那些不好也不坏的中间性的话。这有些不好把握，如履薄冰，但自信有时候还给人勇气，潘桃婆婆是一步步试探着往前走的。婆婆说，成子媳妇也不容易，爹妈都不在身边儿，又没有婆婆。这话的潜台词是，哪里像你，爹妈在身边又有婆婆，你该知足。婆婆说，成子媳妇倒挺随和，可怎么随和，那脸上都有一些冷的东西，叫人不舒坦。这话的潜台词是，你尽管不随和，各色一些，但面相上还是看不出的。婆婆说，成子媳妇看上去老实本分，其实村里人都说她很风流，是那种不显山不露水的风流，她脸上那一点冷，就是遮盖着她的风流。这句话的潜台词是，你尽管看上去很浪，但其实骨子里是本分的。婆婆所有的话，都是要从潘桃和成子媳妇的比较中找到潘桃的优势，从而巧妙地达到安慰的效果。然而，这些话恰恰是最致命的。安慰本身，就是一种照镜子，婆婆实际上是搬了成子媳妇这面镜子来照自己，自己无论怎么样，都在这面镜子里。自己难道是要成子媳妇来照的吗?! 当然，最致命的，还不是这个，而是那些关于谁最风流的话，风流，在歇马山庄，并不是歌颂，是最恶毒的贬斥，这一点没有人不清楚，可是此时此刻，在潘桃心中，它经历了怎样的化学反应，由恶性转为了良性，潘桃一点都不知道。她只知道在听到婆婆强调李平的风流时，她的心一瞬间疼了一下，就像当初在街门口，看到成子媳妇与成子挽手走过时，心疼了一下那样，她想我潘桃怎么就不风流呢？她的眼前出现了李平被成子拥在怀中的场景，出现了李平被许多城里男人拥在怀里的场景。李平被成子拥在怀中，被一些城里男人拥在怀中，并不是在歇马山庄里与自己厮守了大半年的那个李平，而正如婆婆说的，是风流的，是从眼睛到眉梢，从脖子到腰身，通通张狂得不行了的李平。堂屋里的空气一层层凝住了，有如结了一层冰。这让潘桃婆婆有些意外，她说的话在她看来是最中听的话。潘桃婆婆先是从潘桃眼中看到了冰凌一样刺眼的东西，之后，只听潘桃说，当然成子媳妇风流，你们哪里知道，她结婚之前，做过三陪，跟过好多男人了。

说出这样的话，潘桃自己没有防备。她愣了一下，目光中婆婆的眼睛也瞬间瞪大，愣了一下。但是话刚出口，她就觉出有一股气从肺部蹿了出来。多日来，那股气一直堵着她，在她的胸腔里肺腑里鼓胀，现在，这股气变成了一缕轻烟，消失在堂屋里，潘桃感到了从未有过的轻松。

六

在与成子团聚的时候，李平并没有像潘桃想象的那样多么放纵多么放肆，李平十分收敛，新婚时毫无顾忌的样子一点儿都不见了，好几次，成子从院里走进堂屋，顺手往她的胸上摸一把，她都没好气地说，你——粗鲁！晚上，成子不顾一切，把炕上的石板弄出声响，也希望李平有点动静，可李平就是不出声。成子着急，胳肢她笑，李平恼怒着说，怎这么没脸皮。李平不够放松，有意收敛，激起了成子的恼火，你，刚分手不到一年就变了心，为什么？见成子恼火，李平直直地看着他，目光忧郁着说，成子，你才变了，年初你还是个孝子，怎么不到一年就变得这么粗，你不想想，咱们是两个人，可爸在外干了一年回来，还是一个人，你不为他想想。见媳妇的拘谨是出于一份善良，成子的恼火转成感动，热烈的亲密便只缩到被窝深处，并且，一场酣畅淋漓的亲密之后，两个人往往看着天棚，看着窗外寂静的夜声，会立即陷入一种静默，好像他们做了什么不该做的事，有了罪过。刚进于家，因为不能设身处地，李平并没有这么深入地体会公公，那天，成子和公公从外面回来，她做了一桌好菜，她和成子有说有笑，可是公公吃了几口就放下筷子出去了，公公出院儿，李平也放下筷子跟了出去，见公公直奔西山顶婆婆坟地，那一刻，李平知道这个春节、这个团聚的日子该怎么过了。她绝不让成子在大白天走近她，而且有的活儿，比如杀鸡，她和成子追上抓着，却要一手拿刀一手拿鸡走到公公跟前，要公公杀。而干活时，又总是跟公公无话找话，说夏天的干旱，说村长收了几回水利费和农业税，说克郎猪不知为什么有几个月不爱吃食，说养了十只母鸡结果就三只下蛋。李平所说的一切，都是乡下人一年当中最最关心的事情，是乡村日子在一年中的重要部分。李平说这些，单单没提潘桃。在过去的一年中，潘桃是李平日子中最最重要的部分，可是李平没说。李平没说，绝不是有意回避，而是当着公公，她根本想不起潘桃。和公公说话，过去生活中那些被忽视的、不重要的事情，你方唱罢我登场似的，纷纷涌到她的眼前，而与她朝朝夕夕在一起，险些让她忘了鸡鸭猪狗的潘桃却云一样，转眼间无影无踪了。

压抑着团聚的欢乐，每时每刻替公公着想，是李平目前面临的最大的现实，这样的现实又牵连出过去生活中另外一部分现实，使潘桃变成了与现实对立的一个虚无。此刻，潘桃确实成了李平生活中的一段虚无，她已把她忘了，她的每一时刻都是有着紧凑的具体的安排的，比如什么时候磨米磨面，什么时候杀鸡杀猪，什么时候浆洗衣服，什么时候买布料做衣服。唯有上集时，李平才想起了潘桃，想应该喊她一块儿去，可是在家里一直放不开手脚与媳妇亲密的成子早就骑车等在村西路口了。

这一天，与成子上集采买年货的这一天，李平还真的一程一程想起了潘桃，因为李平顺便在镇上烫了头。李平在烫头时，想起了潘桃曾跟她讲过的跟玉柱恋爱的故事，那故事因为有着黄昏的背景，有着音乐的旋律，极其浪漫美丽，李平从理发店出来，与成子肩挨肩往百货店转，心里突然起了一份伤感，为潘桃——直到现在，她还没有跟玉柱见面，她一定是很苦的。李平真实地感受到了潘桃的痛苦，真实地同情潘桃，一路上都在想着潘桃的事，可是，回村路过潘桃家门口，却没有拐进去。非但如此，李平在潘桃家门口走过时，还格外加快了步伐，好像生怕潘桃看见。李平确实是怕潘桃看见的，尤其是跟成子一起。就像在家里不愿意让公公看到他们在一起一样。

一转眼，腊八到了，腊月初八是吃八样豆做的米饭的日子，但是，成子父亲和成子商量，这一天杀年猪。成子父亲要成子提前一天到村里请几个人喝酒。姑姑姑夫，村长和会计，还有和他们在一个工地干活的于庆安、单进奎。这一天成子家每个人都有了自己的活路，成子请客，父亲劈柴，李平切萝卜和酸菜准备杀猪菜。劈柴活累，要动力气，请客活轻，只动动嘴，但成子还是不愿父亲一个人挨门挨户走。一个孤单的人在街上串，总有一种流落街头的感觉。这一天里，于家家里家外都充满了活络的气息，院外，有噼噼啪啪的劈柴声，屋里，有哐当哐当的切菜声，锅底，有呼呼呼呼火苗的蹿动声，锅上有咕噜咕噜水的翻开声。李平的脸粉里透红，红里透着灿烂的微笑。公公脸上尽管没有笑容，但也是平展的、安详的。成子中午回来吃饭向父亲汇报时，语速很快，声调很高，透着压抑不住的自满自足：我先去了黄村长那儿，他一听就答应了，说谁请我不到，你爸请我不能不到。成子的汇报，自然让父亲和李平都凭增了士气。日子在这样的节骨眼上，该是它最有滋味的时候。下午，成子再一次离家时，李平破例喊住他，说，你该把棉袄穿上，外边起风了。成子回屋穿棉袄时，李平抿住嘴，朝成子狠狠地看着，看上去面无表情，但成子一下子就看出来那满得快要溢出来的幸福。其实它已经溢了出来，只是他不点破而已。

日子在这样的节骨眼上，若说有滋味，也是一种农家里极其平常的滋味，若说它平常，其实是说它没有什么波澜不是什么奇迹，是日子正常运行中必该有的事情。然而，这滋味因为一年当中并不多见，因为难得，它也便是农家里最不平常的滋味，是那平静中的波澜，平实中的奇迹。拥有这样波澜和奇迹的于家人，统统表现了一份知足，一份安定，他们一点也不知道他们的生活里还潜藏着什么。

事情是在下半晌露出水面的。事情在露出水面时，没有半点前兆。下半晌，公公劈完柴，到街外的草垛边抽烟去了。李平从锅里捞出鲜绿的萝卜片，正要往热水里切海带，成子从外边大步流星地回来。李平因为有了中午时分跟成子的分别，以为这大步流星里携带的是兴奋，是欣喜，忙抬头迎住他。这一迎可把李平吓坏了，成子的脸扭曲得仿佛一只苦瓜，粗重的喘息从鼻腔传出时，顶出一股李平从没见过的愤怒。应该说，他脸上的愤怒和鼻腔里的愤怒呈一种你争我抢的趋势，把成子整个一个人都改变了，变成了一副穷凶极恶的样子。成子逮住李平目光后，擒小鸡一样把李平从灶台边擒到里屋。成子威逼的目光和手中的力气，让李平感到自己一瞬间变成了一粒尘屑，渺小、轻飘，而成子却仿佛一座山一样高大、威严。李平不知道发生了什么，李平目不转睛地盯着成子，心悬到嗓子眼儿，堵得她喘不过气息。这时，成子哆嗦的嘴唇中吐出了几个字，是石头，但落了地。你骗了我，你跟了城里人，你骗了我。他是希望李平把石头拣起来，扔掉它，可是，李平不但没有拣起来扔掉它，反而将它夯实——迷乱之中，李平也从哆嗦的嘴唇中吐出几个字：是的，我是骗了你，我是跟过城里人，可是，我确是爱着你的。字是石头一样沉重，落地有声，可是在成子听来，不是石头，而是一枚炮弹，它落在他与李平之间，轰然滚起万丈浓烟，弥漫了她的视线，弥漫了她的生活。成子一松手，将李平推到墙边，后脑勺与墙壁砰的一声撞响之后，成子大喊，你给我滚——

　　李平当天下午就夹包离开于家，离开歇马山庄，回娘家去了。李平走时，用围巾把自己出过血的后脑勺包扎得很严，从走出门槛的第一步，就再也没有回头。

　　成子家的猪没有杀成，父子俩关门三天三夜没有起炕。

　　潘桃是在李平离村的第五天才从婆婆口中得知消息的。她得知消息，异常震惊，立即清醒是谁搬弄的是非，眼睛直直地盯住婆婆，目光中含着质问。可是盯着盯着，想起自己在说出那样一个事实时的痛快，不由得低下了头。

　　玉柱和他的父亲在腊月十三那天回来了。玉柱没有得到想象的那样热烈的拥抱，潘桃也抱他亲他，但总好像心中有事。玉柱一再追问到底发生了什么，潘桃坚决不说。潘桃不说，却时而地叹息，眼神的顾盼之间，有着难以掩饰的惆怅。那惆怅蚕丝似的，一寸一寸缠着日子，从腊月到正月一直到二月。二月底的一天，潘桃婆婆在外面喊，看，李平回来啦——潘桃立时扯断眼中的惆怅，一高跳下炕，跑出屋子，跑到大街。李平确实回来了，正和成子俩走在街上。然而他们却不是结婚那天那样，一左一右，而是一前一后。李平脸色相当苍白，眼窝深陷着，原来的光彩丝毫不见。李平看见潘桃，立即扭过脸，仰起头，向前方看去。脖颈上，耸立着少见的但潘桃并不陌生的孤傲。

潘桃本是要同李平说句什么，可是李平没给机会。

三月底，歇马山庄的民工又都离家出走了，李平家常去的，不再是潘桃，而是李平的姑婆婆。潘桃已经怀孕，每天握着婆婆的手，大口大口呕吐，像说话。婆婆听着，看着，目光里流露出无限的幸福与喜悦。

梦也何曾到谢桥

叶广芩

> 知道了一切就原谅了一切。
>
> ——英国谚语

一

旗袍垂挂在衣架上，与我默默地对视。

已经是凌晨三点了，我仍没有睡意。台灯昏黄的光笼罩着书桌，窗外是呼呼的风。稿纸铺在桌上，几个小时了，那上面没有出现一个字。我的笔端凝结着滞重，重得我的心也在朝下坠。我不知道该怎样往下写，写下去会是什么……

精致的水绿绲边缎旗袍柔软的质地，在灯光的映射下泛出幽幽的暗彩，闪烁而流动，溢出无限轻柔，让人想起轻云薄雾、碎如残雪的月光来。旗袍是那种二十世纪四十年代末北平流行的低领连袖圆摆式样，古朴典雅，清丽流畅，与现今时兴的，以服务小姐们身上为多见的上袖大开气儿旗袍有着天壤之别。

其实，这件旗袍的诞生不过是昨日的事情，与那四十年代，与那悠远的北平全没有关系，它出自一位叫作张顺针的老裁缝之手。老裁缝今年六十六岁了，六十六岁老眼昏花的裁缝用自己的心缝制出了这件旗袍，自然是无可挑剔的上品，是他五十年裁缝生涯的精华集结，是一曲绵长慢板结尾的响亮高腔。

这一切都送给了我。

这是我的荣幸和造化。

今天下午，他让他的儿子把衣服送了过来。他的儿子是有名的服装设计师，是道出名来就让人如雷贯耳的人物。如雷贯耳的人物来到我这即将拆迁的戏楼胡同的寒酸院落，难免有着降尊纡贵的委屈，有着勉为其难的被动。从他那淡漠的表情，那极为刻薄的言语中，我感到了彼此的距离，感到了被俯视的不自在。

那儿子将衣服搁在我的床上时说，你这件旗袍让我们家老爷子费了忒大工夫，真不明白你是用什么招数打动他的。我听清楚了，那儿子跟我说话的时候用的是"你"，而不是"您"。这让我反感，让我有种说不出的厌恶。

那儿子说，我父亲已经有十多年没摸针了，他有青光眼你知道不？你们这些人，往往为了自个儿的漂亮，不惜损害别人的健康，自私极了。

我看了那儿子一眼，将衣服包默默地打开，旗袍水一样滑落出来，我为它的质地、色彩、做工而震惊。

绝品！

那儿子不甘地说，你给了我们家老爷子多少工钱？

我用眼睛直视着那儿子，实在是懒得理他。他见我这模样，说，我知道我们家的老爷子又上了一回当。

我说，多少钱，你回家问问你的父亲吧！

那儿子已经走到门口，出门前回过身来郑重地说道，奉劝您一句，以后您再不要上我们家了，我父亲不是干活儿收钱、摆摊儿挂牌的小裁缝，就为您这件袍子，看来我还得买房搬趄家。

这回来人终于用了"您"，但这个"您"字里边，有着显而易见的挖苦和讽刺，噎得人喘不过气来。

门砰的一声关上了，听着气愤的远去的脚步声，我想，谁能相信这就是在电视上常露脸的那个著名设计师？镜头前的那高贵、那矜持、那艺术、那清雅都到哪里去了？一旦伪装的面纱撕下，他也不过就是街上摆摊儿挂牌的小裁缝，那一脸的小家子气模样，甚至连小裁缝都不如。

一个人的艺术水平到了一定境界以后，拼的是文化积累、人格锤炼和道德修养，我料定此君的艺术前程也就到此为止了。他绝做不出他父亲这样的旗袍。

旗袍在衣架上与我默默地对视。

那剪裁是增之一分太肥，减之一分太瘦地恰如其分。其实老裁缝只是用眼神不济的目光淡淡地瞄了我一眼。并没有说给我做衣服，也没有给我量体，而只那一眼，便将一切深深地印在心底了，像熟悉他自己一样地熟悉我，这一切令我感动。

顺针——舜针。

我的六兄，谢家的六儿。

本该是一个人的两个人。

二

在金家的大宅院里，父亲有过一个叫作舜针的儿子，那个孩子在我的众多兄弟中排行为六。出自我的第二个母亲，安徽桐城的张氏。据说这个老六生时便与众不同，横出，胎衣蔽体，只这便险些要了张氏母亲的命，使他的母亲从此元气大伤，一蹶不振。这也还罢了，更奇的是他头上生角，左右一边一个，就如那鹿的犄角一般。我小时问过父亲，老六头上的犄角究竟有多大？父亲说，枝枝杈杈有二尺多高。我说，那不跟龙一样吗？不知老六身上有没有鳞？父亲说，老六没有鳞，有癣，浑身永远地瘙痒难耐，一层一层地蜕皮。我说，那其实就是龙了，龙跟蛇一样，也是要蜕皮的，要不它长不大。父亲说，童言无忌，以后再不许出去胡说，你溥大爷还活着，让他知道了你这是犯上……父亲说的"溥大爷"，指的是已经被关押在国外的溥仪，尽管他早已不是皇上了，父亲对他还是充满了敬畏。明明溥仪比父亲辈分还低，年龄还小，父亲仍是将他称为"溥大爷"。皇上是真龙，我们家要再出一条龙，那就是图谋篡位造反，犯忌！

所以，我们家的老六真就是龙，也不能说他是龙。

于是，我将有角的老六想得非常奇特，想象他顶着一双怎样的大犄角在院子里走来走去，想象他怎样痛苦地蜕皮，那角是不断地长，那皮是不停地蜕。总之，那该是一件很有意思的事情。

有一天，我在床上跟我的母亲探讨老六睡觉的姿势，我认为老六睡觉应该像蟒一样盘在炕上，而不是像我一样在被窝里伸得直直的。母亲说，你怎么知道老六不是直直的？我说，大凡长虫一类，只要一伸直就是死了。母亲问这话从哪儿说起。我说，咱家槐树上的"吊死鬼儿"被我捉在手里，从来都是翻卷着挣扎，跟蛇一样的，拿我阿玛的放大镜在太阳下头一照。吱的一声，那虫儿就焦了，就挺了，挺了就是死了。母亲听了将我一下推得老远，说怪道我身上老有一股焦臭的腥味儿，让人恶心极了。我说，您搂着我还嫌恶心，我到底还是一个小丫丫，我二娘搂着老六都没嫌恶心，老六可是一条长癣的癞龙，那精湿溜滑的龙味想必不会比槐树上的"吊死鬼儿"好闻。母亲还是不想靠近我，于是我就用头去抵母亲，企望我的脑袋上也能长出一对美丽的、梅花鹿一样的犄角。母亲闪过我那乱糟糟的脑袋，说其实老六头上并没有我想象中的大角，只不过他的头顶骨有两个突起的棱儿罢了，摸起来像两个未钻出的犄角，就是到死，也未见那两个犄角长出来。我愣了半晌，对"未长出的犄角"很遗憾，想象老六要是再多活几年，长到我父亲那般年纪，一定能生出很不错的角来。人和鹿是一样的，小鹿是不生角的，鹿到了成年才会生出犄角，西城沁贝勒家园子里养的鹿就是如此。

我们家有关老六的话题虽然不多，但都很精彩，传说老六落生时眼目大开，哭声深沉，遍身黑鳞，异相昭著。他是在偏院的北屋降生的，说是生时浓云密布，雷声轰隆，众人在其生母的昏厥中惴惴不安，不知这驾着雷霆而来的麟儿预示着这个家族的何种命运。我们家舅老爷私下说，看这天相，所来的料不是个等闲人物，金家是天潢贵胄，龙脉相延，该是不错的，然龙生九种，九种各一，其中必定有一个是佞种，但愿不要应在了这老六身上。

老六身上的那层鳞苦苦折磨着他，使他痛苦不堪，需时时地将他浸泡在水盆里才能使他安静下来。听说那鳞乌黑发亮，有花纹斑点，时常成片脱落，很是吓人。二娘抱着老六去医院看过，老六这身皮把那些护士吓得躲得远远的，不敢近前。医院给开了不少药水，抹了只是杀得疼，根本不管用。舅老爷说，不必治了，凡有成勋长誉者，必附以怪异。他还说。他的父亲与曾国藩曾同朝共事，知那文正公也是终身癣疥如蛇附，每天用两双手抓挠，必脱下一把皮屑，这实则是贵人之相。

老六两岁的时候，有一天白云观的武老道来我们家找父亲聊天，父亲着人将老六抱出来让老道看。老六一见老道，立时在老妈子身上翻滚打挺，大哭不止，一刻也不能消停。武老道拈着胡子坐在太师椅上冷冷地看，一口一口地喝茶，并不理睬闹得地覆天翻的老六。父亲只好让人把哭泣的老六抱走，老六的一路哭声直响到后院深处，许久不能止。父亲请老道对孩子的未来给予指点。老道说，四爷的茶很好，是上等的君山银毫……

武老道在京城不是寻常人物，据云能过阴阳，通声气，更兼有点金之术，奔走者争集其门。武老道论命相堪称奇验，京师某王爷曾微服请相，所示为光绪和宣统的八字，武老道看过后说，先者论命当穷饿以终，后者则有破家之祸。王爷初时以为荒谬，后来一细想，果不其然。现今老道对老六的前程既不肯点明，父亲也不便多问，愈发觉得六儿子的神秘不可测。老道喝透了茶，才款款说道，令公子有胎衣包养，生虽有惊而命大，日主有火，盛则足智多谋，欠则懦弱胆怯，大畏财旺，若生在贫贱之家当贵不可言。父亲问如今生在金家又当如何。老道说，水一、火二、木三、金四、土五，戊见甲，当在三、八岁。父亲问三、八岁当怎样。老道说，四爷这茶没味儿了……

事后父亲将武老道的话学给老六的母亲听，二娘说，一个孩子家，三、八岁能怎么样呢？咱们的六儿眼瞅着虚岁过了三周，也没见有什么不好，他一个花老道，故弄玄虚地瞎说罢了。父亲说，还是要留神些才好。二娘说，留神自要留神，家里的孩子们咱们哪个又不留神了？只是不要看得太神圣太娇贵了才好，小孩子唯得中和才能健康成长，旺不得也弱不得，旺则不能任。弱则不能禁，只待至十五成人，才可以分别贵贱，现在抱在怀里就论前程，实实地是有些荒诞了。

话是这样说，但父亲对这个生有异状的儿子仍是情有独钟，常常将老六抱在膝上，抚弄着他那一对硬硬的角说些"当今之世，舍我其谁"的屁话。彼时，家中的老七舜铨已经出世，而父亲对他那个弱得像猫一样的七儿子是连看也不看的。

老六不负父望，果然生得聪慧伶俐，讨人喜欢，特别是那对角更是提神，不知被多少好奇的人摸过。亲戚朋友谁都知道，金家养了一条龙，那时虽已进入了民国，可在那些前清遗老遗少们的心目中，何尝不盼着北京东城金家的宅院再像醇王府一样，成为又一座潜龙邸！

老六进出都随着父亲，他可以跟着父亲吃小灶，食物的精美远远超过了他兄弟姐妹们的淡饭粗茶。他还可以坐父亲的马车，并且他还要永远地一个人占据正座，让父亲打偏，他一个小人儿，坐在车上的威严神气，让所有的人看了都倒吸一口冷气，似乎他早已就这样坐过，连父亲也显得黯然无光、形容惭愧了。

于是就有了舜针是德宗转世再生的说法，神乎其神，跟真的似的。

对此，父亲不予解释，在他的心里大概乐于人们这样说道，他的讳莫如深的态度无疑是一种变相的推波助澜，在他的默认下，老六不是龙也变成了龙。

持坚决反对观点的是二娘。她不允许人们这样糟蹋她的儿子，她说儿子就是儿子，他还是个未成年的孩子，你们不要毁他。二娘是汉人，对一个汉族小老婆的话，人们尽可不听，娘儿们家就知道傻疼孩子，懂个屁！

就这样，我们的老六有了不少干爹干妈，谁都希望能沾点龙的光，在龙还没有腾起来的时候他们是爹和妈，一旦真龙成了气候，封王封侯，那简单的爹妈岂能打发得了？未雨绸缪是必要的，临渴掘井是傻瓜干的事情，早期的投资是精明远见的体现，很难说在老六那些"爹""妈"的思维中，没有今日期货买卖的投机成分在其中。

"爹""妈"们送的钱财、物件大概够老六吃一辈子的。

玉软香温、锦衣玉食中的老六，因了他的相貌，因了众人的推崇惯纵，在金家变得各色而乖戾，落落寡欢地不合群，这使他的母亲时时处在哀愁之中。她虽然不相信武老道的胡诌，但却牢牢记着"这孩子应该生在贫贱之家"的断语。这个断语在她的心里是个时刻挥不去的阴影，她总预感到要有什么不祥的事情发生……

民国十年，我们的父亲漂洋过海去周游列国，北京城留下他的三个妻子和子女们。对于父亲的远游，金家人谁也不以为然，因为这个家里有他没他是一切照常的。父亲在我们家里从本质上来说就是个尊贵的客人，不理财，不拿事，他所熟悉的就是吃喝、会友，起着门面的作用。父亲走了，孩子们在某种程度上得到了放松，是件求之不得的好事。

感到失落的是老六，失了依赖的老六有种无助的恐惧和孤独，他的心只系着父亲，没有别人。每每父亲来信，信中所关注的也只有老六，仿佛他的其他儿子们都是无足轻重的陪衬。当然，儿子们对父亲的来信也从来不闻不问，老六则不然，老六要让他的母亲把父亲的信一遍一遍地读，不厌其烦地听得很认真。这使人感到，老六与父亲的关系在父子之外又添加了某种说不清的情愫，不能细想，细想让人害怕。

春天的一个上午，天气晴好，金家的孩子们要在看门的老张的带领下到齐化门外东大桥去放风筝。孩子们托举着风筝，揪扯着线绳，你喊我叫，闹哄哄地拥出了二门。出门时被站在台阶上的二娘叫住了，二娘由屋里拽出了满脸不痛快的老六，将他推进孩子群中，让他和大家一块儿去放风筝。老六不想去，转过身就往屋里走，被矮他一头的老七一把拉住。老七刚缝上开裆裤没有两年，却小大人儿似的很能体恤人。老七说，六哥别走，我带着你。二娘说，让小的说出这样的话来，老六你羞不羞？老六低头不语。二娘说，到野地去，让风吹吹，把一身懒筋抻抻，是件再好不过的事儿了，你怎么还不愿去！说着二娘向老张使了个眼色，老张就将一个沙燕风筝塞给老六，连推带搡地护着金家的小爷们出了门，奔东而去。

二娘在廊下深深地叹了口气。

依着二娘的意思，是有意将老六混在金家的哥们儿中间摔打摔打，目前她的这个儿子过于细腻软弱了，这不是金家人的性情，也不是她的愿望。在她的思想深处，很怕真应了老六是德宗转世的说法。她嘴上说不信，心里也难免不在打鼓，把她的儿子和那个窝囊又悲惨的光绪皇帝连在一起，她这个做母亲的何以能心甘情愿！为此她希望她的儿子能粗糙一些，能随和一些，能平平安安地长大成人。她没有给人说过，夜深人静之时，她常常用手使劲地按压老六头上那两个突起的部位，她唯恐那两个地方会生长出什么意想不到的东西来。

那天，放风筝的一干人等热气腾腾地回来了。刘妈站在门口挥着个布掸子挨着个儿地拍打，拍哪个，哪个的身上尘土冒烟，呛得刘妈捏着鼻子不敢喘气。刘妈说，这哪儿是去放风筝，明明是去拉套了，瞧瞧这一身的臭汗，夹袄都湿透了。末了，刘妈拽过冻得直流青鼻涕，浑身瑟瑟发抖的老六，拍打了半天，没见一丝土星，刘妈笑着说，这可是个坐车的，没出力。老张说，这小子有点儿打蔫儿，那帮驴们在河滩里疯跑，就他一个人在大桥桥头上傻坐着，喊也喊不下来。刘妈摸了摸老六的脑袋说，有点儿烧，得给他再吃两丸至宝锭。

金家虽是大宅门儿，对孩子却是养得糙，从不娇惯，这大概也是从祖上沿袭下来的习惯。金家的子弟是正儿八经的八旗子弟，老辈儿们崇尚的是武功，讲的是勇猛精进、奋搏无倦，到了我们的阿玛这儿还能舞双剑，拉硬弓，骑马搭跤。祖辈的精神自然是希望千秋万代地传下去，不颓废，不走样，发扬光大直至永远。这个历经争战，在铁马金戈中发展起来的家族，自然要求他的子弟也要勇武强壮，禁得起风吹雨打。所以，我家的孩子们从小都很皮实，都有着顽强的忍耐力和吃苦精神，谁有头疼脑热多是凭自己的体力硬抗，很少请过大夫，遇有病情严重的，特殊的照顾只是冲一碗藕粉，病人喝下藕粉，也就知道自己的病已经到了极点，再没有躺下去的必要，该好了。下人刘妈充任着我们的保健医师的角色，刘妈带过的孩子多，经验丰富，她对小儿科疾病的治疗方法往往比医院的大夫还奏效。我们每一个孩子出生后，都穿过她用老年下人们的旧衣裤改制的儿衣，她认为，下贱才能健康，才能长寿，越是富贵家的孩子越应如此。她还认为，有钱人家的父母都是锦衣玉食，所以生下的小孩子百分之百内火大，不泻火就要生事，就要出毛病，为此，她天天早晨要给我们家的大小孩子吃至宝锭，一边喂一边念叨：

至宝锭，至宝锭，
吃了往下挺。

至宝锭的形状像大耗子屎一般，上面有银色的戳迹，以同仁堂的为最佳。同仁堂的至宝锭化成汤喝到最后有明显的朱砂沉淀，那是药的精华，刘妈必定要监视着我们将那个红珠珠一般的东西一点儿不剩地吞下去，还要将药盏舔净。如没有红珠，刘妈就要向管事的发脾气，说他弄虚作假，买的不是同仁堂的正宗货。

放风筝回来的老六在刘妈的安排下吃了两丸至宝锭，晚饭也没吃就睡去了，半夜忽然发起高热，浑身烧得像火炭一般。第二天，喝过了藕粉也没见退烧，人已经开始昏迷，说胡话，叽叽咕咕，如怨如诉，还哀哀地哭。刘妈说，这孩子该不是撞克了什么。东大桥那儿是什么地方？那儿是北平的刑场，是处决犯人的地方，这个六儿他不比别的孩子，他太弱……二娘听了，就让老张拎着两刀纸拿到东大桥烧了；想的是真有鬼魅，给些通融，让它且饶过我们家六儿。纸烧过，并不见老六病情有所好转，反倒从喉咙里发出呼呼的声响。二娘害怕了，让人请来胡同口中药铺坐堂的大夫为老六看病。大夫看过后说老六寸脉洪而溢，君火与相火均旺，旺火遇凉风热结于喉，是为喉痹，民间又叫闹嗓子的便是，不是什么大病。大夫开了当归、川芎、黄檗一类滋阴降火的方子，说煎两服吃下去就好了。

两服药吃下，老六并不见起色，咽喉症状继续加剧，常常喘不出气，憋得一张脸青紫，脖子的皮肤也被抓得鲜血淋淋。家里先后又请了几个大夫，各样方法使了不少，老六的病只是一日重似一日。二娘急得没办法，托人给在欧洲的父亲打电报。那人回来说联系不上，说那边朋友回电说。四爷上个月在法兰西，这个月又去了英吉利，漂漂泊泊毫无定踪，下半年能转回德意志也说不定。

老六病得在炕上抽搐、翻白眼。二娘急得在屋里一圈圈转磨，如今是想灌藕粉也灌不下去了。

舅老爷来家，二娘向舅老爷求主意。舅老爷见了老六摇头说怕是不好。二娘说孩子阿玛不在家，无论如何也得舅老爷做主，这是他阿玛最喜欢的一个，真有什么怎么向他阿玛交代？舅老爷说，再喜欢也不行，死生有命，富贵在天，打针吃药，救得了病却救不了命。这都是有定数的。二娘说，真就没办法了吗？舅老爷说，容我算算看。说罢摸出一把麻钱，在桌上一把撒开，上为艮，下为坤，合而为爻卦。二娘也是懂得易经的人，一见这卦象眼泪就扑簌簌往下直淌。舅老爷说，你也看见了，这是天意，老天爷要收他回去，谁也没办法，挡也挡不住。二娘说，舅老爷是高人，万望想个变通的法子，救您外甥一命。舅老爷说，我有什么法子？你看这卦，艮为山为止，坤为地为顺，顺从而止，上实下空，是困顿危厄之象。从卦上看，鬼在本宫，外方得病，更在上三爻，必是外感风邪，外宫也有暗鬼，伺机而动，上下有鬼，内伤兼外感，是为杂症，鬼动卦中，药力也难扶持，虽良医也不能救……

舅老爷说得没错，那天没过半夜。老六就被那二鬼挟持着奔了黄泉之路。

老六生生是被憋死的。临死前，他在炕上辗转反侧，怪声号啕，真如一条喝了雄黄的大长虫，几个人也按捺不住。那时金家的孩子们各个敛声屏气，缩在自己的房内不敢出来，静听着偏院里发出的长一声短一声的哀号。老六折腾到天黑，渐渐地没了气息，挺了。直到偏院传出话儿说，六少爷走了，大伙儿才长长地松了一口气，有种如释重负的感觉，好像金家宅门儿里没有老六才是正常的。

二娘抚着僵了的老六尸身哇哇大哭，大家劝也劝不住。第二天，二娘让老张去白云观请武道长派几个道士过来做法事，老张去了又回来了，说老道没派来道士，却让带回一张画得花里胡哨的符，让贴在偏院的门口。老张传达老道的话说，什么法事也不要做，金家这个老六从根儿上来说就不是什么正经东西，老道没有道破它的来龙去脉就已经是很给它面子了，让它知趣一点儿，赶快上它该去的地方，别再祸害人。亲戚们此时谁也不再说什么"贵人自有天相"的话了。舅老爷说，一个未成年的孩子，没落住终不能算这个家里的人，给他一副薄棺材好歹葬了就是，也算他没白到世上走一遭。

那副寒碜的白皮棺材抬进院来的时候，二娘见了几乎心疼得昏了过去，她说从没见过这么破烂穷酸的棺材，连漆也上不上一道，用这样的棺材来装殓她的儿子，让她何以心安！我母亲也说，这棺材太差了点儿，装街上冻饿而死的倒卧还差不多，装金枝玉叶的哥儿忒不合适，于金家的身份也不相称。二娘让管事的去换，被刘妈拦了，刘妈说，太太糊涂了，哪儿有空棺材抬进又抬出的道理？舅老爷的主意没错，太太忘了哥儿"应该长在贫贱之家"的话吗？命中注定就是命中注定的，还哥儿一个舒坦自在吧，让他顺顺当当地托生，比什么都好。

二娘不再坚持，眼瞅着四个杠夫抬着那口薄棺材吱吱扭扭地出了门。

老六死的那年是八岁，他没能过了阴历冬月初十他的九岁生日。

应了武老道"三、八岁"的预言，父亲当年还问过人家"三、八岁当怎样？"当怎样呢？就当这样。老道没有直着说罢了，天机不可泄露。

以现在的观点来看，我们家老六的死因当是白喉，是白喉杆菌引起的一种传染病，搁今天，配以抗生素治疗绝不至于引起死亡，就是到了老六最终的窒息阶段，只需将气管切开也不是没救，可在七十多年前，医疗条件有限，老六就那么匆匆忙忙、稀里糊涂地走了，想来让人遗憾。

最遗憾的是我的父亲。据我母亲说，父亲从国外回来以后，知道了老六的事情，大病了一场。经过那场病，父亲的头发全部脱光，终日迷茫恍惚，走路打晃儿，得两个人架着才能从屋里北炕走到南炕。对父亲这场很著名的病，北京的小报上有过报道，说他老人家因为失子悲伤过甚，得了伤寒。我后来想，伤寒的确是个很可怕的传染病，它是由伤寒杆菌而传染的，跟老六怕没有什么直接联系，那时候的人把伤寒跟老六挂在一块儿，实在是有些不伦不类了。

三

我在这个家里长成一个混沌的小丫头的时候，二十多年已经过去，就是我们家最小的男孩老七舜铨，也进入了青壮年的行列，成了京师名画家。随着时间的消磨，人们对老六的传说已经淡而又淡了，金家已经没有几个人还记得那个忧郁的、早逝的男孩儿。

偏偏我是个爱幻想的孩子，在孩童时候，想象在我的生活中占了很大成分，我常想的人物就是那个神奇的、半人半龙的老六，他和母亲给我说的老麻猴子，和大家时常谈论的院里的狐仙，和我所向往的一切神神怪怪一起，活跃在我的精神生活中，成为不可分割的一部分。

有一回，父亲领着我去一个叫作"桥儿胡同"的所在，以我粗通文字的水平，已经能认出胡同口墙上的蓝色搪瓷标牌，是"雀儿胡同"，不是"桥儿胡同"，而父亲偏说是"桥儿"不是"雀儿"，让我回家对母亲也务必要说是"桥儿"，不能说是"雀儿"，否则以后就再不带我出来遛弯儿。在北京人的发音中，"桥儿"和"雀儿"实在没有什么不同，前者是二声，后者是三声，往往说快了就"桥""雀"不分了，但父亲则嘱咐我一定要将两个字分清楚，万不可弄含混了

既然父亲喜欢，我心里也乐得真把"桥儿"当"雀儿"了。父亲去

桥儿胡同没坐他那辆马车，坐的是三轮，我坐在父亲身边，听着身底下链条的啦啦响声，从小洞里看着车夫一弯一弯的背影，只感到困倦，想睡觉。父亲拍着我的肩说，别睡啊，留神着凉。我嗯了一声，并没有多少清醒。父亲说，马上就到你谢娘家了，你要听话，别淘，跟你六哥好好玩儿。我问哪个六哥……父亲说当然就是那个长犄角的六哥，还能有谁！我听了一激灵，困意全消。我说，真是咱们家的老六吗？父亲说，当然。

胡同很小，没有雀也没有桥，只有一堆堆的烂布，臭气熏天地堆在各家的房前、门口，让人恶心。事后我才知道，这些破布都是从脏土堆捡来的，靠收破烂儿收来的，晾晒干了，用糨子打成袼褙，卖给做鞋的鞋场，一块袼褙能卖八大枚，八大枚能买一斤杂面。这片地面，家家都打袼褙，家家都吃杂面汤，成了"桥儿"的一道风景。

父亲领着我来到一个略微干净点儿的小院里，院里北房三间，东房塌了，南面是一溜墙，有棵歪斜的枣树，半死不活地戳在那里。树底下有个半大小子在撕铺衬①，往板子上抹糨子，将那些烂布一块块贴上去。墙下一排打好的袼褙，在太阳的照耀下反射着亮光，冒着腾腾的水汽，显得很有点儿朝气蓬勃。

那半大小子见我们进来了，头也没抬，一双沾满了糨子的手，依旧灵巧地在那块板上抹来抹去，没受到丝毫影响。

父亲叫了一声六儿，半大小子嗯哪了一声，没有显出热情。

这时，从北屋里闪出个四十岁左右的白净妇人来，脑后绾了个元宝鬏儿，穿着件蓝夹袄，打着黑绑腿带，一双蓝地儿蓝花的绣花鞋不沾一点儿土星，浑身上下透着那么干净利落，透着那么精神。

父亲让我管她叫谢娘，我叫了，谢娘把我揽在怀里，夸我是个懂事的丫儿。谢娘身上有股好闻的胰子味儿，跟我母亲身上的"双妹"牌花露水绝不相同，相比较，还是这胰子味儿显得更平淡，更家常，更随和一些。

我喜欢这种味道。

我们被谢娘让进屋里，屋里跟谢娘一样，收拾得一尘不染，炕上铺

---

① 铺衬：老北京话，指糟烂的破布。

着白毡子，被卧垛垛得整整齐齐，八仙桌上有座钟，墙上有美人画，茶壶茶碗虽是粗瓷。也擦抹得亮晶晶的，东西归置得很是地方，摆设安置得也很到位。

谢娘是个很能干的人。

从谢娘和父亲的谈话中我了解到，她对我们家里的情况相当熟悉。对我几个母亲的情况也是了如指掌。我还听出来了，谢家搬到这儿的时间并不长，是父亲给找的房。谢娘还跟我父亲商量要把塌了的东厢房盖起来，说六儿大了，该是这家的主人，那份柔情、那份依赖和对父亲的那份神态，是我几个母亲都没有的。

父亲很舒坦地喝着一种叫作"高末儿"的茶。所谓"高末儿"，就是茶叶铺将卖剩的各类茶的渣子归拢在一起，以极便宜的价格卖出的一种茶。这种茶很香，可只能喝一遍，第二遍就没了颜色。父亲喝着这种茶，和谢娘说着话，所谈均离不开柴米油盐，离不开东家长李家短。父亲对这院房，对谢家的投入精神令我吃惊，在我的眼中，这完全是另一个父亲，一个陌生的、我从不了解的父亲。在金家，谁都知道父亲是个不管不顾的大爷，他搞不清我们院有几间房，搞不清他到底有多少财产，更搞不清他十四个孩子的排列顺序和生日，人们说四爷真是出世的散仙，洒脱得可以，言外之意则是"四爷真是糊涂得可以"。

"糊涂"的父亲素性以糊涂装糊涂，很充分地利用了"大智若愚"这个词。

见我很注意他们的谈话，谢娘显得有些不自在了。她将院里的半大小子喊进来，推到父亲跟前，让那小子管父亲叫"四爹"。

小子很不情愿地看了他妈一眼，嘴唇动了动，终没张嘴。

谢娘说，叫呀，没你四爹能有这个家吗？

那小子被逼不过，闷声闷气地迸出一个"四爹"来，连我也听得出，这个"四爹"叫得勉强极了，被动极了，很大程度他是冲着他的母亲叫的。我毕竟年纪小，对这个"爹"的含义相当模糊，在我们家里，没有人管父亲叫爹，我们都叫阿玛，现在桥儿胡同有人管父亲叫"四爹"，我只是觉得新奇。

被叫了四爹的父亲很激动，他把那个叫作六儿的小子拉到跟前，很动情地细细打量着。我敢说，我的父亲看我们中的任何一个都没有用过这种眼光，都没有透出过这种温情，单单在这个莫名其妙的小子身上，流露出了这么多的爱，让人不能不嫉妒了。

父亲让我管他叫六哥。

我说，我得摸摸他的那两只角！

父亲就让六儿弯下身来让我摸，六儿低下头的时候狠狠地瞪了我一眼。我才不管他高兴不高兴，一双巴掌毫不犹豫地伸向了那个长得并不周正的脑袋。

在粗硬的头发中间，我摸到了一左一右两个突起，尖而硬，有半拉枣那么大。我很兴奋，用手捏着那两个硬疙瘩使劲地掐，六儿很粗鲁地用胳膊把我挡开了。我恼了，说我明明还没有摸好，他就这样，这次不算，我得重摸！

谢娘嗔怪六儿不懂事，说小格格要摸你就让她摸摸怎的了，也摸不坏；又说六儿抿挲着一双褛子手，也不洗干净了就进来，一股馊臭的味道，留神把格格熏坏了。谢娘说这些话的时候，六儿就愣愣地站着，一副傻相。谢娘对父亲说，不让他打珞褙，他偏要打，拦也拦不住，这都是受了近处街坊的影响，跟着什么就学什么。父亲说，近朱者赤，近墨者黑，还是得念书，学而优则仕，要想将来能出人头地，学问是第一的。说罢，他让谢娘明日打听附近有没有什么像样的学校，送他去念书。

六儿说，我不念书。

谢娘说，你这叫不识抬举！

六儿说，我不让人抬举。

谢娘说，是你四爹让你念的，你四爹能害你？

六儿不说话了。

谢娘让我继续摸六儿头上的两只角，我说不想摸了。

我对六儿脑袋上的两个硬包已经失去了兴趣。

父亲打发我和六儿出去玩儿，谢娘让六儿带我到小摊儿上买些酸枣面儿、铁蚕豆什么的零食，还特意嘱咐他，别让街上那些野孩子们欺负我。

六儿站在原地没听见一般，谢娘塞给他几张小票子，推了他一把。六儿说摆小摊儿的今天没出来，谢娘说出来了，她早晨看见了摆摊儿的老赵跟他媳妇推着车过去了。

我说我要吃酸枣面儿。

谢娘对六儿说，你就带小格格去看看，当哥哥就得有当哥哥的样儿，都这么大了，怎么还这么不懂事！

六儿用眼翻了翻我的父亲，父亲冲他温和地笑着，六儿一梗脖子，推开门出去了。

我紧跟着六儿出了北屋，他并没有带我去买酸枣面儿的意思，依旧蹲在南墙根儿打他的袼褙，连看也不看我一眼。我想着那酸枣面儿和铁蚕豆，心里就对他充满怨恨，一个又臭又穷的烂小子，有什么了不起呢？就是我们家的胖狗阿利也比他懂事，比他会讨人喜欢。

呸！我狠狠地往地上啐了一口。

他没理我，将一块块破布抹平整了，贴在抹了糨糊的板子上，一层又一层。

北屋的窗帘拉上了。

六儿的脸更阴了，他把手里的糨糊摔得啪啪响。

我想看看父亲和那个谢娘在窗帘的遮挡下做什么。孩子的好奇心驱使着我，我悄悄向那窗户迂回过去。

就在我刚刚贴近窗户，把舌头伸出来，要舔那窗户纸的时候，我的辫子被人揪住了，一双黏糊糊的手，毫不留情地拽着我的小辫，直把我拉到南墙。我疼得龇牙咧嘴，对脸色铁青的六儿喊道：你要干吗?!

六儿压低声音，恶狠狠一字一顿地说：我、要、操、你、妈！

在金家，没有人对我说过这样的话，也没有人对我表现出过这样憎恶的态度，这些令我惊奇，特别对"操你妈"意思的理解，作为一个大宅门儿里的小丫丫来说还十分欠缺。我说，我有三个妈，你操哪个？

六儿说，我都操！

从他那猥亵无耻的神态里，我推断出这不是一句好话，就一脚踢翻了他的糨子盆，将那些没有眉眼的破布扬得满院都是。发脾气是大宅门儿孩子的拿手戏，我们家的孩子不会"操你妈"，但我们家的孩子都会发脾气。我们要发起脾气来，能让天塌下来。

我呼呼地喘着气，掀倒了晾在墙根儿的所有袼褙，我在那些袼褙上使劲踩，又把那棵树踹得哗哗响，把糨子盆踢得在院里滴溜溜转。六儿叉着腰，冷冷地看着我在院里折腾，当我掂起半块砖，准备向着北屋的玻璃砸过去的时候，六儿过来干涉了。他拧住我的胳膊，把我的手使劲往后背。砖是扔不出去了，我伸出空着的手，冲着六儿那张讨厌的脸，自上而下，狠狠地来了一下子，立时，那张脸花狸虎一般，出现了几道血印。六儿不吭声，提着我的脖领子将我拎出了大街门……

父亲和谢娘走出北屋的时候，我已经安静地坐在树底下剥铁蚕豆了。谢娘看着六儿脸上的伤，问是怎么了。六儿没言语。

我说是我抓的。

父亲看着洒了一地的糇子说，你这个丫儿又犯浑了，这儿可不是你闹腾的地方。谢娘说，小格格倒是憨直得可爱，是我们六儿太古怪了。父亲指着我对谢娘说，你不知道这孩子的脾气，跟王八一样拗，家里任谁都怵她，采取惹不起躲得起的态度，不过我有时候还真爱看这丫头犯浑的样子，熊崽子似的。

谢娘听了就笑。

谢娘笑的时候从腋下抽出一块手绢，用它来捂着嘴，那张脸就只留下两个弯弯的细眼睛，很好看，她的这副模样让我想起了蹦蹦儿戏"小老妈儿在上房打扫尘土"里的小老妈儿。

那天我们在谢家吃的是炸酱面，跟我们家的香菇小鸽子肉炸酱不同，谢家的酱是用虾米皮炸的，面码儿是一碟萝卜丝、一碟煮黄豆。面是杂面，捞在碗里有一股淡淡的豆香，勾得人馋虫往上翻。六儿捞了一大碗面蹲在一边去吃了，他不跟我们一起坐，大约是觉得拘束。我看见六儿从缸盖上头揪了一大头蒜，很细心地剥了丢在碗里，白胖胖的蒜瓣晶亮圆润，在面的搅拌中上下翻动，在六儿的嘴里发出嚓嚓的声响……

我说我也要吃蒜。

谢娘就剥了几瓣给我，说这是京东的紫皮蒜，是她留着做腊八蒜用的，让我留神别辣着。我们家也吃蒜，都是厨子老王用小钵将蒜砸了，刮在青瓷小碟里，润上小磨香油，远远地搁在桌角，谁要吃，拿过来用筷子点那么一下就行了，没见有谁捏着蒜瓣张着大嘴咬的。

我也学着六儿的样子狠狠地咬了口蒜，不管不顾地大嚼起来。没嚼两下，一股辣气直冲头顶，连眼泪也下来了，一张嘴已经分明不属于我。谢娘和父亲慌得丢下手里的饭来照顾我这张嘴。泪眼蒙眬中，我看见六儿蹲在门边，低着头无动于衷，照旧吃他的面。看他那冷漠神情，我恨不得再在那张脸上抓一把。

又吃了面，又喝了水，总算将那轰轰烈烈的辣压了下去。谢娘要将剩下的蒜拿走，我说，别拿，我还要吃。谢娘说，你不怕辣呀？我看了一眼六儿说，不怕。父亲说，我说这孩子拗，她就是拗，瞧，她的王八劲儿又上来了。

蒜的香是无法抗拒的，特别是那辣，更具备了一种挑战的魅力，吃过了这样的蒜，我才知道，我们家饭桌上那碟子里的物件，简直不能叫作蒜。炸酱面我吃过不少，却从来没有吃得这么酣畅淋漓、荡气回肠过。谢家的炸酱面是勾魂儿的炸酱面。

走的时候父亲将一沓钱塞给谢娘，谢娘死活不要。我和六儿站在一边，看着他们推让。我觉得他们俩的动作很像一出叫《铞大缸》的小戏。六儿大概没有这样的感觉，他咬牙切齿地靠在门框上运气。后来父亲把钱搁在桌上说，眼瞅着就立冬了，你得多备点儿劈柴和硬煤，给六儿添件棉袍，买双棉窝，别把脚冻了。

六儿插言道，我冻不死。

谢娘狠狠瞪了六儿一眼，六儿一摔门出去了。

谢娘最终当然留下了父亲的钱。

带着满嘴的蒜味儿，我跟着父亲坐车回家了。在车上，父亲对我说，回家你娘要问你吃了什么，你千万别说炸酱面。我说，不说炸酱面说什么呢？父亲说，你就说在隆福寺后头吃的灌肠。父亲又说，也别提桥儿胡同这家人，省得你娘犯病。我说，我绝不会提，我提他们干什么！父亲说，这就对了，要是这样，以后我就常带你出来玩儿，你想上哪儿咱们就上哪儿。想及六儿的嘴脸，我对父亲说，谢家这个六儿不是东西，他比咱们家的老六差远了。父亲说，你怎说他不是老六？他就是咱们家的老六托生来的，你没看他的眉眼、神态、性情跟咱家的老六整整是一个模子刻出来的，不差分毫？他也有角，比老六强的是他生在了贫贱之家，占了个好生日，咱们家那个死了的老六不傻，他是算计好了日子才托生来的。我问这个六儿的生日怎的好。父亲说，他是二月二呀，是龙抬头的日子，龙春分而升天，秋分而入川，这是顺。可咱家的老六，生在冬月，时候不对，他不弯回去等什么？

这个六儿是我们家老六托生来的，他与老六是一个人！这事让我不能接受。

我问父亲，六儿也是您的孩子吗？

父亲说，你说呢？

我说不知道。

父亲说，我也不知道。

那天回家，母亲在二门里接了我和父亲。母亲嗔怪父亲带着孩子一走走一天，让她在家里惦记。父亲只是用掸子掸土，不说话。刘妈摸着我的辫子说，我的小姑奶奶，您哪儿弄来这一脑袋糨子呀？我说是六儿抓的。母亲问六儿是谁，没等我张嘴，父亲接过来说，是东单裱画铺的学徒。刘妈说，他一个裱画儿的，裱我们孩子的脑袋干什么？真是的！母亲说，准是丫儿淘气了。父亲说，让你说着了。

父亲说完冲着我笑了笑。

看父亲"演戏"，我觉得挺有意思。

四

以后我常和父亲到桥儿胡同谢家去。谢家院里东房三间已经盖起来了，一抹青灰的小厦房，由六儿住着。树上的枣也结了，微小而丑陋，各个儿像是没长大就红了，急着赶着要去办什么事情似的。

我很快熟悉了我的角色。父亲之所以把他的隐秘毫无保留地袒露给我，是对我的信任，他把我当成了出门的幌子，当成了障眼法，他带着我出去，我母亲能不放心吗？其实我母亲很傻，她就没想到我和父亲是穿一条裤子的，我早已为父亲所收买，成了他的死党。

父亲收买我的条件也很低，几个糖豆儿、大酸枣就封住了我的嘴，这使我从小就相信，吃人家的嘴短，拿人家的手短，这是放之四海而皆准的真理。

到谢家去的次数多了，慢慢地，我对他们的情况也多少有了些了解。谢家当家的叫谢子安，死了有些年头了，听说活着的时候做得一手好针线，是宫里内务府广储司衣作的裁缝匠。广储司衣作是司下属七作之一，七作是染、铜、银、绣、衣、花、皮，应承着皇宫内部和主要宗室的衣物首饰。慈禧时期衣作最繁盛，有匠役三百余人，到了溥仪的小朝廷，承职的也有二三十。我们家瓜尔佳母亲穿的蟒纹四爪命妇朝服，就是出自广储司的衣作。据我母亲说，谢子安本人是个很活络的人，聪明而善解人意，凭着别人不能比的手艺，他时常走动于大宅门儿之间，受到了宅门儿里夫人、小姐们的欢迎和喜爱。请谢子安做衣服的人都是有根有底的人家，图的是他做工精致、名气大。当然，人们也不乏想了解一点乾清门里服装流向的好奇，诸如逊了位的皇上每天穿西装还是穿马褂，皇后衣服上的绦子兴的是什么花样，等等。随同谢子安出入大宅门儿的还有他的妻子，一个被大家称为谢娘的美丽小媳妇。谢子安之所以带着媳妇，是为了跟女眷们打交道方便，避嫌。有做不过来的活计，谢娘也搭着手做，我父亲出门常穿的兜边镶着刚钻的外国缎一字襟坎肩和二蓝宁春绸夹袍就是出自谢娘之手。相比之下，谢娘和家里的母亲们似乎更熟，往来也更密切。

那是皇上被赶出紫禁城的前一年，宫里发生了这么一件事：

有一天早晨，天阴欲雪，北风正紧，溥仪的贴身太监伺候溥仪起床，因为变天，要将贴里的小衣换作绒布小褂。太监将衣服在烘炉上烤热了，将小褂趁热恭进，为缩在被窝里的溥仪穿上。溥仪将手伸进袖筒，像被什么蜇了一样，呀的一声，猛然坐起，抽出胳膊一看，胳膊上已经划出了长长的一道血印。太监吓得立即翻检衣服，发现衣服的袖口别着一根缝衣针。这本是件微不足道的小事，搁溥仪这儿就成了了不得的大事，生性多疑的溥仪说这是有人刻意要谋害他，责令追查，严加惩办。追查的结果，就追到了裁缝谢子安的身上，算溥仪开恩，没要了谢子安的命，就这也受到鞭打四十、枷号一个月的惩罚。时值寒冬腊月，滴水成冰的天气，身受重伤的谢子安，在大牢里羞愤交加，没出十天就咽了气。

谢娘年纪轻轻就守了寡，为了生计，照旧走动于大宅门儿之间，揽些针线活，然而毕竟不如她丈夫手艺精湛，所承接的活计便渐渐有限；又因为丈夫横死，有人视为不吉，对她也就冷淡了许多，她所能走动的人家，到最后就剩了东城的两三家，我们家是其中之一。

我母亲们的衣服都是由谢娘承包的。谢娘给我的母亲们做活就住在我们家后园的小屋里，有时一住能住半年，因为我母亲们要做的衣服实在太多。谢娘很懂得大宅门儿的规矩，在我们家做衣服的时候从来不出后园一步，也不跟我们家的男人搭讪，低眉敛目，只是一人飞针走线，谁瞅着这个小媳妇都觉得怪可怜的。我母亲问过她有没有再往前走的想法，谢娘直摇头，眼圈也红了，说，太太您再别替我往这儿想了，那死鬼才走，坟上的土还没干呢……我母亲就不好再说什么了。

后来，谢娘到我们家来的次数逐渐减少，慢慢地竟变得杳无音信了。母亲们说，多半是嫁了人，一个年轻小媳妇，怎能长期守着，能寻个人家儿终归是好事，没人再来做衣服就没人吧……

我跟父亲到谢家的时候，谢娘已经不是什么小媳妇了，从相貌上看，她比我母亲还显老，我想父亲之所以肯和她亲近，愿意到桥儿胡同来，大概图的就是她的温馨可人，图的就是类似虾米皮炸酱这种小门小户的小日子，这种氛围是大宅门儿的爷儿们里渴望享受又难以享受到的。已经拥有三个妻子、十四个子女的父亲，还要将精力偷偷摸摸地倾泻在桥儿胡同这座小院里，倾泻在姿色并不出众的谢娘和她那拧种般的儿子身上，究竟为了什么，这是我一直想不通的。

在金家什么心不操的父亲，在谢家却成了事无巨细都要管的当家人，连桌上的座钟打点不准，他都要认真给予纠正。我看着他在谢家的窗台下，光着膀子挥汗如雨地帮着谢娘和泥、搪炉子，谢娘亲昵地替他摘掉脖颈上的头发，我就想，这人是我阿玛吗？是金家大院里那个威严肃整的阿玛吗？

但是父亲很快活。

谢娘也很快活。

我当然更快活。

父亲在回家的车里常摇头晃脑地对我念着：一箪食，一瓢饮，在陋巷，人不堪其忧，回也不改其乐……我马上会接上一句：贤哉回也！

父女相视一笑。

金家知道父亲这个秘密的还有厨子老王，他常常秉承父亲的旨意给谢家送东西。老王是父亲的心腹，嘴很严，很讲义气。老王在我跟前从来没提过谢家半个字，我、父亲和老王对谢家的关系，用后来很著名的样板戏上的一句词儿是"单线联系"。能与某个人共同保守一个秘密是很刺激、很幸福的事情，那种心照不宣的感觉让我快乐，让我时时地处于兴奋状态。

谢家吸引我的另一个原因是那些袼褙。打袼褙是件近似游戏的轻松活，首先要将那些烂布用水喷湿，第一层尽量挑选整块的，用水贴在板子上，以便将来干了好往下揭。第二层才开始抹糨子，然后像拼七巧板一样，将那些颜色不一、形状纷杂的小布块儿往一起拼，要拼得平整而恰到好处是件很不容易的事，往往要经过一番周密的思考和设计，一张袼褙要打三层才算成功。这个过程是很有意思的，通过自己的手，将那一堆脏而烂的破布变成一块块硬展展的袼褙，再揭下来，一张张地摞在屋里的炕上，最终变成一斤斤香喷喷的杂面，就着大瓣蒜吃进肚里，想想真不可思议，神奇极了。

我对这个工作很着迷，开始是蹲在六儿跟前看他操作，后来是给他打下手，将布淋湿，将那些缝纫的布边撕去，后来慢慢从形状上挑选出合适的递给他，供他使用。六儿对我的参与呈不合作态度，常常是我递过去一块。他却将它漫不经心地扔在一边，自己在烂布堆里重新翻找，另找出一块补上去。开始我以为他是成心气我，渐渐地我窥出端倪，他是在挑选色彩。也就是说，六儿不光要形状合适，还要色彩搭配，藏蓝对嫩粉，鹅黄配水绿，一些乱七八糟的破烂儿经六儿这一调整，就变得有了内容，有了变化，达到了一种出神入化的境界。

六儿的袼褙打得精美绝伦。

六儿的书念得一塌糊涂。

六儿都十五了，还背不出"床前明月光"，他将"举头望明月，低头思故乡"永远念成"举头望明月，低头撕裤裆"。父亲纠正了他几次，均未改过来，看来是有意为之。

谢娘从附近收揽些针线活，以维持家用，穷杂之地的针线活毕竟有限，加之谢娘的眼神已然不济，花得厉害，做不了细活了，所从事的也不过是为些拉车的、赶脚的单身做些缝缝补补的简单活计，或是给某家的老人做做装裹什么的，收入可想而知。谢家之所以还能经常吃到虾米皮炸酱面，这多与父亲的资助有关。至于这院房与父亲究竟有什么关联，我说不清楚。六儿拼命地打袼褙，其中难免没有要摆脱虾米皮炸酱面笼罩的成分在其中，他要自立，他要挣脱出这难堪与尴尬，就必须苦苦地劳作，将希望寄托在那些袼褙上。

毕竟是能力有限，毕竟是太难了。

他很无奈，焦急而忧郁，命运的安排是如此残酷无情，这是他与我注定不能融洽相处、不能平等相待的原因。

我那时不懂，后来就懂了。

我老觉得我很聪明，但后来的事实证明，我比起我的母亲来差远了。

我身上常常出现的糨子嘎巴儿和那不甚好闻的气息引起了母亲的注意。一天，我和母亲在老七舜铨房里，母亲摸着我那被糨糊粘得发亮的袖口说，又跟你阿玛去裱画了吗？我说，是的。母亲问，都裱了些什么画呀？是不是老七画的那些啊？老七舜铨正在纸上画鸭子，他一边画一边说，我是不会把我的画拿出去让我阿玛糟蹋的，您看看丫丫身上的糨子，您闻闻这股馊臭的糨子味儿，料不是什么上档次的裱画铺。母亲问，你上回说的那个叫六儿的，他们家哥儿几个呀？我说，哥儿一个。母亲说，哥儿一个怎么会叫六儿呢？我说，因为他像咱们家的老六，他脑袋上也长了角。舜铨突然停了画，惊奇地看着我，一脸严肃。母亲问，那个六儿在哪儿住哇？我牢记着父亲的嘱咐，脸不变色心不跳地朗声答道：桥儿胡同。我特别注意了"桥"的发音。让它尽量与"雀"远离。母亲说，是雀儿胡同啊，那是在南城了。我慌忙辩道，您搞错了，是桥儿不是雀儿。母亲笑了笑说，上回你阿玛不是说六儿在东单吗，怎么又到了雀儿胡同呢？我急赤白脸地争辩道，是桥儿，不是雀儿！

我们家人都说老七傻，其实我比老七还傻。老七在旁边听出破绽来了，直冲我瞪眼，我却还没心没肺地嚷嚷什么桥儿、雀儿。母亲不耐烦地挥挥手说，算了，你别跟我争了，我早看出来了，你是一只养不出来的白眼儿狼，我是白疼你了。我说，我怎么是白眼儿狼了？怎么是白眼儿狼了？

母亲叹了口气，神情黯淡，歪过脸再不理我。我还要跟母亲理论"白眼儿狼"的问题，老七从后头把我拦腰抱起，三步两步出了屋。我在老七身上踢打哭闹，让他把我送回母亲身边去。老七舜铨不听，我就往他的袍子上抹了一把又一把的鼻涕，唾了一口又一口的唾沫，直到他把我夹到后园亭子里，狠狠地撂在石头地上。

老七点着我的鼻子说，你胡说了些什么！我说，我怎胡说了？我什么也没说。老七说，你个缺心眼子的二百五，你还嫌这个家里不乱吗？！

老七说"家里乱"是有原因的。不久前，他的"媳妇"柳四咪刚跟着我们家的老大金舜锆跑了，他心里烦，气儿不顺。我说，你媳妇儿跟着老大跑了，你去找老大呀，挟持我干什么？老七听了我这话气得脸也白了，嘴唇直哆嗦，泛不上一句话来。我看老七没了词，越发来劲了，说，连自个儿媳妇儿都看不住，还有脸说我呢。老七想了一会儿，终于伸出手来，啪地抽了我一个嘴巴子。

真挨了打我反倒不哭了，我学着六儿的样子，显出一副无耻与无赖相，也像六儿那样一字一顿地说：我、操、你、妈！

老七愣了，他像不认识我一样看了我半天，结结巴巴地说：你说……说……什么……我母亲她……怎么你了？

我很得意，我觉得六儿真是一个伟大的人物，他创造的这句箴言可以降服我们家任何一个老几，我的那些虾米皮炸酱面可真是没有白吃。

我把发呆卖傻的老七扔在园子里，自己晃晃悠悠转到西院厨房来。厨房里，大笼屉冒着热气，那里面传出了肉包子的香味。老王正在熬红小豆粥，豆还没烂，他正坐在小凳上剥核桃仁。我在剩核桃仁的碗前蹲下来，老王把碗端开了。

我说，刚才老七打我了。

老王没言语，也没有表情。

我说，老七打了我一个嘴巴。

老王将一颗硕大而美丽的核桃仁丢进碗里。

我说，这事儿我跟老七没完。他说我给家里添乱……

老王说，小格格您到前头玩儿去吧，您也甭给我这儿添乱了。

我说，老王你客气什么？咱俩谁跟谁呀！

老王说，不是客气，是怕太太们怪罪。不管怎么着，老王也是下人，是伺候人的人，你们的事儿跟我没关系。

我说，老王你今天怎么变得这么生分？咱们俩平时的关系可是不错！

老王一边把我往外推一边说，谁敢跟您不错呀！您是《捉放曹》里的曹操，我是里头的陈宫，我不跟着您跑啦，我改辙啦！

我傻乎乎地问，我是曹操，那谁是吕伯奢，我把谁杀啦？

老王说，你把你阿玛杀啦！

我说，我阿玛跟老三上琉璃厂看古玩去了，他活得好好儿的。

老王说，今儿晚上他就好好儿不成了，你等着吧，有场好闹呢！

我说老王是替古人操心，说完瞅个空当儿，抓了一把核桃仁，撒腿就跑。

老王追出厨房跳着脚地嚷嚷，我大半天的工夫，让你一把抓没了！

那天，我一个人在院里进进出出，却没一个人理我，使我感到自己不是只好鸟。后来实在没事干，我就跑到老姐夫的院里去陪老姐夫喝酒了。

晚上，并没有老王说的"好闹"，父亲从琉璃厂买回来一个会闹鬼的洋钟，一到点，两个小鬼轮番出来打鼓，挤眉弄眼的，还会扭屁股。父亲说这是从宫里流散出来的物件，因为钟背后有英吉利敬献孝和睿皇太后的字样，推算起来该是道光时候的东西。母亲似乎也很高兴，让那俩鬼打了一遍又一遍鼓，还说其中的一个长得像厨子老王。

我没心思看鬼打鼓，我为肚子里的三个包子两碗粥一盘白肉而折腾，愁眉苦脸地歪在炕桌边上，没完没了地哼哼。刘妈说，这孩子今儿是吃撑着了，让老王给她沏碗起子水喝吧。母亲说行，又说以后我吃饭不能跟着大人们在一起混，得给我单拨出来，否则没数，说我像这样的撑着已经不是第一回了。刘妈一边搅着起子水一边说，要光是包子和肉也用不着喝这个，要紧的是她肚子里还有半肚子酒呢，下午在五姑爷那儿喝了个肚儿圆，不是我进去看见，她还喝呢！母亲说，这个占泰，真是的，怎的给个小孩子灌酒？我得说说他了。母亲说着，捏住我的鼻子，刘妈将那碗起子水毫不含糊地全灌进了我的肚子里，她们俩配合得默契而熟练，已经成了一套完整程式，这说明她们对我进行这样的摧残绝不是一次了。灌进我肚里的"起子"，其实就是苏打，发面用的，她们让我肚子里的包子们像面一样地起泡发酵，这招儿真是绝得不能再绝了。

喝了那又苦又涩的起子水，我回去睡了。

五

我照旧跟着父亲去桥儿胡同，照旧吃那炸酱面，照旧吃那廉价的糖豆儿、大酸枣。不同的是，六儿不打袼褙了，他拿起了针线。这么一来，院里树底下再没了他的踪影，他老在东屋的案子前为一堆堆布而忙碌，当然，那些布较他打袼褙的布有了很大进步。谢娘跟他一块儿干，谢娘是他的师傅，也是他的帮手。

他还是不理我，脸上对我的厌恶依然如故。

我对他当然也没有什么好印象。

我常想，要是别人大概会对父亲的援助感激涕零了，但六儿并不因这而增加对父亲的了解，清除他们之间固有的隔膜。这真是一个执拗的、奇怪的人。

这天，下着大雪，我和父亲又来到了桥儿胡同。

谢娘对我说六儿给我缝了一个好看的小布人儿，让我快过去看看。我说，那娃娃穿的什么衣裳呀？谢娘说穿的是水缎绿旗袍。我说如此甚好，我就喜欢水缎绿旗袍。谢娘说，那你还不去看，让六儿再给你做个粉红的短袄、琵琶襟儿的……没等谢娘说完，我已飞了出去。

六儿果然在他的房里，但没有缝小布人儿，他在缝一条裤子，又粗又短的土灰裤子。见我进来，他说。你来干什么！我说，我来看看。六儿说，我的屋不让你看。我说，你这儿又不是皇上的金銮殿，还不许人看了？六儿说，可我这儿也不是谁想进就进的大车店。我说我是来要我的小布人儿的，并没有想在他的屋里多待。六儿说没有小布人儿，让我哪儿凉快哪儿歇着去。我说，你这儿就凉快，我就在你这儿歇着，你把那个穿水绿旗袍的小布人儿给我！六儿说他不知道什么水绿旗袍。我说，你妈说有。六儿说，我妈说有你找我妈去，别在我这儿搅和。我认为六儿是故意跟我找别扭，看来不发脾气是不行了，就在我四处踅摸可以踢砸的东西时，谢娘在北屋大声说，六儿，你给她缝一个！

六儿看了看我，从鼻子里轻轻哼了一声，顺手摸起一块从裤子上铰下来的布头，咪咪咪就又剪又缝起来。缝着缝着，他又从线管笸里找出两个小红扣钉上，终于，在他手里，那个灰不溜丢的东西有了形状，原来是只长尾巴的红眼耗子。我是属耗子的，六儿这不是骂我吗？我不干了。我说，小布人儿呢？绿旗袍呢？你弄了只耗子搪塞我算怎么档子事儿？

六儿说，给你只耗子就算不错了，你别给脸不要脸！

我说我要穿水绿旗袍的小人儿。

六儿说，耗子就不穿旗袍，连裤子也不穿。

我说，六儿你就缺德吧，你的那两个犄角压根儿就长不出来，你甭做当龙的梦了，你成不了龙，你永远是一条泥鳅，臭水坑里的烂泥鳅！

六儿说他从来也没想过要当龙，他连长虫也不想当。

我说，你以为你是谁？你根本就不是我阿玛的儿子！

六儿说，你以为我是你爸爸的儿子吗？我要是你爸爸的儿子那才怪了！末了又找补一句，给谁当儿子也不会给你们金家当儿子。我寒碜！

我揪了那耗子的尾巴到北屋告状去了。

北屋里，谢娘在哭，一抽一抽显得很伤心。我父亲揣着手，皱着眉，在屋里走来走去。看这情景，我明白自己再不宜混闹，就乖乖地靠了炕沿站了。

外面，雪越下越大，又起了风，天气变得很冷，而屋里似乎比外面还冷。父亲只是低头叹息，谢娘只是低头垂泪，风雪交加中他们是死一样沉寂。

末了，父亲说，她怎么能背着我这么干……

谢娘说，太太来了也没说什么过头儿的话，就让我替四爷多想想。

父亲说，那个姓张的就那么可靠……

谢娘说，是个实诚人儿，也喜欢六儿……

父亲说，他一个凿磨的石匠有什么出息！

谢娘说，总算是个手艺人。

父亲低着头又在屋里转，一言不发。半天，谢娘说，六儿大了，他懂事了，那孩子心思重。

父亲说，这孩子可惜了……

那天我们没在谢家吃饭，谢娘把我们送到门口，神色凄凉，那欲说还休的神情使我不敢抬头看她。父亲也不说话，只是吭吭地咳嗽。我听得出来，他不是真的咳，他是用咳来掩饰自己。车来了，谢娘冲着东屋喊六儿，说是四爹要走了。东屋的门关着，父亲站一会儿，见那房门终没有动静，就转身上车了。谢娘还要过去叫，父亲说，算了吧。说完就靠着车座闭了眼睛，显得很疲倦，很乏。谢娘掀起车帘，将那个灰布耗子塞进来，嘱咐父亲要给我掖严实了，别让风吹着了。父亲闭着眼睛点了点头，我看见，清清的鼻涕从父亲的鼻子里流出来，父亲的嘴角在微微地颤抖。我转脸再看谢娘，穿件单薄的小袄，一身的雪花，一脸的苍白，扶着车帮哆哆嗦嗦地站着，在呼呼的北风里几乎有些不稳。一种诀别的感觉在我心里腾起，我对这个南城的妇人突然产生了一种难舍的依恋。我知道，以后我再也不会到桥儿胡同来看谢娘了，那些温馨的炸酱面将远离我而去，那些五彩的裕裙将远离我而去，那可恶的六儿也将远离我而去。满天风雪，令人哽咽，我凄凄地叫了一声"娘！"自己也不知为何单单省了"谢"字。可惜，我那一声轻轻的呼唤刚一出口，就被狂风撕碎，除了父亲，大概谁也没听着。

谢娘慌忙将帘子掩了，我感觉到抱着我的父亲陡地一颤。

车走了。谢娘一直站在风雪里，默默地看着我们，看着我们……

那天，六儿自始至终也没有露面。

父亲一动不动地缩在他的大衣里，他不动，我也不敢动，我怕惊扰了他，我明白，他现在的心情比我还难过。望着忧郁、清瘦的父亲，我感到他很可怜，很孤单，于是，我把他的一双手攥在我的小手里，将我的温暖传递给他。

车过了崇文门，父亲睁开眼睛对前面的车夫说，上前门。

我说，咱们不回家吗？

父亲说，先上前门。

父亲到了全聚德，跟掌柜的说让正月十三派个上好的厨子到我们家来做烤鸭，然后又到正明斋饽饽铺买了两斤奶酥点心，这才坐上车往家赶。

这两样东西都是我母亲爱吃的。

大雪扑面而来，世界一片迷茫，我真是看不懂我的父亲了。

六

日子一天又一天，平平常常地过去。

不能到桥儿胡同去，虽然给我添了一些寂寞，但并不影响我的快乐生活。至于六儿给我缝的那只红眼大耗子，早已被我丢得不知去向。有一天，我在厨房看见老王在用那只布耗子逗弄一只刚要来的小土猫，他在训练猫捉耗子的本领。小猫是送水的老孟给老王的，因为老王跟老孟说过，厨房的面口袋被耗子咬了窟窿，老孟是个记事的人，就给老王找了这么只猫。新来的小猫本来就认生，又被那只红眼耗子吓着了，一下钻进米面口袋的夹缝中，可怜巴巴地喵喵，不敢与耗子对阵。老王说，这倒怪了，猫怕耗子，还是只假耗子。我说，六儿太恶，缝的耗子也恶。老王说，那是因为你恶。我说，我怎会恶？我是一只还没长全毛的小耗子。老王说，你是一只耗子精。耗子精就耗子精，我认为对老王的话大可不必认真。他一个做饭的，能有什么真知灼见呢？

转过年冬天，又到了正月，又是一个大雪天。早晨，纷纷扬扬的雪花从高天之上飘洒而来，我在院子里伸着脑袋看天，冰凉的雪花落在我的脸上，转瞬又化为水。我突然诗兴大发，高声喊道：

燕山雪花大如席，
飞到金家大院里。
天白地白树也白，
晌午咱们吃烧鸡。

我把这首即兴创作的诗喊了一遍又一遍，图的是让父亲听见。我知道，父亲就在北屋里，正和母亲商量今天上吉祥大戏院听戏的事，听说吉祥下午有《望江亭》。《望江亭》是我爱看的戏，里边的小寡妇谭记儿很漂亮，一会儿换一套衣服，一会儿换一套衣服，让人眼花缭乱。如果父亲听了我的诗句，十分欣赏，一准儿会说，瞧，那诗作得多么好，带了那丫儿去吧。那样我不就捡了个便宜？

我的吟唱没有引出父亲，倒招来了老七。老七说，你在这儿干吗呢？我说我在作诗，说着又把那诗吟了一遍。老七说，你得了吧，大下雪的，别在这儿散德行了，你这也叫诗吗？头一句照搬的是李白，二三句剽窃的张打油，就末了一句是你自己的，倒是很有真性情，终归也没离开吃。我就跟老七说了想看《望江亭》的打算。老七听了笑着说，你就是《望江亭》，还用得着再看《望江亭》吗？我问我怎的就是《望江亭》。老七说，您作的那首"咏雪"的诗，跟戏里那位纨绔子弟杨衙内作的"咏月"诗如出自一个师傅般地相似，可见天下的蠢都是一样的。

我当然记得戏里那位衙内的诗：

月儿弯弯照楼台，
楼高小心摔下来。
今日遇见张二嫂，
给我送条大鱼来。

我说，你不觉得那位衙内的诗也很朴实易懂吗？他比你的那些"子曰"坦诚多了。我爱杨衙内，也爱他的诗。老七说，如此甚好，如此甚好……

我们正说着话，六儿脑袋上顶着一条麻袋跑进来了，见了我和老七，没说话，扑通跪下磕了四个头。我看见六儿的腰里系着白布，脚上穿着孝鞋，我知道，六儿是来报丧了。

老七问他是谁。

六儿说他是桥儿胡同张永厚的儿子。

老七问是谁殁了。

六儿说是他妈。

也就是说，谢娘死了！

我的身上一阵发冷，打了个激灵。

老七将六儿领进北屋，我的父亲和母亲还在谈论下午的戏。六儿按孝子的规矩给屋里的每一个人都磕了头。我特别拿眼睛扫了一下父亲，父亲无动于衷地坐着，表情平静得不能再平静了，他甚至还有心思让刘妈往他的茶碗里续了一回水。

母亲说，谢娘是金家的熟人了，咱们得了人家不少济，就是眼下我穿的这件狐皮坎肩儿也是谢娘做的，咱们应该过去看一看才好。母亲问什么时候出殡，六儿说让人算过了，就是今天下午。母亲说，从来都是早晨出殡，哪儿有挪在下午的？

六儿不说话。

刘妈在一边小声说，太太忘了吗，谢娘是再嫁……我在旁边听得清楚，便明白了，原来寡妇再婚，婚后出殡，那时辰是要与众不同的。错过时间，为的是让她先一个死鬼男人在奈何桥上白等，不让他们在阴间团聚，因为后边还有个活的。

打发走了六儿，母亲说下午让刘妈到桥儿胡同去一趟。刘妈说不认识，母亲就让我跟刘妈一块儿去。我痛快地答应了，在去听戏还是去桥儿胡同这两件事上，我之所以毫不犹豫地选择了后者，我是想，应该去送一送谢娘，就冲她那温和的笑、那喷香的面，就冲她在风雪中为我们的站立……

不能不送。

母亲派刘妈去也是派得很得体的，刘妈是下人，与谢娘的身份对等，我们既没抬了他们也尽了礼数。刘妈是母亲们的心腹，回来后肯定会将桥儿胡同那边的事情一五一十地向母亲描述清楚，至于让我去，明是给刘妈带路。实则是代表着父亲，给父亲一个脸面，母亲的心计是很够用的。我想父亲心里一定很不好过，以他和谢娘的关系，他是应该到场的，如今却要陪母亲去看戏，那种伤情，让人觉得心碎。

出门的时候，我特意在廊下多站了一会儿，想的是父亲能出来对我有什么嘱咐和交代，但是父亲没有出来。

下午，雪停了，我和刘妈冒着严寒来到桥儿胡同。车一拐弯，远远就望见谢家门口挑了烧纸，那纸在风里呼扇呼扇地飞，好像被系住翅膀的鸟儿。

谢家院里搭了个小棚，三两个吹鼓手在灵前吹打，乐声单薄草率，断续的音响在这凄寒萧瑟的小院里颤抖着，连得人的心也发颤。一个腰系白带子的木讷男人把我们迎了，也说不出什么话，两片厚嘴唇翻过来调过去就是俩字，"来了""来了"。想必这就是六儿的继父，石匠张永厚了。刘妈问及谢娘后来的情况，张永厚说是昨儿擦黑儿咽的气，吃不下东西已经有一个月了，说着就把我们往灵前领。

我看到了那口沉闷的黑漆棺材，我知道那里面装着谢娘，装着可怕可悲的死！六儿跪在棺前，一脸的疲惫，认真地承担着孝子的角色，这个院里，真正穿孝的也就他一个人。一个女人，头上扎块白布条，见我们一走近，就开始了有泪没泪的号啕，不是哭，是在唱，拉着长声在唱，那词多含混不清。据说，这是谢娘的一个远房亲戚，丧事完后，谢娘遗下的衣物首饰将归其所有，这是她耗在这里不肯离去的原因。几个穿着团花绿衫的杠夫，坐在棚的一角。喝茶聊天，他们在等待起灵出殡的时辰。

我来到棺前，看到了里面的谢娘。

已经不是给我做炸酱面的那个媳妇了，完全变作了一具骷髅、一副骨架，骨架裹着一身肥大厚重的装裹，别别扭扭地窝在狭窄的棺里。谢娘的嘴半张着，眼睛半闭着，像是在等待，像是要诉说。刘妈说，怎能让她张着嘴上路呢？得填上点儿什么才好。趁刘妈去准备填嘴物件的空隙，我扒着棺沿，轻轻地叫了一声"谢娘！"我想，我是替父亲来的，谢娘所等的就是我了，如果有灵，她是应该知道的。

棺里的谢娘没有反应，那嘴依旧是半张，那眼依旧是半闭。

我该怎样呢？我想了想，将兜里一块滑石掏出来，这块滑石是我在地上跳房子画线用的，已经磨得没了形状，它原本是父亲的一个扇坠，因其软而白，在土地上也能画出白道，故被我偷来充作粉笔用。现在，我把这个扇坠搁在谢娘僵硬冰凉的手心里，虽然我很害怕，腿也有些发软，但想到谢娘对我诸多的宠爱，想到那温热的炸酱面，想到这是替父亲给谢娘一个最终的安慰，便毫不犹豫地做了。

刘妈用纸包了一个茶叶包，塞进谢娘半张的嘴里。

谢娘的嘴，被刘妈的茶叶堵上了，她再也说不出话了。

杠夫们走过来，要将棺盖盖了。我听见六儿撕心裂肺地哭喊"妈！——"我的眼泪也下来了，我跟他一起大声喊着"谢娘！"也肆无忌惮地张着大嘴哭。刘妈将我拉开了，说是眼泪不能掉到死鬼身上，那样不好。刘妈小声地告诫我要"兜着点儿"，她说，这是谁跟谁呀，咱们意思到了就行了，不要失了身份。

我不管，我照哭我的。

六寸长的铁钉，砰砰地钉了进去，将棺盖与棺体连为一体。六儿在棺前不住地念叨：妈，您躲钉！妈，您躲钉啊！……那声音之凄、情意之切，感动得刘妈也落了泪。我知道，随着这砰砰的声响，谢娘从此便与这个世界隔绝开了，我那块滑石也与这个世界隔绝开了……

杠夫们将棺上罩了一块红底蓝花的绣片，这使得棺木有了些富贵堂皇的气息，不再那样狰狞阴沉。几条大杠绳在杠夫们的手里，迅速而准确地交叉穿绕，将棺材牢牢捆定。杠头儿在灵前喊道：本家大爷，请盆儿啦——

这时，跪在灵前的六儿将烧纸的瓦盆捧起，啪地朝地上砸去。随着瓦盆碎裂的脆响，吹鼓手们提足精神猛吹了起来，棺木也随之而起，六儿也跟着棺木的起动悲声大放。

灵前，自始至终，只有一个六儿，未免孤单软弱，他之所以叫作六儿，是父亲按金家子弟的排列顺序而定，暗中承袭着金家的名分，按说，此刻我应该跪在六儿的身后，承担另一个孝子的角色，而现在却只能在一边冷冷地看着，如一个毫无关系的旁观者。

棺木出了小院，向南而去，送殡的队伍除了那些杠夫以外，只有张家父子两人，六儿打着纸幡走在头里，他的继父石匠张永厚，抄着手低着头走在最后头。

乐人们夹着响器散了，回了各自的家。

远房亲戚说要赶紧收拾，不能耽搁，再不招呼我们。

我在路口极庄严肃穆地站着，目送着送殡队伍的远去，在雪后的清冷中，在阴霾的天空下，那团由杠夫衣衫组成的绿，显得夸张而不真实……我想，我要把这一切详细地记下来，回去一点儿不落地说给我的父亲。这是我能做到，也是应该做到的。

不知此时坐在吉祥大戏院看《望江亭》的父亲，是怎样一种情景……

七

"生不能相养以共居，殁不能抚汝以尽哀"，这该是多么凄惨的感情缺憾，多么难与人言的酸楚。遗憾的是后来父亲从没向我问及过谢娘的事情，即便在父女俩单独相处的时候，我几次有意把话题往桥儿胡同引，也都被父亲巧妙地推了回来，看来，父亲不愿谈论这个内容了。所以，谢娘最后的情况，父亲始终是一无所知。

为此，我有些看不起父亲。

五十年代中期，父亲去世了。

我到桥儿胡同找过六儿，小院依然，枣树依然，他那个当石匠的爹正在院里打磨，我不知道那时候的北京怎会还有人使用这个东西。石匠已经记不得我了，我也不便跟他说父亲的事。打听六儿的情况，知道他在永定门的服装厂上班，改名叫张顺针。

我在服装厂的传达室里见到了这个叫作张顺针的人，彼时他已是带徒弟的师傅了。张师傅戴了一顶蓝帽子，表情严峻，进来也不坐，挖挲着手在屋当间站着。我说了父亲不在了的事，本来想在他跟前掉几滴眼泪，但看了他的模样，我的眼泪却怎么也掉不下来了。张师傅说，您跟我说这样的事儿有什么意思吗？这倒是把我问住了，我停了一下说，当初您到我们家说令堂不在了的时候，是不是也有什么意思呢？张师傅看了我一眼，从那厌恶的眼神里，我找到了当年六儿的影子。我说，当初我父亲是很爱您的，他对您的感情胜过了我所有的哥哥。张师傅哼了一声没有说话，任凭着沉默延伸。谈话无法继续下去了，我只好起身告辞，没等我出门，他先拉开门走了。

我回来将六儿的态度悄悄说给老七。老七叹了口气说，怎的把仇竟结到了这份儿上？兄弟虽有小忿，不废懿亲，更何况还有个父子有亲的情分在其中，既是这样，也只好随他去了。

第二天早上，有人送进来一包衣物，说是一姓张的人让带来的。金家人打开一看，原来是一包长袍马褂的老式装裹，无疑这是送给去世的父亲的。我知道，这是六儿连夜为父亲赶制出来的。说是无情，真到绝处，却又难舍，这大概就是做人的两难之处了。金家没人追究这包衣服，大家谁都明白它来自何处。母亲坚决不让穿这套装裹，她说父亲是国家干部，不是封建社会的遗老，理应穿着干部服下葬，不能打扮得不成体统，让人笑话。

母亲的话有母亲的道理，在父亲的遗体告别式上，穿戴齐整的父亲，俨然是社会名流的"革命"打扮，一身中山装气派而庄重，那是父亲参加各种社会活动的一贯装束，是解放后父亲的形象。至于那个包袱，在父亲入殓之时被我悄悄地搁在了他的脚下。我知道，这个小小的细节除了我的母亲以外，在场的我的几个哥哥都看到了，但大家都不约而同地睁一只眼闭一只眼。他们都是过来人，他们对这样的事情能够给予充分的理解和宽容。

到底是金家的爷儿们。

与六儿相关的线索由于父亲的死而斩断，从今往后，再没有理由来往了。"文革"的时候，我们听说六儿当了造反派，是的，他根正苗红的无产阶级出身注定了他要走这一步。在我的兄长们因这场革命而七零八落时，六儿是在大红大紫着。我和老七最终成了金家的最后留守，我们提心吊胆地过着日子，时刻提防着红卫兵的冲击，而在我们心的深处，却还时时提防着六儿，提防着他"杀回马枪"，提防着他"血债要用血来偿"的报复，如若那样，我们父亲的这最后一点隐私也将被剥个精光。给我们家看坟的老刘的儿子来造了反，厨子老王从山东赶到北京也造了我们的反，唯独六儿，最恨我们的六儿，却没有来。

后来，我从北京发配到了陕西，一晃又是几十年过去。随着兄弟姐妹们的相继离世，六儿在我心里的分量竟是越来越重，常常在工作繁忙之时，六儿的影子会从眼前一闪而过，有时在梦中，他也顶着一头繁重的角，喘息着向我投以一个无奈的苦笑，惊慌坐起，却是一个抓不着的梦。老七给我来信，谈及六儿，是满篇的自责与检讨，他说仁人之于弟，不藏怒，不宿怨，唯亲爱之而已，他于兄弟而不顾，实在是有失兄长的责任，从心内不安。老七是个追求生命圆满的人。而现今世界，在大谈残缺美的同时，又有几个人能真正懂得生命的圆满？——包括六儿和我在内。

八

来北京出差，在电视台对某服装大师的专访节目中，我突然听到了张顺针的名字。原来这位大师在介绍自己的家学渊源，向大家讲述从他祖父谢子安起，到他的父亲张顺针，他们一直是中国有名的服装设计之家，他之所以能成为大师，绝对有历史根源、家庭根源和社会根源以及本人的努力因素……我听了大师的表白，只感到不是说明，是在检查，这样的套路，每一个出身不好本人又有点问题的人，在"文革"时都是极为熟悉的，现在换种面目又出现了，变作了"经验"，只让人好笑。

依着电视的线索，我好不容易摸索着找到了张顺针的家，当然已不是昔日的桥儿胡同，而是一座方正的新建四合院。今天，在北京能买得起四合院的人家，家底儿当在千万元以上。也就是说，贫困的谢娘后代，如今已是了不得的富户了。想起当年武老道"若生在贫贱之家，前程不可量"的断语，或许是有些意思。

朱门紧闭，我按了铃，有年轻人开门，穿的是保安的衣服，料是雇来的门房。我说来看望张老先生，看门的小伙子问我是谁，我说是张先生年轻时的朋友。那小伙儿很通融地让我进去了，他说老爷子一人在家快闷出病来了，巴不得有人来聊。

院里有猛犬在吠，小伙子拢住犬，告诉我说，老爷子在后院东屋。

来到后院东屋，推门而进，一股热腾腾的糨子味儿扑面而来，靠窗的碎布堆里，糨子盆前低头坐着一个花白头发的老人。这就是六儿了。

见有人进来，老人停下手里的活计，抬起头，用手托着花镜腿，费劲儿地看着我，眼睛有些混浊，看得出视力极差，那模样已找不出当年桥儿胡同六儿的一丝一毫。

我张了张嘴，那个"六儿"终没叫出来，因为我已经不是当年使性较真儿的混账小丫头，他也不是那个生冷硬倔的半大小子了，我们都变了，变了很多很多。该怎么称呼他，我一时有些发蒙，叫张先生，有些见外；叫六儿，有些不恭；叫六哥，有些唐突……后来，我决定什么也不叫。

我说，您不认识我了吗?

张顺针想了半天，摇了摇头，笑容仍堆在脸上，他是真想不起来了。

我说我是戏楼胡同金家的老小儿，以前常跟着父亲上桥儿胡同的丫丫。

听了我的话，对方的笑容僵在脸上。我估摸着，那熟悉的冷漠与厌恶立刻会现出，尽管来时我已做了最坏的心理准备，可心里仍旧有些发慌。但是，对方脸上的僵很快化解，涌出一团和气和喜悦，亲热地让我坐。

我将那些碎布扒开，挑了个地方坐了。

张顺针说，咱们可是有年头没见了，有三十年了吧?

我说，整整四十四年了。

张顺针说，一眨眼儿的事儿，就跟昨儿似的，您这模样变得太厉害，要是在街上遇着了，走对面也不敢认了。说着，顺手从他身边的大搪瓷缸子里给我倒出一碗浓酽的茶来。我喝了一口说，您这是高末儿。

张顺针说，能喝出高末儿的是喝茶的行家。现在高末儿也是越来越难买了，不是我跟"吴裕泰"的经理有交情，我哪儿喝得上高末儿？

我说，您还在打袼褙？

张顺针笑着说，您看看，这哪儿是袼褙？这是布贴画。这张是"踏雪寻梅"，这张是"子归啼夜"，那个是"山林古寺"，靠墙根儿摆的那一溜儿画儿，都是有名字的。

经张顺针一说，我才在那些袼褙里看出眉目来。原来张顺针的这些布贴画与众不同，都是将画面用布填满，用布的花纹、质地贴出图画的效果来，很有些印象派的味道在其中。他指着一幅有冰雪瀑布的画对我说，那张布画还参加过美术馆的展览，得过奖。

我说，老七舜铨也是搞画的，您什么时候跟他在一块儿交流交流。您老哥儿俩准能说到一块儿去。

张顺针说，你们家老七那是中国有名的大画家，人家那是艺术，我这是手艺。

我说，老七可是一直念叨着您呢，他想您。

张顺针说，谢谢他还惦记着我，其实我们连见也没见过。

我说，怎么没见过？见过的。

张顺针问在哪儿见过。

我说，那年在我们家的院子里，您上我们家来……天还下着雪……

我本来想说出"报丧"二字，怕伤他自尊心，只说是下雪，让他自己去想。

张顺针还是想不起来。在他思考的时候，他的头就微微地颤动，我看到了他稀薄的头发下那两个明显而突起的包。那曾经是父亲寄予无限希望的两只角。

张顺针见我对着他的脑袋出神，索性将脑袋伸过来，让我看个仔细。他说，不是什么稀罕东西，让医院看过，骨质增生罢了，遗传，天生就是这样。

我说，我们家的老六就是这样，他还长了一身鳞。

张顺针说，长鳞是不可能的，人怎么能长鳞呢？

我觉得再没有什么遮掩迂回的必要了，几十年的情感经过长久理智的熏陶，像是地底潜流中滴滴渗出的精华，变得成熟而深刻。亲情是不死的，它不因时间的分离而中断，有了亲情，生命才显出了它的价值。我激动地叫了一声：六哥！——

张顺针一愣，他看了我一会儿说，别价，您可千万别这么叫，我姓张，跟金家没一点儿关系。

我说，您跟我死了的六哥是兄弟，您甭瞒着我了，我早知道。

张顺针说，您这是打哪儿说起呢？

我说，就从您脑袋上的包说起，您刚说了，这是遗传。

张顺针说，可有包的不一定就都是你们金家的人；反过来说，你们金家人人也不一定脑袋上都有包。

我说，您甭跟我绕了，我从感觉上早就知道您是谁了。

张顺针说，您的感觉就那么准吗？您就那么相信自个儿的感觉？

我说，当然。

张顺针笑了笑说，一听见您说"当然"，再看您这神情，我就想起您小时候的倔劲儿来了，好认死理儿，不撞南墙不回头，现在一点儿也没变，还是那么爱犯浑。实话跟您说，您父亲是真喜欢我，就是为了我脑袋上的这俩包。可他心里清楚极了，我不是他儿子。

我的脑子突然变得一片空白，不会思索了。

阿玛，我的老阿玛，是您糊涂还是我糊涂啊！

张顺针说，您父亲老把我当成你们家的老六，把我当成他儿子，可从我们家来说，无论是我娘还是我，从来就没认过这个账。

我无言以对。

张顺针说，现在回过头再看，您父亲是个好人，难得的好人……

我说，谢娘也是好人，像妈一样……

张顺针半天没有说话，停了许久，他说，我娘那辈子……忒苦。

我和六儿就这么坐着，坐着，彼此再不说一句话。

我机械地喝了一口水，已经品不出茶的味道，我说我要告辞了。

张顺针让我再坐一坐，他大概是不愿意让我以这种心情离开。他问我什么时候回陕西，我说大概还得半个月，剧本还有许多地方要修改。张顺针问我是写电视的还是演电视的，我说是写电视的。他说还是演电视的好，将来我在电视里一露脸，他就可以对人说，这个角儿他认识，打小就认识，属耗子的，是个爱犯浑的主儿！他说，据他考证，耗子是可以穿旗袍的，迪士尼的洋耗子可以穿礼服，中国的土耗子怎么就不能穿旗袍呢？

我说是的，耗子可以穿旗袍。

九

十天后，张顺针就让他的儿子给我送来了这件旗袍。

水绿的缎子旗袍。

明惠的圣诞

邵　丽

一

　　明惠是实在咽不下那口窝囊气才去找桃子的。桃子从城里回来已经七天了，明惠在徐二翠连绵不绝的骂声里数这个日子数得好艰难。七天，她每一分钟都计算着桃子会随时推门进来。

　　明惠每天都仔细地洗脸，找出像样点的衣服穿好。徐二翠若是出去了，她就手忙脚乱地把屋子收拾一下。心里明明是毛烘烘地躁着，却要强迫自己不断找件活计拿在手里。有时是拆一只旧手套，有时是翻看一本《妇女生活》。好像只有手里拿了点儿东西才让她心里更踏实。桃子来找她从来不敲门。桃子如果不敲门就进来，明惠就得一边做自己的事情一边漫不经心地责怪她，你这个人就是没教养，跟你说一百遍都不行，什么时候学会敲敲门再进来！

　　明惠在家里等桃子等了七天，她把手里的活计摔得满屋子翻跟斗。徐二翠的骂声越来越凶恶。徐二翠很凶恶地骂猪骂鸡骂狗骂她明惠的时候，明惠一声都不吭，她已经听习惯了，从她高考落榜回来的那一天起徐二翠就不断地这样变着花样儿骂。徐二翠的骂声中气十足地回荡在她们家那宽大的房间里，在新油漆过的门后不疾不徐地余音缭绕。拉开门，那徐二翠就完全是另外一副嘴脸了。要么是满脸堆笑点头哈腰，要么是面无表情居高临下。有时候徐二翠骂得太不堪，肖正方就会和她对骂。比如徐二翠骂，老娘我省吃俭用啊，我白白供了你十几年啊，我还不如养只鸡养只猪啊！养只鸡还会给我下蛋，养头猪还能卖俩钱儿。老娘我都累死了，你倒还有脸回来白吃白喝做小姐啊！要是有囊气你就一头扎哪坑里死了去！肖正方若是碰巧在家，就用手指着徐二翠的鼻子回骂，你这臭狗屎娘儿们，你这像是当娘的说的话吗？闺女都这么大了你还不给她个脸，要是有个三差两错的，看我不把你揍得坐次红月子！肖正方一接口徐二翠就不骂了。徐二翠不骂了，肖正方好像士气才刚上来，一脚踢翻一只凳子或者一个空坛子，看看并没遇到抵抗，才气收丹田，十分沉稳地点支大前门，大模二样地出去打牌去了。

徐二翠不做饭，倚着门框抹眼泪。肖两万突然从外面忽悠着进来，痴着脸子在院子里喊，妈，妈啊，我饿啊妈！徐二翠急忙站起来给肖两万洗干净手脸。徐二翠说，乖儿子啊，妈这就去给你弄。然后手忙脚乱地去给一家人做饭吃，眼泪却仍然唰啦唰啦地落。

明惠那时不恨徐二翠，她觉得实在是她自己伤了娘的心。徐二翠是什么人啊？徐二翠从在村子里当小姑娘起就是个人尖子，初中毕业一口气当了二十多年的村妇女主任啊。妇女主任位低权重，生育指标和避孕家什都在她手里握着，生杀大权莫过于此了。徐二翠是为了继续当村干部才嫁给了本村好逸恶劳的二溜子肖正方。徐二翠很少流眼泪，徐二翠生了白痴两万不被人同情，反被人指着脊梁骂她是逼人家断子绝孙遭了报应她都没有哭。徐二翠把个女儿明惠养得鼻子是鼻子眼睛是眼睛的，徐二翠让明惠吃最好的食粮穿最好的衣服受最好的教育。徐二翠和肖正方每次生气都底气十足地指着他的鼻子说，等着！等俺明惠考上大学嫁到城里，我就跟闺女享福去。我让你们爷们去喝西北风！

明惠在乡上念了三年初中，又在县上念了三年高中。明惠在村子里矜持得像个公主。过云村里人因为徐二翠恭敬明惠，现在是因为明惠而对徐二翠恭敬三分了。哪个不知道明惠念完高中是要接着念大学的，念完大学理所当然地要留在城里的。

现在明惠回来了，明惠的落榜让村里人集体出了一口恶气。他们嬉笑怒骂的声音陡然增加了好几个调门，含沙射影的语言像带了毒刺的钉子，一根一根地钉在了徐二翠的耳根上。

村里人现在开始恭敬黄毛了。黄毛从来没有被人恭敬过。黄毛长得丑丑的。黄毛不会过日子，养的孩子个个都吃不饱穿不暖。黄毛的女儿桃子初中没有毕业就不念了，桃子跟人到省城打工去了。关于桃子的一些传说很让村里人不屑，徐二翠就不止一次地加重了语气对明惠明确强调，我们是正经人家的女孩，我们得靠正经本事吃饭。

明惠从县城回来了。明惠见了村里人把头一低就过去了。明惠把自己关在家里就再不露面儿了。

桃子从省城回来了。桃子回来就在村子里四处招摇。桃子见了谁都婶子大娘喊得蜜甜。

桃子可是模样儿大变了，脸儿白了，奶子挺起来了，屁股翘得可以拴住一头公牛，衣服洋气得挂人的眼珠子。啧啧，俺的娘，桃子给全家人都买了新衣服，桃子是挣下大钱了！

桃子回来领着一个城里的小伙子，桃子说是她朋友。

啧啧，哪个会想到黄毛的闺女会出息得这样本事啊！

徐二翠说，日他亲娘，龟孙黄毛都比俺有本事啊！

徐二翠每天骂人的时候，与时俱进地增加了桃子回来的内容。明惠不出门，明惠什么都知道。

明惠想，我就不相信你桃子还真的成了精，你过去整天巴结着给我背书包提行李我都嫌不耐烦，我就不信你桃子在城里打两天工就敢把我明惠不放在眼里了。

明惠足足等了七天，明惠是实在咽不下那口窝囊气。明惠决定去找桃子出气。

明惠出门的时候天正落着小雨，秋风一下子就把她单薄的夏季衣衫给吹透了。明惠已经在屋子里关了快两个月了，明惠以为天还是夏天。明惠心里是气势的，明惠只是有些冷，明惠因为冷在村街里走得多少有些狼狈。明惠在村街上碰上了不少眼睛，有懒散的人的眼睛，有悠闲的动物的眼睛。明惠决定不和他们或它们中的任何一个打招呼，明惠目不斜视地从他们和它们身边走过。明惠觉得那些盯着她的眼睛没有一只是良善的，那眼睛统统流露着恶毒。他们分明是要看她明惠的笑话，他们分明是要看人尖子徐二翠的笑话。明惠腔子里的气息和皮肤一样透骨地寒着。明惠被徐二翠骂了快两个月了。明惠觉得她一定得出口气了。

明惠没有敲门。明惠一脚就跨入桃子家的院子。桃子家院子里没有人，桃子家堂屋的门是虚掩着的，明惠直接就把门给推开了。

明惠推开门想逃都来不及了，一股火呼啦一下子就从屋子里蹿出来。明惠的脸顿时被火苗舔得血红。明惠忘了逃跑，竟然就那么傻呆呆地站着。屋子里的桃子正和一个高出她一头的小伙子浓烈地燃烧在一起。桃子背对着门，桃子正专注地在小伙子嘴上一下一下地咬着，分明就像她妈缝完被子用牙咬断线头一样。桃子觉得小伙子的身体突然间松懈了。桃子睁开眼睛，桃子发现小伙子的眼睛是盯着门口的，桃子终于看见了门口站着的明惠。

桃子拢一拢头发，丢开她手头的活计，漫不经心地责备明惠，是你呀，进来怎么都不知道敲门！

明惠被许二翠骂了两个月都没有流出的泪水，不争气地从胸腔里往外翻涌，忍都忍不住啊。明惠转过身朝外走，桃子就追出来把她拖住了。

桃子说，来家啊明惠。

桃子说，明惠，我就说要带马强去给你看呢。

桃子说，马强，这就是我跟你说的我的好朋友明惠。明惠这是我的男朋友马强。

明惠明惠明惠明惠……这明惠是她喊的吗？这明惠她是这样喊的吗？过去她曾经明惠姐明惠姐地喊个不停，现在她倒成了明惠的姐了！但毕竟有个陌生的男人在旁边，明惠把愤怒和委屈暂时压了回去，明惠迅速恢复了她惯常的表情和姿态。明惠说，我路过你家，看到门没关就进来了。

桃子根本没在乎明惠在说什么，桃子张罗着给明惠拿出一些吃的喝的。

明惠不吃，明惠也不去打量桃子的穿着，明惠的眼睛始终盯着院子里别的事物，明惠眼睛的余光却把桃子的周身飞快地透视了个遍。徐二翠没有说错，桃子出息了，桃子的脸白得像细瓷，桃子的眉毛变得细柳柳的，桃子的胸脯挺得很高，桃子乱蓬蓬的黄头发变得又柔顺又光滑，桃子……

桃子身上还有什么不好的呢？

桃子穿了白色的羊毛套衫，烟红的格子呢裙，高勒高跟的黑靴子。明惠的心扑通一声被刺了一下，像中了铅弹般酸沉酸沉的。那是她无数次设计过的装扮。如果考上学校，她首先向徐二翠讨钱，给自己买一套秋装。就是这样的裙子，这样的毛衣，这样的靴子。

明惠是可以比桃子穿得更出彩，更理直气壮的啊！

桃子从里屋翻出许多半旧衣服让明惠看，桃子说，明惠你要是喜欢可以把我的衣服拿一套去穿。明惠摆了手说谢谢了桃子。明惠心里说，桃子那时候你穿了多少我的旧衣服，你总是穿我剩下的，而我怎么可能穿你的？

明惠的目光小心地躲闪着不与桃子交接，明惠却在倏忽之间和那个马强对接了。明惠发现马强的目光非常明亮地盯着她，这目光让明惠立刻想起了王伍。王伍在他们高中的三年里始终用这样的目光盯她。哪怕是在她的背后，她也能感觉到他的眼光一波一波像飞镖似的打过来。王伍和明惠一道在学校等通知，王伍考上了地区师专，明惠却什么都没有考上。王伍说，明惠，你还可以继续复习，明年你如果考上了，我们还可以在城里会合。

如果！如果？

明惠是咬着牙出的校门。

明惠觉得马强的眼睛比王伍亮多了，明惠想凭什么桃子该拥有这么亮的一双眼睛啊？明惠想，桃子我若是现在在省城干事，若是穿上你这样的衣裳，马强立刻就得跟我走。明惠是从马强的眼睛里得出这样的结论的，明惠被自己的想法吓了一跳，明惠又被自己的想法抚慰得很妥帖。明惠活到十八岁才知道，自己的内心会是这样的邪恶。

一瞬间，明惠好像走出了暗长的隧道，扑面而来的阳光呼啦啦打在自己的脸上，她眼睁睁地看着桃子像一株被抽了筋的植株，在自己面前一寸一寸地矮下去，心里更是受用了。明惠十分矜持地站起来告辞。明惠看都没看桃子一眼，说，桃子我是顺路过来看看你，桃子有时间带马强到我家去玩啊。

明惠说完对着马强抛了一个很明媚的笑脸站起来就走，桃子留都留不住，桃子只好跟着明惠相送。明惠说，回去啊桃子，不要送。明惠小声说，桃子，一定去我家啊，我工作的事情还得和你商量呢。

桃子啥时候得过明惠这样的信任？桃子激动得脸都红红的了。桃子的脸一红，明惠就知道她的话起了什么作用，她知道桃子很快就会去她家的。明惠哪里会有什么工作的事要商量，她不过就是要桃子到她家去。

桃子是第二天去明惠家的。马强没有去。桃子说，好好的，不知道马强为什么昨儿下午一定要走？

桃子心神不定地说，我这两日也就要走。

明惠不露声色地在心里笑了一下，明惠真的和桃子谈起工作的事情。桃子立刻忘了她的疑惑，十分热心地向她介绍起省城。

桃子说，活好找，在服装店在饭店干一个月差不多都是五百，在饭店干实惠些。累点，但是管吃住。要是学会了按摩那就挣得多了。桃子诚实地说，她就是在宾馆做按摩的。明惠悉心请教道，挣多少？桃子的目光暧昧地闪烁了一下说，那要看你自己的修行了。

桃子把什么都说了，桃子说，明惠你要是愿意出去工作，明天就可跟我走。桃子说，别忘了带身份证啊明惠。

明惠走的时候徐二翠哭得一死一活的，徐二翠一边哭一边说，我们这样的人家怎么会让闺女去卖力气？考不上学就不上，妈就在家养你一辈子！

徐二翠一边哭，一边帮明惠收拾东西。

明惠是和桃子一起去的省城，但是明惠很坚决地拒绝了桃子要为她介绍工作的打算。明惠说桃子介绍的工作她都不想做，她想到职业介绍所看看有没有给小孩子聘请家教的。明惠的沉着让桃子很敬佩，到底人家是读过高中的，有主见，不像自己，初来时只会瞎着急，遇到事情就哭。桃子让明惠先到自己租的住处住下，明惠只住了三天。那三天明惠可办了不少事情。桃子去上班后她就开始行动，她先后去了几家大宾馆和洗浴中心。

明惠直接请求见经理，经理不论是男的女的，见到明惠眼睛都是亮亮的。明惠才十八岁，明惠的美丽和稚嫩是最时鲜的武器。明惠看懂了那眸子里的亮，明惠的神态一下子就安定了。

明惠说，我想做按摩小姐。

你过去做过吗？

没有。

哦。女老板笑了笑，说，只要用心，没什么好学的啊！

明惠被女老板试用了。明惠腿勤手勤嘴勤，明惠会干的不会干的都争着干，明惠管谁都叫姐姐，甭管哪个姐姐的话都认真听认真记。明惠对谁都笑眯眯的，明惠和谁又都保持着一定的距离。明惠在半个月后就成了那里最受人喜欢的小姑娘。

一个月后明惠被正式录用了。女老板说，基础工资五百，活做多了另有提成。上班时间只许正常服务，至于下班后的事情他们不管，可也不承担任何责任。

明惠又去了一趟桃子那里，拿了她存在那里的已经没有多大用处的衣服。明惠告诉桃子，她到一个人家去带两个学前班的孩子。

明惠走后再没有和桃子联系过。桃子有心去找明惠，可她不知道那两个孩子的家，到底在什么地方。

二

圆圆到这家洗浴按摩中心做事还只有三四个月，从不见圆圆多言语，圆圆对谁都是既不热情也不冷淡，可几乎所有被她服务过的客人再来时，都拿眼睛寻找圆圆。圆圆微微地笑着，眸子里流淌着一股子迷蒙的距离感。倒是这距离感，反而拉近了客人与她的距离。圆圆的态度矜持得倒不像是个做按摩的小姐呢。圆圆的神态让所有的中年男人看了都觉得心疼，觉得这女孩似乎不该在这里做事情的。可她应该在什么地方做呢？谁都想不出一个准确答案。她在这里做事的神情又恰恰是那么妥帖，那么让人受用。圆圆偶尔与客人谈上两句，总是让他们更加刮目相看，这姑娘小小的年纪，有见地又有思想，实在难得。当然，这是他们把圆圆与其他按摩小姐相比较的结果。

圆圆不管客人怎样夸奖她，也不管客人用怎样赞许的目光打量她，一律不动声色地做自己手头的活计，极认真，极周致。别人做五分钟的活她做七分钟，别人用八分的力气她用十分半，客人如何会不喜欢这样既乖巧又踏实的圆圆啊。

圆圆学了别的姑娘，穿那种把奶子束得很挺的文胸，在冬天里仍然着一件领口开得很低的薄羊毛套衫。圆圆干活的时候，奶子几乎要贴到客人的脸上去。圆圆给人按摩肩膀的时候，奶子就顶住了客人的头。终于有客人耐不住，假装用手挠自己的痒痒，却分明在圆圆的奶子上蹭过去。圆圆没有任何反应。客人再等一会儿，就直接在那奶子上摸一把。圆圆仍然是没有任何反应。圆圆就好像一个汽车司机，心无旁骛地行走在面前的道路上，仿佛什么事情都没有发生，只管认真地驾驶。

到了晚上就有圆圆的电话，圆圆安详地接了，说是表哥，下了班自然就去见那表哥。

表哥就是下午的客人。见了也不说什么事情，只管带她去一家宾馆吃饭。饭菜要的很丰盛，再添两个人都吃不完。那人劝圆圆多吃一点。圆圆怕浪费，就慢慢地吃。那人并不怎么吃，只端了一只杯子喝红酒，吃到中间也给圆圆倒了一两杯，说，不辣，干红。圆圆也不拒绝，让她喝就一口喝下去。外表看不出心里有无变化，脸蛋却喝得红红的。

圆圆好像有些醉了，醉得也是那么单纯，惹人爱怜。吃完饭那人就带她去另一家宾馆开了房间。

进了房间圆圆就尽顾着打量里面的摆设了。圆圆觉得这地方真不错，特别是那铺得柔软的席梦思大床。圆圆喝了酒有些困，要是能在那床上睡一觉就好了。那人却让圆圆去洗澡。圆圆在洗浴中心做事，天天都要洗澡，可她还是顺从地去洗了。圆圆洗了一半那人就进去了。圆圆没有反抗。

事情很快就完了。

圆圆觉得一切都平平淡淡的，就连她身下的处女血都没有让她惊讶。圆圆觉得其实《妇女生活》上的好多文章都太夸大其词了，没有什么撕心裂肺的疼，更没有什么叫人痛不欲生的难过。

那人叫了的士送她回去，分手的时候在她手里塞了五张大票。圆圆回到宿舍手都没有洗就睡下了，那一夜她手里就攥着那五张大票，就像攥着自己的命。

有了那次，那人就经常叫了圆圆出去。后来，又有别的人同样带了圆圆出去。

　　程序基本上全是一样的，圆圆没有觉得这个和那个有什么不一样。结束的时候他们也总是悄悄地塞给她一些钱，好像他们做得声张些就会亵渎了圆圆。无论得到的是三百还是五百，圆圆回去的第一件事情，就是把那钱展得平平的，有时还把昨天的或者前天的放在一起，反复地数上几遍。

　　圆圆有一阵子很为她的钱犯愁，藏在任何地方都不能放心。放在宿舍怕偷，带在身上怕抢。圆圆只好把钱存在银行里，她没有办法顾及那些银行小姐的表情了。圆圆到底是有心计的女孩，她总是把存折带在身上，假如碰到坏人就丢给他们，反正她设了密码的。再想一想，自己又冷笑起来，像自己这样子的，如果碰不见"坏人"，还有什么活路？

　　那些客人照常出现在按摩中心。圆圆见了任何一个都与惯常的表情姿态没有什么两样，稳稳地做自己的事，似乎和任何一个都不曾有过瓜葛。圆圆的态度让那些做过"表哥"的家伙们非常满意，至少让他们觉得安全。圆圆的休息时间渐渐被"表哥"们安排得很满。

　　圆圆已经往家里寄了两次钱，一次一千元。她知道那两千元足足可以让徐二翠重新抬起头做人了。圆圆没事做的时候，会偶尔往家乡的方向望一望，隔了几百公里的路程，圆圆清楚地看到她妈徐二翠又开始居高临下地做她的思想政治工作了。啊！新社会新时代了，生男生女还不是都一样。养个闺女出息了，一样可以享福啊！

　　圆圆告诉徐二翠她在人家家里教孩子功课，工资高，人家还管吃住。这让徐二翠更加得意起来。我不枉多让我们家闺女念了那么多年的书啊。

　　圆圆往家里寄了两次钱就再也不寄了，圆圆也不再朝家乡的方向望。没有事情的时候，她就低着头想自己的打算。圆圆想，我寄得再多我都不会再回去看你徐二翠的脸色了。圆圆想，我是不会再回那个到处都是泥巴的家乡了。

　　圆圆现在只在乎她的那些钱，她天天都要拿出存折来看上许多遍。圆圆的钱增加得很迅速，圆圆还是觉得慢了些。圆圆不放过每一个人的邀请，哪怕那个人让她很不耐烦，她也许根本不在意自己耐不耐烦。圆圆要钱，为了一百元她都肯出去。她知道有哪几个人是吝啬的，她完全可以找借口不和他们出去。可她不愿意让日子闲着，如果闲着，连一百元都没有。

圆圆和那些人出去，差不多都是先去吃饭。完全凭了客人的性子，性子急的吃得草率些，有时候就在小馆子里吃碗面。有的人就不一样了，他们把圆圆带到很讲究的地方，很细致地劝她吃，慢条斯理地说着闲话。这人也许是想培养一点感觉，但圆圆的感觉怎么样都是没有变化的。相反，拖的时间长了她反而着急起来。圆圆不在意吃，填饱肚子就行。她恨不得那些人把她带到一个地方直接就把事情办了，那样她就可以早一点知道她那天得到的是多少了。

圆圆给自己租了一小套房子，在一个破旧的小单元楼上。二十多平方，没有客厅，但有厨房和卫生间。卧室放了一张大床和一张小木头桌子。圆圆很满意，圆圆觉得有那张床和那间能冲淋浴的小卫生间就足够了。圆圆以每个月一百五十元的价格租下了那套小房子。

圆圆主动提出让客人到她那里去，她含蓄地告诉人家，省时间省开房费的。圆圆的意思很明确。有人明白了她的意思，走的时候就会多放一张大票在她那里。圆圆心里得意起来，想起了自己曾经学过的资本总是追逐利润最大化的课程。把理论和实践在这里结合了，别有一番滋味涌在心头。

圆圆很讨厌自己的月经，每次例假她都烦躁得要死。眼看着到手的钱却不能拿，还要找出许多理由搪塞。晚上一个人睡在小屋子里，身子下面潮湿着，又冷又饿，肚子一阵一阵地疼，她就忍不住心烦意乱起来。她小小的年纪，倒是知道爱惜自己的身子。她有想法，她不想就这么把自己毁掉。

圆圆来例假的时候不愿意见人，可圆圆例假时与老曹做过一次。老曹就是第一次带圆圆出去的那个人。老曹很大方，老曹是国营企业的老板。老曹每一次给圆圆的钱都是最多的。老曹用那双肉乎乎的手握住圆圆的手。圆圆感觉到那里面是一沓子报酬和安慰，还有些体贴。每次圆圆低着眼笑，老曹就把钱贴到圆圆的手心里，却并不松开她的手。老曹说，我真喜欢你啊圆圆！圆圆就抬起头，把笑脸更灿烂地给他。

老曹在圆圆来例假的时候说要见她。圆圆就答应了他。

圆圆与别人做的时候很木然，圆圆与老曹做的时候也很木然，但是圆圆在来例假的时候与老曹做就显得有些委屈。如果老曹说两句体贴的话，她会伤心，也许还会流下眼泪。如果老曹说了体贴话，圆圆流了眼泪，也说不定会有一些别的故事发生。但是，老曹那天并没有对圆圆体贴，老曹因为厂里职工上访告状的事情正烦着。老曹一看到圆圆的伤口，立马就变了脸色。老曹火气很大地说，你这小姑娘不是成心要我倒霉吗你？

圆圆不说话，圆圆的情绪仍旧变得木然起来。老曹火归火，火完了就开始办事。因为有两股火烧着老曹，他那天办事有点像开职代会一样潦草。当然，依然秉承了国有企业的气派，钱一点也没少给。

圆圆送走老曹，觉得下面火辣辣的疼。圆圆顾不得那疼，她洗都没洗就开始数老曹丢下的钱。仍然是一个令人满意的数字。圆圆想，老曹终归是个不错的人啊！

圆圆后来再逢例假时，死活都不肯见人了，倒不是因为老曹的火气，圆圆是真的很爱惜自己的身子。

圆圆没有事时就算她的钱，圆圆计算的结果，她这样积累下去，五年之后她就可以在城里买一套很不错的房子了。

圆圆想在城里买房子。圆圆想房子的时候可没有想到她妈徐二翠，更没有想到她爸肖正方和白痴肖两万。圆圆压根儿就没有想过要把他们接到城里来。圆圆有自己的想法，圆圆想房子的时候总是想到被桃子领回家去的马强。圆圆想，等买了房子就找一个马强那样的丈夫，甚至是比马强都好的丈夫。圆圆想，她不在乎那人是不是有钱，他若是个没有钱的，她就自己找一份踏实的工作养着他。圆圆想，人只要肯下力气，哪会有过不去的日子？圆圆想，她要给那人生两个孩子，她的两个孩子决不会像她圆圆一样整天挨徐二翠的骂，更不能像白痴肖两万一样一辈子都不能走出自己的村子。圆圆想，我要比徐二翠更有出息，我要把我的孩子生在城里！我要他们做城里人，我圆圆要做城里人的妈！

三

　　李羊群是雅园的常客。有很长一段时间了，李羊群每个礼拜六的午后都要到雅园非常耐心地洗浴按摩。许多常常来雅园的客人都把自己弄得很匆忙，好像他们耽搁的时间太长久了，世界的末日便会提前来临。实际上他们已经耽搁得很久，只不过他们假装不知道已经过了很久罢了。李羊群从来不着急，李羊群的情绪摆明了就是来此休闲，他来的时候总是显得很疲倦。李羊群和他们显然不一样，像是个文化人。李羊群只是不太爱讲话，他不挑人，赶上哪个就让哪个做，也从来不与这些女孩子搭讪。他把自己像要大卸八块似的扔在按摩床上，然后把头埋在床头的透气孔里，说，开始吧！就没一点儿声息了。

　　李羊群常常来雅园，这里的女孩子他大约是一个都识不得的。

　　圆圆第一眼看到李羊群就觉得他不是一个好色的男人，她就是这样感觉的。李羊群那天显然是喝过酒，他洗完裹着一条浴巾进按摩间的时候，透过屋顶玻璃射进来的阳光突然间逆着打在他干净的身体上，圆圆的感觉有些模糊起来。这个生得很体面的人的脸上是透着丝丝缕缕悲伤的，当然，这悲伤别人是看不出的。圆圆那一刻觉得那悲是从她自己的心底里涌出，却写在了这个男人的脸上。圆圆的心里多少有一些东西被打动了。圆圆是第一次招呼了他，她赶在别的女孩之前对他笑了一笑，她站起身重新理了一下已经很整齐的小床，李羊群便很顺从地走来。李羊群躺下了，李羊群说，开始吧！然后一句话都没再同她说。圆圆于是便开始和泥一样地揉搓着手下的人，她觉得这个人是完全听任她摆布的，圆圆就发挥得极好，她的一双肉乎乎的小手均匀流畅地上下翻飞，她是用这种无言的方式安慰一个人的伤悲，也是用自己的伤悲去安慰另外一个人的伤悲。圆圆的小手胖胖的，伸开来手背上全是圆圆的小肉窝窝。圆圆的指肚阔而绵软，客人们享受了它们的安抚没有不喜欢的。客人们说，这姑娘凭了这双手就该是个有福气的呀！李羊群没有夸奖圆圆的手，但是李羊群是彻底放松了让圆圆那双舒适无比的小手揉搓，李羊群觉得自己在这个女孩的手下变成了一个乖顺无比的婴孩。李羊群的脑子里变得空荡荡的了，他的脑子里却又装进了许多意想不到的东西，他活在这个世界上所有的不快，都被这个女孩子一把一把地抓起来，像在河水里漂摆衣服一样拨来荡去。水花溅起来，波浪互相撞击着，一圈一圈地向外扩展，就像李羊群突然间流出来的泪水，而且是越想控制越流淌得汹涌澎湃。李羊群被自己吓了一大跳，他以为圆圆会大呼小叫，他以为至少圆圆会停下手来呼唤同伴过来看他。她们会笑他，她们像参观一个精神病人一样用异样的目光打量他。她们假模假样的，可气又可笑地安慰他。可是李羊群想错了，圆圆什么都没有做，她甚至没有让自己的手有片刻停顿，她就那样用按摩膏和着李羊群的泪水继续她的工作。她仿佛事先就知道了一切。李羊群无声地伸出自己的大手把那双小手在脸上捂了一小会儿。

那次按摩结束后，李羊群是第一次在按摩间里打量一个女孩。他觉得这个年轻的女孩子脸上有一种成熟镇定得让他惊心动魄的东西。

他知道，他遇到了一个和他一样怀了委屈的人。

李羊群那一时间让自己觉悟了。

李羊群再来按摩是直接奔了圆圆过去的。圆圆有一种预感，她觉得李羊群肯定会约她出去，她只是想不出李羊群会用什么方式约她。圆圆的正常按摩做到一半的时候，有人打电话找她。圆圆去接那电话，那时李羊群就睁开眼睛看她。是一个熟人打来的，约了她出去吃饭。圆圆眼前晃着李羊群看她的目光，圆圆就找了个理由推辞了。圆圆回来的时候有点儿心神不定。李羊群仍然是拿眼睛直直地看她。圆圆的心里就安适了一些。他和她不说话，但是他和她的心里好像有了长久的默契似的。李羊群走的时候在圆圆的手里迅速塞了一张字条，毫无疑问是提前写好的。圆圆觉得她那天的那一着是押对了。

圆圆下班前，洗了澡，特意把自己弄得更精彩些。那些女孩们就起哄，说圆圆你是不是相对象啊？圆圆不理她们，她的脸上溢出一丝不易察觉的睥睨的笑。

圆圆从雅园洗浴中心出来的时候，李羊群的车子已经在门口不远的地方等她了。白色的本田雅阁，很有一些奢华。但圆圆一点都不惊奇。倒是李羊群一瞬间有些奇怪或者失落，在心里快速地闪烁了一下，他再次觉得这姑娘是有些不同凡俗的。

李羊群问圆圆的名字。圆圆说我叫圆圆。李羊群就告诉她他叫李羊群，李羊群说，你就称呼我李哥行了。

李羊群带圆圆去吃了肯德基，他好像知道圆圆的口味似的，问都没问就要了辣鸡腿汉堡，还要了一大包香辣鸡块，要了可乐，要了薯条和奶玉米。李羊群自己只吃了一只田园堡，然后就停下来看着圆圆吃。圆圆突然有一种丧气的感觉，她预感到等她吃完，这个叫李羊群的男人立马就会送她回去。

圆圆吃了很久，圆圆把李羊群给她叫的所有的东西都吃掉了。圆圆想，她能多吃一点就会挽回一些失望。圆圆终于吃完了，圆圆又坐到了李羊群舒适的车子里。她满心想听到的是我带你去宾馆吧圆圆。可李羊群却说，我带你去喝茶吧圆圆。圆圆是跟了这个叫李羊群的男人第一次走进省城的茶馆。圆圆觉得那里灯光朦胧着，里面的人说话时细声细气的，服务生走路都轻手轻脚的，是一个非常雅致的去处呢。圆圆注意到了，李羊群请她吃饭总共花了不到一百元钱，可李羊群在这里要一杯龙井就花了一张大票。李羊群让圆圆自己点，圆圆尽在茶单子上瞅价钱了。一瓶矿泉水要二十五元，可矿泉水是单子上最便宜的了，她就指了矿泉水。李羊群说，矿泉水没意思，你不习惯喝茶，就要杯玫瑰花茶吧！圆圆手里还拿着单子，就又瞅了一眼价钱，五十元。她心里又有了一股子没有缘由的沮丧。李羊群也不看她的脸，又点了几样茶瓜子点心。

那漂亮的玻璃杯子里是放了些许的花和茶，水是续了又续。圆圆想，这什么时候才是个头啊？李羊群慢慢地品着茶，说着一些散碎的话，那声音就像黏在杯子口上，断断续续地像茶叶一样漂浮着。李羊群有一刻说圆圆你的性格有些像我的夫人，包括喜欢吃的东西。圆圆的表情紧了一紧，分明想说什么，但她到底没有打问他夫人的事情。李羊群再说些慢条斯理的、适合聊天的话题，圆圆一句都没有听进去。李羊群仍旧说他的，他把圆圆当作一个成熟女人了，他甚至把圆圆当作一个城市里的知识女孩了。圆圆作为一个听众，那倾听的状态也确实做得非常好，她的两个眼睛自始至终有礼貌地盯着李羊群的眼睛，她在李羊群询问她什么的时候，不失时机地点头或者摇头。她心里却盘算着，走的时候能不能把他们要的一大堆点心打包带回去当作明天的早点啊！

那杯顶级的高原玫瑰被开水浸泡得鲜艳无比，香气诱人。可圆圆已经喝不动了，圆圆把玩着杯子里的花朵，圆圆的心情越来越灰暗，就像那些玫瑰一样，刚被开水浇灌的时候，还泛着鲜艳。几泡下来，已经变成暗灰的茶泥了。圆圆的心里难过得要死，她是没有时间陪这个人这样消磨时光的呀！

圆圆的确是个懂得礼貌的好女孩，圆圆心里无论有多难过，她的脸上始终没有流露出一点点的不耐烦来。

圆圆是在子夜时分被李羊群送回家去的，她的耐心似乎已经到了极限。这是第一次也将是最后一次，她想。

李羊群没有要求去她那间租来的小屋，圆圆提前已经知道，结局本来就应该是这样的。圆圆没有料到的是，在李羊群送她下车的时候，却在她的手心里塞了一个纸包，同下午塞那张字条时的情形差不多一样，迅速准确，多少有一些慌乱与不安。圆圆是通过那只白皙沁凉的手得到这些信息的。

圆圆紧攥了纸包上楼开了门锁，她打开灯，用后背抵住门，迫不及待地抖开那薄薄的牛皮纸信袋。她提着心想，该不会又是一个大失望吧？圆圆看到了崭新崭新的一沓老头票。雅园的女孩子们都把百元的票子叫作老头票。

圆圆闭上眼睛，把那沓老头票一字排开，放在嘴上吻了一下，然后又抛向屋顶。票子纷纷扬扬落下来，圆圆半天都没有睁开眼睛。

李羊群请圆圆吃了肯德基，喝了玫瑰茶，给了她整整十张老头票。但是李羊群从头到尾手都没有拉她一下。

李羊群与别的男人确实是不一样的。

圆圆同李羊群的交道就是从那时开始的，距今大概有两三个月了。李羊群每个礼拜六的下午准时来雅园拯救自己疲倦的身体和灵魂，他已经是圆圆固定的客户了。真是这样的，不单是那些女孩子，连做派夸张的女经理看到李羊群都会柔了嗓子说，李老板啊，圆圆姑娘可是等着您呢。

圆圆在心里算着，李羊群带她出去已经是第十二次了。李羊群每一次带了圆圆出去照例都是先吃饭，然后去喝茶。圆圆总是在被李羊群送回家的时候得到一个小小的纸包，当然不是总会像第一次那么多，可是比起别的客人，仍然算是不少的。何况，圆圆根本什么都没有做。圆圆只是一个陪伴，一个听众。她只是需要在那么一个固定的时间，固定陪伴一个人，听一个人说一些无关紧要的闲话，或者仅只是陪他坐一坐。

这是一个寂寞的人！这段休息时间分明又是一段寂寞的时间！

圆圆是一个好听众，圆圆是一个好的陪伴者。圆圆一般情况下不发表意见，圆圆只是点头或者摇头，圆圆用面部表情表达她的理解与认同。

那是一段非常特别的日子，圆圆知道了一个叫李羊群的男人的许多事情。这个叫李羊群的男人却几乎对这个叫圆圆的姑娘一无所知。

李羊群者，男性。曾经是某国家机关的公务员，曾经是某市国家机关被正式任命的副局长。李羊群有一个青梅竹马的、很漂亮很出色的夫人。李羊群却因为与另一个女人的一次艳遇把他青梅竹马的、很漂亮很出色的夫人给弄丢了。李羊群当然算是很英俊很出色的男人了，能够与其夫人相媲美。李羊群的前夫人却带着她与李羊群共同生育的儿子，嫁给了另一个非常出色的男人。

李羊群对圆圆说，这个世界太混乱了，太混乱了。然后把头埋在自己的手掌里。那个时候他就像一只脱离了羊群的羔羊，被伤悲和孤独一层层地缠绕着。

圆圆想这个世界并不算太混乱，只是这个叫李羊群的男人有点儿混乱。

李羊群是辞了公职的。李羊群丢了老婆觉得很没面子。李羊群觉得老婆儿子都丢了还当什么副局长！就像一个丢了羊群的羊还有什么资格当头羊！李羊群现在自己搞了一个文化传播公司。李羊群宁愿自己走羊肠小道也不想同过去的朋友混在一起。李羊群是这样要求自己的：再来一次，一切重新开始！

李羊群是这样说的，可圆圆觉得李羊群仍然生活在他的过去时空里，他甚至像是仍旧与前夫人活在一起。

是啊，丢个老婆也许就像丢件衣服；而被老婆丢掉，就像丢掉了所有的衣服，赤身露体地站在人前！

是圆圆自己觉得过不去的，圆圆觉得李羊群终归是一个男人，是男人就会有那方面的欲望的。而且，李羊群是一个失去老婆的男人。圆圆很明确地表达了她的意思，她告诉李羊群，她不能老欠着他。

李羊群不老，且相貌英俊，当是一个十分优秀的男人。可圆圆总是不能确定她是否有爱上这个男人的意思。圆圆说实在的只是觉得有一些东西是她应该付出的，否则她心里会不踏实。

圆圆说，李哥，我不能老欠着你的情，你什么都可以做的。圆圆说这话的时候，这么一个鲜嫩的女孩儿家就那样明眸皓齿地与李羊群的目光对接了。是一种坦坦荡荡的直白，没有一丝半点的矫揉造作。这真的是一个好女孩呢！李羊群这样想。李羊群如果在这种时刻再拒绝圆圆，那他肯定就不算个男人了。

李羊群送圆圆的时候去了她的小屋。

一切都显得很合适，亦很舒适。李羊群觉得没有任何不自然，李羊群是个懂得体贴人的男人，这让圆圆感觉到了。男人与男人之间是有一些不同之处的。

李羊群的礼拜六除吃饭喝茶之外，又多了一项活动内容。圆圆的礼拜六成了一个特别的日子。连老曹都感觉到，圆圆在那一天是拒绝见他的。圆圆自己感觉，其实并没有什么特别的地方，只不过她的那一天是相对固定给某一个人的。

李羊群与圆圆的相识叫作赶巧，赶巧遇上了，赶巧觉得合适。

圆圆与李羊群的交道只是出人意料的轻松自然，省了许多不必要的盘桓与周旋，省了她心里的如意或不如意，高兴或不高兴。有许多东西圆圆确实是琢磨不清楚的，她很放松，在这个叫李羊群的男人跟前她放松起来。

礼拜六那一天成了他们共同的休息日。

圆圆生病了，圆圆是个血肉的身子理所当然会生病的。圆圆在某一个周末请了一天假，圆圆患了感冒，更重要的是她来例假了。圆圆想，她没有办法对李羊群解释她的例假，她想到老曹的态度，她决定干脆不见的好。

圆圆同李羊群在每个周末见一次面，是按惯例，并没有什么特殊的约定。他们之间甚至连电话都不曾有，开始是偷偷塞上一张小条子，后来完全凭了眼神。他们在服务与被服务即将结束的时候相互看上一眼，好像在说，你明白吗？明白。我等你？知道了。圆圆下了班，四处看一看，便能寻到白色的雅阁，像一只温顺的绵羊卧在路边。悄悄地踏了落叶走过去，自己开了车门上去。开车的人不说话，坐车的人也就没有声响。然后，车子就向某一个地方驶去。事情一直就是这样，他们没有任何约定，但是谁也不曾想会坏了这个没有约定的约定。

现在是圆圆这边突然出了故障，仍然按习惯延续的李羊群一下子觉得无所适从。他仍旧是去洗浴，仍旧是裹了浴巾进按摩间，圆圆却不见了。换了一个女孩给李羊群做规定程序的按摩，仍旧是把他揉得舒适起来。李羊群有些糊涂，后来李羊群就睡着了。

李羊群出了雅园才觉得有些不对。

圆圆姑娘到什么地方去了呢？

圆圆姑娘是谁？

他李羊群的生活里什么时候就有了一个圆圆姑娘啊！

叫圆圆的女孩好似深夜里的田螺姑娘突然从某一个地方跳出来，现在又一下子消失不见了。李羊群想，那么就等下一个周末，见了圆圆问个清楚。李羊群想，好久没有见几个旧友了，也许可以见一见，也许还可以独自去看一次夜场电影或者独自泡一次酒吧。李羊群想了好几种方案，毕竟还有许多可以供他消磨时间的方法方式。但是，李羊群的心里竟然有了一丝慌乱。李羊群开着车子直接去了圆圆那里。

出现这样的情况，倒是圆圆万万不曾料想到的。

圆圆那一刻虚弱不堪地躺着，头发散乱，身上穿了家常的小花布棉袄，床上凌乱地堆了许多女孩家的小物什。这样的圆圆，突然看到李羊群，直羞得恨不能闭上眼睛看不见他。

圆圆说屋子里不干净，赶着让李羊群走。李羊群把桌上地下都看了个遍，他好像是第一次发现这个女孩子生活的简陋。再拿眼睛看那躺在床上的小小的无助的身子，一阵强烈的爱怜涌上心头。可不就是个孩子吗？

李羊群走了，但是李羊群很快又回来了。李羊群不但回来了，而且带回了许多东西，大包小包吃的东西，甚至还从小店叫了一锅鸡汤。李羊群像个兄长，或者更像父亲般把圆圆从床上拖起来。他说，吃吧！

圆圆的身子瑟瑟地抖。

李羊群说，吃吧，吃了就什么都好了！

圆圆吃了许多东西，又喝了好多汤。李羊群一直看着圆圆。她从头到尾都没有一点要哭的意思。李羊群还从来没有见过这个女孩的眼泪。

圆圆不哭，圆圆吃饱了恢复了体力，圆圆的脸色也变得红润润的了。圆圆说，李哥，我身子不干净，你要是不嫌弃你就把我要了。李羊群是结过婚的人，他哪能不知道轻重。就说，那哪成圆圆？李羊群说，圆圆我可不是为了这个。李羊群的脸上竟然露出孩子般的羞涩。那天是圆圆硬要的，圆圆在灯光下脱净了自己的衣服，圆圆说，李哥你是怕我淡了你的运气？圆圆说到这里，李羊群就过不去了。李羊群看到女孩儿病恹恹的一副娇弱样儿，也确实比往日添了许多激情。圆圆不哭也不说话，可圆圆的身体紧紧地缠绕着身上的男人。圆圆突然发现，她这才是第一次从心理上与人交合，她所有的感官系统都无比快乐着。

那天李羊群在圆圆那里待到很晚，他走的时候圆圆已经睡着了。圆圆第二天醒来，感觉自己的力气全回来了，昨晚的一切像是一个香甜的梦。圆圆看到桌子上放了几张大票，她拿起又放下了，第一次没再数男人给她的钱，心里却涌满了欢喜。李羊群是个好男人，是个难得的好男人呢。过去认识的所有的男人加在一起，或许都赶不上李羊群的一根小指头！圆圆是这样跟自己说的。

圆圆歇了两天就开始上班了，圆圆的情绪显而易见地更加愉快了，见到每一个人都笑得蜜糖一样甜腻。中间老曹又约了圆圆出去，圆圆刻意地温存了许多，圆圆的身体感觉也好起来。圆圆让老曹觉得，这姑娘是开了窍了。老曹那天给了圆圆比往日都要多的钱。老曹让圆圆觉得，老曹也确实是个不错的人！

圆圆送老曹走的时候，听到一个孩子在对面的大街上对什么人喊，笨蛋啊，礼拜六是圣诞节！

圣诞夜那天，李羊群约了圆圆出去。天非常冷，人行道上积了很厚的雪。到什么地方去呢？圆圆想着这样的天气应该躲在屋子里，钻在被子里。李羊群却把圆圆带到一个叫"直觉"的酒吧里去了。"直觉"那个夜晚是疯掉了，摇滚与尖叫组合得声嘶力竭。圆圆想逃跑，她忍受不了那样的声音与热闹。圆圆突然看到边上坐的一个七十多岁的奶奶都在摇头晃脑。再看一会儿，发现那老太太的脑袋根本就稳不住，圆圆冲着李羊群乐了。圆圆不喝酒，但是酒吧里的热烈让她觉得口渴得厉害，圆圆把李羊群给她要的一瓶科罗那一口气喝掉了，圆圆发现自己同酒吧里的姑娘们一样渐渐变得兴奋起来。

圣诞节、酒吧，这在圆圆的词库里曾经都是多么洋气的字眼啊，圆圆越来越兴奋。李羊群惊讶地发现，这地方让圆圆变成了一只快乐的母鸽子，咕咕、咕咕不停地说，咯咯、咯咯不停地笑。

李羊群开始喝红酒，就给圆圆要杯红酒。李羊群后来改了洋酒，就给圆圆同样要一杯洋酒。李羊群不停地给服务生点钞票，李羊群根本不清楚自己喝了多少杯。

李羊群和圆圆从酒吧出来的时候已经是子夜时分，气温大概在零下二十摄氏度左右，北风像一头巨大的怪兽，一口就把两个人身上的热气吞没了。圆圆不由自主地把身子扑向身边的人。李羊群也极自然地与圆圆拥在一处。他们彼此把对方紧密地搂了，他们怕着那冷，更怕着那狂欢之后的黑暗与寂静。

李羊群说，我们回家吧！

圆圆说，我们回家啊！

圆圆是那年的圣诞夜住进李羊群家里去的。李羊群的家是他一个人的家，家对他来说意味着一所一百多平方米的睡觉的窝。圆圆觉得她能为李哥治理这个家，圆圆还不到二十岁，可是她自己觉得，她一点不比三十五岁的李羊群更显得幼稚。

圆圆从进去起，就再没有出来做事。

圆圆在李羊群的家里生活得很像一个小主妇，李羊群的家里是雇了钟点工的，一个月要给人好几百块钱。圆圆说，李哥，反正我在家闲着也是闲着，要不我们把工人给辞了？李羊群说，辞了？干吗呀？我可不是让你来当工人的！圆圆一直琢磨他这话里的意思，不是让我当工人，那是把我当什么人呢？如果没有他这句话，圆圆还没觉得有什么问题。有了他这句话，倒真成了一个问题了。关于这个问题，圆圆想了许多天，想得自己都有些不痛快了，干脆就不想了。

圆圆把李羊群的家打理得井井有条。李羊群除了睡觉别的时间常常不回家。圆圆倒是从来没提过意见，是李羊群自己觉得挺过意不去的。李羊群就改了习惯，过去礼拜六的日子他也是在外面过，现在改了，现在他回自己的家和圆圆在一起过。圆圆在平常的日子就懒散得很，圆圆每到礼拜六就忙起来，把自己重新收拾得妥妥帖帖，等了李羊群接她出去。李羊群常常把圆圆带去原来的地方，吃饭、喝茶、聊天。那个时候，圆圆就有些糊涂，觉得仍旧是从前的日子。李羊群也分明与往日不同，往日在家里见了她并不太讲话，换到外面，就重新喋喋不休起来。不同的是，现在他们消遣完了就一起回家。一起回家去的时候，就都感觉得出他们之间还是有了变化的。

圆圆时时会想起那个大风雪的圣诞夜的情形，可是那样的情形再没发生过。

圆圆每日都在家里养着，一日比一日地懒散起来。什么都由工人做，连喂喂金鱼，浇浇花这样的活她都懒得做了。她睡睡觉，看看电视。有时一个人出去逛逛街，有时还出去洗洗桑拿，做做美容。曾经是她伺候人家，现在是人家伺候她。姑娘们赶着嘘寒问暖，巴结着除去她的外套，称赞她又白了漂亮了，称赞她的衣服首饰好看。短短的一年多的时间里，沧海已经变作桑田。圆圆开始穿上价格一件比一件更贵的衣服，本来就生得银盆大脸的饱满，两只肉耳垂厚厚地坠着。任谁家的女人还不都夸她是个有福气的命。

李羊群每月都会照时在一个抽屉里放些钱。圆圆不能把它们存起来，可那些钱足够她消费了。她花起钱来也不再吝惜，学会了那些在商场里一泡就是半天的女人，买一大堆没有用的东西回来。无聊的时候，就把那些东西翻了又翻，设想一些用场，常常想到一半就丢开了。

这样的日子，也许正是圆圆梦寐以求的。但真过上这样的日子，她心里又空得像一座废弃的仓库。其实圆圆并不曾遗憾她是不是少挣了多少钱。她要钱的目的又是为了什么呢？

李羊群是个好男人，李羊群从来都不曾承诺圆圆什么。可谁又能说，日子不会这样一直过下去呢？

圆圆想，等上两年，她一定要养一个李羊群的孩子出来。

圆圆从来都不是一个娇气的女孩，可有一阵子她突然觉得有了撒娇的欲望。快到圣诞节了，她要求李羊群带她出去过圣诞夜。圆圆现在也洋气起来了，她渴望刺激，喜欢起节日里甘醇的酒香。

　　李羊群连想都没想就答应了，因为圆圆几乎没跟他提过什么要求。

　　李羊群带了圆圆出去，他这次没有带她去"直觉"。他花了六百多元买了两张"小上海"度假村圣诞晚会的票。他想，既然出去了，就应该让人家开开心心地玩儿个够。

　　装扮成圣诞老人的门童给了他们两顶红色的尖帽子。圆圆穿了雪白的鸭绒棉袄，配了大红的帽子，一张粉脸红红白白的，像个瓷实的瓷器娃娃。所有的人都忍不住看她。就连李羊群都吃惊地发现，与自己生活了这么久的一个女孩，竟然美丽得这么陌生。有一刻，当他从旁边看她的时候，仿佛觉得根本就不认识她。

　　二人找了一个位置坐下，立刻就有小姑娘过来推销她的玫瑰花和礼品。买花吧先生，送太太圣诞节礼物啊！李羊群随手就抽了一枝递给圆圆。圆圆的脸立刻就红了，迟疑了一下才羞涩地把那枝天鹅绒一样深紫色的玫瑰放在胸前。那样的颜色趁了雪白的底子，就越发地娇艳无比。李羊群恍然悟到，圆圆并不是他的太太。可那又有什么关系呢，他们在一起是愉快的。

　　还会有什么事情比让人愉快更重要呢！

　　圆圆并不能知道李羊群的心里在想些什么，圆圆见他对着自己发呆，就带了温情地与他的目光对接到一处。不相识的在一边看，就觉得是极好的一对。

　　真好啊！他们在心里兀自感叹。

　　李羊群的朋友就是这个时候从外面进来的，总有那么七八个，也许是十来个，圆圆那时哪里敢把心放平了数一数。

　　那群时髦的男男女女一看到李羊群就喊，这么巧，早知道让老李请客了！

　　李羊群说我请酒水吧，你们就放开了喝。

　　那帮人几乎同时把目光打在圆圆身上。他们的目光让圆圆羞怯起来，那是城里人毒辣辣的肆无忌惮的目光。如果你是个心虚的人，仅凭那目光就能把你看矮下去半截。那目光罩着圆圆，圆圆只能把眼睛死死低在桌子上的那朵花上。

有一装束得极欧化的准洋妞儿把胳臂支在李羊群的肩上，很随便地说，哥们儿，介绍一下啊！圆圆的心一下子提了起来，她想这太难为他了。

李羊群也许是想了，也许是没想。李羊群说，她叫圆圆，我的伙伴。圆圆的心总算放下了，她没有上过大学，可她知道伙伴是有多种含义的，可以是生意伙伴，可以是工作伙伴，当然，也可以是性伙伴。

那些人好像立马就把圆圆给忘了，他们在她身边坐下来。他们相互打情骂俏，也说一些文化事儿，有时还夹杂了英语。李羊群给他们每人要了一杯威士忌，男女都一样。他们开始自在地饮自己的杯中物。女孩子戴了很酷的首饰，翘了兰花指擎着杯子。他们也抽烟，样子极为优雅，就那么光明正大地在男人堆里抽。圆圆的那些女伴们也有抽烟的，可她们是在没有客人的时候，偷偷地抽，样子放荡而懒散。圆圆放松了一些，她因为不再被他们注意而放松。他们吐出的烟雾像一条河流，但她觉得自己被他们隔在了河的对岸。他们喝酒，圆圆就喝自己那瓶加柠檬的科罗那。女士们是那么优越放肆而又尊贵。她们有胖有瘦，有高有低，有黑有白。但她们无一例外地充满自信，而自信让她们漂亮和霸道。她们开心恣肆地说笑，她们是在自己的城市里啊！

她圆圆哪里能与他们这个圈子里的人交道？圆圆是圆圆，圆圆永远都成不了她们中的任何一个！

圆圆是有自知之明的，坐一会儿就说要先走。圆圆说完走就拿眼睛去看李羊群的反应。李羊群这只羊好像回到自己的羊群就把圆圆给忘记了，刚才还精神头十足地盯着她的那双眼睛，现在一下子散了。他这样的神态与这帮人在一起才是合辙押韵的。圆圆以为，李羊群不陪她一起走，至少会挽留她。李羊群那时候正忘情地和他们追忆起一桩往事，他仿佛忘记了自己的角色，他本是陪了她出来玩的。但他不想让任何人在这个时候穿插到他们的往事里。他头都没扭就挥了挥手说，那好吧圆圆，你先回吧！

圆圆出了门并不觉得冷，她想起去年的这个日子，自己偷偷笑了一笑。她感觉笑容在脸上有些涩，也许是皮肤有些干燥，紧紧的。

圆圆打了车回家，放了满满一浴盆热水，然后洒了精油和浴盐。她脱光了衣服钻进水里，一边听音乐一边让自己的身体在水里一点一点地滋润。圆圆从水面上看着自己匀称的身体，舒服地叹出一口长气。她原本就是该这样在家里待着的啊！

圆圆洗了一个透水澡，慢慢地在身上涂上浴后霜。她年轻的皮肤紧绷绷地发出瓷的光彩，也许还没必要这样精心养护。可冬天皮肤是会干燥的，做一点特别的护理，会让触摸到的手有一种丝绸般光滑的快感，李羊群就这样称赞过她。她想起了李羊群那双手。那双手在这个圣诞夜也许在她的身体之外游走着，在一大群城里人中间，张扬而又镇定。

圆圆换了睡衣，又到卫生间细心地把头发吹干。她在洗浴中心做的时候，往往是洗了澡倒头就睡，早上却发现掉了很多头发。现在圆圆已经很知道如何保养自己了。

圆圆很快就睡了，她睡得很香甜，一夜连梦都没有做。

圆圆第二天醒来的时候，太阳已经亮晃晃地从没有拉严的窗缝里射进来。因为身边没有人，她有一刻曾经迷惑自己身在何处。李羊群一夜没有回来。

圆圆起来把窗帘全部打开，一屋子亮晃晃的太阳让她顿时觉得心里干净得像一面镜子。太阳很新，日子亦十分尽如人意。

圆圆先喝了一小瓶依云矿泉水，象征性地做了几节柔体操。钟点工还没来。圆圆没有等，她用冰奶冲了一杯玉米片，在煮蛋器里放一个蛋，往烘烤机里放了两片面包。面包的香味瞬间覆盖了整个餐厅，圆圆吸了一下鼻子，她太爱这种烤面包的味儿了。圆圆仔细地给面包涂了黄油和蜂蜜，用四个指头夹了。她吃得非常认真，实际上她是在做营养和健美专家的功课。怎么样才能保持苗条，怎么样又能让营养均衡吸收。圆圆是个好学生，从她移植到城里的那天起，实际上她就逐渐适应了这里的土壤和气候。

圆圆吃了面包喝了奶，才脱了睡衣冲了淋浴，然后坐在化妆镜前给自己化妆。这是她每日的主要工作，哪怕是没有一个观众，哪怕她化了再洗去，她都觉得不能怠工。她今天占用的化妆时间可能比往常多一点，化得格外的细致。

圆圆穿了出门的衣服，她突然决定要去逛商场了。

　　圆圆走的时候，钟点工小刘打来电话问中午买什么菜。圆圆说买一只土鸡，炖了做汤喝。这是李羊群喜欢吃的饭，圆圆不能肯定李羊群中午会不会回来，但还是准备了的好。也许他会回来。

　　圆圆打车去了鸿虞，那是省城比较高档的品牌店了。已经有很久了，圆圆有事没事常去转一转，也未必每次都真的买。圆圆其实是个买衣服非常挑剔的人，即便有李羊群付钱，不是十分理想的她都不肯要。而且，她也未必是奔着那些名贵的牌子。圆圆清楚，她太年轻，有一些大牌子并不适合她。

　　圆圆一连试了几个她平常喜欢的牌子。她喜欢有朝气的，喜欢那种重的色调，她还太鲜嫩，只有靠重才能压得住自己的轻。圆圆那天却是看上了宝姿的一套西洋红的羊毛格子套裙。她试的时候，突然想起了桃子的那件裙子。她立马脱了下来，说，有些俗气了。店主说，是刚刚上的货啊！圆圆看了一下店主，选了一件纯红色的长裙，说，包起来吧！看见店主笑了，圆圆很老到地用手比了一下说，老八五啊？店主说，我们最低九折！说完在计算器上按出一个数，就开始给她包衣服。圆圆最后用手摸了一下那料子，做结婚礼服倒也是可以的。

　　圆圆回到家已经差不多十二点了。李羊群依然没有回来。那女工都习惯了，圆圆洗了手她已经把饭菜摆好。

　　圆圆吃了一碗面，又喝了大半碗鸡汤。正午的阳光强烈地射进来，把满屋子弄得亮晃晃暖烘烘的。女工把屋子打扫得差不多纤尘不染了。这是个很负责任的女工，是个城里人呢！原来是个纱厂的工人，还当过省级劳模。圆圆问过的，说是现在下岗比当劳模挣得还多，工作亦没有从前的累。女工才四十来岁，总是穿着极朴素的衣衫，头发松松地在脑后打个结。她来的时候总是像一张纸那样悄无声息地飘进来，脸色苍白，目中无人，几乎是不带任何情绪的。这样的女工，倒是让圆圆看出许多尊重来。我老了大约就是这个样子的。圆圆想。

　　圆圆吃了饭就进了卧室，女工到底不记得她有没有给自己交代过什么。也许有，也许没有，她真的恍惚了。女工收拾干净，就关了门走了。

李羊群是晚间过了十一点后回家来的。他推开圆圆的门，见她穿了大红的衣裙，姿态端庄地躺在床上，脸色艳丽，已经睡得十分安静。

李羊群是第二日的早晨才看出异常的，他再去看她的时候，觉得那情形怎么与昨晚没有任何两样？过去摸了，才知道是冰凉的。

李羊群昨晚竟然没有发现，圆圆的枕头旁边摆着一只空掉的药瓶。

后来那药瓶就一直摆放在李羊群家里最显眼的地方。

清点遗物的时候，李羊群翻出了一张身份证。圆圆原来是叫肖明惠。

李羊群在一段较常的时间里基本上把肖明惠的历史搞清楚了，现在只剩下一个问题始终纠缠着他，那就是，这个叫肖明惠的姑娘为什么要寻死呢？

张猫和马儿的爱情

卫 慧

　　张猫静静地坐在抽水马桶上，卫生间的灯光这会儿是幽谧而温暖的，细细密密地洒落于半裸的身体。白色睡裙下的身体白而瘦，毫不例外地显出年轻的生动感。

　　张猫低头看看自己裸在一角裙裾外的雪白肚皮，那儿看起来光洁而平坦，但是，这次有可能真出意外事故了。指的是怀孕。

　　马儿在电话里肯定地向她保证，一切他会安排妥当。末了，却又小心翼翼地劝她，小猫你或许可以再等几天看看，可能只是场虚惊呢？她当下就觉得像被平白揭穿什么似的不舒服，咬咬嘴唇，搁下话筒，把头深深埋入硕大的白棉套枕里。

　　枕头上有丝飘柔洗发水的芬芳，还有他常搽的那种发油的味儿，堵在鼻子里，一阵阵的窒闷。张猫翻了个身，靠在枕头上斜坐起来，拿了遥控板打开电视。一个又一个的频道换过去，屏幕上似乎只剩下些不知所云的面孔，音乐的热浪一阵阵冲刷着房内的气流，令人的视网膜耳膜双重迷失。

　　她起身去玻璃柜里找烟盒和巧克力罐子。这种无异于慢性毁容的恶习，有时却能深深打动人。特别是在没有其他让你更觉有兴致的排遣方式之时。

　　烟雾幽蓝而柔软地弥漫开来，眼前的光线就立刻显得不那么刺目了。这时她方才看清电视屏幕上正上演一出中规中矩的都市言情剧。男主角高大挺拔，善于面对女性做些时髦表情，妻子情人各守其职，外带穿插一些戏剧性的场面。正当这个丈夫兼情人的漂亮男人颇与马儿有神似之处，门铃响了，张猫知道那会是谁。

里边的门打开，隔着铁门栅栏，马儿高高地晾出了一张笑脸，还有一枝滴着水珠的红玫瑰。这风度这礼数，得益于他在一家进出口公司当了十年高级白领的经验。

张猫先从栏缝里取了玫瑰。习惯地放在鼻子底下嗅着，感觉到瞬间就被这个体面而殷勤的男人再次掳获，自然也原谅了他在电话中最后那句猜疑之词。虽然那种怀疑一度使她敏感地想到，自己是否一厢情愿地借这种意外变故，向马儿撒娇、邀宠甚至要挟。

他们在幽暗的灯光下拥抱。他身上的香水味混合着熟悉的体味，搞得她头晕目眩。张猫每次都惊异于马儿所具备的那种性感气味，它们深深地吊起了她的胃口。就像有本通俗杂志上说的那样，几乎每个女人都能凭着雄性激素所分泌出的体味找到一个最佳性伴侣，据说只有那一款味儿最能使她神魂颠倒，欲仙欲死。

张猫不知道自己是否就是因为这一丝看不见摸不着却又入骨入髓的气息，心甘情愿地对他守住了情人的忠贞。想想也够奇怪的。

不一会儿，他的劲也上来了。抱着她原地打了个旋，便扔到了柔软而丰腴的席梦思上。她听到自己的身体与细微的气流摩擦着，然后发出轻而闷的"噗"一声，坠落的底层就垫着没完没了的湿漉漉的欲望。

这种扔掷与坠落的姿态，曾被无数次地重复过，作为一种不可或缺的节目序曲，其中的某些暴力想象令人沉迷。而正是这种记忆，在以后的月夜惊梦中，使张猫不止一次地被击中。

马儿扒光了自己，再动手收拾她的肢体。身体膨胀着，感官惊悚起来，一切都像向日葵般全面打开了，吸吮着的是似火似冰的触击。

待她发觉他没有用套时，本能地提醒了一句。他轻轻地哼了一声，停下来看着别处说，我放下你的电话就打了另外一个电话，托熟人找好医生了。

燃烧的空气有些安静了。

他温柔地抱住她，用舌尖舔她的耳垂，手一边继续着游走。她僵硬的身体在他殷勤的掌心上，慢慢地复苏过来。

他的刺激渐渐地要使她发狂，有点穷途末路的味道。她一伸手关了灯，像只猫一样灵活地翻了个身，跨坐在他上面。他乍一下似乎有些吃惊和局促，但马上被更高地激挑起来。在放纵的呻吟和肉的撞击中，张猫觉得他们就像一对真正的狗男女那样体味着无耻而至高的欢乐。

欢乐是如此巨大地飞扬起来，一刹那像片羽翼下的阴影笼罩了她，使她恍惚而深刻地怀疑起自己和这个男人之间，是否就是最纯粹最真实的情欲关系。

这多少有点不合时宜。

身体与身体在黑暗中发出某种类似于瓷器的光泽，幽幽的，带点神秘的蓝调。屋子里是高潮泄落后的沉静。

有那么一缕如小蛇般的银质光芒流到了铺满暗花的床单上，她这时才发觉刚才竟忘了拉上厚重的丝绒窗帘。一个大白月亮正高悬在防盗窗的一角上，极像一只眼睛。

小米来了

小米的长途是在一个中午打到张猫的房间里的。

那会儿，张猫正坐在一圈沙发上逐一翻阅着大小不等的报纸，试图发现一个合适的招聘启事。从原先那家小报社胜利大逃亡之后，这五个月里她几乎都在吃老本。柴米油盐，坐车购物，哪一样都省不了，加上这笔不菲的房租开支，眼见着银行存折上的数字像沙漏般消减，最根本的生存焦虑感便迅速地笼罩了她。尽管马儿的救济款不时慷慨地运送过来，但说到底，她觉得自己还不是那种心安理得等着男人滋养的人，没修炼到这份儿上。

张猫，你最近忙不忙？她的表妹直截叫着她的名字，颇有目的性地询问。

不忙，就忙着翻报纸。她说着，静等下文。按通行的说法，小米是个刚进花季的漂亮女孩，正读着高一。高挑的模特身材，与她考卷上的低分形成对照。在张猫的印象里，那是一个在穿衣镜前来回摆弄长发和裙裾的孩子，懒惰而单纯。

那太好了，我乘明天中午12点15分的火车到上海，你要来接站啊，她说。

这是个突兀的消息。

好好的，怎么跑上海来了？学校放假了吗？张猫刚问出口，忽又发觉大日历上标着明天是4月21日，不是五一、十一，不是寒暑假，她哪来的空暇？

学校放不放假一点关系也没有，她的声音淡漠中含着丝决绝，像是刚从一场剧烈的论争中脱身出来。我退学了，再也不想上了，明知道考不上那鬼大学，还赶什么热闹？真正没劲透了。

她在电话里嘘了一口气，能感觉到她额头上几绺柔软的刘海被那气流吹拂起来，一副青春期女孩特有的夸张而神经质的表情，似乎被什么压得太久了。

张猫哑口无言，明白这事情的性质和发展的程度，已不是一般的任性，她和她的父母，那老实本分的舅父舅母，必已引发过一场战争。

那你来上海，有什么打算吗？她的语气明显地不安，这她已不想掩饰。小米显然不是来做仅在上海逗留几天的游客，她毕竟只是个十四五岁的女孩，涉世未深毫无阅历亦缺这样那样的特长，她的投奔带着青春年少的血气和盲目性。

小米在那头沉默下来，张猫为此感到有些局促，仿佛她的问话一定程度上已预先推卸了作为表姐的扶助责任。她笑笑，连忙说你想出来闯闯也好，就和我住一起好了，其余的来了再说。

电话那头似乎松了口气，小米又活跃起来，甚至咯咯笑着说她刚学会一种新潮的盘发方法，来了一定做给你看。

放下电话，张猫又马上拨通了舅父单位的电话。舅父叹了口气，并没有多说什么，只是再三拜托她多照看着点，有什么不对的，千万别姑息。日子还长着呢，一旦开错了头，往后就难补救了。

不知为什么，张猫对舅父最后一句话特别在意，心里一个激灵，冥冥之中，似乎有条错中错的暗结远远地伏在什么地方。她不知道这指向的是不是她自己的因果之缘。大学毕业后费了好大劲硬是留在了上海，也许这第一步就是错的。然后是单位的不如意，便又辞了职，现在就是社会待业青年，还有那么一团蜘蛛网似的所谓感情生活，欲说还休的一个马儿。

小米又突兀地出现了，像只性急的鸟准备着要往一张疏而不漏的网里钻。她说不清楚具体的理由，但她知道小米这个头开得也许不够聪明。

然而，又有谁能准确地看见半年之后的那个故事尾声呢？谁都不能。也许所有的故事只是一种故事，就好比一片叶子无法改变它作为叶子的命运。月光苍白的时候，被精神重重围困着的只能是无力的梦境。

张猫想起今晚有一个约会。

玩　笑

她淡淡化了点妆，套上久违的一袭浅灰色低胸连衣窄裙，在外面加了件黑色羊绒长褛，又想起那瓶马儿在她生日时送的 CHANEL 香水，便旋了盖，在颈和手腕上各喷了少许。她打算去找马儿。

算一算，这之前，他们已持续了两星期的冷战状态。也许一个男人欢迎恰到好处的撒娇使气，却不会容忍过了火的玩笑，玩笑过了火就是谎言，就是耍弄，就是侮辱，实在令人憎恨的行径。

马儿过了夜离开后的那个清晨，张猫在卫生间里察觉到手纸上红色污渍。她第一个念头就是得给马儿打个电话，通知他没事了，果真就是一场虚惊而已。但转而一思忖，她又打消了这个念头。

她觉得自己这样做并没有清晰明白的动机，更谈不上多少恶意的成分，如果一定要说成是个恶作剧，那也是带着孩子气的。从另一个方面说，好比一个人不停地奔跑着才能感知双腿的存在，才能感知活力，浑身发热。她隐隐地觉得只有不停地出现一些横枝斜出的事件，一些插曲，她才能感知身边的生活迂缓向前的痕迹，感知到她与马儿在性爱之外的一些关联，诸如惦念、责任、义务，或者焦虑、生气。

又过了几天，马儿就来带她上一家市中心医院了。坐在出租车上，看着拥挤的店铺招牌和行人从两边车窗掠过，她显得轻松和活跃，与身边的马儿一脸强制抑住的不安形成对照。然而，他的这种不安与严肃表情正是她愿意时时见到的。也许这就表明了她愿意付出的关怀，愿意承受的焦虑，愿意肩负的责任。

这些令人觉着温暖。

医院门口白底黑字的大招牌赫然在目，张猫天生对医院的招牌过敏，里面一股经久不散的来苏水味儿更是令人心生恐惧。她对马儿说，我们别进去了。马儿一怔，看看四周，确信没有什么熟面孔，便搂住她，说别紧张，医生已经找好了，听说熬个二十来分钟就完事了。他边劝边拉她进去，她一甩手，告诉他，我好好的没什么事了。他的脸色一下子就像烧煳的茄子那样，僵在那里。

她从那双显得女气而幽邃的眼睛里的神气，知道了事情到这一步，已有些走味了。

两个星期里，她试图给他打电话。拨通了他办公室的电话后，听到他"喂"了一声，她就又挂断了，心里希望他能猜到是她的电话，一个想和好如初的信号。后来又鬼使神差地打到他家里，是他妻子接的，那女人的声音柔美如和风，张猫不由一阵沮丧，不明白自己的行为意义何在。

掐断电话后，张猫想象马太太如何向丈夫嘀咕一句，"不知是哪个不正常的"。听马儿说起过那个女人比她大了十二岁，那么是三十五岁左右的情形，如一朵花将败而未败时回光返照的那种美艳。也正是虎狼之年，却同样管不住自己的男人在外头偷食。

张猫不由有丝怨气从无名处蹿上来，点了烟在房间里来回地走。

隔壁的一对新婚夫妇正一高一低地斗着嘴，接下来就是意料之中的号哭，还有玻璃瓷器粉碎的声响。公房的隔音效果是如此之差，张猫不由怀疑以前与马儿如火如荼时的锐叫声，是否也同样可以传入隔壁的耳朵。

一想到马儿，她止不住有些伤感绵绵而来，走到床边，把自己掷到空荡荡的席梦思上，就像马儿重复过无数次的扔掷动作。

张爱玲笔下的娇蕊披着一件男人的外套，跪在地毯上偷吸这个男人扔在烟缸里的烟头，而张猫则不时地比画着那男人的色情动作自我放逐在一张空床上。

你有时不能否认确实存在着这些似曾相识的幽暗场景，似曾相识的一种温柔姿态。

电话铃响的时候，张猫有些紧张，提起听筒，却是老杨的声音。

他是她与马儿的共同朋友，显然对他们最近的情形知道一二，便劝解几句。老杨是个善于幽默的人，当初刚辞职时的那段空心无主的日子，便是常常由他来逗着寻点开心，包括在他的酒吧里介绍她认识了马儿。

其实你们什么事也没有，无非是冷上一段，等着云开之时的加倍炽热。他洞察本质地说。

我总归不会破产，比如他走了，你杨大哥还能不收留我吗？张猫半真半假。

老杨嘿嘿一笑，那当然，那当然。

最后，老杨跟张猫约了个日子，让她去他那地方。她明白他同时也会约上马儿。

老杨的酒吧

老杨的酒吧开在上海的东北角，那儿是几所著名大学的聚居区，千姿百态的各色人等出没于老杨的酒吧。老杨的酒水营生便得以细水长流地继续下去。

月亮干净而圆润地点在空中。春天的晚上总是令人沉醉的，风也是吹面不寒的杨柳风，花朵在路边的圆坛中次第开放。说不出的芬芳与美好在空气里来回飘荡。张猫听到一队男学生在学校的围墙里面弹着吉他，唱《同桌的你》。

这时仿佛出现了一些少年时代的爱情故事，但她回忆不起具体的脸容和那种微笑的模样，大约是个健康的高个男孩，萌芽在她小学五年级时的初恋。

风撩着长发和风衣的一角，她的心情温暖而明朗，像一个真正的年轻女孩那样脚步轻快，哼着歌，到了老杨的酒吧外面。

几盏氖灯像夜暖色的眼睛，伶仃地照着色彩鲜丽涂满抽象画的外墙面。推门进去，她看见高高的马儿正坐在靠近门口的一张高脚凳上，倚着吧台独饮一杯黑啤。他们并没多说什么，马儿的手臂轻轻地拢着她的腰，她知道一切又恢复原样了，还有他身上的那股迷人的味道，都又回来了。

马儿说你总共打过两次电话，没错吧。张猫点点头，猜你会辨认出来的，这是感应。他一笑，帅劲中带点邪气，接了她的话问这感应是心灵还是肉体的。

她不加理睬，喝了一口苏打水，记起小米明天来沪的事，跟马儿一说，他有些意外。你那表妹才多大？上学不挺好的吗，上海这鬼地方学坏最容易了。这一来多少意味着什么，你应该明白的。

她被他说得不由心烦起来。至于吗？也不见得就是来跳火坑的，机会多得是，捞着一个，就能出息。比如那个国际时装赛的头牌马艳丽原先不也是个新来乍到的外来妹吗？在这个城市摇身一变，一夜暴富的事例太多了。

你指的就是赌一把了。马儿轻描淡写地总结。

这使张猫不由自主地意识到，自己也许也正处于捞运气等机会的落魄境地。酒吧的灯光有些疲倦起来，人心里也有什么被盖住似的。

马儿看出来了，善解人意地抱住她，温柔地说一切都会有办法的，尘埃落定之后就是安稳，人生大多这样。

这种多少带着点旷世哲学的话，马儿并不常说。然而说了以后，在这个昏暗的酒吧里面，在这些游离如不知名的鱼似的面孔当中，她不但不觉酸气，心里面还有了莫大的感动。

老杨从暗处走过来，当着马儿的面摸摸她的脸，说阿猫你怎么显得比菊花还瘦？接着他又点点头，不过瘦了更显轮廓，更见漂亮的本质。他们笑了一阵。老杨在边上坐下来，让吧台里面的侍应生倒了杯白开水。

老杨其实并不算老，比马儿大了四五岁，但脸上总带着些愁苦潦倒的模样，让人看着就觉得要比实际年龄大。别人也不大可能猜到他在六七年前还是个叱咤这一带校园的摇滚主唱手，似乎偃旗息鼓剪去一头飘发后，激情便也随之灰飞烟灭了。只时不时逢场作戏与个把物质女孩做一夜倾情什么的，各取所需银货两讫，倒也干净。但老杨对朋友的仗义和热忱却是圈内出名的。他会是个极地道的朋友，就是不能成为优秀的情人。

张猫觉得自己一开始便对老杨做前一种选择是英明的，他们的友谊源远流长到现在，并且历久弥坚。

她亲热地拍拍老杨的肩膀。他一脸憨厚地转过脸，你们小两口说你们的，不用理我。

马儿喝了口啤酒，摇摇头，她就算不愿理我，也绝不会冷落了你杨大哥。

张猫一笑，觉得马儿说这话的时候，一点儿都不显醋意。也许本来就无醋可吃。

直销的意义

小米如愿以偿地住进了她表姐的小屋。马儿就自觉地退避三舍了。张猫和他在老杨那儿占了间多余的房间，不时地幽会。因着时间上的间隔和地点上的隐秘，幽会倒是更具有了一种吸引力。

小米是个聪明的女孩，住到张猫那儿后没多久，就明白了张猫所处的境况并不比她好多少，更谈不上能从她那里借到光了。于是，两人共同翻起了大大小小的报纸。

一日，她们看到晚报上有个化妆品直销小姐的招聘启事。小米说她在高三时干过这差事，曾有化妆品生产商直接找到她们学校，给了校方一笔费用后，招了几十个女孩挨家挨户地分送资料，并带着试妆样品向那些主妇和女孩推销。

那时就白白当了一星期的廉价童工，不过比坐在课堂里有意思多了。小米挑挑眉，对退学这事依旧是一副无怨无悔的洒脱样。

这时候，张猫倒是喜欢上了她这种初生牛犊般的无所畏惧和随遇而安的性格。她感觉到似乎有个生力军和她一起并肩作战了。

也许灰色的日子不会太长久了。

张猫，你的缺点就是面子观抛弃得不够彻底，并且犹豫迟疑。

想得多做得少，这可不行。小米往嘴巴里丢了颗果仁巧克力。

玻璃柜中的巧克力罐已日趋空虚，看来是得卷起袖子干起来了。张猫鼓励着自己，丢掉名牌大学毕业生的顾影自怜，就从底层做起。

她们约好明日去应聘化妆品直销小姐。

按图索骥地找到了那幢大楼，从旋转门进去，光可鉴人的花岗石地面上印出两个女孩四处张望的身影。

高的是小米，穿着磨蓝牛仔裤，熨帖的线条勾勒出颀长而优美的腿部形状。她上身是件低领黑色针织衫，外罩张猫的镂空白色线麻衫，这衣服张猫嫌大，她却正好。张猫的头发就是小米绾出来的那种所谓的新潮款式，一缕卷曲的刘海时不时地掩住她的一只眼睛，颇觉不习惯。

她们并排走在过道上，终于到了803室。推门进去，里面是个大房间，陈列着各式原木货架，架上是林林总总眼花缭乱的护肤品和彩妆系列。四壁张贴着风华绝代的洋美人照，个个唇红齿白，眼睛是眼睛，鼻子是鼻子。但这份美艳不全是化妆品的功劳，本身构造不行涂多少粉也没什么用。整个屋子内各种香气混合着，气氛有些怪怪的。

已经有十来个女孩坐在两边，按秩序从一个戴无框眼镜的时髦女士手里接过一张表，填了，并回答有关问题。张猫和小米也通过了问答，得到一个账号。戴眼镜的SM（Sale Manager），这位李小姐说，以后她们的直销成绩将从这个账号名下的款额总数体现出来。若连续三个月销售额保持在前十位，将会有额外奖金。

这位李小姐最后强调说，她会全力支持她名下的每一位FD小姐，希望各位加油，云云。

离开大楼后，她们已各自背上了一只浅褐色斜格仿皮包。包里是几瓶走珠香水，几套彩妆，一些润肤洁肤防晒用品和十几支唇膏。

站在一块空坪上，看看自己，都觉得仿佛在一瞬间新生了一样。

她们决定马上操练起来。小米问张猫熟悉就近的哪片居民区。

张猫说她对大上海的居民区一点都不熟悉，走到哪儿就是哪儿吧。

当下两人就乘上了一辆电车，售票员报到一个什么小区的名字时，她们也亟亟地随几个主妇模样的女人下了车。前面有一片挺大的楼群。

走进院子里，张望一番后，小米上了左边一幢白色高层，张猫则进了边上另一幢楼房。

管电梯的是个老太，用老眼不时觑着张猫。她不知道自己哪儿不对劲，下意识地摸摸包，心里被那老太过于殷勤的打探搅得发虚，隐隐地颇有出师不利的丧气。

电梯停在九楼，她随意地跨了出去。这九倒是她的幸运数字，希望好运出现。

眼前就有一扇门，左右另有走廊拐进去。她本能地选择了这扇正对着电梯的门。摁响门铃，胸腔里像有头小鹿上下扑腾得厉害。

不一会儿，门开了，是个年轻男人的脸。她朝里张望着，不知道里面还有没有人，比如他的妻子。那男人见她一声不响只朝里看，顿觉狐疑，退后一步，门"嘭"地一下关上了。张猫的心也"嘭"地一下落了下来，空空的。

她朝那门嘘了一下，转身拐进了右边的走廊。第一，第二，第三，就这户人家吧。门开了，也是一个男人，确切地说，是个奇怪的男人。很瘦，面色潮红，眼睛发亮，身上几乎没穿什么，一条紧绷绷的三角裤衩形迹可疑地鼓着。她一下子没能反应过来，那男人却抢先做了一个很下流的手势，然后把手摁到裤衩上，张猫尖叫一声，落荒而逃。

她从安全通道一直跑了下去，不知到第几层的时候，电梯门恰巧开了，她一个踉跄就跑了进去。老太婆仍旧不住地打量她，看不够似的。张猫试图浮上一个镇定的笑容，但那老妖婆还是不依不饶盯牢了她，毫无表情地。

从那幢晦气的大楼里出来，下午的阳光粉屑似的从空中披散下来，落在头发上、脸上、衣裳上。她在太阳底下发了会儿呆，斜斜长长的人影踩在她脚下，静默而忧伤似的。她在旁边的石阶上坐下来，四下里看看觉得挺茫然的。很多东西都变得遥不可及，存在的就是活生生的现实。

小米好久才从那幢楼里出来，一眼见到张猫，便走过来，兴高采烈的样子。看来，她并不像张猫这般徒然无功，外带历险经历。

一个漂亮女人，买了我一瓶走珠香水，还有一整套的彩妆。又拉着我说了半天的话，看起来有钱又寂寞，……你说会不会是个金丝雀？小米自说自话，最后的推断显得颇为老到。

我们回去吧。张猫把包往肩上提了提，那包里的东西一样没少，看来以后也只能留着自己慢慢消受了。上门直销！真是一时冲动。

小米说再去别的地方看看吧，张猫坚决不同意。你就是不够执着，小米叹了口气。

张猫和小米边做晚饭边争论起来。

小米不喜欢张猫这种刚开了个头就打退堂鼓的做法，那怎么行呢？什么都得坚持一下，碰上一个神经病就全盘否定这份工作，……也许接下去就会好起来，祸福相随嘛。她说着，一边把青菜简单用水冲了冲就放进塑料篓里。张猫一把接过来，倒了青菜在水斗里重新洗一遍。小米看了会儿，只好转身拿了另一个淘篓去舀米。

张猫说你别争了，碰上一次性变态已足够，何必再去见识第二个。如果你出了事，我不知要向你父母磕多少个头，何况那也不够。

她们安静地吃了顿晚饭，然后打开电视各自捧了个茶杯坐在沙发上。张猫点了支烟，小米瞪了她一眼，起身去开窗。

电话铃响，是马儿。他问张猫今晚有没有空，张猫回头看看小米，小米做了个鬼脸。当然有空，她说。那么就去老杨那儿吧，马儿说，他暧昧地笑了笑，想你了。

张猫放下电话，一边打开衣橱挑衣服，一边让小米也收拾一下。去哪儿？她问。

一个开酒吧的朋友那儿，我们叫他老杨，挺热心的一个人，他也许能帮帮你。

小米听了，夸张地抱拳在胸，脸朝天做了个祈盼的姿势。

张猫扔了件衣服给她，让她快点。你是去见你的情郎，自然火烧火燎的。我横竖是去那儿做做摆设，真是没什么动力。小米怪里怪气地说，不过，去看看姐夫也好。她吸了口气，开始换衣服。

小米在酒吧亮相

地铁坐三站，然后换乘一辆公交车，她们便到了老杨的酒吧。

一进吧门，小米马上换了副老成而淡漠的神情。张猫感觉到她的这种变化，觉得这个小女孩有种天生的与所处环境相配衬相适应的能力。她的悟性就体现在她一进吧内，就迅速地与四周的色调、音乐、气氛合为一体了，仿佛驾轻就熟似的。

小米松松的�发披在黑色羊毛T恤上，搽着洋枣红的唇膏，飞着若有若无的眼神。谁都不会认为这女孩刚从乡下过来没多久。

相反，修长而优美的她在吧内显得新鲜无比，但又实实在在地透着股松弛和淡漠，与BAR的慵懒背景丝丝入扣。

小米的出现一开始就带上了性感和迷人的格调。后来很长时间里，

张猫回忆起小米那晚在吧内的首次亮相，总是觉得这种与她年龄不相称的成熟女人般的魅力风格注定了小米以后的混乱，包括最后一刻的坠落。

马儿还没来，老杨正在吧台后面忙碌，看见她们远远地做了个手势。张猫过去，把小米介绍给老杨时，老杨咳嗽了一声，伸出手轻轻接住小米的手，张猫在一边敏锐地感觉到老杨的吃惊和局促，显然小米的年轻和出众还是出乎了他的意料。

小米看起来对老杨的初次印象并不坏，也许他的沉着表情总是能给人，特别是女孩子，一种天然的可亲近如父兄的感觉。她端起一杯果子酒，熟门熟路地和老杨交谈起来。是吗，真奇怪，嗯，挺有意思，……张猫断断续续地听到小米用着那样的短语，老杨侃侃而谈，表情愉快。张猫发现自己在这种交谈中可有可无，便抽身而退。

她在门口站了大约有十分钟，看到马儿远远地从对面马路穿过来。他高高的身影在路灯光下有些飘忽，但渐趋清晰和真实。他也看到了她，亮出一个熟悉的笑容，宛若一种魅力的金字招牌。

他走近，张开双臂。她又闻到了那股气息。迷人的气息。也许当一切都沉入黑暗的时候，唯有这丝体香会逐渐升高，凸现在记忆之水的平面上，显得可靠。

他们在老杨腾出来的一个房间里，重复操练着那种极富刺激的身体游戏。欲仙欲死的迷乱，登峰造极的形式。他们默契地配合着，不停地变换体位，从床到地毯，从地毯到沙发，后来就侧对着一面大大的穿衣镜，站立相拥。

马儿的个头太高了，她迅速地找到了她那双红色高跟鞋，像真正的猫一样动作灵敏地一弓腰，再站起来的时候，两人已紧紧相贴。当两个身体微颤着律动时，她眼睛的余光被镜子展示的图像所吸引。特别是她脚上的那双猩红如血、折射着幽光的高跟鞋，形成了这幅肉欲图中最具挑逗性最具下流感的焦点。

马儿同样觉察到了。他的呻吟带着兽一般的放肆，唤着一连串的小猫色猫要命的猫；她伸出一只红皮鞋，用尖锐无比的跟顶住他的臀的时候，两人都感觉升到了山的绝峭处。痉挛之后就是下坡路。

镜中的身体有些模糊，肌肤幽幽地闪着银质的光，不知是不是月光，这种无处不在的光，流进了屋子。总之是让人意识到无法去触摸的一种色泽，这色泽易于僵硬，易于破碎，类似某种神秘的瓷器的光。

被欲望掏空之后的身体就是一种忧郁而平庸的瓷器。

他们静静地躺在床上。张猫点起了一根烟，窗外有些小风的呼呼声，突然之间好像还有一样东西轻而迅捷的落地声响。她下意识地想到，这是否会是偷窥之后的逃离。比如一个人从窗外边的一堆东西上跳下来发出的声音。

她跟马儿一说，马儿不以为然，也许是只猫呢？神秘莫测的猫，你的同类。他笑起来，温柔地吻了吻她的头发。

他们回到吧内，已近打烊时分。客人剩下寥寥几人，像残局上布着的几颗棋子，木然地摆设在那里。老杨像只老猴似的独踞在高脚凳上，镀铝的酒柜支架在他面前发着明晃晃的白光，酒瓶永远蓄满醇香的液体，杯具却也永远是一饮而尽后的空虚，音乐是一张胶木唱片里的《何日君再来》，老掉牙的歌夹着沙沙的杂音，翻来覆去地唱。

张猫走过去，一推老杨，老杨睁开一只眼，飘忽地看着她，小米呢？张猫觉得很奇怪，你们不是一直在聊天吗？

老杨支起脑袋，想了想，我们是一直在喝酒聊天，小姑娘还挺能喝的，现在人呢？他皱皱眉，她好像说是想出去吹吹风，嫌里边太闷。

马儿打了个呵欠，在老杨边上坐下来，才多大的孩子，该不会走丢吧。

张猫不满地朝马儿白白眼睛，你去找啊，她说。老杨连忙摆摆手，摇摇晃晃爬下凳子，在我的地盘上不会出事的，我这就去找。

正说着，门口闪进来一个人影，高高的条儿，松松的鬈发。黑色的T恤，小米带着副轻松的表情进来了。

独行侠回来了。马儿率先微笑着做出反应，面对任何一个女孩，他总不会放弃微笑的权利。

小米看了张猫一眼，这就是姐夫了，她的表情有些怪里怪气，眼睛里有种令张猫觉得陌生的神情。张猫一眼看到她手中拿着一枝粉红的月季，指指那花，出去就为了破坏公物吗？

老杨笑起来，肯定是在马路对面的街心花园里偷的。小姑娘的习气。

那是因为她还处于小情小调的浪漫期，月下采花、雨中漫步之类的事，我们这些老的都已做不来了。张猫揶揄地说。

小米不耐烦地撇撇嘴，这有什么不好，你们老的就只会待在床上吗？

她的话一出，颇有举座皆惊的效果。马儿忍不住大笑起来，这无形中给了小米一种鼓励，她补充说，当然，你们不老，我也不小。老杨咳嗽了一声，小米你这美丽的花要送给谁呢？小米狡黠地一笑，送给你吧。

几个人凑在一起，又喝了点东西，张猫不住地打着呵欠，另外几个却说得正带劲。后来眼见老杨起身从里边拿出一把吉他，马儿和小米鼓起掌来，张猫伸手一撩琴弦，说老杨当年的琴技据说是这一带数一数二的，只是后来就封了琴，今天倒是有幸见识。

小米说来首《爱情故事》，老杨摇摇头，顾自试了弦，然后微闭了眼睛，唱的是一首早期的台湾校园歌曲《走在雨中》。

往事说不清，就像山一样高就像海一样深，甜蜜旖旎，彩虹般美丽往事……老杨在他那午夜空空的酒吧里这样唱着，木吉他的声音返璞归真地渗入人心的深处。这旋律、这话语，像夜特有的一种柔弱召唤，在座的人都有些感动。

张猫觉得这是老杨平时不轻易展露的一面。虽然摇滚歌手解刀卸甲蜗居于城市的一角干起了酒水营生，但有些东西总归是不会失真变味的，比如这样打动人的深夜吟唱。

小米伏在桌上，眼睛一动不动地看着老杨。也许，老杨在这一刻像个女中学生眼中的忧郁王子。

张猫、马儿、小米、老杨，故事发展

小米开始在老杨的酒吧里找了份事做。张猫则在马儿的介绍下进了一家唱片公司做临时企划。日子似乎像模像样地上了轨道。

张猫的工作并不太难，更多的是做些发 FAX、寄磁带、写记者招待会请柬之类的琐事。但她已不愿过分挑剔，无论如何，这总比上门搞直销有趣得多。那次冒险遗留下来的教训—— 一大堆口红、香水、眼影等等，直到现在还没有消受完。

马儿私下里跟她说，如果表现卖力，人际关系处理得好，领导那里侍候好，干个一年半载正式进编制也是非常可能的事。故而张猫总是整洁干净、满面笑容地出入于大楼上下，久而久之，这整洁这笑容也让她自己相信，她也许是真的快乐并满足了。

一个星期天，电视台播出泰森出狱后的首场拳击赛，媒体已炒作得红红火火。老杨和马儿都来到张猫的住处，等着集体观摩一场超级龙虎斗。

桌上摆满了瓜子、话梅、水果，没人去动，大家都在抽烟，喝咖啡，屋里头云缭雾绕显得挺热闹。小米最起劲，她已经学会了抽烟，当然抽烟也许并不需要学，一看就会的，她抽烟的姿势极像小时候电影里的女特务，夸张地媚。

电视里泰森亮相前的铺垫是轻量级的比赛和不停插播的广告。大家都有些不耐烦起来。

老杨说，好像等新娘一样等着大黑个泰森呢。

是啊，瞧瞧这些轻量级的，没完没了非得打完十二回合的架势，可惜膘太瘦，怎么看都像两只猴。小米帮腔道，语调刻薄，表情生动，顺势吐了个烟圈。

泰森终于来了。重磅肉搏果然虎虎有声，马儿刚叫了个好，比赛却在第三回合迅速见分晓，泰英雄异峰突起的几记老拳就把对手给收拾了。

如此潦草的结局多少有点辜负广告商的巨额赞助和观众的兴头。大家说没劲没劲。

马儿问张猫以前那副麻将牌还在不在，小米说别玩那个，她不会。于是找出来两副纸扑克，打八十分。老杨配小米，张猫对马儿。

小米牌技明显稚嫩，老杨显得格外耐心地传帮带着，两人一问一答，倒是合作得天衣无缝，分数直线上升。张猫笑着把牌一放，说这还打什么呢？总归是你们赢了。

马儿把牌重新放到她手里，不以为然地说，优待小孩嘛。小米皱皱眉头，谁是小孩？老杨，我们下面就不说话了。

她说到做到，接下去果真不动声色，到末了却依然是赢。张猫叹了口气，冲他们鼓了鼓掌，正待抓牌，却觉到一只脚暗暗踢了踢她，她以为是马儿，就狠狠回踢了一下。

唉哟，小米忍不住轻轻叫出声来，当下脸就红了。张猫一愣，马儿问怎么了，小米说抓到了一张好牌。张猫觉出了什么，看看老杨，老杨一本正经地理着手中的牌，可这一本正经相也很可疑。

一张小桌底下的脚杂，踢偏了方向是难免的。小米想踢老杨却找到张猫这儿，张猫想到这一层，不由大笑起来，对小米孩子气的举动和老杨的严肃表情颇觉有意思。

马儿说你也抓到好牌了吗？张猫摇摇头，觉得马儿一玩起来太投入，同时变得不够聪明。

夜色渐晚。灯光亮晃晃的有些迷人的眼睛。张猫揉揉太阳穴说不打了，找个地方吃饭去吧。

收了牌，都觉得乏力困顿。不过谢天谢地，百无聊赖的一个周末又将过去了。

一起在麦当劳吃了点汉堡色拉啤酒，出来后沿街一路晃荡过去。街边的霓虹闪闪烁烁，城市柔软的下腹部又将上演一派如烟如梦、心旌神荡的繁华了。

男男女女，老老少少，穿梭如织。不时有脂粉香，夹杂着汽车排放出的呛人尾气在鼻子底下擦来擦去。

乡下人的葱油饼摊开张得热热闹闹，小学生人手一张饼高高兴兴在走着。

一家五星级的宾馆门前，几个妆饰得具有致命性感的女孩，可疑地逡巡不定。

一个又矮又胖的警察一丝不苟地对违章出租司机开出罚单。

张猫、马儿、小米、老杨，这四个衣冠楚楚的男女，慢条斯理地走在一条不窄的马路上。

不知不觉就来到了老杨的酒吧。小米今晚不当班，但她还是转到了吧台后面，叮叮当当像做化学实验一样忙了半天，终于端出了一杯鸡尾酒，递给张猫。

此酒分三层，最上面一层无色，底下各为红绿两色，极富视觉冲击力。小米卖弄地问张猫，知道这酒的名字吗？张猫摇摇头。

少女大腿，小米说，她兴奋地看着张猫，尝尝。

张猫浅浅抿了一口，怎么样？小米期待地问，张猫觉得味道太怪，味蕾上全是说不出来的感受。

马儿接过杯子，尝了一口，小米不安地盯着他的嘴，马儿微微一笑，挑挑大拇指，说与众不同，很有个性。

月亮很亮很苍白，像一地碎银洒在地上、家具上、床上。

床上并排躺着张猫和小米，各自盖一块毛毯，夜里的气温并不算冷。小米告诉张猫，下星期五老杨的酒吧要举行一个小型的化装舞会，你有空吗？她问。

当然有空，你知道我几乎天天晚上都没事干。张猫翻了一个身，正欲昏昏睡去，小米推推她，什么？张猫惊醒过来，问道。

没什么，小米扭过了脸，再聊会儿天吧，我反正睡不着。

这样的恳求对她来说还是第一次，平时总是她更早地入睡，打着轻轻的鼾声，很踏实的样子。张猫便觉诧异。

你在老杨那儿做得顺不顺心？张猫试探着，找出一个话题。

挺好，老杨就像你当初说的那样，古道热肠。她简单地评价。

那，你喜不喜欢这份工作呢？

喜欢怎么样，不喜欢又怎么样？……横竖就这么点实力，干别的想都不要想了……当初死心塌地来上海我就想，最坏不过一个娼字，笑贫不笑娼，何况现在只是做了个吧女。

小米语调冷漠，包含着一种让张猫感到彻骨寒冷的东西。年轻的女孩有时是能使人心生迷惑和恐惧的。张猫不知道以后会发生些什么样的事情，小米的心思有时让人摸不准。她太敢做，太敢于尝试。因为青春的资本和毫无退路的处境。

她沉默不语。

张猫，你喜欢上一个男人会做些什么？小米倏忽一转脸，盯牢她问。

喜欢了，就喜欢了。当然，可以去做些双方都愉快的事，吃饭，看戏，旅游，打保龄球，谈天说地，好玩的事多着呢。

还有吗？

还有……做爱。张猫截住小米的眼神，含义无限地说。

小米显得很平静，甚至无动于衷。是啊，我也这么想的。她打了个呵欠，准备结束卧谈的样子。

哦，小姑娘喜欢上谁了？张猫不放松地问一句。

小米沉默了一下，不错，她说，并再次背过身去。张猫也只好闭嘴。但她心里能隐隐地猜到那人是谁。

明摆着的，这个城市里，独自谋生的外地女孩，总是容易对她们碰到的第一个慷慨相助的男性一见倾心，怀抱好感，甚至产生无以为报、以身相许的蠢念头。

而她张猫自己，碰到马儿的时候，正逢落魄潦倒。马儿的英俊固然有吸引力，但他出手大方却也很打动人。他们迅速上了床，之后马儿又迅速做了些承诺。当她对这种神速的发展略感狐疑时，目光落在镜子里的一个年轻而美的胴体上，方觉释然。那身体宛若印戳一般，给他们的爱情篇章烙上些许权威的保证。

当然，小米也许还没来得及被这暧昧的城市过分地暗示，她还小，女中学生的意识中，感动和爱本就是一回事。这样想想，小米在他们这个所谓社会零余人般的圈子里厮混，实在没什么好处。

PARTY 与偷窥

老杨的 Party 红红火火地开张了。酒吧门口停着摩托车、助动车，还有自行车，有点蛇虫百脚纷纷出动的感觉。

来的人都自觉地戴着面具。张猫的面具就是只猫，屁股后头还拖了根柔软的小尾巴出来。马儿戴着一张蠢头蠢脑的马头面具，T恤是那种黑白斑条纹的。小米也戴着猫面具，那猫却有三只眼睛，绿荧荧的，似乎随时准备偷看点什么，显得极有洞察力，与众不同。

音乐从硬摇滚转到爵士，成双成对的男女相拥着跳着 WAG 舞。灯光调得很暗，居心不良的样子，笑声话语声低低的，听来都像是种呻吟。每个人脸上的面具使温文尔雅和彬彬有礼不再成为必须，看起来人人都一个样，打个比方，挺像是原始森林里的一个部落，正进行一场集体群婚。这种假想是很有趣的。

张猫和马儿跳着跳着觉得口渴，便松了手去找喝的东西。吧台后面有个穿黄扑扑的旧军装的人，一抬眼，冲他们一笑，正是老杨，打扮成十足的红卫兵状。他腰间一根阔皮带，勾勒出健美的腰臀线，张猫觉得老杨其实是英气逼人的，甚至有种潜在的性感力量。

老杨给他们倒了啤酒，自己也端了一杯，一起坐下，看着眼前跳舞的一群。有个穿黑色露脐衫的长发女孩跳得很惹眼，动作赤裸裸。虽然有面具遮着，老杨还是能辨认出那是他以前众多女朋友中的一个。他把她们统称为物质女孩。

跟物质女孩对跳的是个瘦男子。没戴面具，头上顶了一只极细长的帽子，不知用什么办法竖起来的。张猫盯着看了一会儿，忽然掩嘴而笑。

马儿捅捅她，笑什么？她在他耳边一说，马儿一边笑一边说你真够无聊的。那帽子实在像一只保险套，或者更荒淫一点说，像男性生殖器。

那女孩过来了，远远对老杨送了个飞吻，男子也跟着过来。老杨，这儿的老板，她对那男人说，莫为，自由撰稿人，沪上有名的股评家，她又向老杨这样介绍。

张猫觉得这个股评家似乎面善，在什么地方打过照面。她狐疑地想着，却是记不起来。马儿已经热情地伸出手，和那股评家一见如故似的。在证券报上拜读过大作，见解很独到，观点很中肯。马儿这个不折不扣的股迷恭维道。

莫股评家谦逊地说，捣捣糨糊而已。

炒股就得看股听股谈股，马儿和莫股评家一人一杯啤酒，畅谈股市走向。物质女孩和别人去跳舞了，张猫和老杨听了会儿也起身，混入摇摆的人群中。那股评家我好像在哪儿见过，可又记不起来了——反正有点讨厌，张猫大声说。老杨随音乐左右送着臀，大声问，你讨厌什么？

张猫跳了会儿，四处找小米的踪迹，可是灯太暗，人太挤，摇摆的幢幢身影像片巨大的肉在波动。小米呢？她凑着老杨的耳朵问，老杨拼命摇头，不知道。

张猫掀掉面具，走出了火锅似的酒吧。

酒吧后门连着几间厢房，其中一间就是老杨经常给他朋友准备的鸳鸯房，张猫对这间屋子很熟，走过那儿时，里面似乎有种奇怪的响声，极轻微的。

她下意识地有些不好意思，想到是另一对什么人借了这块宝地在寻欢作乐。声音是蛊惑人心的，压抑，执着。张猫脸红心跳，想走开，可又鬼使神差地钉在那里。

她渐渐断定这里面只有一个人，是个女孩。她犹豫着，四处张望了一下。静悄悄的，月光下的景致越发显得幽邃。几盆花开得正艳，悄然独立，仿佛有种不可言说一说就破的妖冶风情。

张猫像只猫一样，轻巧无声地踩上窗外的一堆杂物，这堆杂物恰到好处地放在那儿，似乎就是专供偷窥的。目光穿过气窗的玻璃，屋里却是一幅骇世惊俗足以让人喘不过来气的图像。

幽暗的床上是具苍白修长的女体，裸着，一半陷在阴暗里，另一半曝在月光下。阴暗是沉重的，月光却是轻飘飘的蓝，光影的斑驳使床和床上的人，具有了一种美轮美奂又可疑可怖的力量，犹如一瞬间从深埋的地层横空出世的一幅油画。

头发半遮着小米的脸，她来回转动着身体，不住地轻叹着。两条夺人魂魄的腿交缠开合，天哪，她在干什么？她在往自己身体里塞着什么东西？

张猫被这出人意料的景象搞得头晕目眩，浑身虚脱。她强忍着，轻轻跳下，任由自己无知无觉地穿过走廊，一直到了马路边，在一个水泥墩上坐下来。

空气里有种罪恶感、灾难感逐渐洋溢起来，月亮像只冷眼照着远远近近的屋顶、树木，张猫埋着头，有些不知所措。

这小女孩怎么了，变得如此陌生，如此匪夷所思。

偷窥带来的惊骇，使张猫几天里心神不宁。小米也似乎有意无意地躲着她，每天回来都近夜深，轻手轻脚地在屋子里走动着，一刻钟以后，窸窸窣窣地上床。两人都拿脸对着另一侧，小心翼翼地数着钟摆声入睡。

终于，张猫给老杨打了一个电话，约好晚上见面。

两人都等着什么，还是老杨先开口，阿猫你是不是觉得哪儿不对劲了？

不知道，可是……我对你有点不信任了，关于小米。

你想听点什么？

小米跟你到底到了什么地步了？你到底喜不喜欢她？

老杨沉下了脸，有件事我不想隐瞒你。

什么，张猫尖锐而莽撞地脱口而出，她跟你上床了？她有那个鸳鸯房的钥匙。

不是，相信我的话。他勉强地一笑。她看看他，也就信了。

化装舞会前有一夜，酒吧临打烊时，天下起了大雨。大雨如注，劈头盖脸的水笼罩着城市，街巷里弄成了大大小小的河流。

小米说看来回不去了。老杨打量着外面的雨势，说找件雨衣，我送你。他转身走到里屋，小米也跟着进去，看他东翻西找，沉默良久，她说算了，别找了，我不回去了。

老杨听了，一怔，慢慢转过来来，盯住小米。小米倚在墙角，侧脸静静地看窗外的黑暗雨雾，大雨倾泻的哗哗巨声充斥着安静的屋子。小米轻轻地重复了一遍，我不回去了，给张猫打个电话告诉一声就行了。

老杨的眼神也充满了水雾，恍惚而不安。他靠近小米，试图摸摸她的头，说小姑娘可别任性。小米却一把抓住他的手，放在自己脸上。老杨的手掌刹那间有种冰凉的刺激。小米说我喜欢你，让我留下来。老杨呆呆地捧着小米的脸，感觉像捧着某种纯洁的祭品，某种贵重的馈赠。

小女孩的义无反顾的决断，往往使一些经常猎艳但好色得还不够彻底的男人感到震慑、不安。

后来小米哭得很厉害，说你别老当我是小孩子，我知道你也喜欢我的；又说张猫可以，为什么我不可以，等等。老杨轻轻拍着她，不住地说别哭别哭，除了这个他不知道还能再说点什么。有一刻，他怀疑自己是否在刻意地扮演一个正经大哥的角色。

一直到走在路上，小米还在抽抽噎噎。雨衣外面落着大雨，雨衣里面一个女孩下着小雨，世界有些漂泊不定。路灯光被密密的水柱压着只显出圆锥形的一圈。树和花草在风雨中奄奄一息的憔悴模样。大雨嘭嘭地响着，敲在头顶上。小米瘦瘦高高的身影若隐若现在白茫茫的雨雾中，有种令人心动的优柔。

老杨紧紧搂着抽泣的小米，一步一晃地走着，突然感到也许已失去了某种永不会再来的东西。指的并不仅仅是这个小女孩圣洁的初夜，还有别的，也许是久已不曾触摸到的期待，久已不曾倾听到的幸福。

也许我已经真的老去了，老杨说，摇摇头，一副感伤而苍老的神情。

她还是个小孩，我当时就这么跟她说的，其实，她身上似乎还有种不能轻易占用的东西，不同于我接触的那些物质女孩，说到底，是个孩子。他吸了一大口烟，烟雾使他的眼睛眯了起来。

张猫看着他，一言不发。

他伸手拍拍她的胳膊，这都是真的，再说，小米还是你的表妹。

她心想，这可能才是主要的。

两个人都在抽烟，烟雾散了，然后又升起来，无定无常。

几条迷乱而复杂的线纠缠在一起，前途未卜。谁知道事情会怎样发展。城市故事往往会掺杂大量的欲望，和欲望支撑下的生存。

故事也因此会变得决绝起来。

随着时间的推移，张猫逐渐能够理解小米在那一晚古怪的自渎行为。处在青春期的孩子，尤其是像小米这样乖张独立的性格，更易于产生一种迫切的长大成人的欲望，成人的标志就包括性成熟和性经验，小米的潜意识里也许就是这么想的。踏入一个有着游戏规则，有着自由与决断的圈子，能被别人认同，能够独立安排生活，这些对于她来说是重要的保证，也许意味着信心和力量。被男人拒绝，如果只是因为她还是个孩子，是个处女，那么就难免陷入某种偏执倾向，自己动手，为的就是捅破那层薄膜。

每次想到这一点，张猫就有想哭的冲动。这长痛不息的女孩，这无法评述的女孩，这美丽疯长的女孩。

股评家及杭州之行

马儿和莫为已建立起一种笃深的私谊。每当股指走势大起大落的时候，马儿就无法专心于公司的本职工作，和莫股评家的热线炙手可热。

在张猫的眼里，揣着股东账户、捏着资金卡的马儿形象并不特别讨人喜欢。但马儿说，对股评家的意见不可全信，不可不信，信则有，不信则无，有则改之，无则加勉。对其中的奥妙，张猫并不能洞察一二，只是想想自己也有那么几千块小资金投在马儿名下，也就随他去折腾了。

莫为的脸在她的印象中虽有疑点，但她总不能想起具体的场景，具体的时间，她也许压根儿就没见过他。

莫为有几次被邀，参加张猫他们这个圈子的活动。说句老实话，他要不是大瘦，会是个挺英俊的男士，脸上的轮廓也是耐看的。

何况他常常不鸣则已，一鸣则必惊人，敏锐的思维和幽默的谈锋，丝毫不逊于其他几个人。

又到双休日，一班人都说老在上海兜来兜去多没劲，不如去附近的地方转转。

马儿想办法弄来了一辆考斯特小面包车。他两年前已考取了驾驶执照，便由他掌盘在沪杭高速公路上跑了二三小时到了人间天堂杭州。

莫为已预先在一家西湖边上的宾馆订了三个房间，张猫和马儿，老杨和莫为，小米则一人一间。宾馆不大，但挺雅致洁净的。拉开铝合金窗，不远处就是烟波浩渺的西湖了。一阵阵和风从湖上吹过来，沁人心脾。大家便齐声称赞莫为的英明。

在楼下的餐厅吃了晚饭，一致决定先去找个地方打保龄球。马儿开了车在市中心慢慢兜着，见到一家叫"丽富"的两层楼面的球馆，颇为气派，便停下。球馆里人太多，换好鞋后，足足等了二十分钟，才轮到他们。

一开局，张猫和小米各打出了满贯的好成绩，男士们噼噼啪啪地鼓着掌，张猫点上烟，得意扬扬。小米跑到莫为那儿，学他的样子，在手上涂白粉。这是我第一次打保龄，她对他说。哦，是吗？他显出惊奇的样子，倒是一点看不出，一出手就是二十分呢。

小米快活地笑起来，你经常打吗？以前和一帮朋友几乎天天练上几局，不至于太手生，莫为说。小米便让他传授点动作要领，莫为便连比带画地讲解起来。张猫在一边看着他们，又看看老杨，老杨正远远地在抽烟，若有所思地盯着球道和不时击出的球。

她过去，问老杨，感觉怎么样。他说手酸腿疼。这时莫为正给小米讲到如果姿势不正确，就会腰酸腿疼，然后他接过马儿的球，示范性地拿了个8号球，起步，弯腰，甩臂，球划了个小抛物线后在球道上稳而快地击去。

小米和马儿鼓起掌来，老杨弹着烟灰笑着，不置一词。终于到十五局统统打完的时候，一看表却也已不早。

老杨说回去睡觉吧。小米却说，还早呢。她的精神显得很好，脸庞因为运动过显出粉红的颜色，鼻尖上冒出一层细细亮亮的汗，袖子也卷到手肘，露出藕似的一截胳膊。

张猫扔掉烟头，打了好几个呵欠，眼睛里含了一泡眼泪，一下子觉得身体虚弱，看看马儿，看看老杨，两人仿佛被传染似的在打呵欠。

小米抱臂在胸，无动于衷地站在那里。夜风不时吹拂着她披散的鬈发，大家都一下子注视着她。张猫觉得她的孩子脾气又上来了，这要命的任性。莫为适时打破了僵局，他说，你们先走吧，我陪着她转转，一会儿就回来了。

马儿连忙说，也好，那我们先回去了。上了车，张猫把头探出窗外，冲小米喊，小心点，别太晚。小米扭转了头，和莫为说了句什么，便掉转方向，一起慢慢朝另一条马路走去。

这是个月夜，哪儿的月亮都一样的白晃晃。杭州的街道房屋和树木有一部分罩着橘红的路灯光，另一部分则沐浴在银光里。车子快速地碾过这些街道，月亮在空中的位置却一成不变似的。张猫把手伸到窗外，掬着一掌心的月光，心中充满了奇异的宁静。从一个城市到另一个城市，从以前的日子到现在这一刻，月亮总是一如既往地与她的视线她的身体如期相遇，就像一个朋友，毫不聒噪，善解人意地注视着你。

到了宾馆，打开电视，正逢午夜影院播一个外语原版片，张猫把手袋一扔，自己也横到了床上，看了会儿，渐渐明白是讲女权主题的，女人如何坚信自己的力量从而创立一份事业。马儿从浴室出来，顺手从桌上拿了一罐啤酒，过来倚在床头，好不好看？他问，老一套，张猫说，起身进了浴室。

等她出来，马儿已老气横秋地打起了盹。这时老杨打电话过来，他问有没有打火机，她说有。你送过来吧，他鼻音很重地说，像是靠在床上，睡意蒙眬。

打火机也许只是个借口，可也是个不坏的主意。穿睡袍的女子，走过幽暗的过道，"啪"的一下，男士嘴边的一簇火焰跳出来，夜的呼吸含义无限而芬芳起来。营造形式和氛围，也许就是城市生活最主要的内容，尤其对于张猫他们。

走廊的地毯柔软无声。房门虚掩着，老杨的确靠在床头，叼着一根没点火的烟。张猫过去点上火，在莫为那张床上坐下。

他们还没回来？她说。

对，他咳嗽了一声。

你好像不太开心。

没有。

朋友面前别说谎，瞧你脸都黑了，乌云密布。

那你说我为什么不开心？

小米。

他牵牵嘴角，算是一个微笑。那个大雨夜一过，就没戏了。他换上严肃的表情，四十岁左右的男人既不是心如止水，也不是过分的多愁善感，这你该知道。你们都是我的朋友。

她走过去，跪下身，在灯下仔细看他的脸：你似乎悲天悯人。

他把鼻子凑过去，在她头发上停了会儿。怪好闻的。他说。

你的伤感有些不对劲。

也许是老了，他点上另一支烟：关于小米，我总觉得她该打住了，你也是。

什么意思？

比如她回她的老家去，你呢，也可以找个人好好地嫁了。他说，仿佛深思熟虑。

她怔怔地看着他，接着便抱住他大笑起来：好主意，英明之极。

门嘭地一下开了，是小米。她一拍手说，哈，总算让我捉到了，两个人在这儿亲热。

张猫收住笑，对她说，你知道老杨出了个什么主意？明天去看动物园，老杨一本正经地说。

马儿回来了

杭州回来后，小米坚持着，从张猫的住处搬了出去。她的理由冠冕堂皇，她老打呼噜影响张猫的睡眠，并且因为她的妨碍马儿一直不方便找上门来。

张猫点点头，没再说什么。小米要搬进去的地方就是老杨那间鸳鸯房，在那里张猫他们被偷窥过，张猫也不光彩地偷窥过一次。

事情至此，张猫不大想劝阻或旁敲侧击地谈点什么。小米固执起来九头牛也拉不回来。

她发现有些半真半假的气氛存在于她和小米之间。也许都有所意识，但又不愿去触碰这一层网。但张猫觉得自己一直都是真心喜欢小米的，现在更愿意为她做些什么，帮助她。

马儿在小米搬走的当夜就来敲门。

他重复了拥抱、打旋、扔掷的一套既定动作，然后郑重地拉灭了灯。这一夜马儿表现得特别殷勤，哪的铺垫都做到位了，真可谓功夫做足做细。张猫觉察到这一点，以为这是他一种收复失地般的愉悦所致。后来到了那一刻，张猫忍不住挺起脖子咬住他的肩，他哎哟一声，仿佛是叫痛的样子。

过了片刻，张猫说刚才是不是弄伤你了，便亮灯察看他的肩头。倒真的是有瘀血印，还不止在肩上，胸腹胁上都有几处，紫红的铜钱般大小的痕迹，张猫一看就知道是拿唇舌拼命吮嘬出来的。马儿急忙拉灭了灯。

是你老婆干的吗？她可是真疯了，张猫咯咯咯笑起来，向情敌示威呢。马儿说你们女的心狠得很，宰割起男人眼都不眨一下。他讪讪的。

女人的智慧想不到如此一致，张猫说，以前我还以为就我能想到这种烙刑，我有次跟小米说了后，她也先是批评我无聊，可又忍不住在胳膊上试了试，果然很灵。她微笑着，若有所思。

……嗯，别告诉我，这是——小米干的。张猫突然大笑起来，为自己这个说法吓了一大跳。

马儿打了个呵欠，淡淡地说，是小米倒好了。

张猫笑着往马儿怀里一钻，不久安静地睡去了。

小米在哪儿？

办公室里已经没有别的人了，时间是晚上六点。张猫整理了几份资料准备明天一早就往外发FAX。电话铃响，老杨约她吃晚饭。

她说正好，她已经饿得只剩一张皮了。

地点就在老杨的酒吧边上一家川菜馆，只张猫和老杨两个。张猫挑了几个味重的菜，老杨一挑眉，你以前好像爱吃清淡的吧？张猫说这几天人觉得乏力，不辣不成的激不起食欲。老杨说你的烟还是少抽点吧，瞧脸色不大好，说着自己点上一支烟，顺手又习惯地递给她一支。一下子，两人都觉有趣，相视而笑。

喷云吐雾使人从容。老杨悠悠抽了口烟，说小米前些日子对他极其冷淡，正眼不瞧的。张猫笑着说你是不是有点后悔了？老杨认真地想了想，说我一直都觉得对她爱护得不够。他一转头看着张猫，问道，她这几天都不在我那儿住，她又找你了吧？

张猫摇摇头，觉得挺意外。这城市小米认识的人并没有几个，一般的酒客似乎不太可能与她很熟络，难道会去找——莫为吗？在杭州，那家伙着实取悦了她一下。

他们有莫为的一个中文机号码。

说干就干，张猫走到收银台边上的电话机旁，老杨照着一张名片报数，张猫依次拨出一串号码。然后等待，却是近于不正常的漫长等待。于是只好留言，碰到的拷台小姐显然是个新手，一句话得重复三遍，三遍都是"见到小米了吗？"这种重复似乎肯定了小米的确有失踪的可能。

再给马儿打了个电话，他显得很吃惊，他在电话里沉默了一会儿，说她会不会和谁出去玩了？

老杨明显地惶恐不安了，他在饭间一句无意的问话，因为刚刚打的这两个电话，而逐渐暴露出某种危险来。他原本是觉得小米只不过又发挥了一次天马行空的作风，甚至想到小女孩难免有些多动症。

可是，现在，他和张猫慢慢嗅到了空气中的一丝呆滞而尖锐的锈味儿。仿佛一路心不在焉地溜着车，却蓦地发现前面一转弯竟有一个大悬崖。

两人又坐了一会儿。桌上的菜已经彻底凉了，爆炒牛肉的汤汁上漂了一层厚厚的金黄色油花。老杨瞟了张猫一眼，说你再吃一点吧。张猫摇摇头，小米这孩子在哪儿呢？我可真有点害怕了。她抱住胳膊，望着玻璃外边的马路发呆。

老杨伸手过去，摸摸她的脸。阿猫，别想太多，她是个聪明的姑娘，并且腿长，跑得快，不是吗？他笑笑——这也是说给他自己听的，也许你待会儿就能看到她，她对你说这是一次任性一个恶作剧。老杨说着，幻想般地把头转向马路，这动作像是果真就见到小米从马路对过那个拐弯处走出来。拐弯处的路灯坏了，那一片让月光照耀着，显得幽暗。

他们离开了饭店，老杨说去他那儿坐一坐吗？张猫说不了，明天还得一早起来上班。

路上她一个人慢慢地走着。月亮在空中岿然不动，长长短短的是她的影子。月亮在诗人的笔下可以是神秘的，绝美的，可以是杀气腾腾的，不怀好意的。但在张猫的潜意识中，它始终是一种守责的见证者，什么事都逃不了这只疏而不漏的天眼。比如漆黑的房间，苍白的脸孔，还有从午夜开始燃烧的情欲，甚至还有谋杀。很多故事因为涉及月夜谋杀而显得余味悠长，含义无限。

月亮是夜晚的腹部深处一个孤独的梦境。

欲望燃烧成灰烬后，只有那一片床上的月亮依旧冰清玉洁，而每个人都只有一个属于自己的月亮。只有床上的这个属于自己的月亮最终伴你入眠，仿佛是一个忠诚的影子，仿佛就是孤独的名字——仿佛就是命定的劫数。这个，是任何东西，包括欲望，所无法替代、无法救助的。

地铁口的栅栏门虚掩着，就要落锁的样子。还能赶上最后一班地铁。她快步走下台阶，来到售票处，付款取票进站。

站内人已不多，她在一只红色塑料椅上坐下。关于小米的行踪使她一路上头昏脑涨，这会儿才觉得困意上来了，从包里取了一本时尚杂志慢慢地翻着，不时打着哈欠。

市上正流行一款黑色口红，她注意到这一点。这时，有阵香风从前面飘过，她眼睛的余光捕捉到一对高大的男女。不由抬起眼，打量他们的背影。女的一副模特身材，背一只浅棕色阔带反盖包。张猫一时有些热血上涌，她一下子就觉得那个怎么像小米？心扑扑地跳着，她犹豫着该不该立即跑上去。

末班车呼啸着进站了，人们都拥了过去，张猫也进了车厢。她按照印象往前面的车厢走，一路上慢慢巡视过去。可是，一直到地铁头上，还是没有刚才从她面前闪过的那两个人影。她又往回找，车子在轻微地摇晃，张猫不安地睁大了眼，就像是电影中的一个焦灼镜头。她最后放弃了，可是心里非常不甘。

她认定刚才转瞬即逝的那个女子背影，就是一贯任性、不可捉摸的小米。

张猫下班一回到住处，就接着舅父的长途电话。舅父说昨天刚收到小米的一封信，是问家里要钱的，却没怎么说她在上海的具体情况，汇款地址是某某小区某某号，好像不是张猫的住所。家里人为此都有些担心。

张猫一怔，显然她对小米的近况也无从知晓，但是缺钱花明摆着是个不好的消息。

她想了想，说没事，小米是花钱比较大手大脚，以后提醒一下。她草草地编着，觉得有些无颜以对这种天可怜见的父母心，自己简直是犯了罪。她连忙补充说，小米说不定马上就想回家了，她的想法是会改变的。

张猫在最后不经意地让舅父重复了一遍那个汇款地址，工工整整在纸上抄好。她已经有了个打算。

接下来就是点上一支烟坐在沙发上，打开电视。二十频道正上演一出长长臭臭裹脚布般的电视连续剧。看看墙上的石英钟，还有二十分钟马儿就会敲响她的门。

门铃响，马儿和一枝红玫瑰再次出现。张猫笑着吻他的脸，他的约会架势总是这样地道，还有他的香水味和体味儿，源源不断地送过来黏上来妙不可言令人忘却烦恼，忘却其他的一切。

马儿说明天武汉双虎新上市，你要不要也去买个号数？张猫端给他一杯咖啡，说都是你一直打理的，随你的意思好了。不过，最近一下子花了很多钱在衣服上，恐怕得先让你垫一点。她一笑，看看马儿，马儿心领神会似的微笑，走过来，搂住张猫轻轻一挣，想起来什么似的，问他最近与莫股评家有没有联络。马儿捋捋头发，说倒是有些日子没见到他了，也没打电话，怎么了？他看看张猫，又伸出手。

张猫自顾自地走到一边，拿了根烟点上。还有，小米的事，她说，我很担心。她深深吸了一口烟。现在我手头有个地址，估计她就住在那里，张猫拿出抄着地址的纸片，递给马儿。

马儿看了一眼那纸，过了会儿，说你想去找她？

当然，她还是个小孩，有些事是不能姑息的。张猫说着做了一个坚决的手势，并且不能再待在上海了，老杨说得对，她早该回她原来那个家去。她咬咬手指，觉得一说到小米就有种压力无形中出现，仿佛在重复地展示一个错误。

小米的，也是她的，错误。

马儿沉闷地坐在沙发上，一语不发。也许有些场合是不宜多想某种沉重的话题，男人和他的情人约会就是约会，除了飘逸的罗曼蒂克的铺垫，那些熟悉的眼神，半张的嘴唇，摇摆和抚摸，约会不应再有过多的实质的形而下的东西。当然，他也为小米担心。张猫看看沉默的马儿，走过去，在沙发前跪下。她捧住他的手说，明天和我一起去，去找她。

后来一直到了床上，马儿似乎都挺被动的，张猫觉出来，没声响，只是费了很多的手法。终于挥霍了激情后，就是疲倦入睡时。灯光是早已熄灭了的。

灯光熄了，一地的月光却不会熄灭，黑夜更不会熄灭，无边的夜色是一团熊熊燃烧的暗火，要一直烧到人的梦魇里去。

一切的道路其实就是一条道路，故事里的人也无法走出他们既定的命运。当那一刻坠落的声音终将越逼越近的时候，你会看到一道射线犹如世界的一种陌生的眼光，转瞬即逝流落于地，这种想象的另一层意思就是玫瑰开着，别的什么东西却要化为乌有……秋天临近结尾，这时候已经是冬天。冬天是在不知不觉中一步一个脚印地来到这个城市的。候鸟陆续地打城市上空飞过，方向是南面。街边的悬铃木开始染上浓彩油画般的色泽，并且一叶叶地凋零起来，飞旋如枯蝶。夜霜逐渐厚重了，和月光混为一体，碎银般潜伏在屋顶、窗前。

张猫和马儿穿过一条条街，又请教了一位路口修皮鞋的老头，向右再走了大约二百米，终于到了纸上标明的那个小区。

走进电梯，管电梯的是个老太婆，她不眨眼睛地看着张猫，张猫忐忑地报了个数字，9楼。老太婆面无表情，电梯在咔咔地上升。

张猫突然觉得心中一动，记忆像被一只手轻轻拨了下，还有这个"9"字，她想起了半年前那次直销冒险。也许只是相似的巧合？

电梯已停在9楼，马儿拍拍张猫的肩，她醒过来，挽住他的臂一起走出电梯门。

马儿从她的胳膊里抽出手来，站住，点上了一支烟。张猫看看他，说我怎么觉得我好像来过这儿？他四处张望了一下，上海的很多楼层都相似，他大口吐着烟，小米，她会在这儿吗？

张猫掏出纸，说应该是的。她摁摁胸口，好像有点紧张，她说。

马儿看看她，说我也是。

在一扇门前立住，摁门铃，他们等了好长时间，里面并没有动静。这会儿是中午，也许人出去了？张猫有些沮丧，马儿说还是走吧，看样子不会有人的。他拉着她转了身，却听到身后有了动静，一回头，防盗门的栏缝中，露出小米的脸。

她看起来一点都不吃惊，歪歪头示意他们进去。屋里开着暖气，房间不小，但布置得很乱。四处一打量，张猫觉得放松下来，没有什么男人在里面。小米动手把地板上散落的垫子收拾起来，又去泡了两杯茶，然后往床上盘腿一坐，撩撩头发，淡淡的神情。

张猫定定地看了一会儿小米，说不出的滋味，问道，你过得怎么样？

小米说，你其实一看就知道了的。

她掉了眼光盯着马儿，嘴角一牵，露出一个奇怪的笑容。马儿把烟蒂摁灭在烟缸里，笑笑，说，找来找去，小米你原来躲在这么个好地方。他看看张猫，说，终于找到了，你可别骂她。

张猫一笑，怎么会呢。

小米，她叫了一声女孩的名字，走过去，握住她的手。那双手是冰凉的。还是回去吧，她说。

小米推开张猫的手，回哪儿？她的声音尖锐起来，你那儿，老杨那儿，还是，我父母那儿？

随便你，张猫冷冷地说，只要不是在这个地方。

小米用手掩了掩鼻子，没有说话，只是用胳膊圈住蜷起的双膝。她在哭，张猫发觉这一点，心里也有些难受，却又是欢喜的，小米会改变主意的。

过了会儿，小米说，你怎么不问这是谁的房子？

张猫说我不感兴趣了。你寄给家里的那封信让你父母不安，你还是快点回家吧，我和你一起收拾收拾。

小米看看她，又看看马儿。马儿微笑着，鼓励似的点点头。

小米起身去了洗漱间，回来时头发扎成了清爽的马尾辫，脸上也干干净净的，像个真正的十多岁的年轻女孩。她说其实我已经打算回家去了，问家里要的钱包括一笔路费。不过，我得先办完一件事。她看看张猫，又凝视着马儿，这样地自言自语。

很多的可能性终于凝聚在一瞬间的时候，使人忽略的往往就是一些旁枝斜出的细节或前提。张猫为小米的决定深感欣慰，长长松了一口气的时候，却忽略了小米说的要去办的那件事。而如果那事能办得顺顺当当，原本也不会成为任何灾难的引爆线。大家，张猫、马儿，包括小米坐在那个凌乱的房间里，仿佛都有些尘埃落定后的心安。

种种巧合是又苍白又迷人的

在故事的结尾选择一场意料之外的悲剧出现，不知道是否已成一种俗套，况且还有诸如此类的种种巧合，巧合无疑将削弱小说的叙事力量。可是想想也算了，有很多东西是不可捉摸，又苍白又迷人的。

一个月夜。月色不宁，普照大地。马儿把门打开时，眼前出现的是小米。他显然吃了一大惊。面前的小米格外柔弱动人。穿着白色的丝面夹袄，下面是黑色羊绒长裙，脸色苍白光洁，眼神明亮而安静，头发整洁地束在脑后，总之浑身洋溢着少女的清丽秀美。

马太太刚巧带着孩子去娘家了，马儿把小米引进屋内，关上门，问她怎么找到这儿来的，是张猫告诉你这个地址的吗？小米摇摇头，我见到过你和你太太从这儿出来，猜就是你的家。

马儿一笑，小米原来也像只善于窥伺的猫。

他走过去，轻轻搂住她，小米安静地倚在他怀里，闻到他身上一股好闻的味道，不禁茫然了一会儿，心想他真是很迷人。

马儿开始吻她，小米轻轻响了一声，把他推开。

马儿笑了笑，再次搂住她，低低地说我会一直想你的。他松开她，点燃一根烟，过了会儿，说，对了，你定下回家的具体日期没有？

小米说我得先去趟医院。你能帮我找个医生吗？

马儿点点头，没问题，你哪儿不舒服呢？

我怀孕了。小米低下头。

马儿一怔，握住她的手，那手是冰的，从掌心冷到指尖。马儿温柔地说，怎么会呢？莫为知道这事吗？

小米也一怔，你知道莫为跟我在一起？

她接着摇摇头，不过，这事跟他没关系——因为是你。

马儿放开她的手，盯着小米的眼睛。他笑了笑，风度依旧不减。

说小米自己还是个孩子呢，停了停，他问小米怎么判定就是他的，她跟另一个男人住了那么长的时间。

小米冷冷地笑起来，你难道觉得我在骗你？

马儿抽着烟，站起来，来回走着。小米一动不动地盯着他。

马儿说我不能让自己相信。

小米说你忘了那几个夜晚了？她的声音充满了讥讽，你那么柔情蜜意，技艺不凡，我才明白为什么张猫那么死心塌地跟定了你。

马儿脸一红，接着又苍白无比，他冷冷一笑，说，我就是不相信。

小米倔强地把头一昂，就是你。

对话到了这一步，仿佛带上了某种拉锯战的麻木和不可控制的惯性。这麻木和惯性最终会以骤然的休止动作粉碎一切。

马儿试图换上诚恳的语气，小米，你放心。我会给你找个好医生。我以前也给你表姐找过，虽然她当时是骗我的，虽然直到现在我都不明白这种玩笑的动机。女孩子有时是不可思议的。他说着，宽容地盯住小米，微微一笑，你知道我不会拒绝帮助你，只是不必非要找个荒谬的理由。

小米哈哈笑起来，发了狠似的说，谢谢你，可是事实上就是你干的。

马儿说反正随你怎么说，我死也不会相信的。

小米脸色苍白，眼神闪烁而尖利，她木然地追问一句，死也不信吗？

马儿不再说话，只是轻轻哼一声。

这时他突然就发现小米以一种异峰突起的态势起了身，像只猫一样灵活而迅猛地蹿到窗边，那儿预先敞着扇玻璃，小米颀长而年轻的身体以极其优美而决绝的姿势横空而起。马儿晕眩着，失声尖叫，他试图移动身形去拉住那个腾起的身体。但小米以更快的速度像某种小兽一样，在向外滑落。

马儿抓在手里的是一只色红如血的高帮麂皮靴，残留着一丝温暖的体温。他眼前一黑，跌坐在地上，顿时失去了往下张望的勇气。

黑暗升腾起来，月光洒落进来，它们生长在自身的黑暗和苍白之中。空气里有种一碰就断的呼吸，像恐惧、像绝望发出的声音。月光忧郁如水，死亡般的安宁。

事实的确是这样。小米被证明是诚实的。那个姓莫的股评家是个严重的性功能障碍患者，他除了裸露生殖器别无所长。

马儿已整个地萎落下去。之前，张猫和老杨早在他的世界里消失了。永远消失的当然还有小米。

忽有一日，床上同样有月光如雪。

这情景勾起了马儿一些关于月亮的回忆片断，还有那些人的脸，一张张在眼前掠过，他仿佛伸出手就可以再次抚摸到他的朋友们。

电话铃响，话筒嗡嗡地，那声音很遥远，仿佛带着奇怪的特征，那声音口口声声地重复着，你为什么不相信呢？

马儿后来一直想，那到底是谁呢？

他突然想到一只猫，传说中有着九条命的猫。

几乎与此同时，张猫坐在卫生间的抽水马桶上，慢慢地抽着烟。灯光细细密密地洒落下来，照在半裸的身体上。她低头看看，肚皮雪白而平坦，那儿似乎沾着一颗泪。

敬告作者

为了保护有关作者的合法权益，我社曾多方联系本套书所涉及作者的版权事宜。但遗憾的是，由于种种原因，仍未能与少数作者取得联系。现谨对尚未取得联系的作者深表歉意，并请有关作者或著作权人见书后，尽快致函作家出版社，以便及时奉寄样书和稿酬。

通讯单位：作家出版社

通讯地址：北京市朝阳区农展馆南里10号

邮政编码：100125

联系电话（传真）：010-65925260

图书在版编目（CIP）数据

女性小说：上下卷 / 陈晓明主编． -- 北京：作家出版社，2018.12

（改革开放40年文学丛书）

ISBN 978-7-5212-0315-8

Ⅰ．①女… Ⅱ．①陈… Ⅲ．①小说集 – 中国 – 当代 Ⅳ．①I247

中国版本图书馆CIP数据核字（2018）第296139号

女性小说（上下卷）

主　　编：陈晓明

统　　筹：兴　安　崔庆蕾

责任编辑：张　平　宋辰辰

装帧设计：意匠文化·丁奔亮

出版发行：作家出版社有限公司

社　　址：北京农展馆南里10号　　邮　　编：100125

电话传真：86-10-65067186（发行中心及邮购部）

　　　　　 86-10-65004079（总编室）

E-mail:zuojia@zuojia.net.cn

http://www.zuojiachubanshe.com

印　　刷：三河市北燕印装有限公司

成品尺寸：152×230

字　　数：675千

印　　张：44.5

版　　次：2018年12月第1版

印　　次：2018年12月第1次印刷

ISBN 978-7-5212-0315-8

定　　价：1200.00元（全20册）

作家版图书，版权所有，侵权必究。

作家版图书，印装错误可随时退换。